陸錫熊集

下

〔清〕陸錫熊 撰
許雋超 李嘉瑶 點校

上海古籍出版社

下册目録

寶奎堂餘集

題寶奎堂餘集 李詳·················· 375
 工部侍郎内大臣三和碑文（已録）
 徽號玉册文·························· 377
 大行皇太后殷奠祭文················ 377
 大行皇太后啓奠祭文················ 378
 大行皇太后初次祭文················ 378
 大行皇太后大祭祭文················ 379
 大行皇太后清明祭文················ 380
 孝聖憲皇后謚册文（已録）
 孝聖憲皇后上尊謚祭文·············· 380
 孝聖憲皇后祖奠祭文················ 381
 泰東陵懸匾祭文····················· 381
 孝聖憲皇后梓宫奉安隆恩殿祭文···· 382
 孝聖憲皇后百日祭文················ 382

孝聖憲皇后遷奠祭文……383
孝聖憲皇后神牌點主畢祭文……383
聖駕五巡江浙詩序 代作……384
爲王大臣賀平定金川表（已録）
賀金川奏捷表……385
爲安徽京員謝展賑恩劄子……386
爲王大臣謝賜御製詩三集劄子（已録）
爲王大臣謝賜南巡盛典劄子……387
爲王大臣謝賜蘭亭八柱帖劄子（已録）
爲王大臣謝賜快雪堂帖劄子……387
謝授翰林院侍讀恩劄子（已録）
謝授右春坊右庶子恩劄子（已録）
謝授侍讀學士恩劄子（已録）
謝署日講起居注官恩劄子……388
謝授日講起居注官恩劄子（已録）
謝補光祿寺卿恩劄子（已録）
謝授都察院左副都御史恩劄子（已録）
謝賜千叟宴詩劄子（已録）
爲福建徐撫軍謝賜千叟宴詩劄子……388
乾隆乙酉科山西鄉試策問二首……389
乾隆戊子科浙江鄉試策問一首……391
乾隆庚寅科廣東鄉試策問二首……391
乾隆壬辰科會試策問一首 劉文定公命作（已録）
爲再行申諭事……393
泖塔賦 不限韻……394
山雞舞鏡賦 以題爲韻……395
三泖賦……396

下册目錄

唐武后論 石埭少作（已錄）

宋仁宗論 石埭少作 ………………………………………… 397

西郊笑端自序 石埭少作 …………………………………… 398

冷署消寒草自序 石埭少作 ………………………………… 399

石埭學志沿革志序 石埭少作 ……………………………… 400

石埭學志文廟志序 石埭少作 ……………………………… 401

石埭學志宦績志序 石埭少作 ……………………………… 401

京江王漢三自怡草序 石埭少作 …………………………… 402

俞氏家譜序 ………………………………………………… 403

婁縣志序 代謝令作 ………………………………………… 404

桐陰集題辭 ………………………………………………… 405

御製全韻詩跋 代于文襄公作 ……………………………… 405

書雍淫文後 ………………………………………………… 406

題陳東橋蘭冊 ……………………………………………… 407

重建慈度菴碑記 代常州太守金蒔亭作（已錄）

上海邑廟西園湖心亭記 …………………………………… 408

沉香閣勸捐引 ……………………………………………… 408

賀卞憲斯入泮兼送南闈鄉試序 石埭少作 ………………… 409

答友人書 石埭少作 ………………………………………… 411

宮保大學士嘉勇福公平臺述績頌 并序（已錄）

爲石埭紳士請修縣志呈文 石埭少作 ……………………… 412

方伯充菴公像贊 并序 ……………………………………… 412

胡曉山遺墨贊 ……………………………………………… 413

喬松老人傳（已錄）

皇清誥封夫人喬母張夫人家傳（已錄）

沈太守砥亭六十壽序（已錄）

朱栖谷壽序 ………………………………………………… 414

· 3 ·

沈恪亭壽序 416
李果亭先生六十壽序（已錄）
朱母史太孺人七十壽序 418
鄂母董太夫人八十壽序 419
陳母成太夫人八十壽序 代作 422
馮孟亭先生陸太夫人六十雙壽序 代作 424
祭蘇師載文 石隶少時大父命作 426
祭文 大父命作 427
祭文 代作 428
恩旌百歲貞壽張母沈太君祭文 石隶少時大父命作 時庚午十二月 429
爲石隶同官祭縣令石有徵文 石隶少作 430
各分司公祭文 431
張太夫人祭文（已錄）
同年邱木亭公祭文 432
旌表節孝汪母王孺人墓誌銘（已錄）
皇清誥贈奉直大夫太學生古存黄公墓誌銘（已錄）
皇清誥授榮祿大夫都察院左都御史朱公神道碑銘 代梁文定公作 433
爲軍機大臣議覆安徽學政朱筠采訪遺書條奏 436
恭擬文淵閣官制條例 439
謹擬日下舊聞考凡例 440
謹擬歷代職官表凡例 443
誓文 446
皇清誥封宜人凌母俞宜人墓誌銘 447
潘魯珍臨山印譜序 乙巳仲夏 448
鳳樓遺稿序 449

寶奎堂餘集題識 劉之泗 ……………………………… 450

篁村餘集

讀史 以下二首，十二歲作 ……………………………… 455
陳進思攜酌仙壇宮遇雨 ……………………………… 455
遊金城山 以下四首，十三歲作 ……………………………… 455
遊溪南陳氏別業 ……………………………… 456
清明詞 ……………………………… 456
清明郊行即事 ……………………………… 456
頌皇敷 皇敷，帝幸闕里，釋奠孔子，詩人致其頌禱之詞 …… 457
瑯琊王歌 ……………………………… 458
西門行 ……………………………… 458
戰城南 ……………………………… 458
夜坐 ……………………………… 459
過戴國公故園址 效岑嘉州體 ……………………………… 459
余於丙寅年曾遊萬松庵時淮陰郝梅岩先生與家大人啜茗論詩油然樂也無何而梅岩歸里情興遂減作別以來於今三載矣晚間復遊萬松庵情不能已因而成篇筆不加點非敢求工也 ……………………………… 459
郊行有作 ……………………………… 459
十一夜月和王漢三韻 ……………………………… 460
漢三觀劇反偶冒寒疾以詩奉慰 ……………………………… 460
訪彭祖墓索漢三和 ……………………………… 460
作訪彭祖墓詩數日松巖未和疊前韻索之 ……………………………… 461
喜晴再疊前韻 ……………………………… 461
喜卞憲斯自郡返埭 ……………………………… 462

• 5 •

夏日山窗即事……………………………………462
采蓮曲………………………………………………462
采蕈曲………………………………………………462
輓凌虞在先生 代日南李君 ……………………462
爲翟母八十壽 代 …………………………………463
納降金川捷班師……………………………………463
中秋對月限韻………………………………………463
送李君日南歸申浦…………………………………463
望惠山作……………………………………………464
真孃墓………………………………………………464
擬古…………………………………………………464
弔袁將軍墓…………………………………………465
長相思………………………………………………465
方廣菴訪道源不值 三首之一 ……………………465
巽龍菴看秋色（已錄）
題李環英小照………………………………………466
中秋對月有懷三絕…………………………………466
夜坐題壁……………………………………………466
詠雞冠花……………………………………………466
偶作…………………………………………………467
養閑書屋留酌分韻得屋字…………………………467
方子雲濤招飲以壁間詩天地此身浮句分韻得身字……467
次韻寄陳子雲村……………………………………468
元夕燈詞……………………………………………468
春日雜興……………………………………………468
讀岳武穆傳…………………………………………469
癸酉元旦立春試筆…………………………………469

舍南張氏媼年九十六矣而視聽不衰口占一絕贈之 ……… 469

次韻酬徐玉崖 ……………………………………… 469

懷三妹在周浦鎮 …………………………………… 470

擬劉太尉贈盧諶 此後二首，甲戌夢午堂先生童試命作 ……… 470

叢桂堂玲瓏石歌 …………………………………… 470

雜興二首 …………………………………………… 471

春郊射獵圖爲蔣蟠猗賦 四首之一 ………………… 471

五人墓 ……………………………………………… 471

和少華竹嶼病起相晤曇華閣之作（已錄）

七夕和韻（已錄）

題照 祖父命作 …………………………………… 471

輓 …………………………………………………… 472

蔣母汪陳兩太夫人輓章 …………………………… 473

蔡母陳太君五十節壽詩 …………………………… 473

賦得天光雲影共徘徊 龍邑尊季考作 ……………… 473

桂鷺翁丈七十壽讌詩 ……………………………… 474

坐上賦戴花得天字 ………………………………… 474

賦得滿城風雨近重陽 ……………………………… 474

賦得荷淨納涼時 …………………………………… 475

賦得竹外一枝斜更好 ……………………………… 475

擬前有一尊酒 此後二首，戊寅李鶴峰先生科試命作 ………… 475

賦得漠漠水田飛白鷺 七言八韻得霏字 …………… 476

春日感懷口占示内子二律（已錄）

春日雜感 四首之一 ……………………………… 476

題蘭汀照 …………………………………………… 476

恭和御製駐蹕姑蘇元韻 …………………………… 476

賦得霜隼下晴皋 得毛字 …………………………… 477

賦得飛泉漱鳴玉	477
題張海客竹林趺坐圖	477
送凌竹軒再任粵東	477
爲孫母張太君七十壽	478
祝童葆真八十	478
輓詩	478
輓詩	479
輓詩	479
輓詩	479
輓詩	479
爲劉母沈太夫人七十壽	480
南安蒙川館晚望	481
賦得事爲名教用	481
賦得仁壽鏡	482
賦得紅葉	482
賦得直如朱絲繩	482
賦得白受采	482
晚菊詩爲吳碩興太翁賦	483
題蘆雁	483
題畫蘭	483
朱凝臺桐陰小影 三首之一	483
習庵前輩席上咏梅花絕句即次補山中丞口號原韻	483
賦得山夜聞鐘	484
己亥除夕保和殿筵宴侍班恭紀	484
恭和御製元旦喜雪元韻	484
題歸航圖即送吾山侍御假歸淮陰 四首之一	485
恭和御製春仲經筵元韻	485

恭和御製招涼榭有會元韻（已錄）
恭和御製永恬居元韻（已錄）
恭和御製口內一首元韻（已錄）
恭和御製煙雨樓對雨元韻（已錄）
恭和御製題仿倪瓚獅子林圖六疊前韻元韻（已錄）
恭和御製題澄觀齋元韻（已錄）
楔墨齋群花盛放習菴有詩次韻奉和……………………485
送馮星實自鴻臚卿出藩江右…………………………485
將遣兒子南還而行期未定中宵感坐觸緒成咏情見乎辭
　（已錄）
寄許春岩臬使……………………………………………486
題秋山訪友圖……………………………………………487
題閭邱秀凡采芝圖………………………………………487
題曹澹持飛梁絕壑圖……………………………………487
題陶靖節采菊圖…………………………………………487
題折枝歲朝圖……………………………………………488
題李修林烹茶洗硯圖（已錄）
題褚文洲詩集……………………………………………488
題黃簡齋照………………………………………………488
題李湘帆江村煙雨圖……………………………………488
題李柳溪攜孫登岳陽樓圖（已錄）
病瘧有作時將之粵東……………………………………489
發錢塘江…………………………………………………489
豫章道中聞補山中丞有入覲消息先賦四詩奉寄…………489
寄粵東許依之方伯二首…………………………………490
南昌得補山中丞札尼余南行遂自江西返棹疊前韻再寄
　補山四首………………………………………………490

粵行既不果因道溢口泝江訪吳樹堂中丞於武昌再疊前
　　韻以見意（已録）
元日復用東坡白髮蒼顔五十三句爲首尾作詩二首……491
秋檀居士有歸志形諸吟咏因賦二律留之并邀諸君子
　　同賦……………………………………………………491
吳澹川航海回浙詩以送之……………………………492
題照……………………………………………………492
阿安湯餅日賦呈筠心學士……………………………492
書張文敏公遺照後（已録）
送周眉亭方伯（已録）
哭喬檀園光禄二首……………………………………493
壽璞堂學士五十………………………………………493
廚中米罄因成短篇示家人（已録）
棟鄂孺人節烈詞………………………………………493
題張確夫讀書秋樹根圖………………………………494
題慧公上人照（已録）
顧南千到寓投詩三章如其數報之 僅存二首 …………495
恭和御製題文津閣元韻（已録）
春草次徐玉崖韻 別本 ……………………………………495
戲鴻堂石刻歌 別本 ……………………………………495
初秋夜坐有懷…………………………………………496
題張丈遜亭秋林靜寄圖（已録）
玉壘張丈招飲塔射園賦贈（已録）
爲曹酉樵八十壽即次元韻……………………………496
題施秋水紅葉西村夢影（已録）
題查恂叔所藏宋謝疊山橋亭卜卦硯（已録）
題劉禮園讀書秋樹根小影……………………………497

題梅曦堂桃源圖照 乙巳中秋前一日在松江志局作 …………… 497

題沈守愚照 壬午小春 …………………………………… 497

題顧宏宣照 壬午嘉平既望玉峰舟次 ………………………… 498

題曹聲振表弟遺集 …………………………………………… 498

詩餘

倚臺城路聲 題曹硯香《春江放棹圖》 ……………………… 498

天香 李評事照 ……………………………………………… 499

賀新郎 ……………………………………………………… 499

滿江紅 爲曹慕堂太僕壽 …………………………………… 499

珍珠船 題張遠春詞 ………………………………………… 500

陸錫熊詩文補遺

題惲鐵簫梅花硯圖 …………………………………………… 503

奉題靳綠溪老先生樸園圖小影 ……………………………… 503

初擬校閱永樂大典條例 ……………………………………… 503

初擬辦理四庫全書條例 ……………………………………… 505

晚崧廬詩鈔序 ……………………………………………… 510

春山先生文集序 …………………………………………… 512

文秘閣印稿序 ……………………………………………… 513

桃源鄭氏族譜序 …………………………………………… 513

真如里志序 ………………………………………………… 514

大貢元大儲封珮翁郭先生七十有一榮壽序 ………………… 515

跋吴香亭謝宜人行略擬稿 ………………………………… 516

玉笥集録本題識 …………………………………………… 516

徐璋松江邦彦畫傳跋 ……………………………………… 517

汀州羅垛經傳累葉匾識語 ………………………………… 517

· 11 ·

致溫汝适……518
致劉秉恬……518
致嚴長明……519
致汪輝祖……519
滿江紅 爲曹慕堂太僕壽……520
奏報奉命典山西鄉試事竣到京日期事 阿肅 陸錫熊……520
奏爲典試浙省事竣現已抵京事 博卿額 陸錫熊……520
奏爲典試廣東事竣業已抵京事 陸錫熊 簡昌璘……521
題爲奏銷本寺春夏二季用過户部銀兩數目造册事……521
題爲外膳房奏銷本年正月份動用錢糧數目事……522
題報乾隆四十五年二月份准外膳房等處動用錢糧數
　目事……522
題爲外膳房奏銷本年三月份動用錢糧數目事……523
題爲外膳房奏銷乾隆四十五年九月份動用錢糧數
　目事……523
題爲外膳房奏銷本年二月份動用錢糧數目事……524
題爲外膳房奏銷本年四月份動用錢糧數目事……524
奏爲奉旨新授福建學政謝恩事……525
奏報到任日期事……525
奏爲恭陳所過地方雨雪情形仰慰聖懷事……526
奏報考試情形事……526
奏爲臣充四庫總纂不盡責部議降調蒙恩革職留任叩謝
　天恩……527
奏謝命臣分賠文淵閣書籍裝釘挖改各工價事……528
奏聞歲試建寧邵武汀州龍巖等府州情形……529
奏爲臣覆核臺灣府歲科二試情形事……530
奏爲微臣於五十三年甄別教職較少蒙恩著從寬議處感

激之處謹此恭摺奏謝 ································ 531

奏爲辦理通省歲試及科考情形恭摺奏聞事 ······ 531

奏報科試全竣情形事 ································ 533

奏報交卸福建學政印務日期事 ······················ 534

奏爲現在詳校文溯閣全書情形事 ··················· 535

奏爲奏明現在詳校文溯閣書籍情形事 ··············· 536

奏爲會同赴閣親自監閱歸架各書事 ················· 537

奏爲查勘盛京書籍完竣事 ···························· 537

奏報擬赴盛京覆校全書事 ···························· 538

附一　晚晴樓詩稿

欽定四庫全書提要 ···································· 543

晚晴樓詩稿序 梁國治 ································ 544

晚晴樓詩稿題詞 黃之雋 ···························· 546

晚晴樓詩稿序 蔣季錫 ······························· 548

晚晴樓詩稿題識 陸秉笏 ···························· 550

勗子詩 陸秉笏 ·· 551

晚晴樓詩稿 申江女史曹錫淑采荇

古詩

　古意 ··· 552

　有感 ··· 552

　送大姊歸笥里 ····································· 553

　送大姊之常山任 ································· 553

　感懷寄大人 ······································· 553

　月夜懷大姊 ······································· 554

· 13 ·

三妹以愛月夜眠遲索賦長句書以應之……554
春日……554
如皋歸里喜與大姊敘闊遽又別去愴然寄懷……555
秋夜懷大人書寄常邑大姊……555
寄耶溪女史朱舜弦……555
十五夜月……556
春日三叔祖見召賞芳園桃花賦呈 以後辛亥作……556

五律
大人命步半泾雜題韻賦呈二律……557
憶大姊……557
秋夜無寐口占……557
如皋署中讀諸閨秀詩喜賦……557
夏日寄大人……558
月夜有感……558
偶占……558
送大姊之常山……558
寒食日感懷亡母……559
蘭花……559
梅花……559
寄書大人後意有未盡口占一首……559
秋夜賦懷……559
大人信至……560
冬夜懷采蘩姊……560
哭三叔祖寄大人……560
賦得天上秋期近……560
獨坐……560
花朝……561

- 苦雨 ………………………………………… 561
- 寄書大人賦呈一律 ……………………… 561
- 寫懷 ………………………………………… 561
- 病起 ………………………………………… 561
- 喜晴 ………………………………………… 562
- 春寒限韻 ………………………………… 562
- 疊前韻 …………………………………… 562
- 重九日同女伴園亭小憩 ………………… 562
- 書牎 ………………………………………… 562
- 大弟誕日口占以示 ……………………… 563

七律

- 三叔祖五畝園即景 ……………………… 563
- 爲環娘題美人曉妝畫扇 ………………… 563
- 梅花次趙弗芸表妹韻 …………………… 563
- 叔母賜素蘭一枝賦謝 …………………… 564
- 秋日半涇賞桂見杏花并放大人有詩誌異命次大姊韻錄呈 …………………………… 564
- 重九後三日大人邀客敍飲桂杏花下遵韻賦呈 …… 564
- 賦得霜葉紅於二月花 …………………… 564
- 奉和弗芸表妹一聲蟬送早秋來 ………… 565
- 七夕憶朱影蓮表姊 ……………………… 565
- 園丁折臘梅至 …………………………… 565
- 哭影蓮朱表姊十律 并序 ………………… 565
- 除夜憶大姊 ……………………………… 567
- 秋日陰雨有懷大人詣鄉講約賦呈 ……… 567
- 月夜聞啼鴉 ……………………………… 567
- 中秋 ………………………………………… 568

庚戌三月大人擢進士第五月廷試入詞林録呈誌喜 ……… 568
懷縈姊 …………………………………………… 568
白蓮花次韻 ……………………………………… 569
叔父示白薇花詩步元韻二首 …………………… 569
對新月戲贈大姊 ………………………………… 569
蠟梅 ……………………………………………… 569
落花二首 ………………………………………… 570
送大姊之常山二首 ……………………………… 570
初夏 ……………………………………………… 570
白燕二首 ………………………………………… 571
三月春陰正養花二首 …………………………… 571
堤柳 ……………………………………………… 571
題貞女袁寒篁詩卷 ……………………………… 572
題趙表妹舊日詩草追悼以成 …………………… 572
望中有感 ………………………………………… 572
花枝照眼句還成三月中翰林館課題也大人寄語命遵韻
　　再賦 ………………………………………… 572
賦得淡煙斜月照樓低 …………………………… 573
寄懷恩撫母 ……………………………………… 573
得大人信書懷寄大姊 …………………………… 573
追贈張烈婦一首 并序 …………………………… 573
有贈 ……………………………………………… 574
漏聲遥在百花中翰林館課題也遵大人來諭賦呈二律 …… 574
代和感懷原韻 …………………………………… 574
偶感 ……………………………………………… 575
除夜 ……………………………………………… 575
魁星閣落成次韻 ………………………………… 575

春暮同平原詠	575
三月十六夜有懷平原二首	576
寄大人馬蘭菜録呈四韻	576
半涇園賞桂即遵戊申秋大人杏桂并放原韻	576
感懷	576
懷大姊	577
雨中接京信兼憶平原客浙	577
八月初九夜對月有懷	577
懷京信不至	577
讀繩山叔悼亡詩次韻	578
哭二兒	578
偶感	578
荷月遥祝大人六十初度	578
池中放並蒂蓮二枝紀瑞	579
半涇園賞桂感賦步大人原韻	579
庚申除夕步韻	579
辛酉元旦步韻	579
顔圃雙古桂限韻	580
立春日雪	580
恩撫母七十壽誕	580
賀誕文弟合卺	580
初晴	581
秋夜憶亡母	581
大妹索題吹笛美人圖	581
賦得花枝照眼句還成	581
覽大姊宦游諸什偶成	582
寫懷	582

秋晚有感寄懷大姊 …… 582

苦雨 …… 582

玉蘭花 …… 583

喜雨 …… 583

雙並蒂蓮次韻再賦 初作已入前 …… 583

次蔡閨秀秋海棠原韻 …… 583

久雪喜晴次鴻書弟韻 …… 584

春夜次韻 …… 584

惆悵 …… 584

七絶

梅花次韻 …… 585

蠟梅次韻 …… 585

蘭花 …… 585

暮春 …… 585

懷茀芸表妹 …… 586

夢西園桂花 …… 586

留別茀芸表妹 …… 586

送玉書妹于歸四首 …… 586

月中桂 …… 587

月夜次韻二首 …… 587

月夜口占五絶 …… 587

將詣如皋留呈恩撫母 …… 588

舟中 …… 588

秋夜寄懷大姊 …… 588

夜坐待曉 …… 588

對菊有感賦呈大人 …… 588

題如皋江夫人貼梅畫箑六首 …… 589

如皋將歸留呈大人	589
送姊歸筍里	589
秋日懷大人	590
偶遣	590
新年懷大人	590
蘭花	590
懷芸表妹	590
暮春憶亡母三首	591
病中偶詠	591
輓趙茀芸表妹十首 并序	591
月夜懷玉書妹	593
雨夜	593
大人寄示人日憶家之作遵和三首兼寄大姊	593
大姊歸信不至	594
暮春	594
三月十五夜同三妹看月七首	594
仲春	595
新鶯	595
雜得三首	595
先母靈櫬停厝丙舍秋夜颶風海潮泛溢浮出里許傷感以成	595
秋夜	596
人日讀大人去年人日詩	596
憶外	596
遲京信不至	596
秋海棠次韻	596
夜坐	597

平原信歸索寄蓮鬚 …… 597

思親 …… 597

輓耶溪女士朱舜弦四首 …… 597

瓶花 …… 598

平原東渡未歸 …… 598

燈下課熊兒古詩拈示一絕 …… 598

訪絳桃花 …… 598

寫懷寄平原 …… 598

辛酉除夕寄平原 …… 599

立春日雪遵超然三叔韻 …… 599

詠梅十二絕 …… 600

除夜 …… 601

月夜憶芾芸表妹二絕 後一首已入前 …… 601

宮怨二絕 後一首在五絕中 …… 601

留別芾芸表妹三絕 前二首已入前 …… 601

夏景五絕 …… 601

舟中雜詠二首 後一首已入前 …… 602

大人寄示人日憶家之作七首遵和錄呈兼寄大姊 三首
　已入前 …… 602

雜得五首 三首已入前 …… 602

寫懷 …… 603

人日讀大人去年人日詩有感賦呈七首 第一首已入前 …… 603

冬夜憶大姊 …… 604

乞耶溪女士全稿 …… 604

再索耶溪女士全稿 …… 604

望月 …… 604

月下同兩弟并大兒玩賦 …… 604

索大姊新詠 ·············· 605

　　題赤壁圖二首 ·············· 605

　　輓長嫂張孺人 ·············· 605

五言絕句

　　月夜憶母 ·············· 606

　　月夜懷縶姊二絕 ·············· 606

　　題如皋桑氏雙烈卷 ·············· 606

　　宮怨 ·············· 606

詩餘 附錄

　　浪淘沙 留別大姊 ·············· 606

　　前調 舟中寄懷大姊 ·············· 607

　　陽關引 如皋將歸留呈大人 ·············· 607

　　菩薩蠻 雨夜懷玉書妹 ·············· 607

　　江城子 寄趙表妹 ·············· 607

　　塞翁吟 夏日感懷 ·············· 608

行略 陸秉筠 ·············· 609

晚晴樓詩稿跋 曹錫端 ·············· 614

晚晴樓詩稿題詞 歸懋儀 ·············· 616

附二　傳記方志檔案

　　陸錫熊傳 ·············· 619

　　陸錫熊傳 ·············· 621

　　陸耳山先生事略 李元度 ·············· 622

　　封通議大夫日講起居注官文淵閣直閣事翰林院侍讀
　　　學士加三級陸公墓誌銘 錢大昕 ·············· 623

嘉慶松江府志	625
嘉慶上海縣志	630
嘉慶丙子科鄉試硃卷履歷 陸慶勳	634
清代官員履歷檔案全編	635
吏部題爲內閣中書員缺奉旨以陸錫熊擬補事 傅恒	635
漢票簽爲中書期滿事 劉光第	636
漢票簽爲中書實授加級謝恩由 章棠龍	636
爲關支漢主事陸錫熊乾隆三十四年春夏二季俸米事 宗人府經歷司	637
爲關支漢主事陸錫熊乾隆三十四年春夏二季俸銀事 宗人府經歷司	637
爲孫永清所遺稽查右翼覺羅學員缺欽點陸錫熊督率稽查咨呈宗人府 吏部文選司	638
與陸錫熊同被恩命陞授翰林院侍讀呈請奏謝摺子 乾隆三十八年 紀昀	638
陸錫熊父母誥命	639
光祿寺爲月報事	640
吏部爲補授左副都御史事 和珅等	640
奏爲查明學政陸錫熊考試有無劣蹟遵旨恭摺會奏事 伍拉納 徐嗣曾	641
禮部爲奉旨勘校四庫全書事 禮部	642
奏報福建學政陸錫熊辦理認真又臺灣道兼理臺灣學政萬鍾傑並無劣跡 伍拉納 徐嗣曾	643
奏報料理校勘文溯閣書籍事宜 嵩椿	644
奏報遵旨馳往盛京恭校文溯閣四庫全書日期 翁方綱	645
奏報校勘文溯閣書籍事竣 成策 福保	645
奏議副都御史陸錫熊覆勘文溯閣全書舛誤分別議處議	

罰情形 阿桂等 ··············· 646
請派考試監生大臣事 國子監 ··············· 649
遵旨議奏紀昀陸錫熊具奏添纂八旗通志凡例一摺
　　阿桂等 ··············· 650
奏爲覆校文溯閣書籍副都御史陸錫熊病故所遺應校
　　書籍分别各員接看事 福保 ··············· 651
吏部爲補授都察院左副都御史事 和珅等 ··············· 652

附三　唱酬追悼

宮扇歌爲陸耳山舍人賦 有序 姚汝金 ··············· 655
陸耳山寓舍小集三疊前韻 申甫 ··············· 656
新正四日陸耳山比部招同徐玉崖施秋水喬鷗村陸璞堂
　　集冗寄盧次耳山韻二首 吴樹本 ··············· 656
題李春帆春明問字圖照三首 李係陸耳山先生門下士
　　吴樹本 ··············· 656
正月廿五日憶陸耳山副憲於去年此日來别未逾月病終
　　陪京寓舍追念之餘感悼何已 吴樹本 ··············· 657
成警齋少司馬詢耳山副憲没後事並索觀遺詩感贈
　　吴樹本 ··············· 657
答耳山 韋謙恒 ··············· 657
九月十日沈雲椒少司馬陸耳山光禄張涵齋侍講曹習庵中
　　允祝芷塘吴稷堂兩編修集聽雨樓送吴白華學士督學楚
　　北分得五律二首 韋謙恒 ··············· 658
九月朔見菊憶五年前同耳山廷尉小巖太史於詒堂宫允齋
　　中對菊耳山大醉今小巖既成逝者詒堂又以憂去不勝聚
　　散之感輒書此篇寄詒堂兼索耳山同作 韋謙恒 ··············· 658

· 23 ·

十二月望後飲褚筠心學士茶墨間精舍忽憶戊戌殘臘筠心
　　齋中盆梅正開圍爐密坐曹習庵學士陸耳山中丞皆醉習
　　庵墓草已宿而耳山督學閩中須明年得代始歸曩時文酒
　　之樂不可復得漫呈筠心兼寄耳山 章謙恒 ……… 659
次韻同人永樂菴訪菊歸飲耳山冗寄廬作 程晉芳 …… 659
三月十九日同籜石宮詹儉堂太守秋帆侍講仲思編修紉蘭
　　司直杉亭厚石耳山三舍人調夫孝廉法源寺看海棠過耳
　　山寄廬留飲作 程晉芳 ……… 659
齊天樂 送耳山佺之石埭省養 陸文蔚 ……… 660
題陸耳山副憲遺像 紀昀 ……… 660
吳企晉陸健男錫熊同至京師招鳳喈荀叔鍾越來殷諸君
　　小集 王昶 ……… 661
題陸葵翁秉笏吳淞歸棹圖 王昶 ……… 661
同曹來殷趙升之陸健男嚴東有沈雲椒初吳沖之省欽觀
　　覺生寺大鐘聯句一百八韻 王昶 ……… 662
聞陸健男改官侍讀奉寄 王昶 ……… 664
上海陸副憲健男 王昶 ……… 665
與陸耳山侍講書 王昶 ……… 665
長歌行寄陸耳山 趙文哲 ……… 666
寄懷習菴白華耳山四次前韻 趙文哲 ……… 667
同朱竹君吳白華兩太史沈南雷舍人馮君弼寺丞程魚門陸
　　耳山兩同年泛舟二閘分韻得花字 趙文哲 ……… 667
家甌北招同朱竹君編修王述菴比部曹習菴編修程蕺園陸
　　耳山兩同年小集即次見示詩韻 趙文哲 ……… 668
三月十三日程蕺園舍人招同錢籜石辛楣兩學士曹來殷編
　　修王述庵比部吳白華庶常陸耳山家璞函舍人各攜壺榼
　　陶然亭爲展上巳會分賦二律 趙翼 ……… 668

邀陸耳山簡玉亭兩主試泛舟珠江兼赴海幢寺賞菊
　　趙翼 ……………………………………………… 669
喜同年陸耳山廷尉過訪有贈 趙翼 ……………… 669
題和韓遺訓圖爲陸秀農作 趙翼 ………………… 669
次田綸霞移居韻爲陸耳山舍人作 吳璥 ………… 670
人日同王琴德朱竹均曹來應畢湘蘅陸健男登法源寺後閣
　　晚飲琴德寓齋同東坡廣陵會三同舍故事各以字爲韻予
　　得曉字 錢大昕 ……………………………… 671
臘八日同曹習庵編修吳白華侍讀陸耳山宗人集趙實君齋
　　消寒小飲即席口占索和 錢大昕 …………… 671
心齋太僕將卜居吳中與錢籜石詹事程魚門文選翁覃谿學
　　士陸耳山西曹羅兩峰山人分賦吳中故事送之予得石湖
　　錢大昕 ……………………………………… 672
題陸耳山舍人尊人吳淞歸棹圖 馮廷丞 ………… 672
三月十九日程魚門舍人招同人集法源寺看海棠晚飲陸舍
　　人耳山寓齋 馮廷丞 ………………………… 673
歲莫邀約軒小飲 褚廷璋 ………………………… 673
題同年陸耳山尊甫葵霱翁吳淞歸棹圖 沈初 …… 674
杏酪聯句 沈初 …………………………………… 674
中元後一日暮同嚴東有陸健男訪王蘭泉步至法源寺是夕
　　陰晦無月歸飲蘭泉寓齋閑話至三鼓散去 畢沅 …… 675
三月四日學士錢籜石辛楣兩前輩編修趙雲松曹來殷沈景
　　初庶常褚左莪吳沖之中翰王蘭泉程魚門趙損之汪康古
　　嚴冬友陸健男沈吉甫諸同人重展上巳修禊陶然亭即席
　　有作 畢沅 …………………………………… 675
晤同年陸耳山學士舟中夜話 松江人，時方居憂 王祿朋 …… 676
葡萄聯句 嚴長明 ………………………………… 676

十二月十一日蕺園招吳白華曹來殷兩前輩趙璞函陸耳山
　　兩同年集寓齋觀盆中芍藥聯句得三十二韻 嚴長明 …… 677
十一月十五日雪翁正三學士偕錢籜石詹事辛楣學士登陶
　　然亭回至蕭寓舍與程魚門吏部曹來殷贊善吳白華侍讀
　　陸耳山刑部同飲至夜翁用東坡清虛堂韻作詩垂示輒依
　　奉和並呈諸公 姚鼐 …… 678
冬至大風雪次日同錢籜石詹事程魚門吏部翁覃谿錢辛楣
　　兩學士曹習菴中允陸耳山刑部集吳白華侍讀寓同賦得
　　三字三十韻 姚鼐 …… 678
陪陸耳山宗人簡玉亭民部登鎮海樓遊六榕光孝二寺三和
　　諸城座師韻二首 翁方綱 …… 679
同籜石辛楣魚門姬川習庵耳山集道甫散水庵同賦
　　翁方綱 …… 680
述菴通政招同魚門耳山稷堂竹橋仲則集蒲褐山房觀所藏
　　鄺湛若研側八分書天風吹夜泉湛若下有明福洞主印予
　　拓其文與廣州光孝寺湛若八分洗硯池三字合裝爲軸題
　　此 翁方綱 …… 680
致陸錫熊 翁方綱 …… 681
名義女之信説 並序 吳玉綸 …… 681
贈陸舍人健男 葉鳳毛 …… 682
懷健男 張熙純 …… 682
館中呈紀侍讀曉嵐陸侍讀耳山兩先生 張羲年 …… 682
上海陸夔崖慶堯出尊甫耳山副憲遺詩索題敬識一首
　　沈叔埏 …… 683
菩提紗歌陸耳山席上作 阮葵生 …… 683
送陸大廷尉耳山入都 許寶善 …… 684
得遜亭札賦答和陸耳山廷尉韻 王鼎 …… 684

挽陸耳山中丞錫熊 管世銘 ································ 685
喜璞函耳山以御試授中書 吳省欽 ························ 685
早秋集法源寺聯句用昌黎會合聯句韻 吳省欽 ············ 685
嘉靖宮扇聯句 吳省欽 ·· 686
永樂庵訪菊聯句 吳省欽 ····································· 688
食蟹聯句 吳省欽 ·· 689
集程魚門拜書亭觀藏墨聯句 吳省欽 ······················ 690
集陸耳山新居聯句 吳省欽 ·································· 691
和韓遺訓圖記 吳省欽 ·· 692
望雨和陸耳山先生韻 汪大經 ······························· 693
陸耳山典試粵東與余同出國門既次涿州示詩誌別以明
　發即分途也奉答 祝德麟 ································ 694
竹素堂消夏第六集贈耳山光祿兼示席上諸子 祝德麟 ····· 694
追題耳山中丞武夷攬勝圖遺照 祝德麟 ··················· 695
壺中天 吳錫麒 ··· 696
正月十一夜同孟摺甫 彭淑 ·································· 696
哭座師陸耳山先生 姚秉哲 ·································· 696
感舊絕句十八首 其十七 趙秉淵 ·························· 697
輓陸耳山師座主六首 馮敏昌 ······························· 697
秋日從朱笥河錢籜石曹穆堂三先生程魚門陸耳山鄒西
　麓洪素人黃小華溫步容洪蕊登程葺翁黃仲則諸同學
　遊陶然亭 何青 ·· 698
題陸耳山學士家藏明陸文裕公書玉蘂詩卷 黃景仁 ······· 698
題塔射園和陸耳山先生原韻 張璥華 ······················ 699
陸秀農以和韓遺訓圖索題并示其尊人耳山前輩原作因
　敬次之 陳廷慶 ·· 699
和韓昌黎城南詩題陸耳山先生遺草 石韞玉 ············· 700

讀陸耳山副憲篁村集 楊鍾寶 ……………… 701
家園雅集和陸耳山先生韻 張興鏞 ……………… 701
題陸學士錫熊紀游圖四首 鮑桂星 ……………… 702
陸耳山副憲故關槐雨圖 吳嵩梁 ……………… 702
奉使出都和陸耳山大廷尉送行詩韻四月二十七日定興
　縣作同費道峰學士 吳俊 ……………… 703
弔副都御史上海陸耳山先生 陳壽祺 ……………… 703
哭上海耳山陸師 鄭大謨 ……………… 703
昔予隨耳山陸師雨夜過七里灘師銜杯道古兼訂吳門之
　約予謹唯唯受命未幾梁木風摧都門永訣矣回思往跡
　黯然神傷聊集此以誌半生之憾事也集杜 鄭大謨 ……… 704
上海陸耳山師 梁章鉅 ……………… 704
陳小韓朱彥甫招集西湖泛舟由文瀾閣至岳墳復登孤山
　得詩四首 其二 張祥河 ……………… 705
陸芷泉丈成沅罷守東萊見示萊人贈行詩即題其後
　　洪昌燕 ……………… 705
過陸耳山先生故居 沈祥龍 ……………… 705
滬上論詩絕句 仿元遺山體 其三十二 秦榮光 ……… 706

附四　于敏中致陸錫熊札五十六通

其一 ……………… 709
其二 ……………… 709
其三 ……………… 710
其四 ……………… 710
其五 ……………… 711
其六 ……………… 711

其七 ……………………………………………… 712
其八 ……………………………………………… 712
其九 ……………………………………………… 714
其十 ……………………………………………… 714
其十一 …………………………………………… 715
其十二 …………………………………………… 715
其十三 …………………………………………… 715
其十四 …………………………………………… 716
其十五 …………………………………………… 716
其十六 …………………………………………… 717
其十七 …………………………………………… 717
其十八 …………………………………………… 717
其十九 …………………………………………… 718
其二十 …………………………………………… 719
其二十一 ………………………………………… 719
其二十二 ………………………………………… 720
其二十三 ………………………………………… 720
其二十四 ………………………………………… 720
其二十五 ………………………………………… 721
其二十六 ………………………………………… 721
其二十七 ………………………………………… 722
其二十八 ………………………………………… 722
其二十九 ………………………………………… 723
其三十 …………………………………………… 724
其三十一 ………………………………………… 724
其三十二 ………………………………………… 725
其三十三 ………………………………………… 726

其三十四 ……………………………………… 726
其三十五 ……………………………………… 727
其三十六 ……………………………………… 728
其三十七 ……………………………………… 728
其三十八 ……………………………………… 729
其三十九 ……………………………………… 730
其四十 ………………………………………… 730
其四十一 ……………………………………… 731
其四十二 ……………………………………… 732
其四十三 ……………………………………… 732
其四十四 ……………………………………… 732
其四十五 ……………………………………… 733
其四十六 ……………………………………… 733
其四十七 ……………………………………… 734
其四十八 ……………………………………… 734
其四十九 ……………………………………… 735
其五十 ………………………………………… 735
其五十一 ……………………………………… 735
其五十二 ……………………………………… 736
其五十三 ……………………………………… 736
其五十四 ……………………………………… 736
其五十五 ……………………………………… 737
其五十六 ……………………………………… 737

附五　序跋提要雜評

寶奎堂集跋尾 陸慶循 …………………………… 741
跋陸文裕秋興詩卷 翁方綱 ……………………… 742

下册目錄

陸耳山夫子書元遺山論詩絕句墨蹟跋 馮敏昌 ………… 742
陸耳山夫子遺册跋 馮敏昌 ………… 743
陵陽獻徵錄敘 張華年 ………… 744
陵陽獻徵錄序 盧士珩 ………… 745
陵陽獻徵錄序 卞之澳 ………… 747
陵陽獻徵錄跋 劉之泗 ………… 748
婁縣志序 閔鶚元 ………… 750
婁縣志序 謝墉 ………… 751
婁縣志敘 沈初 ………… 752
婁縣志序 張銘 ………… 753
婁縣志敘 謝庭薰 ………… 754
婁縣志跋 陳鳳苞 ………… 755
書于文襄論四庫全書手札後 陳垣 ………… 756
雲間予謚諸臣傳贊一卷 竹素堂刊本 周中孚 ………… 759
炳燭偶鈔一卷 藝海珠塵本 周中孚 ………… 759
篁邨集十二卷 無求安居刊本 周中孚 ………… 759
寶奎堂集十二卷 無求安居刊本 周中孚 ………… 760
炳燭偶鈔 清陸錫熊撰 李慈銘 ………… 761
寶奎堂文集十二卷 道光二十九年重刻本 張舜徽 ………… 761
篁村詩集十二卷 道光二十九年重刻本 袁行雲 ………… 762
陸錫熊 張維屏 ………… 763
閱微草堂筆記 紀昀 ………… 764
潮來 錢泳 ………… 765
制義叢話 梁章鉅 ………… 765
郎潛三筆 陳康祺 ………… 766
填榜笑柄 張培仁 ………… 767
蘅華館日記 王韜 ………… 767
靳言冥責 許仲元 ………… 768

寶奎堂餘集

題寶奎堂餘集

李詳

此集無題署，無卷第，無撰者姓名。下册題書檢，有"寶奎堂餘集下"隸書六字。册首葉有"曾爲徐紫珊所藏"篆書朱文長方印，以是知書檢定名亦爲紫珊所書。文中有"臣熊""錫熊"字，又知爲陸耳山副憲集，故爲鄉人徐氏所藏。

是集前爲進奉文字，視彭文勤、紀文達相去尚遠，餘則駢散不分。壽文雜作，或爲他人代撰，殊鮮自適之趣。惟《爲軍機大臣議覆安徽學政朱筠采訪遺書條奏》《恭擬文瀾官制條例》《謹擬日下舊聞考凡例》《謹擬歷代職官表凡例》，足備考證。

案，王昶《春融堂集》"陸君墓志銘"，有"所著《寶奎堂文集》《篁村詩集》，雖不盡傳，可無憾焉"。知陸氏生前，無編刻本。同治《上海縣志·藝文》："《寶奎堂文集》十二卷，《篁村集》十二卷，俱陸錫熊撰，子慶循編。"前九卷分二十二類，公撰之文及侍祖石埭時少作。卷十《炳燭偶鈔》，係考證史事之文；卷十一、十二，專代一人之文，非公撰可比，故録於末。

此集文目下，有注"石埭少作"及"石埭時大父命作"十餘篇，又有爲他人代筆者數篇。《縣志·錫熊傳》："幼從其祖瀛齡，赴石埭學博任"，此"石埭少作"之證。但慶循所編，已有侍祖石埭時作，及公撰、代人之文，此集具有其目，則又不得爲"餘集"。竊疑此爲錫熊未定之稿。慶循既編定文集之後，此稿則爲魚兔之荃蹄，紫珊以"餘集"署之，亦非無故，然亦足備錫熊別集之一種。公魯以家藏此集，屬爲考定，謹據所見書，證之如右。癸亥六月十四日蚤起，微風襲衣，具有秋意，輝叟李詳題。

慶循爲錫熊長子。

《縣志·錫熊傳》："祖瀛齡自石埭致仕歸，埭人曰：'陸師貧。'瀛齡曰：'官囊在孫腹矣。'"此語可入《語林》。瀛齡，選拔貢生，著有《贅翁詩遺》。

徽號玉册文

堯門啓瑞,樞光昭耆定之模;姒幄基祥,姘蔭衍昇平之慶。頌孚陬澨,懷集臣鄰。欽惟聖母崇慶慈宣康惠敦和裕壽純禧恭懿安祺皇太后陛下聖裕徽音,福徵厚德。尊親並戴,合萬國以臚歡;名壽兼隆,臻億齡而履順。

茲值金川之底績,遂開紫閣以策勳。溯惟蠻觸搆爭,始猶寬其齊斧;繼乃貙狼肆抗,終難逭其威弧。揚兩路之先聲,兵非得已;簡八旗之勁旅,勇且知方。越險摧堅,不啻功成百戰;擣巢翻窟,因而事蕆五年。予小子籌筆辛勤,每厪慈詢之垂念;師武臣剸旌勞勩,克馳捷奏以慰懷。兵銷騰日月之光,升恒益算;樂作叶韶頀之盛,美善歸親。宜晉鴻稱,用崇燕喜。精珓聯珏,稽朝家隆重之儀;嘉璽琱珍,合中外謳于之願。謹告天地宗廟社稷,率諸王貝勒,文武群臣,恭奉册寶,上徽號曰"崇慶慈宣康惠敦和裕壽純禧恭懿安祺寧豫皇太后"。顒捧芝函,虔申葵悃。繹箕疇之來備,永奉康寧;演羲畫之利行,式彰順。獻純禧於蒼籙,聚蕃嘏於琅編。

伏願道契安貞,志承愷樂。闡昌符於金石,寶琰恒新;熙洪號於垓埏,蘿圖益煥。常來王而常來享,共球同紀《殷篇》;莫不興而莫不增,川岳長賡《周雅》。臣誠懽誠忭,稽首頓首。謹言。

大行皇太后殷奠祭文

臣夙承懿訓,久侍慈闈,孺慕難窮,深恩罔極。每仰聖母康强之體,竊紓子臣眷戀之忱。謂養志之方長,冀承歡之未艾。屬當違豫,日赴寢門,猶寬慰之頻加,荷慈仁之曲體。何圖降割,奄忽上賓!皆由涼薄生災,遂致鞠凶觏譴。平日不忍言一懼,至今乃竟罹百憂。奉含斂而幾欲捐生,極呼搶而未由申悃。

憶新正之侍宴,僅隔兩旬;因嘉節以觀燈,未周半月。欲再承顏而無日,遽爾抱恨于終天,五内俱摧,萬方失恃。痛六十七載恩隆鞠育,更報答以何從;溯四十二年化洽祥和,竟攀號而莫及!緬徽音其如在,對俎豆以空陳。搏顙拊膺,銜哀擗踴。兹以粢盛牲醴,初陳殷奠之儀,慟告几筵,衷懷摧裂。伏祈慈眷,鑑此哀忱!

大行皇太后啓奠祭文

竊臣仰承顧復,備荷恩慈。侍温清以長依,奉晨昏而靡間。在子職情惟愛日,即萬年豈有窮期!冀天心佑副祈年,雖寸晷敢忘顒祝。何悃忱之弗格,致荼酷之遽嬰!溯問疾于三朝,話言猶在;痛彌留于五夜,呼搶無從。悲號而泣不成聲,慘切而心真欲裂。流光難駐,倏屢易夫芳辰;彝典攸遵,式敬移夫神殯。

惟暢春之仙苑,本長樂之那居。瓦易黄鴛,敞規模而奐若;門仍金𨦥,儼宿仗而依然。將奉靈輀,往安閟殿。珂輿在御,庶幾陟降之來歸;玉几常陳,佇想神明之猶戀。憶昨鑾扶穀旦,轉瞬而輦路風淒;逮兹翣舉晦朝,僂指而霣階葉盡。瞻黼帷而增慟,望椒寢而含辛。攀慕彌殷,莫罄摧心之痛;粢盛既潔,用申啓奠之誠。敢布哀忱,伏祈慈鑑。

大行皇太后初次祭文

萱庭仍啓,仰陟降而非遥;鳳輦虚陳,緬起居之如昨。肅趨承之曉蹕，越□辰常覲慈顏；儼宿衛之周垣，更何日再親懿訓！捫膺隕涕，薦俎含辛。

欽惟皇妣大行皇太后，德茂坤成，道符豫順。備四十二年之尊養，每慚寸草難酬；晉八十六禩之春秋，方謂遐齡可卜。乃昊蒼之降割，忽風樹之生悲。荷憐愛於高年，已矣長睽色笑；抒瞻依於孺慕，傷哉永隔晨昏！哀自中來，耿通宵之不寐；時真莫待，驚半月之將臨。仰惟慈惠之周詳，恒軫窮檐之疾苦。方冀慶儀再展，洽汪濊以臚歡；何圖仙馭遽升，悼倉皇而失怙！爰藉輪年給復，益推罔極之仁恩；庶期率土悲號，同謝在天之靈爽。

嗚呼！驚心問寢，披衣而猶候雞鳴；銜痛居廬，執簡而忍看荼蓼。敬申牲醴，初奠几筵。敢灑血以陳詞，冀慈靈之來格。

【校】"趨承"，底本、《寶奎堂餘集》原作"趨庭"。按，"趨庭""宿衛"莫對，且前已云"萱庭"，故據《頤齋文稿》改。

大行皇太后大祭祭文

層霄馭遠，永暌愛日之顏；閟殿神依，猶眷頤安之宇。制忍循乎易月，晨昏之攀慟彌殷；哀莫釋夫終天，謦欬之聆承如昨。虔申孺慕，潔薦芳筵。

欽惟皇妣大行皇太后，履順居尊，含章儷極。母儀共仰，凝庥而化協升恒；坤道常貞，合撰而名光堯舜。千百國周覃懿福，常欣渥露均沾；億萬齡環晉徽稱，惟祝慈雲永庇。方綏和之受祉，何期一旦長違；嗟荼蓼之摧心，忽已三旬欲屆。盱鸞輧而路杳，廿六朝迥隔人天；迎鳳翣而星移，二十辰俄逾朔望。感蘭馨于玉几，便今生望斷含飴；傷象設於瑤階，曾此地歡邀舞綵。數每日寢門曉酹，忍來聽長樂之鐘；更何年禁苑春深，得重掖大安之輦。

嗚呼！庭闈載啓，看遲遲佳景依然；鼎俎遙陳，痛歷歷愉容安在！仰祈來格，俯鑑哀忱！

大行皇太后清明祭文

萱庭在望，俄驚節物之更；鳳翣空陳，倍惕流光之迅。值榆煙之乍改，欲調甘旨而銜哀；嗟桑雨之初零，祇奉几筵而深慟。

欽惟皇妣大行皇太后，德符厚地，化被光天。蘭阯垂徽，冠古今而作則；璇闈錫祉，統中外而蒙庥。方冀慶協升恒，玉策衍無疆之算；何意屯罹奄忽，瓊霄絕再返之期！氣常結於攀號，願難償於依戀。

茲屆清明之序，益增悽愴之忱。憶昨月朗燈宵，尚侍慈顏而有喜；際此風凄柳陌，欲瞻仙馭而奚從！禋祀載申，搶呼莫逮。嗚呼！感一百五日之芳菲，難答春暉於寸草；荷六十七年之鞠育，永懷孺慕於匪莪。伏望來歆，式將悲悃。

孝聖憲皇后上尊諡祭文

闡母儀於萬世，式隆上諡之文；對靈爽於九天，特重顯親之典。形容盛德，情允協夫同尊；想像崇徽，感倍深夫永慕。

欽惟皇妣大行皇太后，應地含章，儀天鍾慶。裕慈祥以敷化，六宮瞻綈練之型；敦仁惠以覃庥，九域受共球之戴。四十二載仁風光被，宏怙冒於彤闈；八十六年壽愷凝承，享康寧於紫極。溯劬勞之欲報，色笑常親；臚頌禱之彌殷，春秋疊晉。方冀旬開九裘，金泥之煥彩重新；何期養棄崇朝，風樹之銜悲莫待！搶呼靡及，攀戀何從！追惟顧復之深恩，思極顯揚之鴻號。彝章是考，冠孝德而百行先該；颺贊難窮，欽聖懿而大名斯稱。綜見聞以紀實，允超宋室誇詞；竭蠡管以抒忱，並采容臺集議。虔昭鉅典，申告哀悰。

嗚呼！憶壼訓之長違，徒愴追懷於溫清；奉徽稱之有曜，敢忘播嫟於詩書。伏冀降監在天，居歆臨下。閟宮嚴肅，萬年安廟祐憑依；寶冊輝煌，億禩賴神明佑啓。謹告。

孝聖憲皇后祖奠祭文

緬慈容於萱戺，長違愛日之顔；肇鉅典於珠丘，將卜因山之兆。惕居諸而易逝，莫攀仙馭之上升；庀窀穸而有期，忍覩神輀之西指。爰陳珝俎，敬告黼筵。

欽惟皇妣孝聖憲皇后，厚載同符，含章集慶。徽流彤史，兼昭德福之隆；瑞衍瑤編，久切尊親之戴。憶清溫於疇昔，含飴每愜晨昏；導忻豫以巡行，披輦方覃慶惠。終天抱恨，遽違色養于春正；率土銜悲，倏轉時薰於夏首。吉隧即橋山之左，告著策而咸從；良辰占巳月之中，奉芝輀而將發。望丹旌之搖曳，炎日凝陰；挽素紼之逶遲，淒雲結慘。啓菆宮而即遠，難重追問寢之朝；引畫翣以徐臨，遂永閟棲神之域。千林泣露，匝野號風。

嗚呼！溯蘭殿之承歡，彌痛奉辭於此日；扈鶴輅之戒道，更期返駕於何年！仰玉座以摧心，對錦杠而增慟。伏惟慈鑑，來饗明禋。

泰東陵懸匾祭文

奧區卜宅，崇榱桷以維新；吉兆綏神，鞏川原而式固。兹届葳珠丘之禮，爰恭懸瓊榜之書。灑墨親題，瞻雲永慕。緬憑依之如在，陟降三霄；仰規制之彌隆，昭垂奕禩。從此日星炳焕，常通佳氣於橋山；庶期霜露沾濡，式妥慈歆於閟寢。謹告。

孝聖憲皇后梓宮奉安隆恩殿祭文

珠宮禮重，三春遠隔夫慈暉；雲馭悲深，五日遹臻夫吉地。緬徽音而茹痛，扆衛虛陳；稽殷典以慎終，黼筵暫設。光陰愈迅，哀戀何窮！

欽唯皇妣孝聖憲皇后，資始凝禧，含章垂裕。琅函考懿，思齊遠邁任儀；瑤筴流諟，嚮用備膺箕範。謂承顏之方永，何降割之斯遭！奄岁俄臨，已啓萬年之兆；人天迥判，將逾三月之期。覿丹旐之初移，億庶咸深泣慕；奉靈輴以乍駐，半旬詎展哀思！憶當年掖輦時巡，常侍帷宮之色笑；愴此日攀轀長痛，徒升閟殿之馨香。撫孺悃其奚堪，仰隆恩而莫報。

嗚呼！寶城在望，驚逝景之難留；畫翣猶停，冀愉容之俯格。伏祈慈愛，歆是苾芬。

孝聖憲皇后百日祭文

顧復恩深，痛雲軿之杳隔；愾台序轉，驚星紀之推遷。移黼翣以纔臨，十旬已屆；望珠丘而將閟，百感交橫。展悃陳詞，含悽告奠。

欽惟皇妣孝聖憲皇后，坤成立極，豫順凝禧。美善咸臻，仰流徽於瑤牒；尊親共戴，徵備福於彤闈。惠澤均霑，久洽祥和之化；綏祺懋晉，方諧溫清之歡。何期一旦登遐，遂爾終天銜恤！戀晨昏而不再，方心傷濡露之時；邁歲月以如流，又淚灑薦櫻之候。九十日春光早逝，暉莫冀於長留；廿四番風信吹殘，樹空憐於欲靜。制適中而勉守，已傷粗服之當除；辰滿百以俄周，倍感慈容之漸渺。睹林埛而增慟，潔牢醴以抒哀。

嗚呼！新麥方嘗，奉旨甘而安在；輕綌告御，問涼燠而何從！慘圓魄以三回，尚想侍燈宵之輂；愴落蕚於六葉，忍看陳帷殿之筵。伏冀慈靈，俯垂歆鑑。

【校】"百感交橫"，底本原誤作"百歲交橫"，據《頤齋文稿》改。

孝聖憲皇后遷奠祭文

瓊霄路杳，緬僊馭之難留；珠阜雲凝，肇佳城之恭啓。翼芝輿而即道，池紼縴移；昒松隧而摧心，神肩欲掩。庸申殷薦，虔布精誠。

欽惟皇妣孝聖憲皇后，至德安貞，洪恩覆育。慈蔭普蔭，常周海寓以臚歡；瑞筴延暉，方儷乾坤而集慶。何意舒遲愛景，悲思遽感於終天；越茲荏苒流光，典禮遂遵於復土。良辰得歲，協九曜以諏期；福地因山，妥萬年而卜兆。柏城乍莅，心傷域樹之成行；簋器先陳，意愴空儀之告備。仰容車之暫駐，扈行而猶若平生；臨羨道之將封，拜送而惟深慕戀。淚縆縻而莫禁，痛荼蓼以何窮！

嗚呼！覯羽仗之虛排，丹旐助慘；慟翬衣之永閟，石闕銜哀。攀題湊而無從，祇此度展黼帷之奠；鬱岡巒而在望，尚千秋依靈寢之安。伏冀居歆，俯垂慈鑑。

孝聖憲皇后神牌點主畢祭文

妥山陵而協吉，作祐主以告虔。升祔有期，音容如在。煥新題於瑤座，在天之靈爽攸憑；奉旋蹕於金輿，入廟之瞻依永賴。伏祈歆格，鑑此精誠。謹告。

聖駕五巡江浙詩序　代作

　　臣聞十華啓秀，星辰翊轔馬之車；九囿呈圖，風雨護翔虯之駕。會鈞臺而執玉，葱赤雲趨；禮喬嶽而升壇，梯杭日就。綠蛇蒼雁，表瑞應於唐衢；釜嶺洹沙，敞神皋於軒籙。緹油誌盛，河宗之獻琰曾傳；縹簡揚輝，岐麓之刊苢罕繼。其有廑區襲福，龍幕覃庥。啄跂登臺，八表運垂裳之治；招摇指野，九霄勤鳳駕之文。蓋媲嫩於前聞，莫媲隆於今日。

　　欽惟皇上儀圜制極，宰厚成功。調六氣於虹階，霞霓入律；均五方於螭牖，海嶽凝禧。黃序山河，環渤戴堯襟之朗；紫宮日月，依躔歸舜抱之和。馬服旱而西徠，步野早窮於亥冊；雉揚羃而北赶，涉瀛無藉於姬輨。雲壤星潯，既萬靈之受職；鸞門鶴仗，猶五鷂之卜征。駐翠罕於興桓，校獲射熊之館；耀金支於齊魯，升馨集昻之堂。二月臺懷，禮旃檀之猊座；千秋豐鎬，緬霜露之松丘。固已瑞霱祥炎，慰一遊於夏諺；仙茅吉穎，答四望於周編。

　　惟揚越之奧區，直斗牛之次舍。昌丰士女，神紘滋竹箭之英；嘉淑山川，芳甸鬱瑤琨之氣。迴皇祖乘龍之馭，粵六旬而草木知恩；翹聖人鏤象之臨，踰十載而雲霓結望。息銀瀾於九曲，宣房之璧馬爭朝；恬雪浪於三罾，胥海之黿鼉盡徙。雲臺授策，凤紆念於宵衣；黼帳鳴鑾，佇廑觀於日御。

　　況迺金函石礎，增寶袠於先庚；玉鏡珠囊，衍瑤辰於當午。引翔鶩而獻壽，懽浹坤維；會躋兕而迎祺，祥開震旦。華封覃慶，申昕頏於黃樞；砥室熙春，戀謳謠於紺席。青蒲奏牘，介岳牧以陳悰；赤板宣綸，軫黔黎而協願。尚仰淵衷納谷，預停觥祝於《豳詩》；更欣釀澤霈膏，先布韽音於《唐雅》。三辰會極，習祥占珠斗之儀；七曜臨躔，驗晷應銅渾之節。縵雲結蓋，遙垂泰壹之車；瓔雨霏塵，徐灑相風之斾。

爰諏令日，重舉時巡。迎再閏之芳韶，啓一旬之綺籥。泰壇薦璧，初明燎火於天衢；柜陛停虋，遂宿勾陳於冀野。傳柑節近，覽驂篠於畿南；蹛柳場開，問扶鳩於山左。雕幾弗事，采椽懲篆組之華；曼衍無煩，供帳罷燈毬之飾。符鐍尺籍，外戶騰謠；虡截千箱，康衢叶奏。豐隆衛轂，躬桓之彩就偕來；屛翳摩旌，岳瀆之星裳夾扈。燕南趙北，憶置頓於煙霞；越角吳根，喜□妍於魚鳥。放萬花於香海，鳳舸洄沿；標十景於明湖，霓旌容與。金焦兩髻，試曉鷁以凌波；黿赭雙丸，拓晴窗而觀漲。龍盤虎踞，盡叩神筆之品題；白井蘇橋，總入化工之點染。苗靈苗而食德，禹甸黃犉；普甘霈於含薰，堯廚翠薐。蒿宮流詠，識鳧藻之歡心；蓋地披圖，頌鶯槐之盛事。瓊章吐絢，八能羣瑞於丹縢；銀籀翻華，四極啣恩於翠琬。

臣草茅下士，蕡菲凡材。西省簪纓，世叨榮於紫闥；南宮領袖，早奉對於彤墀。迎豹尾以抒忱，踊躍願先於獸舞；譜《竹枝》以奏曲，鏗鏘竊附於童歈。

賀金川奏捷表

欽惟我皇上天威式暢，神武丕宣。朗金鏡於先幾，動協陰陽之撰；握珠鈐於獨斷，懋昭耆定之模。惟么麼之金川，久羈縻于周索。溯觸蠻之搆釁，猶看湯網施仁；迨螳轍之當鋒，難逭軒弧薄伐。集貔貅於兩路，初非得已之懷；嚴壁壘於三軍，爰整徂征之律。索倫勁旅，勇邁披堅；健銳雄兵，義申執梃。雲碉百仞，摩霄之鼓角爭鳴；雪嶺千重，越險之旌旗改色。運神機於九地，妖窟都空；葳茂績於五年，罪人斯得。行廬日永，桃關之喜氣遙通；捷奏星馳，筴部之歡聲并洽。誕昭宣乎廟略，悉稟受乎宸謨。秉黃鉞以稜威，永慶銘勳紫閣；唱金鐃而奏凱，同欣偃伯靈臺。忭合臣僚，頌乎寰寓。

臣恭承吉語，獲際昌符。迓鑾輅以告成，在泮佇觀盛典；趨丹墀而舞蹈，充庭未預清班。忻磨盾之交馳，惟深雀躍；愧摛毫之莫罄，祇切葵抒。

【校】文題，《頤齋文稿》墨筆添"代作"二字，復抹去。

爲安徽京員謝展賑恩劄子

欽惟我皇上惠洽垓埏，仁覃雨露。劭農祥於十墢，勤依思稼穡之艱；兆豐澤於千箱，調序協雨暘之順。擢合穎連莖而告慶，常欣繡陌青連；彙崇墉比櫛以呈休，真見珠芒紅積。喜處處含和食德，耕餘何止於九年；猶時時賜復蠲租，藏富倍盈於百室。即偶收逢歉薄，仍安作息之熙恬；顧蒙抱切痌瘝，特沛絲綸之優渥。

維此泗淮之偏壤，稍緣霎霖之需期。緩庸調於催科，比戶早眠庬洽化；計丁黃於給餼，窮閻都挾纊知恩。遂浹髓而淪肌，不改西成之樂；方荷鋤而痔鎛，爭趨南畝之功。洒陽澤之昭孚，復釀膏之誕布。籌盈寧於蔀屋，饗飧已足於三冬；廣樂利於茅簷，饘粥更加夫一月。念屢紆而彌摯，田廬尚軫如傷；腹已果而重叨，食息皆邀曲賜。清流關畔，群歌化日之舒長；洪澤湖邊，難比恩波之浩蕩。定識十行騰詔，遍擊轅歌壤而共祝新祺；行看雙毯書編，叶甘雨和風而彌徵上瑞。

臣等情抒若藿，感竭維桑。拜尺一而喧傳，喜氣洽新韶之慶；指鄉閭而蹈舞，歡聲諧奏捷之音。鼇抃難名，嵩呼曷罄！

【校】"繡陌"，《頤齋文稿》作"繡隴"。

爲王大臣謝賜南巡盛典劄子

仰惟我皇上憲天出治，法祖攸行。海寓胥效臚懽，安輿祇奉東南。每勤望幸，法駕頻臨。首畿輔以達三齊，踰淮江而臻兩浙。仰省方之令典，垂貞度之鴻模。十行丹詔敷春，休助遍逾夏諺；四度青旂近日，疇咨常軫虞巡。爰因大吏之籲言，特纂成編以紀事。三十六載之淪肌浹髓，曷勝顒忭於衢謳；百二十卷之偉烈休光，永著訓行於策府。

臣等聯函循誦，宣風與岳牧同殷；什襲珍藏，戴德與蒼黎共切。

【校】"顒忭"，《頤齋文稿》眉批："御名應改。"

爲王大臣謝賜快雪堂帖劄子

欽惟我皇上神超羲畫，道洽堯文。究篆籀之源流，貫通蒼雅；闡圖書之秘奧，苞括鍾、王。《三希》之妙蹟初摹，八體胥歸陶冶；《淳化》之遺編重訂，百家悉就範圍。

粵惟涿鹿之故臣，曾取籠鵝之舊帖。冠金壺以集腋，多仿絳潭汝鼎之遺；雕翠版以傳神，略備章草真行之式。雖考搜羅於網海，未盡珊瑚；而審波趨於臨池，不差毫髮。付宛陵之妙刻，俄同過眼煙雲；落閩嶠以經時，漫數承家譜系。看近日拓藤罕致，兼金每估書林；幸當年鐫琰長留，什襲欣歸册府。鑑銘心之絕妙，許收偕秘閣殊珍；覯生面之重開，更添著石渠總錄。

裁量舊製，仍依甲乙之題；焕發新硎，特換棗梨之樣。行間虹彩，勒比銀鈎；紙上星芒，揭同蟬翼。敞迴廊而平甃，觀文別啓藏山；染御翰以親摘，即事彌欽彝訓。頌元辰之告瑞，信六花已協嘉名；荷行殿之宣恩，復五卷均叨渥賜。絛繩捧到，盥薇露以開襟；羅帕攜回，挹芸香而啓匱。慶遭逢於貞石，獲升華群玉之庭；較流播於通都，誰媲美集賢之本？

臣等學慚授簡，才拙操觚。敬誦奎章，勖正心而倍凜；忻瞻墨寶，希得髓而無從。窺筆陣之成圖，惟深鑽仰；傳藝林之佳話，曷罄名言！

【校】"鐫琰"，《頤齋文稿》眉批："御名應改。"

謝署日講起居注官恩劄子

臣一介庸愚，由南巡召試中書，洊陞郎署，屢預文衡。幸充校理之司，未有涓埃之效。乃荷恩施格外，擢改詞垣，被渥澤之頻頒，常撫衷而滋愧。

茲復仰承寵命，簡署講官。躋侍從之班聯，鴻慈疊沛；倍尋常之銜結，蟻悃難宣。惟有勤慎行走，殫心職業，以蘄仰報高厚於萬一。

爲福建徐撫軍謝賜千叟宴詩劄子

欽惟我皇上治握乾符，祥增寶筴。覃純禧以錫慶，壽寓同登；循渥典以宣慈，耆筵懋展。班趨舜陛，昭愷樂而杖許骿扶；韻繼堯章，戴廣颸而簡仍分授。普春祺於華髮，均叨斟瀡之恩；諧雅律於仙《韶》，競進擊轅之奏。珠聯琲合，《陳風》遠逮東藩；蹇舞軒歌，喜氣遙通南極。集同《御覽》，彙三千首嘉頌之音，數溢前編，衍億萬歲循環之算。雕翠文而排帙，佇周旬遞續縹緗；冠册府以成書，定奕世常垂琬琰。

臣忝承封守，預沐寵頒。覩盛事而喜洽恭逢，拜珍函而感深手捧。冀敬宣夫和澤，黿抃同臚；願申祝夫蕃釐，嵩呼倍切！

【校】"普春祺於華髪"，"於華"二字抹去，據《頤齋文稿》補。"琬琰"，《頤齋文稿》眉批："御名應改。"

乾隆乙酉科山西鄉試策問二首

問，論道之書，莫先於二典。唐虞遞嬗，祇揭一中，爲授受之源。至《商書》始言性，《易·繫辭》始言理，其旨之衷於一者安在？性理之名，又何自而昉也？夫理、欲不容並立，故盡性之功，由於窮理，尚矣。顧《書》稱"惟精"，《詩》稱"物則"，《大學》稱"格物"，子思稱"擇善"，孟子稱"知性"，其立言各殊，果足互相發明否也？我夫子謂："繼之者善，成之者性。"又謂："性相近，習相遠。"子思、孟子相繼述其義而昌言之。然在當時，如告子、公都之徒，已不能無異。於是後儒言人人殊，而荀況、董仲舒、賈誼、楊雄、韓愈五家之説最著，能略悉其詞指所在，而闢之歟？有宋諸儒，言宗孔、孟，而張子、程子，於性之中分別理氣，朱子更引而伸之。蓋以孟子言"性善"，而孔子言"相近"，似有不同，故不能間執諸家之口。今兼氣以言性，則孔、孟之義本合，而異論不攻自熄。顧其説散見于諸書者，累千萬言，能舉其要，撮其凡歟？性之本爲命，性之發爲情，其功能爲才，其具之者心，而心已屬氣，且有質，能一一疏通證明其理歟？忠恕爲聖門一貫之旨，下學上達，未嘗不同。朱子編《延平先生答問》，具載其語，又嘗自作《忠恕説》，大指亦略相合。乃《論語集注》則謂，借學者盡己推己之目，以著明之，是又疑忠恕止爲下學之事矣。其立説之相歧者，亦能識其微意，而爲之闡繹歟？爾多士幸逢正學昌明之會，薰陶成就，宜如何鼓勵，以蘄仰副我皇上"志賢聖志，言孔、孟言"之訓？其於儒先緒論，必有沉潛玩索之已久者，尚各抒心得，用覘實學。

問，文以載道。三代以上，文與道一；三代以下，文與道二。故《六經》言道，不可以文論，自漢以後，其源流正變，乃可得而言。西京作者，去古未遠，賈、董、兩司馬未出，有先以著述見稱於漢高者誰歟？當漢文絕盛之時，而有以俳體廁其間者誰歟？建武以後，班、張、崔、蔡代興，至建安而有"七子"之目，《典論》所列，可悉陳歟？典午人文頗劭，其藻采繁縟，已開六朝之先，文章流別，書已不傳，其人尚可數歟？《南》《北史·文苑傳》所載，無慮數十家，而沈、范諸人，尚在其外。今其集不存什一，而散見於諸史及各家之甄錄者，能一一詳之歟？唐代王、楊之與燕、許，優劣已分，至韓、柳出而大振之，為羽翼者何人？可之、牧之，果稱後勁歟？《陸宣公奏議》，論者謂其上繼諸葛武侯，下掩李忠定，其信然歟？宋之文，廬陵直接昌黎，顧有開其先者何人？同時以古文著者何人？三蘇父子兄弟，自相師友，而各有獨造之境。南豐、半山，氣體亦迥別，能究其得力所在歟？南渡後，朱子以真道學為真文章，庶幾文與道一矣。而時如陸務觀、陳龍川、楊誠齋、周益公數公，非皆卓然可觀者歟？元以虞、揭、黃、柳並稱，而如吳萊、剡韶等家，可盡廢歟？又有以文豪東南，而不免"文妖"之斥者誰歟？明代潛溪、東里、西涯稱冠冕，而震川最為大家，其所宗法者安在？若方正學、王遵巖、王陽明、唐荊川，各持正則，而弇州論諸家多微詞，豈非左袒北地？歷下之私，有不可掩者歟？茅鹿門《八家》之選，標舉頗當，而評隲微近學究氣，果大雅所尚歟？我皇上文思天縱，富有日新，近允廷臣之請，刊刻《御製文初集》，頒行天下，煥乎之文，昭爍宇宙。爾多士得仰窺天藻，敬誦敷言，益當感發奮興，以求不懈而及於古。其尚以素所服習者，略陳梗概焉。

【校】文題，《頤齋文稿》初作"乾隆叁拾年山西鄉試策問三首"，墨筆改爲今題。

乾隆戊子科浙江鄉試策問一首

問，傳者經訓之名，而司馬氏取以作史，珥筆者承用至今。觀其綜緝首尾，彰闡具焉，則體綦重矣。《史記·伯夷列傳第一》，唐人更其篇第者，曷故？《淮南王傳》《漢書》復析爲伍，彼一篇分合之旨，果有説歟？《儒林》《循吏》等傳之各爲品目，自子長始也，然歷代多不相襲。《唐書》及《五代》《宋史》，均有創傳，爲他史所無，孰當孰否，能備舉其目而論定之歟？篇首標題，或以官，或以姓，或以爵；傳首著籍，則或舉州郡，或舉縣。異同之故，亦有例可言否也？父子也而必分篇，異世也而可合載，厥旨安居？且傳主於紀事，顧有本傳祇載其人所爲文，而歷官本末，反列於贊中者，其於體果有合耶？核實舉要，傳之正義也。乃諸史多據其家銘狀之辭，緣飾附會，甚至進退失當，前後錯互，讀史者又可不審其得失耶？若夫傳末有贊，權輿何代？曰論曰評，何以殊名？已有論，復有贊，何以複綴？其文既出史臣之手，而如班彪、姚察所論斷，亦或雜厠其中，是何體也？歐陽子傳贊，一變前史面目，昔人何以議之？《元史》則盡削其辭，豈史法果應如是耶？聖天子執中權度，加意筆削，特命史館纂輯《國史》諸臣列傳，務載實蹟，用垂勸戒。諸生績學稽古，將膺承明著作之選，其撮舉體要以對。

【校】文題"戊子科"，《頤齋文稿》作"三十三年"。

乾隆庚寅科廣東鄉試策問二首

問，"六籍"皆聖人垂教之書，而《易》爲最古。然夫子言包羲氏始作八卦，不言作《易》，而《連山》《歸藏》亦並不以《易》名。説者因謂文王所作之辭，始名爲《易》，然歟非歟？卦爻用九六，而《春秋傳》《國語》有稱艮之八，泰之八者。或云卦畫七八，爻稱九六，果得其解歟？《尚書》在漢，有古文、今文、中文，而古文又自有二，其異同何若？劉歆、賈逵、鄭康成所引《泰誓》之文，皆不與孔氏合，可徵其辭而辨析之歟？删《詩》之説見《史記》，孔穎達不以爲然。而宋儒有謂篇中删章，章中删句，句中删字者，果安所考證也？朱子不信《小序》，馬端臨乃以爲有功於《詩》，何以獨持異論？《春秋》三傳，或事詳而理差，或理精而事誤；杜預、何休之注，或屈經以申傳，或引緯以汨經，能臚舉其概歟？《漢藝文志》以六篇爲《周官經》，十七篇爲《禮古經》，尚未稱《周禮》《儀禮》，其名定於何時？《禮記·月令》中，星王制制爵，與《虞書》《孟子》不合者，何故？《儀禮》逸經，《冬官》闕籍，補之者又何人歟？我朝敦崇儒術，學校風行，諸生道古研經，匪朝伊夕，悉誦所聞，將以徵素積焉。

　　問，史家論斷，權輿何自？左氏"君子曰"之文，説者謂皆經之新意，其信然歟？後代史臣所著，曰序曰贊曰讓，曰評曰述，名各不同，何所取義？且其文或崇駢儷，或尚奇澀，又孰醇而孰疵也？班固譏司馬遷是非謬於聖人，而范蔚宗亦以詆固，或又各爲之曲解，當以何者爲持平之論歟？陳壽毀諸葛亮，魏收譽爾朱榮，前人已摘其謬。顧他史傳贊中，進退褒貶，悖於正理者尚多。即以歐陽氏之謹嚴，而《五代史論》猶不無遺議，能通指其得失歟？涑水《通鑑》，事備而義少，間爲發論，果安所注意也？胡寅《讀史管見》，孫甫《唐史要論》，范祖禹《唐鑑持議》，并爲朱子所稱，而亦有未盡當意者，其瑕瑜互見之處，可確指歟？尹起莘《發明》，劉友益《書法》，果有當於《綱目》否，抑皆不足觀歟？至張時泰、周禮之於《續綱目》，實爲自鄶無譏，亦能切指其蕪陋歟？我皇上聖學高深，執中權度，《御批通鑑輯覽》，立群史之定衷，垂萬世之成憲，大公至正，合揆《麟經》。復命儒臣編録綱領，爲《評鑑闡要》一書，精義微言，昭揭星日。多士涵泳聖涯，游心史囿，必有能洽聞殫見者，悉之究之，詳著於篇。

【校】文題"庚寅科"，《頤齋文稿》作"三十五年"。

爲再行申諭事

照得本都院恭持英籌，再閱星霜。惟矢公慎以司衡，冀俊髦之入彀，夙宵自警，風雨不渝。但期實行同登，永絶終南之徑；庶幾端人克樹，長空驥北之群。諒在英才，稔知鄙悃。特恐根株未斷，鬼蜮潛滋，或見彈以求鴞，即捕風而捉影。塔原無縫，猶妄想於尋梯；門已牢扃，尚動心於由竇。

況復下由諸郡，漬染最深；兼之故里一帆，影射尤易。因鑽營之故態，啓撞騙之姦謀，事未可知，心真莫測。至於傳遞鎗冒之弊，均爲斁法姦紀之魁，頗亦有聞，不能盡絶。每念頹風之難革，良慚誠意之未孚。方閉閣以思愆，更披衷而瀝告。

爾等當思身游庠序，化被菁莪。欲儲華國之文章，端在束身於圭璧。且際科場剔弊之日，恭奉綸言誡勵之初。宜激發其天良，倍凜承夫聖訓。慎微謹小，期不負於生成；拔本塞源，願無忘於羞惡。各思勉力，不待多言。倘或仍鶩虛聲，復萌故態，除惡務盡，有犯必懲，斷不姑寬，毋貽後悔。在本都院盟心屋漏，定能信其無他；亦望爾生童砥志狂瀾，庶共臻於有恥。勉之慎之，無違無忽。

【校】《頤齋文稿》"恭持"作"忝持"，"無違無忽"作"毋違無忽"。

泖塔賦 不限韻

半空金碧,四面玻瓈。繞滄波而地迥,飛丹栱以天低。月冷鮫宮,城認由拳之甓;雨侵螭瓪,苔迷天水之題。紺宇凌霄,浮圖勢出;銀濤濺佛,梵唄聲齊。壓鳥背以高翔,千尋風磴;跨龍頭而欲起,百尺虹梯。

爾其斗近雕梁,霞依玉塓。莊嚴獅象之林,寂歷罘罳之網。蘸綠波而畫日,卓筆如山;摩碧漢以承漿,擎盤似掌。彷彿兜羅綿現,燈連漁火之明;依稀替戾岡沉,鈴答夜潮之響。則有繡幢朝旭,畫檻宵煙。寶鏡三潭,秋送采蓴之曲;霜芙幾點,春回載酒之船。宿星樞於戶上,落磬韻於雲巔。誰作賦以登高,應吞雲夢八九;倘徘徊而御氣,何殊弱水三千!至夫震澤東馳,葺城西望。面面通津,層層異狀。寒雲鸛鶴,盤來絕頂之秋;白日黿鼉,踏破中央之浪。雙珠並掛,影帶月以橫翻;一柱孤懸,勢乘風而獨上。

若乃金繩開路,沙界浮空。接茫茫之葭渚,渡杳杳之霜鐘。繭紙平鋪,一點墨痕杳渺;玉壺倒影,十圍冰洞玲瓏。海市春明,別是天開祇樹域;蜃樓寒結,恍疑人在水晶宮。故其岸芷吹馨,石華吐乳。指鳥外以看山,卧煙中而聽艣。燒殘赤壁,曾飛舍利之光;壓斷橫雲,自灑散花之雨。豈有紅塵可到,在水一方;祇應碧落相通,去天尺五。洞法界之空明,擅奇觀於今古。

所以千輪朗耀,十地崔巍。捲朱霞於天半,障碧水而瀾洄。泛艇結吹簫之客,憑欄舉邀月之杯。還疑貝闕仙居,忽自昨宵湧出;倘遇鷲峰人返,問他何日飛來?乃為歌曰:

波湯湯兮流渢渢,馮夷擊鼓兮百靈集。宛自在兮水中,羌遺世而獨立。

又歌曰：

鬱岹嶢兮雲沉沉，欲往從之兮河水深。庶寶筏兮可尋，願近日兮披丹心。

山雞舞鏡賦　以題爲韻

猗珍禽之善舞，產炎海之名山。抱明心之婉約，被炫服之爛斑。息蕊淵以養質，搴若木以澤顏。脩翮豈鄰於蹴蹜，圓吭不混於綿蠻。巢幕何心，陋依人之春燕；開籠有思，憐倦飛之秋鵰。常顧影而自矜其文彩，乃辭鄉而不憚夫間關。

爾其嘉名肇錫，德邁家雞。踰鶴皋而遙集，傍鳳阿而定棲。飼黃花而飲明水，入紫闥而脫汙泥。乍金停而玉止，旋翠疊而紅齊。厲鮮飂於綺樹，沐珍露於芳荑。雖瑤軫間調，時聞聲而欲舞；而玉臺猶掩，終弄影而如迷。

于是掛曲瓊於翠簾，淬屈刀於朱戶。灼乎燭龍之昇，爛乎冰蟾之吐。凡鳥有形穢之慚，仙禽無暗投之苦。迺遂擢纖趾，振綿羽。調疾徐兮如琴，規往還兮似組。曳六銖而煙交，散五華而雪聚。奇而忽偶，竟莫辨其影形；合而乍離，問誰分其部伍？儼凌波而互照，流素彩於菱花；似對月而交光，拂丹葩於桂樹。洵長袖之偏工，非雄冠之爲武。

是其外耀鮮姿，內含慧性。假羽毛以何慚，處樊籠而非病。舞馬踢步於登牀，舞鸞掩彩於對鏡。避愁胡之善擊，機已相忘；伴巧舌之能言，心原不競。鶯聲出谷，度下上而音和；鷺羽分行，接後先而輝映。宜其爲上苑之珍奇，而長被詞林之諷詠。

今天子黜浮澹華，秉純執固。致赤雀之瑞而不居，卻白雉之珍而弗御。鷖小鳥之何知，亦媚茲之是慕。長鳴非羨乎軒車，率舞似感於《韶》《濩》。微臣仰金鏡之在懸，愧木雞之養素。鶩授

· 395 ·

简之自天，敬體物而作賦。

三　泖　賦

　　一泓瀲灩，萬頃玻璨。泖分三而壁合，峰有九而名齊。抱蜿蜒之曲岸，控杳渺之長隄。捲山色於古今，年年葭葰；聽水聲於朝暮，點點鳧鷖。北連彭蠡之波，黃雲浩蕩；東接滄溟之色，青靄淒迷。

　　乃有一望平波，半江夕照。呈景色之清妍，挹風光之娟妙。桃花春漲，痕侵處士之磯；荻葉秋鳴，寒打幽人之櫂。楊廉夫廿年泛宅，吟殘老鐵之詩；張季鷹千里歸帆，獨擅步兵之號。或□元真之鶴，從此卜居；或□彭澤之巾，於焉寄傲。送南□之飛鵠，三弄《龜兹》；舞北穴之潛蛟，重歌窈窕。

　　於斯時也，則有明星報曙，旭日舒光。籠近洲兮依約，接遠島兮微茫。宿霧纔開，天際舟迴數點；朝霞乍捲，沙邊雁起千行。擁赤日而遙涵，金烏曉浴；沐青鬟而倒映，玉女晨妝。處處浣春紗，籬落之炊煙未起；遥遥聽梵□，法堂之粥鼓初忙。

　　已而皓魄當空，紅輪斂景。水氣長寒，湖光漸冷。風前雪舞，無邊之蘆葦蕭蕭；水底星翻，隔岸之漁燈耿耿。霧迷半夜，暗中艫辨咿啞；月印雙珠，天上雲連藻荇。地非采石，誰披李白之袍；□接銀河，欲放張騫之艇。

　　又若晶瑩初澈，瞻朗無□。舞晴鳩而唤婦，□蒼狗以翻車。鷺鷥入遥天，寫破雲藍之紙；輕鷗翔淺渚，飄來玉樹之花。□水面之陰晴，千帆低漾；耀雲中之金碧，一塔高叉。□□灘頭，童眠芳草；夕陽渡口，人話桑麻。

　　更有曀曀濃雲，濛濛積雨。初覆長汀，旋迷曲渚。破千層之濁浪，白鷺雙飛；添三寸之新波，鴉鵲自語。魚□曲市，看家家柳下關門；飯熟寒蓬，聽處處雞聲過午。晦暝而遠結蜃樓，□湧而遥吞□□。山山隱現，移來東海蓬瀛；樹樹模糊，幻出南宮畫譜。

是其包涵萬態，羅絡千容。吞吐日月，出没蛟龍。萬川於兹而分派，衆水望此以朝宗。洵江南之巨壑，作大浸於吴封。故能秀色葱葱，鍾靈一郡；水田漠漠，得利三農。駐高人之逸韻，留仙子之神蹤。薦□椀而蕈浮，流匙□滑；引□□而□上，落匕可鬆。錦翼脩鱗，□四海之禽鳥；□唧□接，通萬國之艨艟。真汪洋而莫測，欲□□而何從？

彼夫滬瀆寒江，蘆村古渡。薛澱則濁浪瀠洄，歇浦則雲濤奔赴。青龍之水澈千尋，白鶴之墟開百步。雖名號之獨雄，終奇觀之可數。不若泖之瀇瀁難探，紆徊曲住。量廣而細水皆容，勢闊而横流不怒。聯兩越之襟喉，繞五茸之煙樹。波瀾永奠，徵聖朝清宴之休；畎澮交通，爲蔀屋耕耘之助也哉！

宋仁宗論　石埭少作

宋太祖削平五季之亂，傳位太宗，休養生息者，二十二年。益以真宗之二十五年，猶恐德薄，而四海未安，民心未靖，不繼之以仁宗，不能定也。

仁宗時，契丹主有内侵心，賴鄭公反復辨論，南北相和，終仁之世無邊患。趙元昊反思肆猖獗，而一韓一范，已攝其膽而不敢逞，是所以治乎外也。慶曆之間，賢人滿朝，而爲相者，范仲淹、韓琦、文彦博、富弼最著；爲將者，狄青最著。是所以治乎内也。内外治，而天下之大本立矣。吕中云："國家之有天下，強不如秦，富不如隋，形勢不如漢，土地不如唐，所恃者，人心而已。"嘗試論之。

趙有天下，自太祖創之，太宗、真宗培之，數十年間，民猶未能各傾其心以相給也。必待仁宗之深仁厚澤，涵濡漸被，又數十年而人心始得，則得之誠難也。然其後熙寧之青苗，建康之南渡，經三大壞而民氣不傷，民心益固。卒之航海播遷，崖山局守，而洪濤巨浪之中，尚留數年之國命。而忠臣義士，接踵於世，則以人心之可恃也。蓋既得之而欲失之者，又難也。然則有天下者，烏可以不得人心？欲得人心者，又烏可以不施仁政？方仁宗既崩，英宗初立，太后垂簾，宦官從中思召釁，賴韓琦坐鎮，卒能調護兩宮，則仁宗知人之效也。當是時，琦無所爲也，居中持重，屹然不動而已矣。

王安石講論《周禮》，變置新法，若將致君堯舜，底治成康，而天下大亂者，以其妄動也；韓魏公建大計，決大疑，定策兩朝，而姦邪不作者，以其不動也。相臣之動一事，則小臣之承意遜旨者，其動必至十事；而小民身蒙其害者，且無事不動也，而天下勿寧矣。是故君不可輕動，輕動則下繁；相不可輕動，輕動則事滋。爲君與相者，尚致慎於動不動之間哉！

【校】題注，《頤齋文稿》初作"十三歲作"，墨筆改爲今注。

西郊笑端自序 石埭少作

己巳秋，余編緝舊作，什存其二，薈爲一卷，分上下二冊，名之曰"西郊笑端"，誌實也。余自七歲入塾，即學作韻語，稍長，又喜誦史鑑及唐宋諸大家之文。然心不專，力不副，終不能通曉大義，其於古文之藩籬，惘惘如也。今茲所謂"西郊笑端"者，大抵自丙寅以後，在陵陽所著也。

夫依古來能文之士，如賈、董、韓、歐輩，其雄詞偉調，普著於天下，而後世傳誦不衰者，豈其無故致然哉！上之則有廟堂金石，敷陳揚厲，頌功褒德之辭；下之則有推闡性天，發攄經濟之作，然後其文始足以傳。蓋非特傳其文，且傳其人也，傳其學也。今余不過風雲月露，聊以自娱，矢口而成，信筆而就，其詞至鄙，其體至賤。則是編也，故高明之士所宜引爲笑端者也。

且世俗之學，不求原本，要歸四子。專經而外，輒學爲科試之文，以求售於世。師以是訓，友以是規，苟踰尺寸，則規規然繩束之。其《十三經》《二十二史》，及八家以下，竟可同束高閣也。余不自揣度，顧欲以菴鄙之姿，而沾沾然致其取法於古之志。則是編也，又世俗之儒所將引爲笑端者也。

西郊者，學署在埭西郊外，紀其地也。余嘗聞之，承祚成書，夏侯焚草。今高明之士，世俗之儒，皆將致笑於余，固當亟爲焚毀。而猶欲録一通，以藏諸篋笥者，則以區區之心，實有不能自已者也。昔人云："得失存心知。"以余之學識譾陋，固不敢冀有所進。然研究乎經史之旨，旁搜乎百家之説，文章之道無窮，余豈敢或怠於他日乎！故存是編，而不時檢閲，庶幾有以自驗而還自笑也。

【校】題注，《頤齋文稿》初作"十六歲作"，墨筆改爲今注。

冷署消寒草自序　石埭少作

粤以八叉賦就，聲價倍重握蘭；七品拈來，才華久推繡虎。羨豪情於驚座，劉漢陳遵；唱絶調於倚樓，李唐趙嘏。彩毫爛錦，黛管飛花，斯固文士之雄才，而亦詞壇之樂事也。

若乃群賢畢至，少長咸臻，吟以時成，言由興作。招高人於蓮社，弄月披風；誇雅會於蘭亭，流觴曲水。相隨者筆牀茶竈，入座者樹色山光。一人倡則十人賡，數篇成則百篇續。所以勿遺花鳥，前有天寶之王、裴；兼及漁樵，後見咸通之皮、陸者矣。

戊辰之年，癸亥之月。秋浦城中，使帷來駐；陵陽山下，講席前臨。楊子雲默守《太玄》，張玄都獨居少室。雪滿袁安之宅，莫便關門；爐圍周叔之廬，只堪飲酒。遂捐帖括，偶事歌吟。時惟王松巖先生，京口才華，掞藻摘芳，直入騷人之室；復有卞與升前輩，維揚雋彥，春花秋實，雅登作者之堂。清詞則鯉水同流，峻骨則驢峰並秀。庚新鮑俊，幾於腕下生來；宋豔班香，看自筆端吐出。揮毫落紙，煙雲繪輞水之圖；琢句敲詞，溫潤比荆山之璞。不鄙余之肉眼，欲轉吾之蓬心，桃李時投，瓊瑤常贈。所謂雞林模楷，忘年意氣之交；藝苑君宗，上國冠裳之會也。

熊三尺童子，一介書生，癖有文魔，習成魚蠹。志傾慕古，縱橫追水夏之懷；術取逢時，聲律壞老泉之體。排比破其則，記問亂其心。金殿浮屠，六十層猶勞拾級；玉車轉軸，三千步尚俟追塵。何其陋也，豈足道哉！然而興致一時，奮肘揚眉，饒大蘇之篇什；情敦半載，采蘭攜蕙，似北李之往還。《易》慶盍簪，美人似玉；《詩》歌《伐木》，勝友如雲。書之爲詩庫新篇，留以作石城佳話云爾。

【校】題注，《頤齋文稿》初作"十五歲作"，墨筆改爲今注。

石埭學志沿革志序　石埭少作

敘曰，我夫子德侔天地，道冠古今，文廟之設，詎徒食報足云！將使彼都人士，春秋鼓篋舞籥於斯。誦其詩，讀其書，覘宗廟百官之美富，低徊反覆，如見其爲人。是故入廟知敬，過墓知哀，誠哉其得所感發也！知此者鮮。

學校非古矣。師儒職司訓迪，當爲群穎俊倡文廟，夷淫祠，敢乎？官舍等傳舍，敢乎？若夫桷折瓦裂，雨飄風瞥，腐簷敗槀，人顛神尬，斯又與於不敬之甚者也。世之能謹且戒者果誰？

志《沿革》第一。

【校】題注，《頤齋文稿》初作"十四歲作"，墨筆改爲今注。

石埭學志文廟志序　　石埭少作

敘曰，學有文廟，例也，然一言例，則必文具視之。殿堂門廡之屬有制，簠簋爵鼎之類有式，繩之墨之，追之琢之，容緩乎？然而僅矣。當稽古右文之世，而有司不力，爲負天子；誦其書，不知報其德，爲負聖人。有此二負，長愧經生。

雖然，人心之好怪而易惑也久矣。問尚有能振興，不作流俗態，如無擇之于袁州者乎？彼夫輝煌釋老之宮，黝堊佛仙之院者，蓋趾相錯也。志《文廟》第二。

【校】題注，《頤齋文稿》初作"十四歲作"，墨筆改爲今注。

石埭學志宦績志序　　石埭少作

敘曰，《周官》六典，《教典》僅居一，說者遂疑古先王之治天下也，不盡出於教，余不謂然。凡六官之內，自政令之顯者，兵刑之鉅者，下至冠昏喪祭之制，飲食之微，何者非教？上以是爲教，即下以是爲學矣。胥天下而納之教與學之中，而其職綦重。

是故雲渰風寒，教者之職，化醲網懿，人乃興起。埭處山陬，士俗頗淳，名師良儒，諒不乏人。乃遠者千百年，近者亦數十載，何落落甚耶！豈紀載之有失歟？不然，奚其眇可述也。若夫迴狂瀾於既倒，立風雅之正宗，其孺懷杜公之謂歟？余鄉人也，"高山仰止，景行行止"。願與埭人同尸祝之。志《宦績》第七。

【校】題注,《頤齋文稿》初作"十四歲作",墨筆改爲今注。

京江王漢三自怡草序　石埭少作

古人有言:"詩以道性情。"嗚呼!作詩之則,備斯言矣。凡爲詩者,必熟悉於天下古今之事故,而又必遍歷夫通都廣邑,名山大川,以擴其聞見。然後舉平日所蓄積于胸中者,隨時隨地,激發天機,而一見之于聲詩。不假雕琢斧鑿之痕,而高致曠懷,自然流于既溢而不可遏。故古人之言詩者,或曰自娛,或曰自適,皆道性情之謂也。

《詩》三百篇,行役之什,婦人女子之詞,十居五六。今試以詞人學士,與彼相較,其淹洽之才,當不翅相懸萬萬,而聖人亟取之者,惟其真故也。漢魏後,言詩者推柴桑,自李、杜以後皆宗之。其爲詩清遠而閑曠,淵深而樸茂,所謂不雕不琢,語見天真者,非耶?若夫頌禱之章,應酬投贈之作,非無端莊函雅者也。然而推許之詞多,抒寫之情少;堂皇弁冕之詞多,游泳性情之意少。與所爲籟發乎天,言本乎志者,相距遠矣。

京江王先生漢三,以文鳴江上。尤工詩,興酣意恣,伸紙搖筆,動輒千百言,類皆靈府自然之音,不拾人牙後慧者。余之得交先生也,以戊辰夏;其得與先生相倡和也,以其冬;其得讀先生全集也,以明年春。先生名之曰《自怡草》,示謙也。雖然,先生其知道乎?夫詩至于自怡,而後可與言性情矣。於此方駕淵明,上希《風》《雅》,吾知其甚易也。余故爲述詩道性情之旨,弁其首,以質諸先生,先生其亦然余言否?

【校】題注,《頤齋文稿》初作"十四歲作",墨筆改爲今注。"惟其真故也",《頤齋文稿》作"惟真故也"。

俞氏家譜序

同里俞君德培既卒之數月，其孤戀新奉其先人之遺命，以所纂《世譜》來乞序，且曰："我父手削是稿，歷寒暑，窮昕夕而後成，詳顯略遠，不遺不支，蓋庶幾古人之用心焉。昊天不弔，有懷未畢，不幸奄忽以老大。懼遺文放失，則我父勤倦之旨，將勿究于來葉。用敢藉先人之墜言，請得一詞，以寵靈俞宗，而闡明我父之志，孤子死且不朽。"

余謹按，俞氏本出自蜀，再徙而始宅於南匯縣之周浦鎮。雖代有清德，而土著滋淺，丁單戶弱，非有高門大閥之比。然今天下譜學尤廢，當世大官，或三四世子孫不知書，迷其所出，往往有之。君獨奮然有志網羅家聞，眉畫而掌列，以嚴慎之筆，三致其反古復始，不忘所由生之思。其視華宗巨室，撥棄根本者，賢不肖相去果何如也！

君少爲諸生，比老乃棄去，隱于醫，所活人以無算。余近往來杜浦上，時得從君遊，規言矩行，斤斤不失尺寸，蓋所稱君子人者。宜其篤于收族，纘載勤瘁，比死而拳拳不置若此也。夫世之衰也，鮮克由禮，反唇及于家尊，操刃起于同室，風頹俗傾，良可憮悼。惟君孝德令恭，施于家政，推示先訓，戒厲族人，蕭斯流其光，椒聊大其澤。王氏多長德之人，既家無獨貧之士，彬彬雍雍，罔不喻于君之志焉。是豈非當世之所希，而仁人君子之所宜取法哉！

《譜》凡八卷，敘次詳潔，義例明備。而《家法》一冊，言皆體要，尤有顏氏之風焉。《詩》不云乎："君子有穀貽孫子。"余既嘉戀新之志，而重哀其詞，因推明君素志之遠且大，及今身雖沒，而其後必昌之旨，以誕告其宗人，俾有所觀感而興起。庶無失君所以欲傳是譜之意，而戀新亦可藉手以慰其父于地下矣。是爲序。

【校】歷寒暑，底本誤作"離寒暑"。

婁縣志序　代謝令作

縣志之作，所以辨邦域人民、財用穀畜之數，以周知利害，而審其所措施，不徒藉自誇飾而已。故視諸故府而志具焉者，則令之守也；志不具焉者，則令之責也。善其守，慎其責，達之於政，而志非空言也。

婁分華亭爲縣，一百三十有二年矣，而志闕不具。庭薰初視事，病其放失無所徵信，則求之華亭。而《華亭志》葺自明季，年祀遠，蕪陋尤甚，則求之《府志》。《府志》成時，婁析治甫十年所耳，由是以來因革損益之事，仍缺不完，則終無以資准據。庭薰夙夜思念，廩廩焉惟文獻墜落，以隳所守，而責之有負是懼。

會年穀時熟，吏民輯和，爰諏於搢紳先生及一二耆碩，創作新志，僉言允諧。庭薰斥俸金爲之先，邑人士咸出資，以助其役。乃開局雲間書院，延訪才彥，蒐采遺逸，披舊乘，發官籍，徵家牒，薈萃訂覈，分經別緯。質之上海陸大廷尉，以綜其凡，閱十有四月而書成。爲卷首二，志十二，表二，傳二，子目三十。其遣辭也務簡，浮與蔓必翦也；其隸事也務核，夸與誣必懲也。雖散佚之餘，力艱謀始，未敢遽謂粲然大備，然於庭薰之責之所當謝者，亦庶乎得所藉手矣。

雖然，一展卷，而利何以興，害何以去，民物之阜庶何以贍其生，田賦之繁重何以平其力，閔閔乎，恤恤乎，循其跡以究其本，則庭薰之責，不更重乎？豈惟庭薰，嗣自今，以守土至者，其有不與庭薰共此責乎？輒識緣起，書之簡端，庸以告後之人守而勿失云爾。

【校】篇末，《頤齋文稿》有浮簽："此篇想係初擬之作，已有正本，似可不存。"

桐陰集題辭

學者之爲詩古文辭，猶輪人之爲車，匠人之爲宫室也。車有庳者崇者，偃者翹者，輈有修短，轍有廣陝。宫室則自重阿飛甍，層櫨牙桷，以迄茅苫土塗，伏梁闌檻，紛然不同，然良者爲之，則能各盡其巧。否則形雖具，而精不存焉，無益也。詩古文辭，源流派别衆矣，勢不能家摹而人仿之，亦惟竭其聰明才力之所及，乃優而游之，漸而漬之，以蘄至于自然。其卒也，乃神明變化，以自成其家，而求之于古人，亦無不一一脗合也。

漫塘檢討之詩若文，余向者最賞其清俊拔俗，而未得盡睹所作。今年，檢討客海上，乃出其《桐陰》初、二、三集，示余商榷，因得而遍讀之。見其駢體芊麗而瀏亮，古文委折而沖融，詩則時時自出新意，不涉蹊逕，庶幾能自竭其聰明才力之所至，而不以家摹人仿爲工者。檢討苟由此而充之，使變化於規矩之中，則進于古人不難矣。適余將有遠行，匆卒不獲作序，因題數語簡端，歸之檢討，其以余爲知言否也。

【校】文題，《頤齋文稿》初作"漫堂文集序"，墨筆改爲今題。"詩則時時自出新意"，《頤齋文稿》初作"詩則諸體俱佳，大抵七言排宕，五言縝粟，時時自出新意"。篇末，《頤齋文稿》初有"乙巳小春，滬城友人陸錫熊書"二句，爲墨筆刪去。

御製全韻詩跋　代于文襄公作

臣聞詠歌斯播，詩篇諧律吕之音；法戒攸昭，史牒炳丹青之色。自分塗而并擅，孰合撰以同工？矧復譜創休文，例沿《平水》。但爭拈於隻字，未聞遍叶金絲；即偶涉於連章，詎有畢聯珠琲！括韻家之總部，首尾具而若網在綱；綜方策之遺文，涇渭判而如紋示掌。洵聖人能見其大，溯四千餘載而準則《麟經》；維大文克彙其全，合一百六部而包羅《玉海》。

爰開宗而明義，文謨偕武烈常垂；迺纂事以備言，長發與生民並奏。風雲翊助，艱難揚秉鉞之威；日月照臨，端拱洽垂裳之化。法秋肅春溫而立政，億萬年永覲耿光；協仁育義正而頒條，千百國同欽至教。緬列聖之重熙累洽，勒軒典以貽麻；仰一人之建極綏猷，契心源而合揆。上下平斷章有述，體兼備乎《詩》《書》；《廿二史》按次聯吟，旨更嚴於筆削。遡唐虞而託始，略百家荒渺之談；采紀傳以分評，衷歷代興衰之鑑。凜纖毫之畢照，冰鏡朗而黑白胥呈；準輕重之無畸，玉衡平而錙銖不爽。惡有懼而善有勸，微言允揭於日星；參諸天而駮諸人，彝訓宜刊夫金石。

若乃義宗《雅》《頌》，四言之起訖先明；製別古今，各體之源流悉匯。認畫疆於部首，甲乙序而標的可尋；繹附跋於篇終，本末該而發揮益暢。崑岡合璧，煥乎萬珏之生輝；渤澥迴瀾，浩若百川之歸絡。看疊矩重規而並貫，實亘古未有此鴻裁；聆金聲玉振而常宣，爲萬世一開其陋識。

臣愧疏吟詠，叨沐恩榮。親依黼座之光，奉訓詞於圭臬；獲拜珍函之錫，願熟復於縹緗。念窺天測海之何從，戴高深而莫罄；斯口誦心維之罔斁，抒欽仰以難名。

【校】"千百國同欽至教"，底本奪"國"字，據《頤齋文稿》補。

書薙淫文後

因果報應之說，其流頗涉於釋氏，爲儒者所不道。然惠迪吉，從逆凶，惟影響，始見于《皋陶謨》。而作善降之百祥，作不善降之百殃，《伊訓》亦詳言之，是古聖人未嘗不以禍福□□之理，爲兢兢也。學者苟能舉已然之跡，爲之推闡申繹，深切著明，以昭示鑑戒，俾明者咸曉然于持躬措履之所宜，而愚者亦有所懼而不敢肆，其有功于世道人心者甚大。自宋以來，如趙善璙之《自警編》，李昌齡之《樂善録》，其詞旨頗淺近，而獲傳至今者，良以其有關懲勸，爲斯世不可少之書也。

同里周君臨川，醇謹好善，敦行不怠，爲鄉人所推重。近復以□君善長有《薙淫文》一篇，旨意警切，足以砥礪薄俗，爰壽之貞石，以垂訓于世。俾讀是文者，灼見夫惠迪從逆之所以然，用以檢攝其身心，而凜然于□□之不可復蹈。將所謂防民之情，而制民于禮者，實於是乎在，固非僅□之果報之末，爲下等人說法而已。余既喜是文之有益于世教，而又嘉周君用心之勤，故樂得而序之。

題陳東橋蘭册

余識陳子花南於京師，數爲道其弟東橋之才。比讀禮南歸，蔣君竹碕間來視余，攜巨册數幀，則皆東橋所畫蘭也。發而觀之，烟條露葉，意致生動，晴雨朝暮，抽莖吐蕊，低昂俯仰之態，無不畢具。益以知東橋之技之神，非其胸抱超曠，蘊積深厚者，不能爲也。

竹碕曰，東橋恬澹無他好，年甫三十，杜門卻掃，未嘗以塵務攖其心。築水鏡山房，蒔花植援，列圖書彝鼎其中，日與賓客賦詩飲酒以爲樂。暇即揮毫染翰，墨瀋淋漓，頃刻盡數紙，墨未乾，客争持去，而東橋顧岸然不以屑意也。

夫東橋負魁奇特出之才，又以其年之富，能好學深思，而無狗馬絲竹之汩。其心將爲之不已，必有馳騁上下，偉麗可喜之文，以傳于世，區區藝能之末，固無足以盡東橋者。然所爲胸抱超曠，蘊積深厚，即一繪事，而已卓然可見如此。則東橋之才之美，而爲之必至于有成，其益可信而不疑，故爲之題諸幀端以俟之。

上海邑廟西園湖心亭記

府州縣準令皆立城隍神廟，長吏歲時祠以宣報昭澤，而江以南麗奉尤謹。闢堂皇，崇寢閣，羽衛寫若大府，然往往規府墺隙地，爲之池館臺樹以娛神，而上海縣城隍廟之西園者爲最勝。

廟故有園，湫隘弗稱，後得其旁明尚書豫園址益之，延袤始盡一坊。邑人喜寬深亢爽，足歡樂神也，繕高浚卑，不謀子來，穹堂邃宇，次第興作。園中平池若干頃，流青寫碧，上下天影，於延眺爲宜。祝君韞輝、張君輔臣、孫君學裘、梅君樹瞻，相與輸家財，植杙伐石，架亭池之中央。偃以曲梁，翼以橫楯，工未既，則又月率肆中錢佐之，久迺訖役，八窗洞闢，循桄俯臨。然後魚鳥之出没，烟雲竹樹之晻靄，而蒨麗無不盡於四矚。因名之曰"湖心亭"，而礱石請誌歲月。

夫以數畝之園，一泓之池，視錢塘之西湖，曾不足比擬百一。然斯亭也，閎敞而清曠，實能羅園之景，而致之几席。又得祝君等經始之勤，將以敬迓神庥，而長爲都人士遊觀之美，是不可以無記，故爲之書。時乾隆四十九年八月也。

【校】延袤，底本誤作"延裒"。

沉香閣勸捐引

沉香閣，以供奉沉香大士像得名。先是，明方伯充菴潘公督運淮口，夜見紅光接天，遇大士像浮海而來，迎至邑城。初供奉於城東，後以衆姓捐貲，始建閣於城之西北，即今址是也。凡水旱災祲，風濤疫癘，禱輒立應，故邑之紳士及海洋商旅，莫不奔走崇信。且閣地僻左，市塵不到，紺碧幽深，前輩名流，往往讀書談藝於此。故弦誦之聲，常與梵吹相和，雲箋翠牓，墨蹟淋漓，洵滬城蘭若中最勝地也。

閣建自明季，入國朝，遂安令緑岩曹公，嘗爲重修。迄今又百餘年，屢遭風雨，墻頽榱折，日就欹危，沉香寶相，未免露蝕霜侵，不稱莊嚴頂禮，祝釐祈福之意。況名流勝蹟，餘韻猶存，皆後人所當愛護，又烏可聽其傾圮，而不爲之經理乎！

衲子律宜，住持有年，發宏誓願，欲加修葺，以復舊觀。而計工較直，所費頗鉅，不能不藉四方賢士大夫及好事君子，共襄是役。人之欲善，誰不如我！吾知必多有歡喜踴躍，以效布金之盛舉者，數百年名藍，得以不致湮廢，亦梵刹志中一段佳話。故不獨人天果報，福德因緣之説，爲不可思議也。

賀卞憲斯入泮兼送南闈鄉試序　石埭少作

士君子束髮受經，砥言礪行，博古綜今，將以明體而達用也，豈徒文之足云哉！今人沾沾務帖括，持應小試，偶一列前茅，輒矜詡自詫，以其文焜燿於鄰里戚鄰。夫古之所爲士者，自鄉三物以至於道德所有，無所不備，故其繁且難也有如此。而今乃求士於庸熟膚淺之八股中，抑亦謬矣。

考明法，民之秀者，取而進之膠庠，三歲大比，則拔其尤，而獻諸天子。斯制也，歷世因之，循至於今不改。蓋將歐天下聰明俊偉，出類拔萃之才，而悉納之於庠序。且爲立之師儒，以教之誨之，引翼之，左推而右挽之。及其經既明矣，行既修矣，然後升之王國，他日者夾輔天子，呴噓百姓，出其有體有用之學，以建赫赫然百世不泯之功，而要莫不權輿於入泮之始。譬如神龍不憑寸水，亦烏能吸雲噴霧，策風霆而薄日月也哉！

維揚卞憲斯先生，蓼亭先生仲嗣也。蓼亭先生以江左名宿，體用兼裕，宜其置身廊廟，乃數奇不偶，屈就一氈。先生承其家學，識邃才宏，常以經濟自持，而不屑爲世之所謂時文焉者。戊辰夏，蓼亭先生秉鐸陵陽，余以世誼，因得上交於先生甚契。明年春，先生歸試，受知於督學使者禹麓莊公，拔置第一。捷聞，即欲作一書以賀，匆卒不果。十一月，先生抵埭署，余急趨賀，然亦未遑作文也。

夫以先生之才，先生之學，而僅博一衿，其事至微淺。然余所以區區欲一賀者，誠以先生大行之兆，實基於此也。異日展其驥足，舉平日討究於古之所爲鄉三物者，措而用之，裕如矣。今夏尾秋初，先生又束裝將赴省試。古人有言："患經之不明，不患主司之不公。"余竊觀先生文，嚅嚌道真，涵泳聖涯，其鴻辭雅義，足令痿者起，瞶者視，瘖者拊案而叫絕。以此應國家制科，持贈主者，吾知其必有合也。

先生行矣，今年魁南國，明年魁天下，將見垂紳紆綬於天子之庭。舉其所體諸躬者，出而用之，於以上結聖明知遇，輔理成化，黼黻太平，且以竟蓼亭先生未竟之緒，夫然後不特爲先生賀，而并將爲天下百世之人賀也。先生行矣，余明年亦將歸試。幸得售，且將走燕臺，謁先生於京邸，而以驗吾言之若操左券也。遂書以贈先生，兼以備酬祖席焉。

【校】題注，《頤齋文稿》初作"十四歲作"，墨筆改爲今注。"今夏尾秋初"，底本奪"初"字，據《頤齋文稿》補。

答友人書　石埭少作

頃接來書，慚懼交并。辱承下詢，不敢不對，願足下之哀其愚，而察其所言也。

夫今之八股，即所謂經義者也，其源始於宋，而盛於明。明初八股，質樸明暢，猶存帖括之風。行之既久，弊端蠭起，掇拾剽竊，以眩主司。爲主司者，亦破觚雕樸，競命巧題，將求其明道達理之文，而令其作稽滑詼諧之狀，不亦異乎？蓋自熙寧立法之後，識者已知其必敝，特至明而更甚也。

若有志者則不然。潛心反復於漢唐宋諸儒注疏、理學之書，摘其精以立言，不唯其文詞之爲務，期至於明道達理而止，則八股之中，未始不可以得士進賢才也。足下以明敏之姿，力而行之，他日使人謂崇實學自吾子始，則昌黎亦不得專美於前矣。足下又述劉某之言，謂明文崇禎盛於慶、曆，此謬也。天、崇諸子，目睹國事，蓄其悲悽憤惋之情，而悉致之於八股。所以當時自諸大家外，類皆奇奇怪怪，不軌經途。乍視之若可喜，深按之，實偭規矩而改錯者也。

且夫經義云者，謂將取材於《六經》，以發明其義者也。今天、崇文，借資老、莊，則其義非經矣；或參以佛書，則其義益非經矣。甚至雜以街談巷語，俚說方言，則其義益非經矣。而世之爲經義者，猶將竊竊然效之。效之似，亦非正體；效之非似，是猶吞狂藥，衣敗絮也。

本朝既興，國初諸公之文，無不博大昌明，理宏氣壯，文章關於國運，豈其然乎！自茲以降，風氣屢易，過與不及，各有偏弊。嘗竊謂文章之道無他，惟期於當爾。當今世而欲求清真雅正之文，必不能；然當今世而欲爲牛怪蛇神之文，必不可。在有志者酌其中而已矣。某庸劣無所知識，謹摭所聞於大人先生之緒言，以仰答來旨，幸足下鑑之。

【校】題注，《頤齋文稿》初作"十四歲作"，墨筆改爲今注。"蓋自"，底本誤作"蓋其"，據《頤齋文稿》改。

爲石埭紳士請修縣志呈文　石埭少作

竊以周重職方之掌，辨風會於九州；漢志《地理》之書，別異同於四國。益州耆舊，端賴承祚鴻篇；唐室輿圖，斷自昌黎彩筆。匪特神州赤縣，始列縹緗；即屬僻壤微區，豈無載籍！故埭雖山縣，數卷志曾歷兩修；邑有殘編，百餘年遂經三變。山川疆域，皎若列眉；土俗民風，瞭如指掌。但歷今七十餘載，豈乏節孝忠貞；而計里一十三都，非無佳祥災祲。及今不續，傳後奚憑？深恐事蹟淪亡，致見聞之失實；抑且老成凋謝，遂蒐討之無從。

恭逢某某古豫名儒，樂陵望族，紹家聲於萬石，擅良史之三千。志州郡而學休文，操月旦而同許邵。自下車伊始，即能念切民依；在上望之忱，先願續修邑乘。進文學之彥，集公正之儒，廣搜軼事，博采先型。去僞存眞，不使魯魚之混；削繁就簡，可免亥豕之訛。廣肆收羅，長凜魏收之謗史；務期壽世，深鄙陳壽之作評。立條例以分類門，何聚訟之不決；遵前志而無改竄，自告續之靡難。庶幾編就琅函，裝成芸局。今日儒生比事，足生敝邑之輝光；他年太史采風，實作嚆矢於史册矣。

【校】文題，《頤齋文稿》初作"請修石埭縣志呈十五歲作"，墨筆改爲今題。"遵前志"，底本誤作"遵前邑"，據《頤齋文稿》改。

方伯充菴公像贊　并序

《九如圖》者，鄉先達充菴潘公五十像也。公諱允哲，字仲履,宫保恭定公仲子。起家進士,歷官四川右布政使,致政歸,年七十六而殁。□以鄉里後進,向讀公家傳,仰見公承恭定家學,身事三朝,揚歷中外,所至皆有功德於民,卓然爲名臣冠。既以光顯於時矣,而又能難進易退,以功名終,爲德于鄉者數十年。嘗觀公自撰《日記》,記懸車後事,沖和平易,迥異世之以氣漁食者。宜乎生則享用五福,臻乎上壽,殁而祀于瞽宗,至于今流風餘韻,猶足興起人於無窮也。

公像歲久散佚,六世孫漢成購得而裝潢之。漢成承公後,克守其緒,於先世之斷縑零墨,藏弆惟謹。《詩》不云乎:"無念爾祖,聿修厥德。"漢成其念之矣。迺因其請,而敬系以贊曰:

顯允潘公,既正且直。名父之子,世載懿德。明體達用,廓乎有容。爰陟三曹,秉旄於東。南人怨咨,輸太倉粟。爬姦剔弊,惠我鄉國。益州作牧,來旬來宣。知止不辱,身退名全。澤物以和,持己以恪。文章勳業,公則奚怍!式是俎豆,尸之祝之。去公百年,邦人永思。有碩者貌,丹青所寫。風流宛存,興起來者。聞孫繩武,是寶是藏。公卿之後,五世其昌。伊余小子,高山仰止。纘言作贊,敢告閭史。

胡曉山遺墨贊

贈中憲大夫曉山胡先生,耆學經師,爲士林模楷,而終不得志于有司。乃貽其緒于令子監泉太守,以進士起家,有聲郎署,出典吳郡,文章政事,冠于諸州。方不次進擢,以推先生未竟之施,而昌大其家學。嘗以郡□暇日,檢視書簏,得先生手書制舉義一首,爲今相國漳浦蔡公提學河南時首拔之作。適相公自閩還朝,道出蘇州,太守因請跋其顛末,裝池成卷。

夫相國之知先生,在數十年前。先生不幸,墓草既宿,乃殘編賸簡，封蠹蝕之餘，復得親睹其文于賢子孫之手，而爲之題識，此其事爲甚奇。然亦可見先生之文，如元氣之流行旁薄，蓄而將顯于世。而適于師友父子間遇之，此不獨太守之汲汲于表章遺文，爲足揚其親，而相國之所以知先生者，其亦可以無憾矣。錫熊獲從太守游，蒙示此卷，咏嘆不足，謹係之以贊曰：

猗歟先生，卓爲儒宗。抱器竢時，而命不融。蕭渥之澤，施於令子。展其設施，以受委祉。昔游校官，屢冠其群。遺書滿家，丹黃尚新。疇識先生，葛山夫子。如歐得蘇，譽不去齒。鄭鄉寂寞，歲月其遄。復攬遺墨，靈光歸然。先生之學，百不一效。身後其昌，茲爲之兆。錦賮玉軸，元氣淋漓。匪惟其文，精神所貽。高山景仰，先民可作。請弦我詩，以詔來學。

朱栖谷壽序

昔北齊劉獻之謂學者曰："百行殊塗，准之四科，德行爲首。若能入孝出弟，忠信仁讓，不待出戶，天下自知。"余嘗讀而韪其言。蓋士君子提躬砥節，誠心樸行，本重規疊矩之質，以力挽夫梔言蠟貌之風，初無有驚爆可喜之事。而協氣溱格，天庥洊加，既保榮衍慶於其躬，亦振華揚德於其後，應響付券，固有不出戶而可信諸天下者。斯言也，今於栖谷朱翁而徵之矣。

維朱氏遠有令緒，世載其德。翁尊人奉直公，詒謀保大，爲鄉祭酒。翁與其仲兄菉溪先生，少承家訓，相鏃礪爲士行，金追玉琢，溫然有聞。既而其家日隆隆起，翁益自激昂，敦重然諾，倜儻慕義，豈弟易直，灑然有異於常人。海內士大夫，咸折節與交，陳遵之座，鄭莊之驛，無不各得其意以去。鄰里有疑難，片言立決，以爲佩觿解觖不啻也。

翁早而失怙，以序爲後於叔父，歲時思慕切摯，薦葅進梡，愉愉如生。奉養太夫人，數奉甘凮，爲孺子戲，數十年如一日，執喪毀瘁，過時而俙。同產故有三昆，其伯、叔皆早世，獨仲與季在。翁事菉溪先生有盡禮，動作必咨，惟所撝呵，不敢剸斷。撫視猶子，噢植教督，逾於所生。梱以內，雝雝怡怡，易突而炊，合樵而浣，內外無間言。維筐筥斗龠瑣屑之事，辟呧交營，不立畛岸，痛癢燥濕，關於一身。其家法之善，雖河東之柳，滎陽之鄭，殆無以過，吳中交口嘖頌，謂不可及。

翁既謹飭內行，中外修潔，言無町崖，意無鉤距，仁心爲質，老而益共。始創宗祠，親庀厥事，藏祐有室，麗牲有碑，大合樂以饗，子姓和會，升歌雍容，鄉人於是觀禮。縣學尊經閣，久而隤歆，斥財庀工，獨任改作。其敬一亭之已廢者，按故址而復建焉，崇廡飛觀，丹腹翼然，堵墻聚觀，講射有所。蓋翁躬爲長者之行，探籌僂指，未可僕數。而要所以滋養其元氣，而繁碩其本根，其大概有如此者。

《大雅·旱麓》之篇，言葛藟之"施於條枚"，而必言君子"求福不回"。孔疏以爲："修先祖之正道以致之，是之謂申以百福干祿也。"《行葦》之篇，序言"忠厚"，"內睦九族"。而其卒章云："壽考維祺，以介景福。"《毛傳》以爲："養老人而得吉，所以助大福也。"蓋詩人之旨，舉無艾之眉壽，緝熙之純嘏，咸以爲忠厚之德之所自積。木，下句朻，上句喬，蟠於一支；泉，正出濫，縣出沃，仄出汋，潨於一源。有本者昌，理固然也。

今聖天子醲化浹衆，澤翔仁洽，宏開壽寓，蒸被蒼黎。薄海之內，無不含膏飲和，以同登於淳穀之俗，而翁履安養素，巋然負一時耆望。復以春秋暇日，優游杖屨，應憲老乞言之典，以矜式於我鄉人。獻之所云"孝弟仁讓"，殆於備之。自今伊始，凝麻引算，而綏福於無疆，其所以共信於天下者，又寧有紀極乎！

翁魁顏皤腹，豪興湧發。余向時里居，過從促數，酒酣以往，解衣脫帽，臥瓶覆杯，諧謔交作，雖漏深燭跋不少休，當時即默識爲壽者相。今相別十餘載，而翁已屆古稀之辰，聞其顏益充以腴，其髮益黝以茂，其精神益葆固而康强。自非植德之厚，而得天之全，亦烏能臻此境地哉！

余服官於朝，既弗獲以其日執觴上壽。欲郵一言爲祝，又懼蹈夫世俗誇大侈靡之詞，有如震川氏所譏。故敢質引《毛詩》古義，且及夫劉獻之所言，用推明夫翁受福之本，以詒諸閭史，當不以余言爲不工，而揚觶以侑醼焉可矣。

沈恪亭壽序

歲戊子，余奉命主浙江試，得一卷，文甚奇，而以額溢抑置乙榜。比拆號，知爲嘉興沈生函宇，心輒識之。

越明年，生來京師，謁余於邸舍，蓋恂恂儒者也。既復來，館余書塾，詢其家世，知爲處士恪亭先生令嗣。先生潛德弗耀，以長者稱於其鄉，爲里鄰所矜式。函宇幼稟先生訓，以文學發聞於時。余既重先生之教，且喜得因函宇以詳先生之行誼，而獨以不得一見爲耿耿。函宇間告余曰："吾父方遊山左。余幾先生來京師，快遂握手之願。"而先生竟策杖南歸。今秋，函宇又來，謁余曰："吾父以明年正月，躋七十壽，燾將謁歸，謀晉觴以稱祝，願夫子一言之侑之也。"

余曰，子亦見夫泰山之松乎？其節目輪囷離奇，干雲蔽日，跨絕谷，撐深崖，近者數百年，遠者或數千年。旁觀睥睨辟易，莫測所至，而不知其得於天者全也。故當其一遇匠石，則登明堂，起鳳樓，足自羾於廊廟之用，而非一切樠櫨梲杙之材，所得而絜量其長短。即其蟠結於盤阿窈壑之間，而森柯茂葉，奕奕然，猗猗然，蔭庇億畝，縱橫由旬。於以長養其孫枝，亦經寒暑，歷甲子，而無有紀極。無他，自立者既固，則所獲者亦益豐。其所以培其本根，而蕃其節目者，固非一朝夕之所能致也。

先生本繡水名家子，其尊人以篤行高誼，爲鄕祭酒。先生少承庭訓，厚自鏃厲，負高材，事舉子業，以古文家爲法，不屑屑時趨。師事錢唐桑工部弢甫先生，得其傳，與同里今閣學錢籜石、侍御馮孟亭兩先生相切磋，名籍籍郡邑間。會連遭家艱，遂棄去帖括，沉潛先儒理學諸書，主於躬行實踐，言坊行矩，必衷諸道，不爲崖岸詭異之行。而光風霽月中，凜然有難犯色，人多愛而敬之。平居以利濟爲念，起沉疴，赴急難，孳孳日不暇給，惟以力有不逮爲憾。蓋先生宅心仁厚，禔躬端恪，有古君子之風。其所以葆其天眞者，若是其醇且至也。

今先生既絕意進取，而春秋日益高，婆娑里中，與二三老友，賦詩飲酒，啜茗彈棋，藥欄花圃，秋月春風之下，怡然有以自樂。而函宇方蜚聲藝苑，有志四方，旦晚以科名顯。將見先生之德彌高，而福彌劭，鸞章照耀，佇膺朝廷錫命之榮而身。其康強期頤耄耋，洵有可以操券致者，德爲福基，余固於先生見之矣。

夫世之飾屛障以稱壽者，無不繁稱博引，爲介眉難老之詞，而往往夸大無當，即不足傳信於後。今先生之賢，微獨函宇言之，其鄕之人類皆能稱道之。而函宇從余游日久，其束躬圭璧，可謂稱其家兒。余以信函宇者，益信先生之爲人，故不復夸言而質言之，特推本於敦龐淳固之澤，以爲先生壽，先生其必以余爲知言也。

今函宇歸矣，綵衣鞠脆，請醻堂上。而其鄕之人，亦相與駢筵接席，吹笙鼓瑟以爲樂。余遠在京師，未獲預觀盛會，而先生杖履蹩鑠，神明益充。他日者，函宇連捷爲進士，得讀書中秘，迎先生就養邸舍，因以一竭，平生之歡，臺萊之歌，尚當爲先生賦之。

函宇曰："善哉夫子之言，吾父志也。燾真可藉手以侑一觴矣，請書之以爲序。"

朱母史太孺人七十壽序

天下所願望而不可必得者惟壽，故疇之敘五福也先之。近世自五十以上，閱十歲必稱壽。壽之日，親串友朋，相與攜壺飧，撰幣帛，具衣冠，以拜于堂下。又爲之詩歌長言，以頌美之，天下莫不然，而大江以南爲尤盛。我謂以壺飧幣帛爲壽者，固人情所宜有。至于被之文詞以頌美之，則必其有可稱者，而後施之爲不妄，當之者亦可以無愧。且所壽者而丈夫也，隨其地望而揚厲之，以侈其盛。至若閨幃之内，所習者女紅，所主者中饋，雖有令德，而内言不出，似無可稱美也。無可稱而見稱于人，其必有卓卓可紀者歟？

歲之某月，成表朱君將爲其母史太孺人稱七十觴，而介余姪倩薌甫乞一言爲壽，薌甫蓋其宗人也。余與孺人生同里，固嘗耳熟其賢聲，而今得于薌甫之傳述者爲尤悉。其言曰，孺人系出平陵，奕葉纓簪，爲江左望族，後以事僑居海上。而太學玉臣君，實生孺人。玉臣君以醫隱，稱活國手。孺人少而淑慧，姆教婉婉聽從，玉臣君尤所鍾愛，爲之相攸維謹，而卒歸我方來朱翁。蓋其恭順賢明，自在室時，而已籍甚。

朱氏自憲副以進士起家，其後工部半石公、給諫蒿庵公、節推瞻淇公，翩聯鵲起，爲一邑名家冠。翁承其祖澤，常思有以自奮，而以幼失怙，賴母氏以至于成人，每惓惓不忍離左右，故廢舉子業不事。而孺人能體夫子心，問安視膳，先意承志，無勿盡其恪。迨其没也,視含視斂,歲時祭祀,無不盡其誠。此孺人之孝也。翁有一弟,友愛無間,而孺人于妯娌間,尤相接以禮。翁妹少而守志,依翁奉母以居,孺人待之有恩,小姑每向人道:"丘嫂愛我。"此孺人之和也。

翁家故貧,三世數喪,皆未安窀穸。孺人慾恩夫子,俾卜吉營窆,且撤金條脱以助費,而祖魄以安。此孺人之義也。訓其子以讀書,督責不少懈,且曰:"吾家素守一經,汝當思奉承弗墜,不殖將落,可無懼哉!"成表誌之勿敢忘,故能蜚聲膠序,一時傾動儕輩,實原本于孺人之教誡爲多。此孺人之慈也。

今值孺人誕辰,凡與成表善者,咸心誦孺人之懿德,願得一言以爲祝。余謂婦人之道,無非無儀固已然,而嚮用五福,古者難之。非期頤不足言壽,非受祿不足言養,非五官稱職不足言康寧,非尊德樂義不足言攸好。今孺人之賢,既有以成就其子,而又能以強健之身,坐受其養,其于福,亦幾備之矣。況鄉閭中,咸嘖嘖樂道其美,願效岡陵之頌,則其德之素孚于人人,而卓卓可紀者,非一人之私言也。

今天子以孝治天下,賜粟賜帛,優渥有加,孺人宜膺斯鉅典。而成表以遠大之才,早卜策名昌期,黼黻隆盛,佇見禄養邀榮,是即孺人之富也;板輿行樂,是即孺人之康寧也;寵命洊加,自天襃美,益足顯孺人之攸好也。于是以黄髮之年,備受無涯之福,福日培而厚者,壽亦日引而長。從此而耄耋,而期頤,親串友朋之旅進而稱觴者,自今日始,正未有艾也。薾甫往哉!以吾言復成表,俾持以告孺人,孺人其陶陶然進一觴焉可。是爲序。

鄂母董太夫人八十壽序

岱頂金泥,寶笈紀上元之錄;台垣閣道,瑶樞流婺女之輝。

占豐樹以迎年，共識祥符益算；叶應鍾而躔次，遙欣節近恒春。綺樹凝徽，看六花之獻瑞；霞杠戲綵，宜九醞之承歡。是惟壽母之遐齡，允慶德門之盛事。爰抒彤冊，用晉嘏言。

惟鄂母董太夫人，鐘鼎名家，簪纓望族。百年喬木，家爲南陽之近臣；奕葉冠貂，名在西都之世表。高牙大纛，威聲留銀夏之疆；金印珠符，閥閲著旂常之績。太夫人動必以禮，生而有文。教於公宮，南澗采蘋蘩之菜；言告師氏，中單服澣濯之衣。約箴管而自操，拈毫能賦；佩珩璜而克協，鏘玉知恭。笄教無違，候雞鳴之問寢；針神獨絶，對繡鳳之臨窗。洵説禮而明詩，克範鍾而模郝。

既乃于歸右姓，作嬪華門。翠幕牽絲，采《二南》之苢莒。微枝照路，綻九實之夭桃。時則封翁華省棲鶯，康衢騁驥。含名香而啓事，遥分列宿之光；聽直漏而趨朝，常著五時之服。列司空之職屬，水土咸平；企虞部之風流，衣冠共仰。因官常之益勵，幾家事之弗咨。太夫人乃挽鹿偕歸，弋鳧交儆。裙褕夕浣，温愉登石奮之門；櫛縱晨興，黽勉奉梁鴻之案。劑羹湯而入手，食性都諳；搔痛癢而承顏，箴言自凜。拔釵沽釀，常申禮夫嘉賓。輟案分漿，更垂慈夫末隸。孚於里鄙，咸曰女師；惠於宗公，是稱内則。

既乃龍蛇夢杳，悲匣劍之初分；杵臼聲沈，痛琴臺之永別。中宵鬟髻，獨對芝幃；遠道輀車，親營柏隧。羡三年之蓄艾，室鮮儲儲；問五尺之應門，親無强近。矢明霜以表節，惻愴荼心；迨陰雨以完巢，綢繆棘手。木銜精衞，詎能填恨海於將枯；石煉媧娥，竟欲補欹天於未墜。

時則觀察君祥徵犀角，秀起鳳毛。階下瑶環，識杜家之驥子；庭前珠蠟，慶謝氏之蘭孫。太夫人乃截髢明恩，畫灰示訓。童奚整肅，不聞梱内之言；《女誡》周詳，獨著閨中之範。響寒更之刀尺，篝燈而自課咿唔；潔春祭之菽魚，薦豆而常聞偬愊。凡家聲之克振，洵母教之獨勤。

於是觀察君鶴奮九皋，駒行千里。陟初階於樞部，髟纓已識公才；綰要職於機庭，削牘常資鉅手。禁掖深崇之地，桃李無言；選曹簡貴之司，屏牆不設。當官強項，允洽邦儀；退食委蛇，仍傳庭誥。會螽旗之撻伐，鬼方待克於三年；正幕府之清嚴，國士宜資於一鶚。祭遵通雅，爲征北之參軍；韓愈才華，作平淮之司馬。邛坡九折，叱雪馭以長驅；黑水千重，踏雲梯而徑渡。太夫人則申之告戒，勉以賢勞。亟修戟以興師，毋牽衣而縈念。采薇感義，儼然懷儒者之風；投筆請行，卓爾有丈夫之氣。

既而煙銷玉壘，霧散巴江。朱齡石之羽書，明燈夜勘；阮元瑜之記室，插筆宵馳。鼓角三通，露布看成於下馬；關門四扇，《鐃歌》競奏於平蠻。屬軍侯之疇功，荷詔恩之異等。儀崇耀首，綴孔翠以彰榮；禮洽褒勳，戴蓼蕭而被澤。賜爵乍增於十級，盡升班簿之階；酬官更懋於三遷，迥絕望郎之澤。況復丹墀引對，御屏之姓氏親書；因之黃紙傳宣，憲府之旄旌獨擁。河東集鳳，黃公之膏雨來宣；冀北乘驄，郭牧則飛霜共凜。專城威重，近神都咫尺之光；按部逶遲，控上谷股肱之郡。

太夫人則春階頤志，佳日含飴。侑嘉膳之兼珍，斑衣送喜；掖板輿之行樂，玉杖諧歡。洵福命之能兼，爲古今所希有。然且勖官廉於問寢，詢民俗於承顏；勵封鮓之清規，佩擊鸇之明訓。此則丹青絢譽，宜垂劉略之編；松柏延曦，克副箕疇之祝者矣。

今者時逢初雪，令屬小春。當八袠之添籌，正千祥之集算。褊襅青鳥，傳來駐景之方；潋灩紫鶯，釀出忘憂之酒。爰摘詞於綵筆，用介壽於芝顏。梗概聊陳，糠粃是導。看西池啓宴，雲璈羅百歲之觴；正北闕承恩，霞錦燦五雲之段。

【校】文題，《頤齋文稿》初作"董太夫人壽序"，墨筆改爲今題。"迥

· 421 ·

絕望郎之澤",《頤齋文稿》作"迥絕望郎之席"。

陳母成太夫人八十壽序　代作

　　桐生應序,長贏符益算之祥;葉渥延恩,開褰肇承禧之頌。映珠矑於寶嫠,色朗三霄;衍瓊景於貞曦,暄迴九埜。霞杠戲綵,瑤光燭江漢之墟;綺籙凝徽,琬琰邁郝、鍾之譽。締新嫡於蘿葛,習知禮法無雙;綿介祉於蘋蘩,永祝春秋不老。采輿謳而志媺,侑兕斝以揚麻。

　　惟太夫人生而有文,動必以禮。拈毫能賦,魏著作之遺宗;鏘玉知恭,齊王孫之貴族。識星階之紫氣,入門而姑布先驚;仰雪榭之清標,閉閤而封胡競詠。雞鳴問寢,服笄教以無違;繡鳳臨窗,抗針神而獨絕。旋乃于歸右姓,作嬪華門。時則文肅公西序橫經,東山築舍。公孫讀《易》,未起菑川;長源賦詩,猶潛嵩嶽。屬饔飧之自給,實井臼之親操。

　　太夫人乃偕引鹿車,同莊鴻案。拔釵沽釀,禮嘉賓而釜無聲;輟珥分奩,撫弱息而裝蘆泯念。既而文肅公颺名蕊榜,簉羽瀛洲。召卻詵於東堂,特擢一枝之桂;咨匡衡於左陛,平躋九列之槐。帝眷股肱,陸敬輿集題《翰苑》;人瞻柱石,李贊皇官到平章。仗牙纛以宣威,霜飛榆塞;擁旌麾而按部,風滿珠崖。時維警戒之紘綖,克佐勤勞之衡石。珩璜協度,內無出梱之言;魚菽明虔,家有潔籩之享。助周諸侯之雅化,不伐條枚;嗣魯內子之清風,毋停機杼。轉八州而作督,縞紵仍淡泊之懷;拜三命而滋共,珈筓絕陜輸之色。

　　況復仁心為質,照幽室以生光;好義能施,拯涸津而被澤。萬鎰揮盡,縻餔興鼓腹之謳;千鍤攜來,漆炬妥薶骴之壤。粟沉舟而屢續,癸庚咸樂於更生;縉倒篋而無遺,內外每資於舉火。

雲慈遍覆，曾聞東海之巴臺；河潤均沾，未數博陵之季庫。洵《列女傳》所罕覯，爲大丈夫所難能。此所以譽滿中閨，行尤超於三古；而慶貽奕禩，活何止於千人者也！

洎乎華蓋峰頹，歇中宵之相杵；靈箕星霣，感辭闕之封章。太夫人則鬘髽銜辛，綪車奉引。斧堂崇庫，亟修驃騎之塋；磬管低昂，悉罷挽郞之唱。必誠必慎，鄉閭由是而觀成；盡志盡宜，邦俗因之而知禮。於是王家七葉，早亢烏衣；庾氏諸郎，齊連青幕。撫門閭之喬木，競認三槐；眄榮戟之高閎，常容駟馬。則有中丞君升華任子，擢最樞庭。熊軾麟符，二千石專城之寄；虹旌虎竹，四十旬露冕之榮。殿南服以開藩，鸞書疊賁；屛上流而作鎮，雀舫仍移。更看兼佩之牙璋，樓雄鼓角；爭羨還鄉之玉節，軍號錦衣。

矧乃叔季聯翩，交驪衢路；孫曾岐嶷，各授篆經。乘驄馬以南行，五嶺懾柱冠之氣；引鳳凰而西下，夾河聞桐軿之風。列鼎重茵，會食幾盈於千指；鳴珂承蓋，籠坊寧僅於十輪。簪紱方來，若張氏之興河北；衣冠相繼，如韋侯之有玄成。而太夫人敬德彌勤，勞謙益著。家規井井，不忘居室之劬心；庭誥諄諄，但勵守官之恪志。翼板輿以雁侍，陶士行之閫教親聆；刻嘉琰以螭翔，曹大家之《女箴》復覯。是宜國恩烏奕，常詢八座之起居；而家慶宣轂，益裕千秋之壽愷者矣。

茲者華齡方晉，茂祉彌增。在中丞輯瑞之時，正太母稱觴之歲。荷親咨而動色，教忠知出於庭闈；爰曲體夫承歡，錫寵倍隆於典物。鸞停鵠峙，九重之璇榜垂芒；日麗星輝，一握之芝華玨瑞。鏤斾檀之好相，寶鬘莊嚴；襲雲錦之珍函，豐褕稠疊。凡此蘭陔拜慶，皆奉揚天子之庥光；從知蓬島添籌，實克備女宗之全福。信人天所希有，宜歌詠之攸同。象服翟衣，奉尊章於坐側；瑤環瑜珥，羅秀穎於階前。民吏騰懽，走賀則百城負弩；公卿頌德，緘音則千里承筐。猥序托於葭莩，先詞陳於糠粃。惟遥企西池勝地，長生斟九醖之漿；庶同邀南岳群仙，高唱和八瑯之曲。

【校】"粟沉舟而屢續"，底本誤作"粟泛舟而屢續"，據《頤齋文稿》改。

馮孟亭先生陸太夫人六十雙壽序　代作

蓋聞名岳儲精，曜禎符於玉篆；泰階錫祉，懸繁算於瑤樞。其有契握經神，材珍邦榦。克中和之協粹，定平格之凝祥。應若筵籌，炳如圖籙。惟我同年友孟亭先生，自馮城啓壤，衍右派於璇源；漢省彭縹，肇高閎於珠牒。九流族望，方推甲乙之宗；萬石家風，必復公侯之始。劉晏之司發運，浮柹不驚；于公之苞廷平，削瓜何忝！公孫公子，奕世聯珠；良冶良弓，象賢握璧。

先生學承琬琰，秀秉梓梗。廷誥吟鸞，諸郎之識文度；家筵綴鳳，群從之有僧虔。時則巷闢鳴珂，門施行馬。琳瑯過目，耽書癖於石倉；磊落羅胸，降星精於芸庫。仇仇《六經》之座，鹿角咸摧；觥觥《九辨》之筵，蕙心自遠。周情孔思，霞霱助其光華；韓筆杜詩，嶽瀚扶其勁偉。采江東之巂，高挹名流；空冀北之群，利賓王國。

於是執旄老宿，都驚入洛之年；倒屣群公，爭誦《過秦》之作。《凌雲》賦麗，大羅則同詠《霓裳》；對日談雄，中秘則新簪綵筆。鄴侯骨相，咸推天上之神仙；元相歌詩，競識宮中之才子。狀光華於日月，摛文而三代同風；叶賡唱於蓬瀛，奏句而九重動色。名標玉笈，華林紬汗簡之書；紙貴金壺，墨海掃擘窠之字。固已泥封岱頂，徵典册於馬卿；繡滿弓衣，嗣聲名於白傅。

矧復拜章青瑣，初馳使者之軺；擁傳黃圖，特奉主文之命。瓊瑤江左，泛玉渚以觀瀾；英蕩天南，入鄧林而度木。擢一枝之仙桂，吉冶融爐；書五色之卿雲，祥禽簹羽。體除茁軋，青衿知飲水之原；感極菰蘆，絳帳盡握瑜之彥。既而輶毫東觀，帝掄峨獬之司；佩札西臺，士重乘驄之選。凜霜容於俠陛，擊空之鷙鳥生威；挺柏節於登車，執法之星文動景。倚簾斂跡，共避劉暾；飛蓋聯遊，齊交庾峻。洵乃中朝之望實，庶職之儀型者矣。

夫以金刀著美，百年之澤萃衣冠；寶婺垂輝，八葉之慶流宰輔。咸憑才地，式暢門風。先生孕彩鳳毛，鍾祥蕭露。經籑書簏，來鄭公通德之鄉；繡轂雕鞍，集李相靖安之第。少陵許國，早知稷契爲期；和仲登朝，久已龍麟共睹。方將樞鈐兆宿，孚帝簡於中台；紱冕游紳，允僉言於外幕。

而先生情深止足，義則勞謙。王侍中之解職，未及懸車；謝中書之還東，遽聞引疾。觚稜曉日，夢回闕下之鐘；鮭菜秋風，心戀葦間之榜。玉溪新帙，作毛鄭之功臣；笠澤幽居，結羊裘之逸侶。門生撰杖，時聞議蟹之篇；長吏登門，但見鑿坏之跡。真所謂上德不德，志契於惟希；大名無名，道鄰於殆庶者也。

至乃鹿門偕隱，是曰禮宗；鴻案相莊，實惟女士。溯家聲於《文賦》，系著姬姜；崇梱教於《風詩》，規傳王謝。瑱環無飾，鳴琴諧儆戒之音；刀尺遙聞，織絍備服勤之訓。里閭遵其法式，戚黨奉爲楷模。而且璧水波長，珊枝早茁；金庭瑞啓，瑤草叢生。戲堂上之斑衣，芝蘭競茂；弄膝前之翠珥，玉雪堪娛。長嗣吏部君奪錦瓊筵，含香畫省。碧油度棧，爭迎蜀國之諸生；皂簡盈階，獨料銓曹之九品。遂縮度支之篆，左輔蜚聲；用騰報最之章，中都奏績。漢廷計吏，已上考之先登；周室興賢，佇巍科之并掇。此日簪纓得路，看兒曹自致青雲；他時几杖趨朝，知天子將咨黃髮。

茲者節逢上巳，日會大梁。列樹蒸霞，正絳碧爭妍之日；長筵飛斝，是詠觴介壽之時。奉上藥於三椏，何待蓮生玉井；卻靈根於九節，不須棗授安期。則有蕊榜良朋，同欣夔鑠；曲江老伴，細數交遊。以及廁跡通門，隨行年籍。登堂傴僂，夙奉簪以趨承；展席從容，曾執經而問難。無不願陳祝嘏，同罄悃忱。

謂公相知，惟予最篤。徵糠粃之蕪製，頌比添籌；導絲管之先聲，禮均揚觶。五千里遥瞻紫氣，愧惇史之難陪；三十年同宴紅綾，卜靈光之有在。仁者必壽，延洪詎假諛詞；言之不文，撫實差無愧色。數一十七世宰官身現，定知仙佛之能兼；待八千餘歲椿樹年齊，永紀春秋之不老。

【校】文題，《頤齋文稿》初作"馮孟亭先生六十壽序代戊辰諸同年作"，墨筆改爲今題。

祭蘇師載文　石埭少時大父命作

吁嗟乎！先生才於豐，德於融，遇於嗇，而位不躋於崇。道之將行而未大行也，而年又不能踰於中。惟先生之令曾祖兮，曾蒞乎百粤之文宗。書香手澤之宛在兮，惟先生之克紹夫家風。既父母兄弟之無間言兮，亦忠信之施於姻黨，而咸識爲可從。以先生學問之博洽，識量之卓越，氣度之沖瀜也。宜可以施之無或絀，而投之無或窮。乃副車之誤置兮，人皆爲先生惜，而先生則忻忻乎其無戚容。爰膏車而秣馬兮，往翺翔乎北廱。謂吾道之中有真樂兮，又烏計乎勢位之赫赫，祿秩之充充！

若鵬鳥之振其三萬八千之翅羽兮，可以極南溟而蔽天風。何文星之遽墮兮，令余心之忡忡。慨善人之不永兮，每搔首而問蒼穹。值軺車之將發兮，往即乎馬鬣之新封。雖哲嗣之維賢兮，必能慰祖考於茫茫幽冥之中。然以十年前笑語從容之老友，而竟杳乎其難逢。余能無對銘旌，而戚戚於余衷。惟君靈之彷彿，來享余之一鍾。

【校】題注"石埭少時",《頤齋文稿》初作"十五歲時",爲墨筆所改。"令曾祖兮",底本原誤作"令曾祖考",據《頤齋文稿》改。

祭文　大父命作

嗚呼吾翁！才惟其豐,德惟其充。氣可以陵壓乎流輩,識可以開拓乎心胸。其累仁積德,而不克于其身親食夫美報也,固將以俟後起者之大光前烈,而初不必遺憾于蒼穹。特以平生和厚樂易,皆足以頤養其天倪,葆全其性地,而竟不及享期頤大耋之上壽,此亦天之可知而未可知,可窮而未可窮者乎？而要以行足以不朽其身,澤足以垂其後嗣,則所謂百世下猶有生氣者,視夫草木同盡之輩,而又孰污而孰隆？

惟吾與翁,生同鄉里,少既嘗耳熟夫燕江謝氏之盛德,而竊慕其清風。繼以一官鞅掌,奔走四方,不及光儀常接,而翁之純修懿美,其膾炙乎人口者,復時時往來乎余衷。嗣又締交于翁之哲弟,爲覷述其兄之德行。而後益信人言之非謬,而如翁者,信可以激頑懦而振群蒙。蓋以翁之少而好學,宜其排雲奮翼,叩天閻而高翀。而翁竟不惜泉石以自終。則其所以體親志于無形者,真不忍勞老人之筋骨,以博名若利,而此心之精白,直可以貫金石而咸通。

至于送終之盡禮,祭祀之盡誠。事兄友弟之盡其義,待人濟物之盡其誠。人視之皆爲斯世不可多之數,而翁則曰："不如是,將何以盡職分于吾躬？"所以身雖僅策名天府,不及親升仕版而邀鸞章,以榮寵其祖、父者,已足相慰于茫茫幽冥之中。況諸嗣君之金相玉質,皆足下爲家珍,上爲國寶,以卜他日之光大而顯融。而次君驥首先登,來司籲務,其所以當官而布政者,又皆一本庭訓，而稱職于在公。

　　吾知翁雖蟬蛻塵寰，乘箕上界，而他日之賁綸綍，蒙恩寵者，定當樹七尺穹碑于墓隧之上，以昭其貽謀之克善，而翁亦可靨然含笑，一坐享其成功。所可恐者，以翁之厚德，而頓同徂謝，凡知與不知，皆宜流涕，而況在吾邦之人，素叨世好，共嘗哭我翁之弟者，而今又何忍哭我翁！倘神靈之未遠，庶幾于几筵之側，而彷彿其相逢。

祭文　代作

　　君何以生，遨遊塵世。君何以沒，蟬蛻滓穢。君則已矣，撒手長逝。屬在班行，能無涕泗！燕江望族，世載簪纓。奕奕申伯，爲周之楨。令尹承家，爰肇東行。派衍支分，代擅時英。世德作求，以逮祖考。是父是子，于時永保。有美令人，蔚爲國寶。桑榆是娛，永錫難老。畫堂春暖，蠟鳳嬉遊。顧盼咸驚，座上名流。縹緗錦軸，以繹以紬。群書滿前，閉閣埋頭。下筆千言，龍蛇飛舞。棲梧之姿，已具毛羽。將傅于天，中道而阻。白髮皤皤，念我父母。棠棣有花，連枝孔芳。姜肱布被，怡怡一堂。驅車遨遊，志在四方。南渡大江，擊楫中央。四望白雲，離思難寫。歲時歸休，拜手堂下。浣衣牏廁，進匜奉斝。謂我不敬，至於犬馬。兼珍視膳，聽雞問安。勿懈勿渝，庭闈之間。天降鞠凶，鮮民永嘆。無父何怙，不能憑棺。臨風長號，淚灑成血。匍匐里門，肝腸寸結。鬱鬱佳城，手据口拮。先魄永安，完我大節。慈顏顰鑠，定昏省晨。愛日彌虔，斑彩長春。萱枝繼謝，孺慕終身。明發有懷，無慚二人。寢廟有侐，以時設祭。滌具割牲，水泉火齊。必潔必誠，明衣親莅。神之福女，如持左契。水源木本，前徽未遙。爰建宗祠，干雲切霄。有翼者堂，下下高高。惟我鳩工，不敢告勞。宗支既輯，樂善愈篤。拓地泮宮，觀聽以肅。青青子衿，勿諼佩服。君乃欣然，惟日不足。有無相濟，脫手不辭。市值低昂，平減以時。豈以自夸，維心之慈。暮夜揮金，惟恐人知。膝下佳兒，克岐克嶷。丹穴靈雛，渥洼龍子。遺經親授，高陽繼美。乃有次郎，覽輝先起。鉛刀小割，來吏于南。令如流水，英明內涵。庚癸見呼，群情耽耽。飽以玉粒，澤渥恩覃。遺書規切，維君善教。學古入官，是則是傚。政成報最，佇膺明詔。君才未施，將食其報。方袍邛竹，宛駐朱顏。官署逍遙，扁舟復還。方期行樂，故里清閑。忽焉起起，零落丘山。嗚呼哀哉！夙聞高風，中心是志。繼在清班，識君哲嗣。玉柱冰壺，共飲標致。後祉未央，如川方至。忽驚訃問，起顧徬徨。木壞山頹，士林所傷。一朝奄忽，奪我才良。德星沉曜，列宿消芒。帝眷無私，直如圭臬。宜爾子孫，綿綿瓜瓞。佇降天書，榮褒泉穴。慰君九原，豐碑巨碣。朔風凜冽，草萎其茭。念我人斯，冥冥夜臺。言進蕪詞，惟以告哀。雲旗霓旌，彷彿歸來。尚饗。

恩旌百歲貞壽張母沈太君祭文　石埭少時
大父命作　時庚午十二月

伊化工之陶冶兮，必得全者全昌。驗古今而不爽兮，固茲理之孔彰。惟德門之積慶兮，釐女士以垂芳。集五福而靡缺兮，順六行而允臧。躋百齡之上壽兮，復濟美而履康。洵引年之惟德兮，足駕陶而軼姜。膺九重之寵錫兮，表綽楔于門廂。受玉府之金帛兮，生閨闥之輝光。彼世壽之罕覯兮，信曠代所難方。匪所鍾之特厚兮，何迥遠于尋常！

惟壽母之媺節兮，式靜一而齋莊。產龍巖之望族兮，早著美於蘭房。逮韶年而擇配兮,惟吉對之相當。挽鹿車以來歸兮,叶和鳴之鏘鏘。肅內政而有紀兮,實資籍乎共匡。既戶庭之就理兮,尤善事夫高堂。聽晨雞而櫛縱兮,篝夜火以縫裳。捧盤匜而左右兮,恆溫清以趨蹌。怡庭萱之朝夕兮,介景福之穰穰。綿眉壽于百年兮,實孝養乎姑嫜。嗟昊天之不弔兮,痛夫子之云亡。撫諸孤之藐藐兮,歌黃鵠之蒼茫。歷辛勤而弗倦兮,甘茶蘗與冰霜。遵丸熊之遺則兮,勩丙夜之琅琅。翩梧岡之三鳳兮,群蜚聲以翱翔。庶厥心之少慰兮,免中夜之徬徨。

迺宗祐之議建兮,慮不恰乎烝嘗。成義舉而率先兮,命哲嗣以共商。捐多金而勿惜兮,築堂寢之皇皇。奉蘋蘩而必敬兮,誠婦順之明章。布徽聲于里鄰兮,咸交口而稱揚。羌德音之既備兮,自受福之無疆。垂皤皤之黃髮兮,伊矍鑠而康強。屆期頤而久眂兮,誠盛世之吉祥。惟嗣君之白首兮,舞萊綵于膝旁。苞蓁枝之繞砌兮,盡丹穴之鸞凰。列曾元之濟濟兮,如鵠立而雁行。羨怡怡于一堂兮,擬漢代之荀楊。仰融融而洩洩兮,謂蕭祿之方長。胡嚴霜之下墜兮,遽返駕于扶桑。慨母儀之永逝兮,感遐邇之悲傷。

某薄宦而來茲兮,得締交于賢郎。辱八年之舊好兮,愈懇摯而難忘。悉閫範其最稔兮,矧衡宇之相望。當靈輀之發軔兮,覿丹旐以悽愴。維後昆之蔚起兮,挺玉樹之琳瑯。將蟬聯而直上兮,佇鵬舉而龍驤。邀祂榮于泉壤兮,綏後祉而未央。奠生芻之一束兮,采杜若于衡湘。冀貞靈之不昧兮,庶來格之洋洋。尚饗。

【校】"式靜一而齋莊",底本誤作"式靜一而齊莊",據《頤齋文稿》改。

爲石埭同官祭縣令石有徵文　石埭少作

豫惟天中,二氣媾合。鎮星臨焉,其光業業。湃水汪洋,弋山巖嶙。河嶽鍾靈，篤生俊傑。嗚呼先生，有光前哲！河內家門，仲容閥閱。鵲起三科，貂傳七葉。逮及先生，繼繩勿逸。先生之學，茁舒穎茁。經瀋史華，牙咀齦齧。先生之心，城府不設。有語靡留，機空械絶。藹藹溫溫，包涵一切。垂髫之年，膠庠斯入。就試棘闈，主司咋舌。遂掇亞魁，獨持寸鐵。經濟自持，豈伊屑屑！孰意南宮，屢試屢撤。筮仕陵陽，暫停驥轍。嶽峙淵渟，風清霜潔。曾未及期，二豎爲孽。梁木云摧，喬山遽折。嗚呼哀哉！追惟去年，出自神京。萬民額手，竹馬懽迎。神君至止，惠我蒼生。有害未除，有利未興。教澤未敷，室家未寧。仁心仁政，次第將行。昊天不憖，一疾遽嬰！歌停杵絶，涕淚盈盈。嗚呼哀哉！嗟惟某等，夙被帲幪。同寮之末，把臂從容。猶思前月，笑語堂東。胡期今日，致奠幽宮。嗚呼哀哉！先生有子，偉器煌煌。先生有孫，鶴立昂昂。天佑善人，其後必昌。九原含笑，歆此一觴。嗚呼哀哉！尚饗。

【校】文題，《頤齋文稿》初作"公祭石有徵先生文十五歲作"，墨筆改爲今題。

各分司公祭文

牛斗之精，有熊其光。孕秀毓奇，降於南方。山峙川流，並貢厥祥。爰誕哲人，爲時棟梁。於惟先生，令聞令望。燕江舊族，瓜綿瓞長。以衍以蕃，吉水之旁。粤自三遷，乃宅其鄉。世載懿德，前猷勿忘。如彼猗蘭，奕葉能芳。有祖□□，貽謀□□。亦越若考，式廓其疆。凝禧篤慶，後祉未央。乃啓先生，玉質金相。少克岐嶷，七尺昂藏。總角荷衣，驚其父行。長而就傅，聰穎非常。日午槐陰，書聲琅琅。《六經》百家，如箕眼眶。佇騁驊騮，於彼康莊。念我父母，憂心茫茫。荆花滿樹，既芬既香。忍勞其親，以自徜徉。駕言遠遊，志在四方。西遊梁益，南渡瀟湘。萬里乘風，結束唐裝。歲一歸來，視膳寢房。擎拳鞠腔，調飴捧漿。上堂下階，中矩翱翔。萊衣斑斕，其樂洋洋。不私餘財，□□□□。鳩杖婆娑，暮齒安康。不弔昊天，遘此大喪。哭于旅次，摧肝裂腸。戴星徒跣，鞁瘵倉皇。乃卜吉壤，精魄所藏。穿龜墨食，孔固孔臧。松檟成林，鬱鬱青蒼。撫念風木，悵然盡傷。思維先訓，欲報難償。策名吏籍，達于九閶。帝曰嘉哉，錫之龍章。臣拜稽首，奉以焚黃。五花璀璨，錦軸輝煌。九原含笑，時維顯揚。則友兄弟，怡怡在堂。外禦其侮，曷來參商！巋然先廟，榱桷高張。以妥以侑，以合宗祊。脱手千金，鳩工共襄。寢成孔安，顧我蒸嘗。窮交投贈，補肉醫瘡。有無相周，勿敢自遑。買地數弓，以拓膠庠。秋誦春弦，子衿毋荒。翼翼豐碑，樹之宮墻。愧彼里儒，糜粟一囊。膝前六鳳，爭飛頡頏。琢之磨之，咸曰珪璋。天驥呈材，逸足相當。□雲上馳，不施羈韁。況有次君，捧檄南方。政成人和，譽滿海疆。欣然相從，載鶴浮航。千里歸帆，春流湯湯。矍鑠哉翁，氣敵冰霜。方謂引年，不用昌陽。胡期少微，夜隕星芒！龍蛇見告，遺挂蒼涼。屬念某等，懿修素詳。一官匏繫，叨侍賢郎。昔在不登，厥績彰彰。庭訓親承，發粟發倉。自愧菲才，于時難匡。同寅協恭，須友維印。竟賴相扶，毋虐毋戕。封鮓之戒，卓乎誰倡！于公治獄，可大門閭。吉人之後，五世其昌。盛德致福，後澤難量。定邀寵錫，光于北邙。敢采溪光，薦以黍粱。靈其鑒止，歆此一觴。

【校】文題，《頤齋文稿》初作"公祭文代作"，墨筆改爲今題。

同年邱木亭公祭文

嗚呼！溯昔南宮，聯鑣並進。十七年間，刹那一瞬。放手沙搏，驚心籜隕。謂蒼者天，曾莫我信！如君好德，行矩言規。玉山照座，尚想鬚眉。何忽百年，脫屣如遺。哲人云亡，非哭其私。扢美清門，風傳竹素。韶齡蠟鳳，譽騰《文賦》。橫掃千軍，賢書早預。簻羽天逵，揚輝雲路。長安花滿，歌鹿初來。金門射策，晁賈鄒枚。三珠押榜，五字掄才。名籤黃紙，芸署追陪。給札簪毫，披文抱質。如彼源泉，挹而不竭。帝簡賢能，含香省闥。尚書望郎，風議出入。引經析律，明允克殫。如衡斯平，吏不爲姦。惟劉相國，舉能其官。屢削剡章，陟於雜端。繡衣鐵斧，皁囊獨握。豸冠峩峩，神羊一角。競避乘驄，同看擊鴞。門倚雙藤，風生臺閣。爰銜璽詔，玉節輝光。將漕津門，萬斛龍驤。接尾遄行，達於神倉。克副使指，其猶允臧。皇心孔嘉，選使及再。擁傳東行，遥臨濟岱。旋偕罝臣，來會行在。曰復汝所，溫言曲逮。柳青辭闕，露白還朝。竹梧八舍，右掖權叨。勾稽簿牘，曾不告勞。書思捧簡，聳踊終宵。上考是登，佇膺遷轉。海山綿邈，乘雲遽返。嗷嗷中閨，髽而視斂。哀哀高堂，白頭望眼。追維疇曩，命酒聯吟。圍爐對語，燭炧更深。息壤猶在，話言莫尋。平生已矣，雪涕沾襟。嗚呼哀哉！貴等交期，千秋闊絕。一慟春風，六傷圓月。遣車在門，素旐將發。訣送靈輀，蘭芬桂潔。嗚呼哀哉！尚饗。

【校】文題，《頤齋文稿》初作"公祭同年邱木亭先生"，墨筆改爲今題。"脫屣如遺"，底本誤作"脫蹤如遺"，據《頤齋文稿》改。

皇清誥授榮禄大夫都察院左都御史
朱公神道碑銘　代梁文定公作

　　皇帝圖任舊臣，博延魁碩，耆壽之老，布列王廷，宣亮邦紀。時則有若左都御史婁縣朱公，以宿德重望，久勞在外。天子念其年逾七十，不忍重煩以有司之事，乾隆四十八年五月，自廣西行部院，召長內臺。上數延見顧問，禮數夐渥，公亦彊竦自力，以寅奉夙夜。會疾作，賜告，久之弗瘳，越明年二月，遂薨於位。公子焴等，卜新兆於南匯縣長人鄉之北原，將以喪歸之。來年十二月，奉公柩而窆焉。公官階品皆第一，準令當爲龜趺螭首之碑，樹於墓隧，稱道勳伐，以昭示來世，而石未有辭。焴乃涕泣奉書，以請諸其考之執友會稽梁國治。國治誼不得讓，謹論次公事爲文，使刻之碑下曰：

公諱椿，字大年，別號性齋。皇贈通奉大夫，廣西布政使諱毓泓之子；皇贈通奉大夫，廣西布政使諱毓沅之嗣子；鳳翔府知府，皇贈通奉大夫，廣西布政使諱琦之孫；皇贈通議大夫，廣西按察使諱竦之曾孫。其先故汴人，從宋高宗南渡入浙，徙居松江之上海，再徙沈莊。其卜宅婁西門，而爲其縣人者，自公祖考始。

公生四歲，父母繼沒，祖母陳夫人自鞠養之。稍長，則岐嶷穎特，治《五經》，通貫大義，鳳翔府君以爲類己。甫成童，即爲輸粟於官，吏部注籍，待通判闕，公以祖父母年高，不行。鳳翔府君捐館，服除久之，會郡縣築金龍塘捍海，守土者舉公領其事。公晝夜宿堤上，授植賦功，悉意鉤較，至罄其貲以助之。役成勞最，督、撫奏請優敘，擢授湖北荊州府同知。甫上，尋被檄有貴州采木之事。時方營萬年吉地，工部用故事，徵材荊蜀，而大木產窮山絕壑中，道險遠，前後奉使，多憚不敢前。公獨排巖批谷，入數百里，冒犯瘴霧，極曠莽無人之地，卒多獲峻榦，以致之於江。

公自漕送京師，引對稱旨，擢爲浙江金華府知府，進授溫處道。恭遇天子南巡，駐蹕西湖，公先期潔除行廬，躬部夫卒，迎御舟，翼衛以行，夙夜在次，執事勤恪。上召問地方事，占對明敏，由是識其才，駸駸嚮用矣。丁祖母憂歸，起復，爲福建興泉永道。溫州教授王執玉得罪，公坐嘗會薦降級。既而還原官，補湖北驛鹽道，視郵道所便，汰其船之溢濫者，費省什九。鹽引贏絀失平，爲劑其均，商以紓力。黃州大水，請餔其餓者，而築隄以拒江。復爲《備荒書》，下郡縣行之，官民有所守，故雖薔不害。王師征緬往來，公護其行，頓舍牢廩無缺，兵民不爭，訖事寧謐。上益知公可用，乾隆三十五年，遂擢公廣西按察使。治臬事者六年，進爲雲南布政使。尋復還之廣西，蓋又四年，遂自布政使擢爲兵部侍郎，巡撫其地。

公之爲治也，以嶺外荒遠，苗瑤錯居，不可以威令鍥掙，在拊循漸摩，以化其俗。而於獷悍不率教者，亦未嘗有所縱舍。民感公意，罷息獄訟，以時力田治生，屬歲屢登，倉廩豐實，户敦禮讓。先後在粵十餘年，粵人愛公如父母，公視其民，亦不啻子弟也。嘗奉召去，粵人遮道挽留不能得，既聞其薨，皆爲之流涕云。公至行諄備，以不逮事父母，諱日悲哀如初喪。奉祖母，能盡色養，接僚友，一於至誠，夷險不易，蓋公平生壹意修飭，其卓卓小者已如此。至其繫於民事者，人陰被其福，而亦不能盡言也。

公薨年七十有五。娶夫人許氏、陳氏，皆贈一品夫人。子二，長煐，中書科中書；次照，尚幼。女六，所適皆甲族。國治曩在武昌，與公爲僚，獲見所設施，因而推論公始終之間，仰見聖天子知人善任，使出入中外，恩禮無間。而公實克秉其純恪，以自結於上，卒爲國家勤勞勱相之臣，遭際寵榮，於是爲盛。乃系之詩曰：

沏襟峰宸環東瀛，沐浴日月咕鼃鯨，芒開五色星降精。玉鉉大斗王之楨，早窮策府窺璣衡，循陔戀養申烏情。歘然乘風朝紫廷，手執銅虎驅牙旌，緼梗筏梓浮襄荆。南跨婺栝宣藩屏，劍津鄂渚報政成，芃苗萬里謳謠盈。帝咨炎徼思敉寧，疇若予治無逾卿，百蠻坐鎮安邊城。公拜稽首矢潔清，和平豈弟神所聽。嘉穀盡殖無螟螣，刀耕火耨樂泰平。公功不尸物遂生，天眷宿齒頤耆齡，南臺領袖影華纓。叟筵帝歌伫載賡，飾巾何遽騎箕升！沈莊之原舊里閎，岡迴隴伏開新塋，豐碑岌巢高不傾。行人下馬來讀銘，後千百年垂麻聲。

爲軍機大臣議覆安徽學政朱筠采訪遺書條奏

一，據稱"漢唐遺書，存者希矣，而遼宋金元之經注文集，藏書之家，尚多有之，顧現無新刻，流布日少。其他九流百家，子餘史別，往往卷帙不過一二卷，而其書最精。宜首先購取，官抄其副，給還原書，用廣前史《藝文》之闕"等語。查古今書籍，其梓印行世者，固足廣資傳播。而名山著述，或因未經剞劂，抄帙僅存，亦可備儲藏而供研討。伏讀原奉上諭："在坊肆者量爲給價，家藏者官爲裝印。其有未經鐫刻，祇係抄本存留，不妨繕錄副本，仍將原書給還。欽此。"欽遵通行在案。是抄本一項，原應與刻本一體搜羅，聖訓煌煌，自無不恪遵辦理。現在各該督、撫等奏到書單内，於抄本書籍，亦係兼爲甄錄。果能實力從事，妥協訪求，將來裒集日多，則所稱遼宋金元之經注文集，及九流百家、子餘史別等部，自當並歸收錄，不致有虞掛漏。至官抄其副，給還原書之處，久經欽奉諭旨，遵照辦理，不必另定章程。應將該學政所奏之處，毋庸再議。

一，據稱，"宋臣鄭樵以前代著錄陋闕，特作'圖譜''金石'二《略》，以補其失。歐陽修、趙明誠則錄'金石'，聶崇義、呂大臨則錄'圖譜'，並爲考古者所依據。請於收書之外，兼收'圖譜'一門。而直省所在，現存鐘銘碑刻，悉宜拓取彙送"等語。查自古左圖右史，經緯相資，原可互爲訂證。其金石文字，垂世最久，尤可藉以考古，而不失其真。惟阮孝緒作《七錄》，始不專列"圖譜"一門。而馬氏《經籍考》，於諸經部內，無不咸歸甄錄，自不便因其與諸書體製稍殊，竟致聽其淪軼。應如該學政所奏，令各該省於收書之外，凡有繪寫制度名物，如聶崇義《三禮圖》之類，臚列世系年代。如杜預《春秋釋例》《地名譜》之類，均係圖譜專家，宜並爲采輯。其有將古今金石源流，裒敘成書，如歐陽修、趙明誠所著者，亦宜一體彙采。仍開入書目，先行奏明，以便甄擇取進。至古來金石刻文，現經流傳可考者固多，其有僻在山林荒寂之所，一時難以搜尋者，若必令官爲拓取，恐地方有司辦理不善，轉滋紛擾。所有該學政請將鐘銘碑刻，悉宜拓取彙送之處，應毋庸議。

一，據稱，"漢臣劉向校書之例，外書可以廣中書，中書亦用以校外書。請先定中書目錄，宣示外廷，然後令各舉所未備以獻，則藏弆日廣"等語。查漢代藏書，有中禁、外臺之別，又有太常、太史、中秘之分，品目本自紛岐，是以彼此必須互爲校定。至我國家稽古右文，表章經籍，凡《十三經》《二十二史》《三通》等部，可以嘉惠藝林者，俱久經釐訂，頒行中外，無不周知，無庸另爲宣示。至現今采訪遺書，業經奉旨，令各督、撫等，先行敘列目錄奏聞。俟彙齊後，令臣等詳加檢覈，再行開單行知取進。如其中查係內府現有之書，臣等即可聲明扣除，不必列單取進。是該學政所奏先定書目宣示之處，毋庸再行置議。

再，該學政又稱，"前明《永樂大典》，其書雖編次少倫，然古書之全者具在。請擇取其中若干部，分別繕寫，各自爲書，以備著錄"等語。查《永樂大典》一書，係明永樂初年所輯，凡二萬二千九百餘卷，共一萬一千九十五冊，最稱浩博。舊存皇史戚，復經移置翰林院典籍庫，扃貯既久，卷册又多，即官隸翰林者，不得遍行檢閲。今該學政所奏，亦祇係約略大凡，於原書未能悉其梗概，臣等因派員前往庫内逐一檢查。據稱此書移貯之初，本多缺失，現存在庫者，共九千餘本，較原目數已懸殊。復令將原書目録六十本取出，逐細閲看。其書大指，係用韻以統字，用字以統事，將平、上、去、入韻字爲綱，依次編序。凡經史子集等部，或依其音，或從其類，隨字收載，多係割裂瑣碎。但查原書采取各種，爲數甚夥，其中凡現在流傳已少，不恒經見之書，於各卷之中，互相檢勘，有足裨補缺遺，津逮後學者，亦間有之。若一概摒爲陳册，不爲分別揀查，殊非采購遺書本義。惟是卷帙繁多，所載書籍，又多散列各韻之中，非一時所能核定。相應奏明，俟臣等就各館修書翰林等官内，酌量分派數員，令其陸續前往，將此書内逐一詳查。其中如有現在實無傳本，而各門湊合，尚可集成全書者，通行摘出書名，開列清單，恭呈御覽，伏請訓示遵行。

一，據稱，"前代校書之官，如劉向、劉知幾、曾鞏等，並著專門之業，列代若《七略》《集賢書目》《崇文總目》，其目具有師法。請詔下儒臣，分任校書之選，每一書上，必校其得失，撮舉大旨，敍於本書卷首。伏查武英殿原設總裁、纂修、校對諸員，即擇其尤專長者，俾充斯選"等語。查古人校定書籍，必綴以篇題，詮釋大意。《漢書·藝文志》所稱"條其篇目，撮其指意"者，所以論次得失，使讀者一覽了然，實爲校讎良法。但現今書籍，較之古昔，日更繁多。況經欽奉明詔，訪求著録者，自必更爲精博。若如該學政所奏，每一書上，必撮舉大旨，敍於卷首，恐群書浩如淵海，難以一一概加題識。查宋王堯臣等《崇文總目》，晁公武《讀書志》，皆就所有之書，編次目録，另爲一部，體裁最爲簡當。應即倣其例，俟各省所采書籍，全行進呈時，請敕令廷臣詳細校定，依經史子集四部名目，分類彙列。另編《目錄》一書，具載部分卷數，撰人姓名，垂示永久，用昭策府大成，自軼唐宋而更上矣。

恭擬文淵閣官制條例

一，宋制以執政領秘閣，又有集賢院大學士，昭文館大學士，皆三館長官。應酌仿其制，以大學士、協辦大學士□員，充文淵閣領閣事，以總其成。

一，宋制秘閣置直閣，以朝官充。應酌仿其制，以內閣學士由科甲出身者，詹事府詹事、少詹事，翰林院讀、講學士□員，充文淵閣直閣事，同司典掌。

一，宋制秘閣置校理，以京朝官充。應酌仿其制，以庶子、讀、講、洗馬、中贊、編、檢，及內閣侍讀之由科甲出身等官□員，充文淵閣校理，分司注册點驗。

一，閣中書籍，按時檢曝，皆係內府官員管理，亦應酌予兼銜，以重職守。查宋制，有提舉秘書省官，以使相、三孤充職，又有勾當官、書庫官諸名。應酌仿其制，請以內府大臣管理文淵閣者，兼充提舉文淵閣事。其內府司員派管者，兼充文淵閣勾當官。至內府筆帖式等員，隨同經管者，亦酌給文淵閣書庫官銜。

一，凡領閣事、直閣事闕員，擬由翰林院將應行開列職名，繕本具題，請旨簡放。其校理闕員，擬由翰林院將應行開列人員，帶領引見，請旨簡放。如其中遇有出差者，應照講官之例，請旨派員署理。

一，文淵閣為書籍淵海，四庫分儲，俱依卷帙前後，次第安排。每年如期檢曝，俱須詳細點勘，方無舛錯，似非內府官員所能經理。查宋制，秘書省有檢閱文字官，擬仿其例，請再設文淵閣檢閱□員，由領閣事大學士，於內閣中書內，揀選學問優長者，奏明充補。令其於查點書籍時，前往協同繙檢，似較有益。

一，宋制有三館宿直之例，所以示典守而聽宣索，立法綦詳。將來《全書》藏弆，用備乙夜覽觀，俱應檢點收發。除管鑰各項，係內府官員掌管，毋庸宿直外。擬仿宋制，酌給直廬，令校理各員，輪番日直。如有查取書籍之處，即同內府官員前往，檢出收還，仍隨時存記，以備查核。其直閣事各員，亦均令輪次赴直，公同照管。

一，赴閣觀書，如概許人翻閱正本，恐不免損污。現在《全書》各有稿本、副本，應請俟書成之日，照依四庫目次，於翰林院內酌量嚴密之地，立架分弆，詳紀冊檔，仍派誠幹之員掌管。如翰林及大臣官員內，有願觀者，告之領閣事，准其赴署，或看或抄，仍令派員記檔收發，並不准其攜書外出，以免損失。如願抄之書內，有疑誤須校正者，令其記明某書卷頁，彙爲一單，告之領閣事，派校理之員，同其赴閣，請書檢對。並須敬謹批閱，以昭慎重。

謹擬日下舊聞考凡例

一，《日下舊聞》，原本分星土、世紀、形勝、宮室、城市、郊坰、京畿、僑治、邊障、戶版、風俗、物產、雜綴十三門，似宜各仍其舊。惟末有《石鼓考》三卷，乃專取國學所藏獵碣，敘述源流。雖爲三代舊器而設，而此書既備神京掌故，自與儒生考訂一名一物者不同，似不應專列一門。或將詩文等類，酌量刪節，歸入"城市門·國子監"條下，較爲妥協。

一，原本援引古書，皆節錄原文，編次迄於明代。而此書現經奉旨重加釐訂，傳信方來。凡本朝定鼎以後，一切建置事宜，有可以今證古者，自當詳加考定，各附案語下方，以期折衷至當。惟是此書原例，專在網羅遺籍，采輯成書，與省府州縣志書，體製不同，自應略歸典雅。所有應加案語，似當恭查《御製詩文》各集，及《宮史》《新一統志》《八旗通志》等書，并名人詩文各集，詳悉考訂。如有御製文者，即敬謹錄入，再加案語。如係各書內所有者，即作"謹案某書云云"字樣，敘入案語。如實無舊書可據者，則止據現在情形，酌量撰次案語，用資考核之助。

一，原本所列各條內，如有方位舛訛，記載失實者，似應仍存其舊文，而另據現考情形，旁引曲證，詳加案語駁正。其或昔有今無，如"慈仁""雙松"之類，則加案語聲明。又有舊在他處，今經改移，如承光殿玉甕、覺生寺大鐘之類，則應移入新置地面內，另加案語考正。至或有原本掛漏，及向所未見，今經考出者，亦俱爲援據補入，仍另注明"原本失載，今增訂"字樣，以別於原文。

一，"宮室"一門，似應將本朝營室規模，有無改置之處，分晰證合，附考下方，以昭建極隆規，超越前古。其原本所載遼金元明四代事蹟，似當照舊以次臚列，仍將"某殿即今某殿"，"某門即今某門"之處，各加案語，疏通證明，以便省覽。

一，原本"城市"一門，所載五城各坊，係據明人所編《五城坊巷衕衕集》，以爲敘次之準。但現今五城分隸地面，已有不符；衕衕名目，亦多不合。似應照現今五城疆界細冊，詳加查對，各就所轄，分別載入，庶幾經緯秩然。

一，原本所載名藍道院之類，援證詳瞻，最有條理。今應於現存者，注明"今現存，在某地"字樣，已廢者注明"今已廢"字樣，改名者注明"某寺即今某寺，某年改名"字樣，方爲指掌無訛。

一，凡金石、碑碣之類，原本失載者頗多。即如歸義寺有遼、金二碑，憫忠寺有金党懷英書，禮部令史題名碑。黑窰廠有遼幢，護國寺、雙塔寺皆有元碑，近在耳目之前。而原本未經攟拾，如此者不一而足，似宜廣爲蒐補，以資考訂。又如琉璃廠土中，近出有遼屬珊指揮使李內貞墓銘，稱其地爲海王村。有似此者，似均應采緝增添，以擴見聞，仍各加案語訂定。

一，原本"郊坰"一門，載城外四廂山水名勝、寺廟古蹟之類。蓋以其既不同城內各坊，又非各州縣所轄，故別爲此名，原屬允協。但現今西郊爲鑾輿駐蹕之地，名區麗景，環奉宸居。即如武清侯清華園故址，今爲暢春園；玉泉山、西湖，今爲靜明園；香山洪光寺、來青軒等處，今俱爲靜宜園；甕山、裂帛湖等處，今俱爲清漪園。多有聖製鴻文，題詠考證，似不應混入各條，一體編載。或於"宮室"外，析爲"苑囿"一門，將此各條之原載"郊坰"下者，抽出另加編次。或將現在圓明園、三山等處勝蹟，逐一析出，另編於"郊坰"一門之首，而各加案語，標明"某地在今某園內"字樣，以符規制，似較允協。

一，"京畿"門內，原本各按順天所屬州縣，次第排緝，似應各仍其舊。或沿革內現有增損，分析異同之處，則爲考證增入。其山川等項，俱於各條下注明"今在某縣某地"字樣，以核其實。如中有舛誤挂漏之處，及續行考出，可廣覘記者，亦俱逐一釐訂增添。至於遵化、玉田、豐潤三屬，今已別析爲遵化一州，不屬順天，與"日下"之名不符，似均應刪去，以合現行之制。

一，原本取材極博，而間有泛濫。如因敘元國子監典故，而兼及於許衡教法；因憫忠寺爲宋謝枋得盡節之地，而并及於明代賜謚本末。雖足資多識，於輦下故蹟無關，如此之類，似可略加刪節。

一，凡行款格式，似應將原本各條，俱低一格繕寫。其有援引舊籍，新加訂正添輯者，則用低二格繕寫，以別原文。如恭錄御製詩文者，則分別頂格及出格繕寫；按語則低四格繕寫，用"臣等謹按"字樣。如朱氏原按，則改"朱彝尊曰"以別之。其引用書籍原名，仍照舊用小字，夾注各條之下。再，原本編次之式，係聯屬而下，並無標目，頗難檢尋。今或從《帝京景物略》《春明夢餘錄》之例，各爲酌加標題，似較醒目。

一，原本所引古人文集、詩賦之屬，俱係低一字附載。今原文既擬低一格，則詩賦之文，亦應低三格附書。仍擇其中冗多者，酌加删汰。

一，朱昆田《補遺》，原本另附於各卷之後。今應詳悉查核，各按門類，散入本門之內。如有原按語，亦改"朱昆田曰"以別之。

一，原本徵引書籍極博，而如《元一統志》《經世大典》之類，亦多所未見。今乘此群籍大備之時，似可於館中各書內，留心檢閱。遇有關係京都典故，即爲錄出補入，勒成完本，實爲盛事。至現在《四庫》館內送到書內，如孫承澤《天府廣記》等部尚多，皆足以資參考。似可暫借，付局考證，再行交還，於事更爲有益。

謹擬歷代職官表凡例

一，歷代職官之制，自班固《漢書》創立《百官公卿表》，厥後列史相沿，例有《職官》一志。雖各臚敘大凡，而斷代爲限，不能賅備。至他書論列官制者，或僅及當時，或但詳往制，或又不過一司一署，掛漏滋多，罕稱完本。我國家設官分職，綱舉目張，實足垂萬世法式。自宜將現行官制，上溯往代沿革，參稽互考，苞括今古，勒爲成書，用以昭示永久。謹擬，內官文職自宗人府、內閣以下，武職自領侍衛內大臣以下；外官文職自總督、巡撫以下，武職自駐防將軍以下，統據《會典》所載爲定，分門別類，每一官立爲一表，次第臚列，用彰中外備官之盛。其表一依史例，以一代爲一格，每格摘注大略，而取本朝官名冠諸首格，以示準繩。表後各爲總說一篇，先述本朝所定品級、員額、職制，而以歷代損益因革，詳系其下，務在貫穿該洽，不漏不支。其應統論義例者，則各加序說於前。如有舛互疑似之處，應加考訂者，仍各爲案語附之，庶幾沿流討源，無不瞭如指掌。

一，自古雲師龍紀，荒遠難稽，《虞書》始有百揆、四岳、司徒、司空之號，逮乎《官禮》，遂開制作之原。今所立表，擬斷自唐虞爲始，以次列格。如有因時立制，爲後世創建，而至今承用者，其列格亦即從所創之代爲始，不拘格數多寡，以期於簡明便覽。至總說綜論，列朝條目繁瑣，雖行文貴尚體要，而隸事亦務在詳明。謹擬以正文臚次大綱，而中間舊說遺聞，足資互考者，俱依杜佑《通典》、馬端臨《通考》之例，用雙行小字，夾注本文之下，仍各標識所引書名，於眉目較爲清晰。

一，自秦漢以後，職名廢置無常。或參取六典官稱，或專用近代法制。迄於唐宋，而起檢校、試攝、判知之名，空銜寄祿，建置紛如。遂致官無定員，事無專職，品秩貿亂，名實混殽，殊乖古義。我朝庶司百職，各共厥事，恪奉官常，洵得循名責實之道。今所述官制，一以現在職掌爲據，由今溯古，博考詳稽。其職掌符同者，雖位號迥殊，悉備徵其源委。如今俗呼守巡道爲"觀察"，其實今巡撫所掌，即唐時觀察使職掌之類。其職掌互異者，雖名稱相襲，亦必辨其牴牾。如"大司徒""大司馬""大司空"，在漢爲三公之官，並非今户、兵、工三部職掌之類。總使是非得失，本末粲然，既足鑑前代紊雜之非，益以昭本朝立法之善。

一，凡官名內，古有而今無者，其職事久經省并，於本朝官制無可附麗。今擬各加考證，附見其名於各門之末，如丞相司直、丞相長史等官，附於"內閣"一門之後；六部監門等官，附於"六部"一門之後。不必另行立表。至若古無而今有者，雖名稱創見，跡不相師，而以類推求，自可得制作神明之意。即如八旗都統，及參領、佐領等官，爲本朝特設。而唐之左、右統軍，明之五軍都督府，亦各有創置，特不如今制之經畫盡善。凡類此者，擬仍行立表，考核闡明。

一，上古設官尚簡，後世命秩較繁，增易并省，寖以日衆。有古分而今合者，如唐有户部，又有司農寺，今并歸户部。又如唐將作監專掌營繕，都水監專掌河渠，俱別爲一署，今則隸於工部，爲營繕、都水二司之類。有古合而今分者，如宋時太史局，掌測候天文，隸於秘書省，今則欽天監，別爲一署之類。有古大而今小者，如中書舍人之職，在唐爲中書省長官，而自明以來，爲内閣屬吏之類。有古武而今文者，如宋時都巡檢，掌訓練甲兵，爲武臣重職。而今之巡檢，則爲從九品文職微員之類。似此改革紛紜，難以枚舉。前史分條紀載，參核多疏，今並彙考異同，旁通曲暢。俾歷朝官閥，悉折衷於昭代章程，而繩貫珠聯，亦藉以兼資博覽焉。

一，凡官職有本朝先經建置，而後加裁并者。如都察院僉都御史，各府推官之類，俱擬於總説內詳晰聲敘，用備參稽，毋庸另行立表，以省繁冗。

一，凡本朝職名内，有本係兼銜，而職守攸關，視前代帶職之制，較爲崇重者。如御前大臣、議政大臣，位參近密；軍機處、南書房、尚書房，地直禁廷。雖並未設有正官，而任使優隆，有光往牒。此類自應備加紀載，謹擬逐一詳考立表。

一，保、傅諸銜，爲前代公孤之職，本朝慎重名器，不以輕授，而錄勳膺錫者，亦頗有其人。至宫銜之設，皆所以待渥賞，雖并無職事，而定制攸昭，實關典則。謹擬參稽古法，一體立表。

一，内務府衙門官制，品式詳備，與《周禮·天官·冢宰》

所屬諸職，義實相符，盡除前明十三監之弊，自應詳悉立表。至前代史志，及《職官考》諸書，有"內侍省"一門，詳紀寺人之職，皆漢唐迄明相沿秕政，不足以示法守，謹擬刪除不載。

一，漢之西域都護，唐之安西、北庭節度，雖皆以命吏撫馭，而控制多未合宜。國家底定新疆，設官置戍，形勢聯絡，如在戶庭，固宜載諸簡編，聿徵隆軌。至蒙古諸札薩克，星羅碁布，茇治王官，臂指相使，夐軼往代，謹擬一體詳考立表。

一，《晉書‧職官志》附載五等之制，而杜佑《通典》，亦有"封爵"一條。至勳官等次，如上柱國、上護軍之類。則諸史志及馬端臨《職官考》，均行載入。蓋以同爲朝廷馭貴之典，故唐宋以勳、封並稱，建官列爵，義本無殊，不容獨闕也。我朝爵命之數，自宗室王、公，以迄民公、侯、伯，參酌增損，視前代爲得其中。而輕車都尉以下諸世職，亦即古勳官之法。謹擬詳悉考核，別爲《封爵》《世職》二表，以符往例。

一，王府長史等官，悉由朝命除授，蓋本前代王官、國官之制，自應考核紀載。至僧官、道官，雖非流品之正，而自唐以來，若左、右街僧錄，祆官正等，代有建設，未可概從省略，謹擬一并附載。

一，唐宋有文武散官，即今誥敕所用光祿大夫以下諸階是也。但前代名目過於繁雜，惟今制著在典章，最爲明簡。謹擬稽考史冊，立表編敘，次諸全書之末。

【校】"從九品文職微員"，底本及《頤齋文稿》，皆誤作"從九品文職微資"。

誓　文

蓋聞切磋乃人倫所重，道義則友分爲先。故君子之朋，爾無詐，我無虞，非禮勿動；而同人于野，過相規，善相勉，惟淡乃成。自覆雨翻雲，交道既今人共棄；而樂群敬業，大誼實吾黨宜敦。

伏念某等夙共衿期，久同肝膽。比針磁而結契，原不關酒食遊戲之間；指金石以盟心，自無改風雨雪霜之素。聞四海尚皆兄弟，況復每有良朋；誓一生無間猜嫌，不負在彼息壤。敢乞和平之神聽，苾此騂牷；願披悃愊之衷言，盟於皦日。繼今以往，舍命不渝，務爲體用咸備之才，力矢顛沛不違之節。勿以窮通而易轍，勿以夷險而改心。勿勤始而怠終，勿後人而先己。勿以狎近而致褻，勿以言語而生嫌，勿啓驕矜，勿吝推挽。講學毋泛求聲氣，共懷執玉以葆躬；立朝則篤念忠貞，同勵飲冰而盡職。庶幾夙夜，常敦至誼以終身；不忘平生，豈有異心之如面！皇天后土，實共聞此日之言；紫陌青雲，尚先固他年之約。

苟盟寒而勿恤，是天鑑之可欺。有貳爾心，不恒其德。鬼之瞰而神之殛，小則俾殞其軀；凶于身而害于家，大則難延厥祚。期諸白日，當思刎頸于古人；在此一言，罔致噬臍於異日。縱草黃而木萎，無改丹誠；倘貌合而心離，有如白水。敬誓。

皇清誥封宜人凌母俞宜人墓誌銘

宜人姓俞氏，松江上海人，候選州同知諱士鳳之女。嫁同縣凌氏，爲誥封朝議大夫諱康之冢婦，廣東雷州府同知諱存淳之妻。子男三人，曰鏡心，松江府學增廣生；曰松心，上海縣學生；曰復心，國子監生。一女，適國子監生黃珏。孫男十一人，孫女九人，曾孫男一人。宜人年七十有三，乾隆五十一年三月乙巳朔，卒於葛家橋之里第。其年十月甲寅，祔雷州公之柩，葬於婁縣四十三保十三區崑山之原。

宜人爲人柔嫕静莊。家故饒財，自少時愛於親，即能操作勤力，以佐其母。爲婦事兩姑黃太恭人、何太宜人，備竭色養。從雷州公之官，自奉貶損，惡衣菲食不厭。或譏其陋，宜人曰："節以奢隳，吾懼傷夫子廉名耳。"雷州公攝番禺令，海賈有貨大珠者，視常直十減四五，家人動色請售，宜人弗顧也。父殁，無主後，宜人當受其家財之半，母秦孺人以告，宜人曰："親柩在堂，鬩者在室。吾弱女子，愧力不能弭之，又因以爲利乎？"終不自言。

雷州公除朝議公喪，沿檄再赴粤東，留宜人侍母，久之，遂謁告以養。而黃太恭人驟患風痺，寢弗能興，宜人獨左右候伺榻側，自飮啜便溲，屈信支體，以至仰搔撫摩，日夜率子婦親執其事，目不交睫者七十日。比殁，哀毁過禮。其喪何太宜人，亦如之。蓋宜人仁孝出於天性，故其言行皆有法度，所以孚於族鄰，而訓迪於其子者，未嘗須臾違於禮也。雷州公即世，既葬，宜人乃斷家事，以付諸婦，日坐小閣，焚香禮佛。又六年而得疾，浸劇，遂不起。余女弟適松心，以通家，故習知其行跡，諸子以銘見屬，不敢辭。銘曰：

猗嫟令德，嫻内則兮。閨門邕肅，冠甲族兮。惟慈惟孝，身以教兮。命從夫錫，賁褕翟兮。祔雷公墓，葬從魯兮。納銘幽室，永逢吉兮。

潘魯珍臨山印譜序　乙巳仲夏

予自少時，即知同里潘君魯珍篆刻之工，而未得見所爲譜。嗣官京師二十餘年，四方才彦，多挾其藝，游謁輦下，獨擅摹印名者絶稀，即有之，亦往往拙劣不稱人意。以是益思君，而以足跡不一至京師爲恨。去歲遭家艱歸里，則君久已下世，令嗣乃出君全譜見示，而乞一言，弁諸簡端。

予於蒼雅之奧，夙未究心，而古今來精其説者，若王氏《嘯堂集古錄》，吾氏《學古編》，皆嘗編考而熟讀之。然後知蟲魚金石，雖近小道，而非博通淹貫，多見古器者，其於形聲點畫，必不能無所舛謬。而經營意匠，所在亦多流入於纖巧惡俗，而不自知。若君之汲汲於學，蓋實能洞見其源流本末，而緯以精思，故其爲之之工如此。世有周櫟園，續作《印人傳》，當必首及於君，豈特與雪漁、杲叔輩，區區爭一日之短長哉！

鳳樓遺稿序

亡友嚴君錦章，孤貧績學，兀首礪角，爲名諸生。工咏詩，猶長五七言體，方駸駸日進於古，不幸中道以殁。其孤姪某，排比其遺詩若干篇，繕錄而謹藏之。

憶余年十六七，始與里中賢豪，結文酒之社。奇觚韜金，側理擘玉，接席月榭，聯裾花塲，君亦間來相從，留連日夕。客或飛揚跋扈，使酒歌呼，君獨振衣直視而已。觀其貌，羸然清癯，質秀而神悴，同洗馬之言愁，類騎曹之善病。知君之才而傷其遇者，未嘗不隱以爲憂，而君亦竟用瘵疾以死。嗚呼，豈非命哉！

夫以君之沉潛篤嗜，志蘄大成，使少假之年，必當有所得，以可傳於來世。而天顧摧折之，使不竟其志，一棺淺土，遺孤無人，嗟髫髫其空悲，問遺書而誰付！生之不辰，吁其可怖。而獨此殘章蠹翰，敝紙渝墨，猶得於塵消劫盡之餘，少存君生平之精血於萬一，此吾所爲掩卷而累欷，拊案而三歎者也。

寶奎堂餘集題識

劉之泗

此書徐紫珊舊藏。下册書衣題字，疑亦出先生手書，兹重摹補上册之首。癸亥夏五，偶檢群書識此。貴池劉之泗。《寶奎堂餘集》上册書衣

"劉書樵詩才筆俊爽，堪接武陸耳山也"。《鷗陂漁話》。《寶奎堂餘集》上册扉頁

日涉園在縣治南，爲明太僕卿陳所藴別業，後歸陸氏起鳳，向有竹素堂、友石軒、五老堂、嘯臺諸勝。"竹素堂"爲吳門周天球題，三面臨流，最爲宏敞，其孫秉笏增築傳經書屋。耳山先生既貴，多所葺建。以總纂《四庫》書成，蒙賜楊基《淞南小隱圖》，因以園中傳經書屋改爲"淞南小隱"，以敬奉之，紀恩也。此園垂二百餘年，爲陸氏世守，今惟五老堂僅存。癸亥六月望，讀《瀛壖雜志》，漫録於此，時在上海戈登路楚園。公魯劉之泗。

滬中人物，盛於乾隆時，如陸耳山名重當世，後稍凌替，然未嘗無人，但不能與先輩抗衡耳。江翼雲明經師，嘗謂予曰："滬雖偏隅，耆碩素來不少。文章如陸公之校理秘書，以一邑人

才與海内並驅，可云盛矣。"城中巨室園池，多與黃浦潮通，每以潮來獨高爲祥異。陸氏竹素堂上小池亦通潮，高於往日，陸耳山先生旋爲工部侍郎，著《四庫全書提要》，名振海内，一時皆以爲休徵。是亦海陬嘉話，並見《瀛壖雜志》。公魯。《寶奎堂餘集》卷末

篁村餘集

讀史 以下二首，十二歲作

上古重結繩，後世乃置史。君舉動必書，善彰惡亦抵。寔以示風規，豈徒費筆紙！龍門創記傳，班氏繼厥旨。晉唐宋元明，紛紛歷諸子。蔚宗致赤族，扶風亦瘐死。褒貶拂公心，禍患從茲始。敢告珥筆人，尚其慎爾止。

陳進思攜酌仙壇宮遇雨

結伴相將郭外行，好尋仙跡暢幽情。泉流瀿潏橋邊出，霧氣空濛嶺外生。青草微風飛白鷺，綠楊細雨叫倉庚。幾時黃鶴歸來不，只剩丹池徹底清。

遊金城山 以下四首，十三歲作

山閣雨初晴，垂簾正寂寞。伊誰叩荊扉，有友來相約。郭西金城山，同去試遊屩。其中有浮圖，錚錚響鈴鐸。門前植松杉，屋後臨崖壑。入廟誦古碑，遺文半殘落。粗記經始年，云是宋時作。老僧笑相迎，杖策戴篷箬。再拜焚爐香，仙姑事如昨。顛末吾未詳，試爲道其略。僧言舒氏女，姊妹同采蘀。洞中一桃流，形色何灼灼！手捧出水面，剖實共咀嚼。頓令脫塵凡，瞬息乘氣蹻。母言女喜音，援琴動弦索。雙鯉忽出遊，欲前且復卻。寒溪爲逆流，黃雲繞城郭。鄉里共立祠，水旱禱必恪。咄嗟此遺聞，令我深齰愕。我聞仙家流，足跡空山託。或鍊九轉丹，或采長生藥。修養千餘年，塵穢滋洗瀹。始得遊太清，來往無束縛。何爲頃刻間，便已飛昇樂！茲理殊渺茫，臨風費揣度。日暮始言旋，廖天唳孤鶴。

遊溪南陳氏別業

幽人此結宇，最愛水旁亭。溪色涵窗碧，嵐光入户青。草腥梟夜宿，琴響鶴朝聽。吾欲攜尊至，花前醉酴醾。

清 明 詞

黃沙十丈日微曛，大家小家齊上墳。墳前松楸冒紙陌，墳後青青長新麥。子孫羅拜官道旁，豚肩野簌并酒觴。須臾祭畢東風急，磔格山禽覓餘粒。人言某官葬此側，石碣猶存舊誥敕。子姓於今爲庶人，深宵芳草亂青燐。年年止有壺漿奠，往事淒涼不復見。吁巇乎！墓門崔嵬喬木老，能守猶是兒孫好。君不見，唐家園陵玉匣解，一盂麥飯誰將灑！

清明郊行即事

扶筇獨立小橋東，百六初過春色濃。畦水綠抽麥穗雨，隴雲黃捲菜花風。提筐蠶婦前村外，垂釣漁翁淺水中。誰道清明多客思，蒼茫眺望興無窮。

頌皇敷　皇敷，帝幸闕里，釋奠孔子，詩人致其頌禱之詞

皇敷其文，既膏靡屯。如餳剌齒，合漠溥遵。皇不滿假，惟聖人似。乃心忡忡，儀於洙泗。

皇帝曰咨，咨汝司空。斤蟥斧蝟，築其新宮。皇帝曰咨，咨汝太常。薦以馨香，維牛維羊。

哲心靡寧，用集大成。乃擇元辰，及茲孟春。青旂旆旆，鑾聲噦噦。車駕既備，東魯言邁。

宮墻千仞，孔虔厥祀。濟濟蹌蹌，百辟卿士。戒宿先期，雞人跚旦。各展其司，明燎具饌。

我皇茌止，御幄垂垂。秬鬯一卣，樂且有儀。乃薦以腥，太牢鮮魚。乃羞以殽，芳芹菜苴。

氤其香烟，對越在天。顏曾思孟，次及諸賢。二八心傳，先聖後聖。漢祖唐祖，于今爲盛。

乃頌典禮，臣僚有數。清酒百壺，以至月胙。我皇烝哉，同文同軌。乃開明堂，坐以治之。

文德淵施，肇自東魯。北冀南揚，以及淮浦。莫不蹈蹌，莫不鼓舞。莫不自強，致力于古。

昔我皇祖，先聖是尊。衆拜稽首，惟皇祖有孫。皇祖有孫，實帝之德。保佑下民，百千萬億。

亦越世宗，尊崇靡已。衆拜稽首，惟世宗有子。世宗有子，實帝有道。介爾壽考，下民永保。

多士承光，勵爾家修。期報國恩，以奏爾猷。海陬之臣，罔知訓詁。敢作歌詩，以希吉甫。皇敷十一章章八句。

琅琊王歌

瞻彼洛河水，其流何湯湯！城頭烏亂啼，田老都驚惶。千乘萬騎委蛇來，絳旗前擁戟後當。儀衛一何都，鎗鎗復鋃鋃。借問來者誰，言是琅琊王。吁嗟琅琊王，告汝勿太康。君不見漢家王侯卿相冢，白骨纍纍在北邙！

西門行

步出西郭門，望見少年郎。青鞭白鬣馬，狀貌何皇皇！秀眉豐兩頰，間里生輝光。婉娩誰家姝，自言願從郎。郎家東南隅，桂柱玉爲堂。入門上西階，再拜見姑嫜。姑嫜一何慈，宿婦流蘇牀。郎君一何忍，棄婦往朔方。朔方寒沍多，八月草已黃。奄忽歲云暮，道途積雪霜。郎君忽言歸，入室少徬徨。再拜前致詞，郎君何參商！新人不可耽，舊人不可忘。郎君怫然怒，汝言何憒恍！拔劍出門去，氣盛不可當。回頭淚如珠，敢告閨中姝。託身一失所，後悔亦何補！

戰城南

戰城南，死郭北。將軍項下血瀝瀝，士卒一臂馬三足。白烏朝朝上門屋，黃貍狻狻緣城麓。吁嗟勸君且勿哭，昨夜賊臣已就縛。

夜　坐

獨自支頤坐，詩情默默通。籬疏常漏月，門闊不禁風。户蝎垂絲綠，行燈照客紅。誰憐擊柝者，夜夜向城東！

過戴國公故園址　效岑嘉州體

涼風夜夜吹殘籜，茲園傳是戴公作，歌舞吟謳信堪樂。將軍一去樹凋零，鼠晴狐吹不可聽，高臺瓦墮曲沼平。勸君且盡杯中酒，功德消磨言烏有，三者古來誰不朽！矧此區區曷足長，豪華歇盡剩空桑，田老拾得金玉瑲。吾願讀書忘樂憂，勞生爭進非吾求，浩歌目送征鴻遊。

【校】詩題"故園址"，底本誤作"故國址"。

余於丙寅年曾遊萬松庵時淮陰郝梅岩先生與家大人啜茗論詩油然樂也無何而梅岩歸里情興遂減作別以來於今三載矣晚間復遊萬松庵情不能已因而成篇筆不加點非敢求工也

興豪何惜踏泥行，曾此群賢共布荆。門外已髡白脚柳，土人呼杉爲"白脚柳"。龕前猶點碧紗燈。數聲笛向遥村没，幾處星隨海月生。三載淮陰書信杳，比來應亦不勝情。

郊　行　有　作

小艇東西行，棹槳轉相語。驚起雙鷺鷥，飛入菰蘆去。

曲曲村前路，遥遥接外闉。相逢不相識，盡是荷鋤人。

十一夜月和王漢三韻

苦陰連日關書齋，今宵忽晴愜我懷。殘雲數點月出樹，獨鶴一聲葉滿階。網墮蟏蛸知露重，門搖屈戌聽風喈。老梅墻角伴仙客，莫以爐寒拆作柴。

漢三觀劇反偶冒寒疾以詩奉慰

子雲默守太元公，寒疾由來不可風。且勸當爐蒭趙酒，漫期上閣看秦峰。銀缸夜撥燈花赤，玉甕朝開蓼葉紅。唐時西域獻紅蓼，貯玉甕中，可以禦寒。寄語紛紛趨熱者，何如特立雪霜中！

訪彭祖墓索漢三和

隆冬十一月，風光值二九。結伴恣遨遊，偕者三四友。足健惜肩輿，步出郭門口。碧烟罩萬山，頑沙臥千畝。人語驚汀鷗，炊烟焚隄柳。林追野鹿蹤，竹隱農家牖。彷彿古桃源，但惜花無有。心神曠以怡，顧僕往沽酒。危石勢崚嶒，何處安杯瓿？據地發浩歌，玆遊頗不苟。吾厭城市囂，結茅當共守。閑乃復行行，萬緑墩前邁。入谷遞陰顯，下山多坎坷。野鳥猜人來，寺僧邀客坐。當其意象開，豈復慮日暮！忽聽白楊風，蕭蕭似多慕。借問行路人，云是彭祖墓。墓上多古藤，離離數十丈。我欲劚霜根，削竹方員杖。挂上最高峰，雲中一拊掌。呼起籛仙人，瑶臺共俯仰。但恐驚熊羆，咆哮振山響。

作訪彭祖墓詩數日松巖未和疊前韻索之

陳王斗稱八，仲宣石號九。卓哉先生文，展矣二豪友。夜誦忘跋燭，朝哦難置口。學海翻波瀾，書田耰畎畝。玲瓏若圓珠，婀娜似新柳。賦入《三都》門，詩窺七澤藪。新篇續不窮，妙義古無有。意得每掉頭，興豪時飲酒。漢曲倚瓊簫，秦歌擊土瓿。伊余走且僵，自顧率而苟。大雅幸錯陳，小巫敢默守。初讀茫余心，再讀識余過。枯腸耐搜索，枵腹自困坷。欯為虎觀徒，融入龍門坐。所嘆塗已迷，猶幸日未暮。投我以瓊瑤，景行深仰慕。千餅韋觀燈，千金韓諛墓。胡為秘指默，光燄匿萬丈。詎無白蘋詠，猶把青蓮杖。吟魔欲拍肩，詩狂皆鼓掌。君定謫仙人，塵寰來俯仰。雖闕天台遊，願聞金石響。

【校】此詩文不對題。

喜晴再疊前韻

戊辰一陽生，丙午在初九。日落避月媒，雲擁求風友。蛟螭登海岸，羆虎嘯谷口。烟雨霎時生，不見田與畝。狼藉若籬花，蕭索嘆園柳。三日閉柴門，一爐圍竹藪。天公默默知，冬雨不宜有。急勅萍翳還，勞以瓊壺酒。雲霧薄於羅，江河平似瓿。曝背有蠅營，涉波無狗苟。義御九烏飛，天關六丁守。彼蒼多慈心，不肯歉與過。時雨兼時暘，黎民脫困坷。胡為春夏交，旱魃雲端坐！炎蒸鬱于朝，二麥黃于暮。鄉愚譁縣庭，餓鬼泣野墓。茲理誰能陳，搔首多深慕。回頭復喜晴，天光闢萬丈。入山招陶朋，登樓攜謝杖。烟收露遥村，歷歷如指掌。舒溪俯能窺，九華高可仰。明當抱琴來，一操衆山響！

喜卞憲斯自郡返埭

古云一日似三年，君去池陽四十天。便是經年百二十，昨朝握手喜蹁躚。

三秋自愧露猋痴，一別歸家冬晚時。正是梅花齊破蕾，碧紗窗下好題詩。

夏日山窗即事

涼風吹徹北窗開，當檻披襟亦快哉！紅蕚乍低知鳥立，綠萍頻動識魚來。閑吟白傅詩三卷，倦啜清泉茗一杯。遙計浴鳧池館上，新抽菡萏正成堆。

采蓮曲

窄袖羅裙襲素香，誰家小妹棹蘭槳？輕舟忽被風移去，吹到橋南十里塘。

采蓴曲

千里蓴羹思入秋，好從沙外渚邊求。一聲欸乃搖槳出，認是張翰歸去舟。

輓凌虞在先生　代日南李君

門楣久託仰芳規，前者風流後者師。猶憶三春看拄杖，胡期兩月邊乘箕!《麟經》筆削鏤青管，公嘗作《左氏春秋說》。鳳詔輝煌下碧墀。瑤草琪花望競秀，夜臺應亦慰長思。

爲翟母八十壽　代

寶婺星輝五夜芒，華宗淑媛母儀彰。丸熊懿訓傳涇水，封鮓徽音播澧陽。曾御潘輿花裏過，佇看萊綵日邊翔。不才夙荷通門好，遙寄蕪詞侑菊觴。

納降金川捷班師

聖神天子作明堂，蠢爾名王獨夜郎。十萬甲兵隨漢相，八千酋長屬周疆。鐵衣雪冷峨峒暗，金劍星飛閣道長。今日凱歌齊唱處，櫜弓不用備西羌。

草茅久震伏波名，自請長纓塞外征。羌卒不窺射雁堡，將軍重築受降城。原惟小醜謀三窟，直教天師屯萬營。聞道相如使巴蜀，諷書曾得上華清。

中秋對月限韻

連夜淒淒雨，今宵見月華。一庭影正滿，萬里淨無遮。玉斧披丹桂，霓裳獻紫霞。廣寒如可到，那怕路途賒！

送李君日南歸申浦

三春來向鯉溪遊，一棹如何去不留！落葉村中千樹雨，畫眉聲裏萬山秋。荒齋久下徐孺榻，客路驚催王粲舟。別後相思最惆恨，黄花開處獨登樓。

望惠山作

遥望惠泉山，秀色何佳哉！群峰相拱揖，青翠迤逦開。玉龍百尺尾，棹起如噴雷。至尊昨税駕，竟日爲遲迴。欲獻《長楊賦》，愧乏掞天才。今兹賦行役，登眺期抒懷。紅輪舍西崦，頓令素願乖。山靈或見許，塵事苦不諧。揮手謝飛鳥，慇懃爾無猜。倩君巢谷口，遲我他年來。

真孃墓

不見嬌姿立道邊，斷橋流水自年年。舞腰誰信生前幻，酹酒還留死後緣。柳葉帶烟春曳佩，桃花含雨暮抛鈿。干將深閟英雄歇，輸卻蛾眉得世憐。

擬古

我有瓊樹枝，可慰長渴饑。持之不敢食，言有佳人期。薄暮披蕙心，中道倭且遲。諒無經天難，蹇修顧余欺。賤懷不得致，涕泗紛漣洏。

秋風肅時厲，吹我當庭蘭。盛節曠不旋，泠泠衣裳單。芳華日流邁，凜冽保歲寒。璆然鸞鳳姿，凌霄一何難！濁泥寡勁鱗，驚飇鮮宿翰。託意天南陲，青霞不可干。

弔袁將軍墓

崇碑屹立古道邊，苔痕蘚路相掛連。遺文拂拭僅可辨，將軍曾此埋弓劍。當年意氣凌九州，一朝永閟幽宮幽。風雲不見舊冠履，荊棘轉似陳戈矛。精靈時降月黑夜，靈旗風動神光浮。石麟踣地華表折，老鴉嘯雨鶄鶋愁。蕘童牧豎趾相錯，誰向泉中識故侯！君不見，驪山荒蕪茂陵毀，古來萬事古流水。楓林月慘狐狸啼，原是當年冠蓋里。死王活鼠總丘墟，何用營營爭片紙！只今曠達惟吾輩，下視浮名如脱屣。哦詩酌酒足天真，那從得失移悲喜！卻尋歸道轉凄迷，浩歌一路斜陽裏。

自評："似李欣。"

長　相　思

長相思，隔羽翰。碧天淫淫月色寒，微霜欲瀉銀河瀾。花枝娟娟夢無主，香風迴薄縈青鸞，捲簾入簾美人嘆。欲歌楊柳傷心字，欲唱蘼蕪長恨端。此時青燈眉黛碧，淚痕一灑楓林丹。長相思，行路難。

方廣菴訪道源不值　三首之一

衲衣空掛竹窗斜，細水當門漾落花。山客不來孤鶴睡，暗風吹起碧窗紗。

竹堂總評："意致深微。"

【校】"孤鶴睡"，底本誤作"孤鶴唾"。

題李環英小照

一片閑心寄碧空，上池仙館舊青童。袖中別有清涼散，只貯寒梢裏露風。

流水彎環遶白雲，一枝仙李擅清芬。誰將幾尺青嵐帚，掃卻塵埃著此君？

仙姿乍挹羨風流，圖裏相看更自尤。辜負十年把卷處，陵陽山下數竿秋。

中秋對月有懷三絕

金鏡高懸玉露團，相思倚遍碧闌干。姮娥也是無情物，頻教浮雲護廣寒。

獨剔寒燈獨自吟，桂花含露影深沉。可憐一夜西樓月，偏照愁人兩地心！

遙想人間姑射仙，捲簾此際對嬋娟。憑闌應自情無限，惆悵秋光又一年！

夜坐題壁

宿雨長苔痕，遙空一雁吟。獨憐孤館裏，惆悵未眠人。

詠雞冠花

淡黃深紫植墻東，贏得文禽姿態同。振羽舞殘一院月，昂頭靜對五更風。雁來色映吳雲白，一名"雁來紅"。秋至花迎漢殿紅。

一名"漢宮秋"。此日雁窗應共賞，酡顏相對酒杯中。

沈確士評："流麗工緻。"

偶　　作

冷風冷雨透紗窗，遥想娉婷玉一雙。最是關情睡不穩，夜深無語對銀缸。

曲屏時見引柔荑，脉脉難期手共攜。卻怪小園桃與李，雖然同處不同枝。

養閑書屋留酌分韻得屋字

朝旭弄晴光，林樹如新沐。呼朋抒積悶，來訪幽人屋。入門齊握手，一笑群相逐。黄花半迎霜，秋陽麗如玉。良時不盡歡，辜負東籬菊。鄰篘送微香，新釀應初漉。百杯吾不辭，莫道廚無肉。脱帽更誼呼，樽盞紛相屬。岑生與丹丘，名豈古人獨！吾儕淡蕩人，自喜差不俗。多謝賢主人，厚意良何篤！後期復已訂，兹樂庸難續！食言當何如，罰數依金谷。

方子雲濤招飲以壁間詩天地
此身浮句分韻得身字

商颸蕭瑟日欲昏，寒雲點點開秋旻。庭槐時墮葉四五，下簾終日稀來人。方君何事忽見訪，入室握手陳辭頻。濁醑雖薄聊共酌，良時豈得虛嘉賓！嗟余何幸亦不棄，褐來同岸雙烏巾。庭前瓔珞羅錦紋，古桂吹落何繽紛！入門徑已絶囂境，況更上座開談論。放辭未竟肴雜進，炰羊膾鯉縱橫陳。一斝再酌解物累，勸酬屢見浮清樽。延陵季子淡蕩人，還有鄴下風流新。吾家大阮亦豪士，抵掌直欲搜吟魂。陶然數酌竟已醺，一室溫似江南春。那知窗前風力橫，冷露已透蒼苔痕。科頭脫帽更起舞，仰視落落闌星辰。主人厚意良不極，顧我痛飲披愁襟。劉伶一石遂五斗，至今名在如留身。人生行樂須快意，何用戚戚勞心神！感君此語謝君惠，安得如君共卜鄰！柳陰歸買漁艇小，一蓑爛醉秋江濆。

次韻寄陳子雲村

客思鄉情兩渺漫，別時方信聚時難。愁中月度三千里，夢裏鷗飛六十灘。碧樹書迴秋正老，綠樽酒共歲應闌。獨憐燕雁南來處，暮倚江樓只自看。

元夕燈詞

鬟膩春雲妒月明，玉釵輕墮聽無聲。少年何事偏相拾，幾幅腰羅贖得成！

嫩紅衫子翠雲鈿，側抱檀槽月影邊。想是醉迴還手顫，隔簾難辨四條弦。

扶倦歸來蹙繡裙，銀牀翠被不須熏。兒童細向燈前說，一半都從夢裏聞。

春日雜興

騎馬看花逐少年，南園芳塢曲池邊。綠樽不遣紅裙勸，辜負啼鶯二月天。

柳外秋千院落幽，風光何處苑西樓。燕飛只把春愁訴，不道詩人意更愁。

讀岳武穆傳

金牌宣騎走如梭，坐令英雄飲恨多。六帝園陵嘶石馬，百年父老泣銅駝。樓頭片語菹良帥，塞外三宮訣舊都。極目榆關萬餘里，可憐元是宋山河！

癸酉元旦立春試筆

臘雪猶明綻早梅，祥雲晴共暖烟堆。斗從青帛幡頭轉，春向屠蘇酒底迴。木正不違元日令，條風光度萬年杯。群黎共慶新恩渥，徹夜笙歌沸澗雷。

舍南張氏媼年九十六矣而視聽不衰口占一絶贈之

一身幸際昇平世，四代長懸日月光。九十六年渾似夢，白頭垂淚説仁皇。

次韻酬徐玉崖

片片飛來盡吉光，爭傳孺子姓名香。枕邊秘笈天丁守，袖裏明珠海鶴翔。入夜竹風吹筆硯，坐秋蕉雨濕縹緗。從君便乞南州稿，小字烏絲録幾行。

懷三妹在周浦鎮

海雲浦樹九華烟,三處迴腸總惘然。爲問綺窗挑繡罷,可曾閑課《大雷》篇?

珠簾旭日照梳頭,遥想薰風曉院幽。除卻離心還悵望,鶺鴒沙近鳳凰樓。

擬劉太尉贈盧諶　此後二首,甲戌夢
午堂先生童試命作

皇晉丁季運,時艱若懸旒。鐵馬生近郊,銅駝亦含愁。群公奮才猷,駑質良自羞。朝揚冀門策,暮息易水輈。回望洛東門,風烟接清秋。慘淡日色昏,但見狐兔遊。安得投長鞭,截此涇渭流?有懷不得遂,中夜心悠悠。吾子欻東來,開顔敘綢繆。命盞更斟酌,僕夫爲遲留。感子渭陽情,動我戎馬憂。兩懷空輾轉,涕下誰能收!

叢桂堂玲瓏石歌

蓬山幻出碧玉峰,自有鬼斧非人工。何年吹落到此地,一片捧出青芙蓉。叢桂堂月明如水,薜蘿滴露秋藤紫。瘦骨朝朝帶雨看,瓊姿夜夜和烟洗。離奇古洞斷復連,勢若青鳳高飛騫。靈芝初茁漢宮裏,雲氣欲出秦壇邊。年年八月秋風度,金粟開花落如雨。屹立中庭對碧空,鬱林雪浪何堪數!使車來向雲間城,雲間金鑑高懸明。公餘獨捲湘簾坐,此石相看倍有情。拄頰當庭朝氣爽,輕烟欲散仙人掌。莫道區區瓦礫才,也能階下蒙清賞。

雜興二首

絶域流沙外，懸軍歲幾更。王師猶戰鬭，群盜敢縱橫！首亂天心厭，誅逃國法明。征西諸將在，急擣郅支城。

萬里馳旌節，何時入玉門？大星中夜落，空枿幾人存！馬革孤臣志，茅苴一代恩。六軍真感激，慟哭望歸元。

春郊射獵圖爲蔣蟠猗賦　四首之一

虎頭真羨萬夫雄，說劍能生耳後風。落拓江湖壯心在，明朝投筆事猿公。

五人墓

石硔山塘路，寒林慘不春。生知周吏部，死繼葛將軍。一代同文獄，千秋直道民。窮奇何處骨，遺臭百年墳！

【校】"葛將軍"，"軍"字闕蝕，據詩意補。

題照　祖父命作

沈君倜儻世所稱，少年意氣侔陳登。腰間寶鍔芒四射，毛羽颯爽橫秋鷹。群書撐腹一萬卷，片語落紙争鈔謄。置身宜在鳳池上，會見雅頌今重興。何爲雅志厭塵俗，隱隱五嶽羅胸膺。雲山滿眼足佳趣，不羨鴻鵠高騫騰。茅堂卜築圓泖曲，九峰入户青崚嶒。野泉濚洄流活活，修篁蔽翳陰層層。長松掀髯攫霄漢，龍甲坼裂裹枯藤。涼颸乍回鶴夢醒，世緣一掃萬慮澄。松陰兀坐默而息，絕似入定空山僧。柴門剝啄鮮俗客，只有詩句來相徵。長鑱雨過劚靈藥，細港潮落收漁罾。嘲風弄月恣領略，擾擾肯逐塵中蠅。良工寫生入神妙，吮毫濡墨烟雲凝。吾生夙耽峰泖勝，秋泛頗記當年曾。滄波萬里舟似蟻，江天一色冰輪升。中流微茫櫂歌發，數點隱現漁舠燈。十年奔走困微祿，白髮坐向頭顱增。故山歸來松菊老，且喜猿鶴無猜憎。衰年筋力未全減，灌園抱甕我尚能。幽棲倘不拒生客，明日便辦青行縢。從君結屋比鄰住，欣然同作山間朋。

輓

雁聲墮地碧草黃，空齋蕭槭梧風涼。踏門忽告賢母訃，令我東望心悲傷。名閨懿範耳所稔，少小婉孌如姬姜。于歸門地況不薄，遺笏猶帶烏臺霜。輕軒宵轉燭光麗，入門綦履姑嫜旁。上堂調膳下堂走，閉閤往往吟新章。烏絲自寫《洛神賦》，墨花亂舞珠璣香。夫君妙年磊落士，長安幾載馳康莊。銅符初作武清宰，楊村驛路風烟長。桃花滿郭板輿穩，喜有如氏相扶將。放衙之暇規勸切，坐令決獄無桁楊。蕭然騎驢別父老，至今遺愛祠桐鄉。歸裝纔卸姑遠別，郵傳繹絡輸甘漿。長松秋折鄴城下，銅臺回首悲難忘。天寒日暮遊子遠，膝下獨有鸑雛翔。遺經在笥親課讀，槐風吹出聲琅琅。俄逢天子念循吏，重綰墨綬來南方。相隨薄宦之海角，內外擘畫咸周詳。一朝雲裏玉棺下，操成寡鵠存空囊。隻身獨任向平累，廿年遺恨今粗償。母儀婦道兩不負，平生大義何彰彰！方瞳碧髮綠玉杖，坐閱人代成滄桑。斑衣成行樂未艾，豈意寶婺熠宵芒！嗚呼泉臺路杳渺，《大招》何處尋巫陽！我聞令儀必昌後，矧有哲嗣皆圭璋。他年歸來問華表，豐碑百尺追《瀧岡》。作歌聊用紀淑德，千秋彤管生輝光。

（首句旁批）起句淒然。（天寒句旁批）言下黯然。（母儀句旁批）總束二句。（尾句批）古氣磅礴，敍事不漏，鬥筍處無縫，絕妙！

蔣母汪陳兩太夫人輓章

上相門羅繡戟高，後先閫德佐宣勞。芾褕名著千秋管，綸綍恩頒五色毫。已候台星躔斗極，旋驚寶婺隕寒皋。他年華表歸來日，次第春風振鳳毛。

蔡母陳太君五十節壽詩

九枝華蓋護蒼松，虬影高含瑟瑟風。今日便凌瑤島種，當年苦憶雪霜封。彤管潁川標第一，瑣窗深貯冰壺質。十歲初書《女史箴》，屏風六尺蠅頭密。鳴雁聲中轉畫輪，帶星櫛縰上堂頻。玉釵最薄盧家女，荻髻遙憐桓少君。況復中郎才調富，年年笑語羅幃暮。不堪悵望閫闈城，狂風吹折珊瑚樹。此時對鏡掩滂沱，上有高堂下藐孤。寒月三更沉玉尺，荒雞五夜伴冰梭。離鸞譜出弦聲楚，三十年來慣茶苦。熊膽誰言母是師，鳳毛只望孫繩祖。膝下三雛頭角成，梧桐花底發清聲。一蜚未遂鴻心壯，萬里俄看鶚羽橫。自言有願今償矣，轉眼光陰如夢裏。雙鬢臺前冷暮烟，寸心澗底隨流水。誰省初添白髮時，連雲紫氣早相期。多羅樹老長青節，華頂山高晚翠姿。禮宗借問今誰屬，往事□□□天□。金簡初增陶母篇，瑯函合受麻姑籙。九醖流霞百斛觴，玉書青鳥自啣將。但知歲進喬松頌，不羨昌陽海上方。

賦得天光雲影共徘徊　龍邑尊季考作

上下流光曲水隈，洞簫吹徹更徘徊。九霄漠漠清相映，萬點鱗鱗皺欲開。玉鏡夜寒和月動，翠裳春暖弄珠回。沂游會得空明境，省識他年作楫才。

（評語）詩致清新，飄然不群。

桂鷺翁丈七十壽讌詩

菊池清醴泛瑤卮，雙鳳階前振羽儀。鄉國玉顏稱祭酒，文章金管屬經師。萬年花識東方朔，三樂人傳榮啓期。聞道鹿門存息壞，便衣掃榻劇靈芝。

坐上賦戴花得天字

清明初過酒闌珊，折得奇葩晚更妍。春色豈關吾輩事，老狂聊作坐中先。醉吟不耐攲紗帽，起舞從教落酒船。結習漸消留不住，卻須還與散花天。

賦得滿城風雨近重陽

滿城風雨近重陽，催起離愁欲斷腸。倚遍碧闌人不見，暮雲吹送海天涼。

滿城風雨近重陽，簾外無人三徑荒。籬落半殘叢菊淚，鷓鴣聲裏送年光。

滿城風雨近重陽，欲授寒衣女手忙。絡繹不催刀尺響，卻來孤館伴藜牀。

滿城風雨近重陽，鎖閣深沉鎖曲廊。落葉不知人有恨，故隨飛鳥度高牆。

賦得荷淨納涼時

虛敞臨池閣，紛披出水荷。寒光偏耐曉，涼意欲生波。岸幘看浮豔，披襟拂太和。夢隨香處住，人似醉中過。肌冷分冰汗，心清薄玉羅。泛雲鈿扇合，飛雨翠綃多。撲面塵應盡，侵簾影奈何！還須木蘭棹，一唱采蓮歌。

賦得竹外一枝斜更好

密籜開新蕊，繁英亞晚颸。色從霜箭冷，勢借粉篁欹。橫影清溪暝，交香翠羽知。隴頭寧獨笑，淇澳倍相思。爲得蕭森趣，彌增淡蕩姿。寒低鶴伴處，態老雪封時。絕勝瑤臺見，偏將野店宜。平安如有信，先報上林枝。

擬前有一尊酒　此後二首，戊寅
李鶴峰先生科試命作

前有一尊酒，欲酌還復休。念我平生懷，鬱鬱生欸啾。流光薄西汜，馳景無停輈。去者日以疏，來者日以遒。東風吹百卉，芳菲遍林丘。嚴霜一朝至，奄忽誰能謀？秋草萎以黃，青松在巖幽。植基苦不早，秉節今無由。鳴箏上高堂，夙昔將何求？人生無百年，自抱千歲憂。仙人王子喬，躡屩凌滄洲。亮無雙飛翼，追逐驂鸞虬。回望東歸雲，涕下不可收。菀結秖自傷，無乃非遠猷。劉伶負狂名，常爲士林羞。顏淵不逢時，於天信何尤！美酒可酌斟，麴糵世所仇。惟當念明德，努力崇清修。

賦得漠漠水田飛白鷺　七言八韻得霏字

壓頂終南落翠微，水田迢遞學僧衣。綠苗披拂新畦迥，白鳥翩翻彩霧霏。度雨色迷明鏡闊，帶烟光破玉壺飛。掠波低撲垂楊岸，趁漲平衝插竹扉。没處漸看天欲合，下時遥點翠成圍。一犁影逐鳥犍去，萬頃痕連碧嶂歸。逝者便生濠濮想，超然真息海鷗機。誰知抱甕柴門客，曾向西離覽德輝！

春日雜感　四首之一

橘刺藤梢院落幽，懵騰鎮日下簾鉤。無邊風雨天常醉，如此江山我欲愁。青鬢影疏寒食酒，綠蕪烟淡夕陽樓。登臨根觸三年夢，銅井銅坑話舊遊。

題蘭汀照

明河射角白露流，三更鶴唳虛庭幽。高梧修竹氣蕭瑟，一夜并作山中秋。山中美人掩關坐，藥罏茗椀供清課。攤書雛誦聲出雲，蘚壁吟蛩暗相和。碧蘿月落景轉清，披帷彷彿朱弦鳴。觀時自領雲壑趣，懷古獨抱黃虞情。高齋我亦同消夏，一別蕭辰感徂謝。託意相期保歲寒，扁舟更訪山陰夜。

恭和御製駐蹕姑蘇元韻

綠楊影裏見姑蘇，萬姓歡迎洽聖娛。心比靈岩常北拱，恩如震澤正東趨。雲山一帶春深淺，霸業千年事有無。華祝康衢頻送喜，永將韶景奉慈愉。

賦得霜隼下晴皋　得毛字

霜影涵天淨，秋禽刷羽毛。草枯平野闊，風急暮山高。逸翩橫千里，清音落九皋。雙眸鄰遠堞，一點沒寒蒿。搶地身逾捷，投林勢轉豪。追鴻遺遠響，逐雀掣輕毫。夙抱沖霄志，寧辭舉翅勞。倘能邀鷙薦，肅肅厲清操。

賦得飛泉漱鳴玉

翠壁銀華瀉，遙傳戛玉聲。望中搖匹練，天半下飛瓊。朗若摧秦壁，鏘疑佩楚珩。霞心神瀵湧，雪竇谷音生。巖迴穿雲落，山空觸石鳴。因風飄颯沓，沿月韻琮琤。松和千濤沸，琴傳三疊清。泠泠幽澗曲，傾聽久移情。
【校】"泠泠"，底本誤作"冷冷"。

題張海客竹林趺坐圖

籍甚張公子，風流識姓名。所思澱山路，相望水盈盈。夙昔期難卜，丹青眼忽明。如同竹林坐，寂寞道人生。

送凌竹軒再任粵東

十年炎徼肅清塵，攬轡仍看嶺外春。地擁銅標開景色，月明珠海動星辰。南中人盡思何武，北闕恩容借寇恂。萬里越王臺畔路，使君五馬更誰倫！

佛桑紅點錦袍斑，爲郡風流不可攀。百里政成秦尉國，一麾花滿謝公山。韋碑舊勒窮荒外，漢竹重分滄渤間。見説召星正南指，八駿早晚候君還。

【校】此詩稍後重出，"肅清塵"作"宦遊身"，"攬轡"作"此日"，"地擁銅標"作"地峙金標"，"南中"句作"東人望盡歸何武"，"更誰倫"作"去駪駪"，"紅點錦袍"作"紅雨點帷"，"爲郡"作"爲政"，"政成"作"烏飛"，"窮荒"作"蠻荒"，"滄渤"作"溟渤"，"召星"作"台星"。

爲孫母張太君七十壽

令節稱觴會，華堂戲綵聯。青鸞銜寶籙，金管續瑤箋。家有高門慶，人逢益算年。板輿青杖穩，玉瀣絳霄傳。鞠腒羅賓從，冠簪列管弦。紫樞天上宿，丹簡地中仙。畫永祥芝繞，春暄彩鳳騫。婉嫕曾授記，勾漏正開筵。胄本東吳貴，名應北海填。畫題新甲第，石室舊芸編。畢鑠仁人壽，飛騰令子賢。看膺三殿詔，常晉九如篇。

祝童葆真八十

玩弄人間世，蕭蕭白髮翁。共推鄉祭酒，誰識大王公！眼放乾坤外，春歸杖履中。如聞赤松子，來往駕烟鴻。

輓　詩

初捧毛生檄，俄傳楚些歌。微官豈損福，薄命竟如何！風雨埋千卷，存亡寄一孤。游魂歸也未，揮涕望姑蘇。

輓　詩

寒風吹斷薤歌聲，遥睇丹旌憶老成。古處衣冠覘道氣，勝流月旦記芳名。崔家蘭笋當堦茁，田氏荆花向日榮。華表倘歸遼海鶴，搏雲還看鳳毛生。

【校】"遥睇"，底本誤作"瑤睇"。

輓　詩

閥閱高華重漢川，燕江軌範至今傳。鸞姿獨鬱風雲氣，鶴馭高登兜率天。遺簡名留欽孝友，寒春聲罷念清賢。郎君次第紆青紫，五色天書賁九泉。

輓　詩

德星一夜隕光輝，衆仰儀型涕淚揮。風揭緫幃燈欲灺，月明華表鶴同歸。天邊鸞鳳凌雲起，堦下蘭蓀得雨肥。會見夜臺含笑處，滿庭抱笏賜牙緋。

輓　詩

家世傳三篋，賢書姓氏香。梟飛桂林烏，人護召南棠。歸卧柴桑里，群瞻通德鄉。騎箕更含笑，鳳羽在高岡。

爲劉母沈太夫人七十壽

留犁曉色敞芳筵，步幛千層菊蕊圓。銀蠟正輝初日後，玉壺先報小春前。迎門冠蓋爭闃咽，入座牙緋近接聯。欲把真符問南岳，他年仙籙一時編。

圖畫依然見禮宗，貞蓻一葉播江東。椒花頌合推劉母，絮影吟曾感謝公。里第憶來湖作鏡，門楣歸去巷生桐。鄉評已信言無間，曾忝輶軒舊采風。

挽鹿當時叶唱酬，天家標格迥無儔。遥開世澤三珠樹，重溯家聲八詠樓。繡座久參天上果，瑤池長積海中籌。要知福不唐捐處，滿眼蓀枝對白頭。

年年閒史頌佳辰，玉女峰高雪似銀。前世三洲妙知識，崇封八座太夫人。萊衣夾道扶朱轂，畫翟中堂拜紫宸。不獨賢聲載家乘，九重稠疊荷新綸。

錦帨高張泛玉波，喜聞玄髮尚如螺。板輿東第看花去，翠幔西園載酒過。早日朱函開寶篆，秋風瑤瑟動雲和。兼珍漫說《閒居賦》，禄養誰如萬石多！

廿年雛鳳振清聲，畫荻傳經事不輕。臺閣含香欣日永，江湖持節看風生。才如景讓名真顯，事比歐陽教已成。遥識衡湘望雲思，定無封鮓慰親情。

翽翽繞膝盡瓊枝，俎豆親承戲學時。治閫更誰同禮法，起家端復在書詩。郎官曳履趨丹禁，內史垂魚到赤墀。今日鳴珂兩坊路，往來爭羨碧幨帷。

頻年京國愛春暉，吏部文章世更稀。退食每攜雙日膳，問安常著五時衣。長名列牓人爭重，御筆書屏望不違。況有稱詩如道韞，林間風韻滿中閨。

汾水波澄染黛青，女牀山近祝延齡。九張尚織仙人錦，一篋先貽博士經。優渥恩光迴北闕，扶搖風力起南溟。鋪張不爲工詞賦，傳與千秋作令型。

玉琯玲瓏奏八璈，西池恰見熟仙桃。頌稱壽母遥符魯，史紀佳兒合並陶。麗旭平增彩線永，祥光浮動戟枝高。朝回日日聞驪唱，舒雁成行擁笏袍。

綺堂高會敕中廚，博笑傳觴列袂趨。一代聲名垂孟郝，百年門地屬崔盧。太君系本東陽貴，公子官仍秘省殊。盛事只今難擬似，八千還寫《壽護圖》。

曈曨曙啓婺光回，玉帔珠冠映上台。緑字女箴留竹管，紅雲官誥護霞栖。家傳子政遺聞古，日近長安壽域開。見説麻姑親授記，時看青鳥下蓬萊。

南安蒙川館晚望

偶尋詩地問幽棲，攀盡旋螺九折梯。帆遠客愁生疊鼓，窗虚暝色赴孤藜。谷摇萬木風頭健，天抱雙城日脚低。卻望紅雲數峰外，明朝身到百蠻西。

賦得事爲名教用

名教重千古，昭然品物陳。中偏餘樂地，用以式彝倫。則本因心出，機惟踵事新。堯心何浩蕩，周禮自絲綸。秩秩猷斯布，平平路共循。八荒咸在宥，萬類已同春。道積原無象，風行實有神。仰瞻皇極建，歌頌協臣鄰。

賦得仁壽鏡

錫福徵靈壽，歸心洽至仁。自天昭大貺，應地曜奇珍。在手文非類，無臺鏡自陳。遺規超盛漢，異質邁先秦。列畫山雞舞，窺名月兔踆。玄都神牒掩，翠水寶圖新。奇蹟輝丹壁，榮光燭紫旻。千秋方表瑞，願以獻楓宸。

賦得紅葉

素女迎寒候，秋林望欲窮。清霜酣晚翠，殘照發春紅。爛熳層崖繞，蕭疏曲澗通。西風看躢屣，南浦憶游驄。不數三花樹，偏宜一畝宮。鄭虔能種柿，張繼愛吟楓。點染留真色，繽紛仰化工。何須調玉瑁，黍谷已融融。

賦得直如朱絲繩

頌瑟朱絲縆，中含太古心。自然疏以越，豈較直於尋！獨秉離明色，還揚正始音。分徽疑落落，比德妙愔愔。應手知非絞，移情在不淫。蓬麻生有藉，繩木道難任。調已諧神聽，言堪勒座箴。無邪聞自昔，庶用答虞琴。

賦得白受采

大美推無始，爲章實有因。黃中誠表正，白賁劇含真。變本機惟轉，增華勢漸臻。涵胎珠自媚，在璞玉彌珍。悟啓稱詩客，功歸學禮人。懷貞方蘊藉，振彩必鮮新。未著疑藏綱，頻加異積薪。聖朝光黼黻，忠信品斯純。

晚菊詩爲吳碩輿太翁賦

百草芸黃見一枝，信知高節不争時。燈前色伴朱顔好，雪後香迎綠酒遲。那用盤盂誇上品，自從盆盎發新姿。江鄉佳話傳京洛，爲誦《安陽集》裏詩。

題 蘆 雁

幾陣秋空任所之，蘆花如雪夜何其！阿誰會得無人態，寫到風清月落時。

題 畫 蘭

畫圖省識杜蘭香，葉葉枝枝裹露涼。記得江南二三月，越甓檀几滿春光。

朱凝臺桐陰小影　三首之一

濃陰百尺翠成堆，葉葉秋風拂面來。他日明堂要梁棟，先教培養作琴材。

習庵前輩席上咏梅花絶句即次補山中丞口號原韻

木落關河雁信遲，畫屏重見向南枝。灞橋衝雪歸來後，更喜東風著意吹。

　破費蠻牋錦樣詩,紛紛蜂蝶太情癡。漫山桃李休相比,不是搔頭傅粉姿。

　枲几相依篆縷青,曲房深處護疏櫺。爲憐驛使攜來遠,辛苦長亭更短亭。

　促坐傳觴賦玉英,闌干依約到參橫。寒驢愁絕空歸去,紙帳誰尋歲晚盟!

賦得山夜聞鐘

　山館眠遙夜,霜鐘發遠聲。隨風盈萬壑,催月到三更。韻雜啼猿冷,音同過雁清。聽來愁不寐,何限旅人情!

己亥除夕保和殿筵宴侍班恭紀

　頌椒嘉宴啓彤闈,春色遙從仗外歸。是日立春。日繞龍鱗瞻喜氣,班聯豹尾近恩輝。樂聲細度黃金管,舞隊徐催赤羽旂。快覩祥霙仍兆臘,六花先點侍臣衣。

恭和御製元旦喜雪元韻

　繽紛霙集當元會,糺縵雲同近太微。餞臘乍欣時玉積,迎春更帶瑞烟霏。較量麥隴真無價,想像瓊樓或庶幾。鳳闕映霄都是畫,貂襜點纈不須揮。廣廷喜氣通麾仗,俠陛寒光射戟衣。花獻壽杯呈法座,歌傳飯甕遍神畿。曲高睿倡鈞韶叶,祥啓初辰史策稀。遙識江南候清蹕,瑤田生暖柳依依。

題歸航圖即送吾山侍御假歸淮陰　四首之一

綠牋紅爐折簡頻，歡場寂寞又經春。還期休被鱸魚誤，準待消寒舊酒人。

恭和御製春仲經筵元韻

講殿春溫迥日馭，書筵歲莅仰乾行。論宣經鑰開蒙士，班肅儒冠引贊卿。物以化成函覆載，天惟奉若協聰明。升堂幸預聞知列，悅服中心寫寸誠。

褉墨齋群花盛放習菴有詩次韻奉和

冷淡休嫌煮竹爐，名花繞座勸提壺。尋春錯認橫塘路，衆裏分明語是吳。

三通鼓罷夜霜明，入抱驚看璧月盈。妒殺餘馨留翠被，何人天上見芳卿！

蝶戀蜂嗔鬭嬝婷，博山香細掩銀屏。此身得作芙蓉主，學士何妨亦姓丁！

蕭疏兩鬢雪初侵，春色偏撩酒盞深。縱使天花全不著，連宵贏得醉岑岑。

送馮星實自鴻臚卿出藩江右

憶昔唱第初，追隨曲江轡。同年百九十，年少獨意氣。昂藏凌雲姿，拔隊鷩岸異。名高終穎脫，給札荷親試。後先藉金閨，薇垣敞華邃。機廷正需賢，之子誠國器。聯翩篷彤闈，夕拜攜襆被。短材忘魯鈍，同直忝陪侍。堵墻看落筆，揮霍有餘地。驊騮已絕塵，跛鼈但增媿。自君向益州，乘軺涉梓利。我亦會改官，琅函校金匱。歸來悵分曹，職事各有寄。相思無十日，過訪常造次。喜聽高論發，了了益神智。君才無不可，昆刀用彌銳。行河與轉漕，剸決惟所置。九重荷深知，超遷列卿寺。南州闕藩伯，疇咨若予治。禁中有頗牧，掄簡出聖意。寧容拜章辭，特遣剖符使。都亭唱《驪駒》，別酒不成醉。當年樞密房，屈指幾同事。有如向曙星，寥落剩三四。君今又遠去，孰與諧臭味？新知滿長安，膠漆罕深契。出門更何之，惘惘勞夢寐。洪都古大府，湖嶺控肩臂。五方雜謠俗，填撫良不易。下車待頒條，奔走百城吏。慈當蔭苗芃，威或順鷹鷙。定能隨方圓，張弛道咸備。努力報國恩，寧復假辭費！獨我苦差池，百感動心胃。平生鳩營巢，料理拙生計。故人知我貧，往往曲存慰。結交申婚姻，繾綣不遐棄。癡愚慚懶學，我子君女壻。頎然已勝衣，失母念蚤歲。有兒不自憐，提攜為君累。俯仰空茫然，撫之還出涕。君行擁旌旄，轅門喧鼓吹。我留勉丹鉛，延閣傍清閟。才疏咎所集，何以逭顛躓！臨分佇良規，書紳我當記。

寄許春岩臬使

記否秋風上計時，平生相賞托交知。材緣利器經盤錯，學為通經見設施。雁信頻年心在紙，棠陰萬里口成碑。柏臺珍重平反牘，我已慚為張釋之。

迢遞相思春復秋，碧雞山外水如油。故人著作仍三館，節使勳名已八州。蒙段山川遍膏雨，徐黃政績信風流。郎君早晚趨庭去，更待題緘托便郵。

題秋山訪友圖

石瘦山空澹紫烟，芒鞋散策意翛然。試將一曲《松風操》，去和南華《秋水》篇。

乘興谿橋日往還，幽人相對鶴同閑。脚韡手板應官去，寂寞茅齋定掩關。

題閭邱秀凡采芝圖

黃庭罷晨誦，寂寞道心生。自得餐芝訣，欣然荷鍤行。巖花幽共發，谷鳥喜相迎。五嶽遊今始，知君遺世情。

題曹澹持飛梁絶壑圖

我昔曾到天台山下訪石梁，蒼龍夜墮晴空長。游人股慄不敢渡，但覺飛流濺袂生清涼。又曾眼見黃山畫圖好，古松盤盤青未了。幻作天梯萬丈相鉤連，蛇伏猱攀出雲表。今觀此圖景更奇，枯槎半偃臨清漪。蘚皮脱盡露積鐵，著屐來往無欹危。倒垂虹影飲深澗，不用石柱相扶撐。鏗然曳杖似平地，豈知上有擾天枝！問君何由得此攫挐夭矯之古樹，應是三生行藥處。夢中髣髴舊曾遊，跣足科頭便歸去。我今喚作《飛梁絶壑圖》，此圖此境人間無。請君東上華頂寺，不然西踏三天都。

題陶靖節采菊圖

喜對南山翠一棱，葛巾斜軃髮鬅鬙。籃輿不用門生舁，自挂

• 487 •

溪邊七尺籐。

解組歸來號逸民，蕭然獨往見天真。晉家徵士休題誄，應是羲皇以上人。

題折枝歲朝圖

冷翠幽香競吐姿，曾同寂寞歲寒時。綠窗忽逗春消息，試向屏山看折枝。

題褚文洲詩集

褚生示我新吟卷，快讀頻移晝漏籤。暗覺清風生廣漠，好參法界到華嚴。後來拔戟看成隊，老我抽毫已退尖。欲約康曹共秋社，謂康起山、曹硯香。頓教金箭一時兼。

題黃簡齋照

木蘭深院月華盈，藥鼎茶鐺分外清。喜對朱顏似疇昔，真同朗朗玉山行。

江南春雨杏花天，領略韶光又一年。酒到當杯休放手，任人呼作海棠顛！

題李湘帆江村烟雨圖

白雪三城叱馭行，壯遊奇絕冠平生。誰知點筆依戎帳，卻寫江鄉萬里情！

病瘧有作時將之粵東

卅載已工辟瘧方，如何藥裹味重嘗！貧來守我真難遣，病偶相尋亦不妨。伏枕宵長愁轉側，瀹茶水惡費評量。兒曹昨告京華去，削牘親書又幾行。

饑軀久已辦行纏，小極空愁結病緣。瘧鬼多情尼行轍，睡蛇何意攪安眠！怕聞米價頻增估，賸遣詩情欲放顛。一味觀空是良藥，萬端回首轉茫然！

發錢塘江

壯遊初看浙江潮，犀弩雄風黯寂寥。山色尚圍東府壯，濤聲直走海門遙。戰爭十國餘偏氣，歌舞三秋怨小朝。莫道吳兒腸是石，故鄉回首倍魂消！

亂峰如馬盡東奔，浩蕩層波勢欲吞。吳越中流交警角，江山終古付吟樽。樹頭濕翠收朝雨，鴉背輕黃閃夕暾。塔影多情荷相送，岸移帆轉又前村。

豫章道中聞補山中丞有入覲消息先賦四詩奉寄

四千里外去從公，下瀨樓舡在眼中。忽報干旄迴北極，陡教葛屨感西風。參辰相避悲緣淺，張角多乖坐命窮。猶望前郵一相見，試看雙鬢颯飛蓬。

賤子欒欒素髮稀，故人凜凜玉腰圍。買山錢乞言猶在，薦福碑轟計轉非。識道終須從老馬，授餐誰與念淄衣！廉泉一勺能分潤，漲起章江送客歸。

方丈蓬萊不可求，尋仙真悔向羅浮。東方月已經弦望，南海風難及馬牛。只慮家人怨垂橐，空憐季子敝貂裘。夜來夢落千山外，鐃吹歡迎節使舟。

一寸羈心去住難，梅花遙隔萬重灘。長鳴駑馬思歸皁，冷笑鮎魚欲上竿。抹帕幾時隨吏謁，拈毫何術洗儒酸！詩成未敢輕相寄，羞付孫郎帳下看。

寄粵東許依之方伯二首

昨見除書喜動顏，不辭相訪敏重關。聚糧我已經三月，廣廈君能庇萬間。準待乘風朝魏闕，暫看浴日到黃灣。齋廚杞菊毋多涸，帳具先期十宿還。

別來憂患獨摧顏，未遣揚雄穩閉關。萬里行程冰雪裏，十年心事夢魂間。采風偶聽甘棠詠，歸路終思苦竹灣。爲問草堂貰肯借，報恩贏了乞身還。

南昌得補山中丞札尼余南行遂自江西返棹疊前韻再寄補山四首

豈意南行不見公，餘情空付夢魂中。一生愧我牛心炙，萬事從渠馬耳風。挾刺偶來成下策，縛船歸去送長窮。此身到處原如寄，乘興何妨類轉蓬！

莫言烹鯉尺書稀，一紙烏絲細字圍。苦道求魚緣木似，原知撈海覓針非。羊亡待認雙歧路，線在終縫百衲衣。只當山陰雪中棹，可憐興盡竟空歸！

居士爭思把福求，坳堂滴水芥難浮。退飛弱羽隨風鷁，團轉勞筋學磨牛。無分烟波弄清遠，幾時松竹卜塗裘！除非鮑子能知我，還問何人丐麥舟！

誰知覓粒太艱難，水馬兒行八節灘。強逐獼猴騎土偶，怕牽橦索鬥花竿。路窮碧海三山遠，天付黃虀百甕酸。有數苔岑煩寄語，萬分猶作故人看。

元日復用東坡白髮蒼顏五十三句爲首尾作詩二首

白髮蒼顏五十三，相君面已似瞿曇。身曾許國心常在，壯不如人老豈堪！敢望高資八州督，未成歸計一茅庵。添丁欲遣充耘耔，門戶何時付長男？

聽鼓薰衣赴早參，朝正坊路記宣南。壓冠歸去搖新勝，銜袖攜來滿賜柑。昨夢依稀尚霄漢，孤舟漂泊又江潭。心情莫怪逢春懶，白髮蒼顏五十三。

秋檀居士有歸志形諸吟咏因賦二律留之并邀諸君子同賦

雪鈴同趁雁南飛，花事閩江看漸稀。此地儘堪嘗荔子，故人何用寄當歸！萬間廣廈慚相庇，千里聯牀願莫違。等是家山難穩卧，未須京洛戀緇衣。

嶺高泥滑鷓鴣飛，辛苦征夫去更稀。夢裏漫貪鄉路近，客中且送好春歸。珊枝入網期同賞，蘭臭題襟忍便違。我亦移文怕猿鶴，人生難遂是初衣！

吳澹川航海回浙詩以送之

扶桑曉日上枝初，萬斛龍驤縱所如。何限奇觀君領取，賦成休讓木玄虛。

井華汲處唱新詩，如葉琴書壓擔隨。十里荷花歸正好，閩山負卻荔支詩。

題　　照

人生嗜好酸鹹殊，傾身障籠何其愚！君家長物只一硯，珍重卻抵千璠璵。閑來濯向竹溪水，溪光浮動青瑤鋪。寒星浸影濕雲黑，滑不容手如荑膚。金聲玉德吾石友，案頭日夕供嬉娛。風流奇癖不自省，還付畫史成新圖。自從結束走萬里，飛書削札同馳驅。素綈什襲護檀匣，抱持每仗平頭奴。丹青寫作第三本，展絹坐對生嗟吁。卷中當年玉頰子，只今已有鬑鬑鬚。平生當著幾兩屐，寓意一物徒區區！盍提此硯遊皇都，玉堂新樣時爭須。看君草罷三千牘，歸向君王乞鑑湖。

阿安湯餅日賦呈筠心學士

兩家羊酒賀盈門，君舉彌甥我得孫。頭角望成中外寶，語見《南史》。鬑鬑行感雪霜痕。東山絲竹徵名字，筠心取謝文靖名，爲孫小字。西蜀蘇程竚弟昆。筠心畢氏女，亦將有生外孫之信。試向官園占宅相，小年誰是魏陽元？

哭喬檀園光禄二首

東門祖帳別離筵，昔語臨歧各黯然。魚素纏綿還滿袖，牙琴寂寞已摧弦。季方原識難爲弟，龔勝誰知竟夭年！手植松楸今幾尺，南陽淒斷舊時阡。

五十頭顱雪早盈，事煩食少最關情。廿年門户勞筋骨，四海交遊感死生。莫訝舟藏暗移壑，空憐巷哭盡吞聲。故園欲乞抽身去，更與何人約耦耕！

壽璞堂學士五十

凌雲獻賦屬車前，曾作蓬萊頂上仙。暫輟禁坡澄九品，盡將黃散付三銓。插籬自覺心如水，押案仍攜筆似椽。翰苑詞頭考功判，一官一集竚成編。

風流宗衮啓高門，甲第江東奕葉存。十世公侯宜復始，千尋葛藟正蟠根。青箱早識麟成角，繡褓初看鳳有孫。算到期頤纔及半，家傳壽骨有淵源。

秦淮酒社賭新詩，年少過從又一時。到曉長庚還伴月，回頭青鏡各生絲。聲名官職都無負，鐘鼎山林會有期。它日歸田成二老，金鑾同話向茅蘺。

棟鄂孺人節烈詞

岱宗秀結孤生竹，鐵幹霜筠傲空緑。七尺羅襦殉玉棺，十年瑶瑟悲華屋。苤茂苔榮掌上珠，當時説禮誦班姑。流黃自織天孫杼，調粉常摹《列女圖》。高門閥閱垂青史，百兩光輝羨穠李。

纚角鳴雞奉旨匜，絲占飛鳳裁歡綺。相公勳業繼常平，家訓貽經勝滿籯。對案笄珈儀并飭，承筐棗栗教初成。雕輪翠幰天西去，萬里牽衣問歸路。願保千金黃髮期，那知一昔朱顏故！藥裹薰爐夜夜心，飛蓬捲首淚沾襟。鳩摩羅咒空教現，押不蘆花無處尋。靈鶼竟塌雙棲翼，葛生蘞蔓傷何極！蕙姓抃同弱質枯，井瀾暗寫貞心碧。皎日分明臨穴時，冥塗屈指話相思。含情忍割尊章愛，訣別先煩仲姒知。素魄寧隨圓更缺，微軀甘向絲繩絕。海闊難招運石魂，泉深定化流虹血。相國思賢製誄篇，親操金管紀彤編。交柯樹看鴛鴦宿，合隧碑從琬琰鐫。九重特荷旌閭詔，畫戟馬頭光照耀。好把懷冰握雪情，譜將寡鵠哀鸞操。

【校】"藥裹"，底本誤作"藥裏"。"相思"，底本誤作"想思"。"琬琰"，"琰"字以避諱原闕，據詩意補。

題張碻夫讀書秋樹根圖

十年前向圖中見，九月燕山雪成片。都亭折柳怨別離，欲賦新詩意先倦。十年以後見此圖，故廬風木悲啼烏。明窗展卷坐清晝，俯仰令我生嗟吁。趨庭憶著荷衣出，鼓篋君年未三十。前塵回首海茫茫，瞥眼相看老將及。向平游嶽當何時，鏡中漆髮俄添絲。喜君意氣似疇昔，方頤廣顙軒鬚眉。平生磊落干霄志，射策金門期一試。逆旅空教滯馬周，上林未得逢楊意。紅牙自拍樂句工，簾前花月春溶溶。井華汲處唱應遍，竹山竹屋誰爲雄？人間富貴榮朝蕣，著述千秋詎同論！綠鬢無情我自憐，青雲失路君休恨。藏書樓頭萬卷書，盤松偃桂交扶疏。闌干一夕秋風起，無限吟情畫不如。

顧南千到寓投詩三章如其數報之　僅存二首

　　值我懷鄉候，逢君作客來。姓名仍草莽，鬚鬢滿塵埃。朱鳳憐摧羽，青雲孰愛才！無窮身世感，落日弔金臺。

　　天涯同促膝，只當故鄉看。倍覺輸心快，都緣會面難。開尊逢雨過，跋燭到更闌。聽罷談存歿，茫茫□□□。

春草次徐玉崖韻　別本

　　取次東風苗槀芳，柳然桃片伴江鄉。十年車馬春無影，六代笙歌月自香。望帝聲中還暮靄，越王臺下總斜陽。如何寒食傷心節，猶弄輕烟繞郭長！

　　野火荒村憶去年，東皇重與逞新妍。湔裙曾約期三五，入夢應迷路八千。露重怕蔦鴉襪色，月明誰卧翠苗烟！隨堤休待成螢火，只此登臨已惘然！

　　江北江南景易空，阿誰漂泊負芳叢！鳳城貴客征袍上，青塚羈人淚眼中。遥逐客愁生北渚，但將蝶夢寄東風。總輸牛角歸來笛，吹透寒塘夜月濛。

　　唐宮寂寞晉陵荒，樂事此中尚淼茫。是處地多含淑景，誰家人不踏春陽！碾輪有跡初依徑，墮珥難尋漸滿塘。漫説新蒿亦生意，平蕪十里杜蘅香。

戲鴻堂石刻歌　別本

　　三百年來論書法，貞觀大德分疆畛。墨猪枯荻兩貽笑，餘子碌碌空摇脣。尚書磊落早致身，瀛洲班壓瑶林筍。揮毫獨上薰風殿，銀燭傳呼戟郎楯。風流頗憶王僧虔，臣書第一經題品。晚年奉命訪圖籍，萬里星軺驅轣輵。山程水驛墨淋漓，片紙流傳錦千純。玉屏山頭坐秋色，書課渾如官事緊。千張摹拓手皸瘃，平原太守丹陽尹。酒酣落筆元賞齋，白日行天夜星隕。飛騰欲舞百歲鶴，橫斜不學千行蚓。唐碑晉本匪一體，要令荒傖愧矗蠢。瑤琨鑱刻千瑠璃，粉墨雙鉤帶餘瀋。谷亭橋南暮草宿，斯文照耀今難泯。遐荒絶域海内外，摹本傳來似薪捆。憶昔江東鼙鼓多，鑿蹄驕馬嘶戎輴。鴻都石經半磨滅，斷碣殘碑盡堪憫。尚書第宅長荆榛，過眼雲烟滿朝菌。巍然此刻出世上，神夔走避潛蛟蜃。古來神物煩護守，寒芒猶射霜天隼。趙前董後一俯仰，後生望古情難忍。鷗波亭子戲鴻堂，落日西風弔文敏。

初秋夜坐有懷

碧天萬里火雲收，夜夜闌干望斗牛。一樹涼飆絡緯夢，半池疏雨芰荷秋。幾時燭影窺新著，何處砧聲急暮愁！同學諸君愧相訊，釣絲寥落舊磯頭。

爲曹西樵八十壽即次元韻

甫里風流栗里詩，扶筇飽看太平時。曾推鹿角稱名士，肯佔雞窠學小兒。卷裏年華蟬作伴，壺中春色鬢先知。韓家手植新桐樹，早見陰陰緑覆帷。

啓期三樂信隨天，不羨蓬萊采藥船。琴趣自彈無譜曲，筆精常種免租田。歡生玉樹含飴滿，養潔金虀入饌鮮。更禮如來參壽相，蒲團安穩即青氈。

題劉禮園讀書秋樹根小影

記共名場角藝時，流光彈指卅年遲。長身玉立看猶昔，愧我新霜滿鬢絲。

席帽黃塵萬里餘，歸來掃轍閉門居。休誇文字撐腸腹，且讀人間致富書。

題梅曦堂桃源圖照　乙巳中秋前一日在松江志局作

芳原如掌豁然開，彷彿桃源雞犬來。堪笑南陽劉子驥，刺船空向武陵迴！

曾讀右丞詩句好，偶然游戲寫成圖。丹青未必皆真境，流水桃花何處無！

題沈守愚照　壬午小春

碧蘿山館日長時，蘋末風迴雪滿絲。想像青山高臥穩，藥爐禪板正參差。

家占眠鷗第幾灣，清時有味是蕭閑。牀頭日日擁書坐，愛看漁舟弄槳還。

百城真藉張吾軍，玉軸縹箱左右分。不用羊求望三益，封胡羯末總能文。

東陽地望本名家，歲歲循陔咏《白華》。不道神仙是官府，偶然游戲亦烟霞。

對牀別夢《橫汾曲》，遙憶君家好弟兄。卻看畫堂開畫錦，何如風雨臥彭城！時令弟太守方乞假歸里。

舊識青雲阮仲容，修髯玉貌古人風。憐予騎馬長安去，招隱何時到瀼東！

題顧宏宣照　壬午嘉平既望玉峰舟次

蕭然興與白鷗閑，椶拂芒鞋未擬還。多謝泉聲好看客，夕陽相送到柴關。

采采黄花裏露新，秋山獨往感蕭晨。東籬畢竟歸來好，休負當頭漉酒巾。

題曹聲振表弟遺集

文采清門見令姿，苗而不秀事堪悲。應緣才大難爲用，無復干霄蔽日時！

詩餘

倚臺城路聲　題曹硯香《春江放棹圖》

缺瓜船載，閑愁滿和，煙棹歸何處？蜓岸沿香，蘋波掠翠，暖入青山眉嫵。花飛捲絮。正二月江南，小橋疏雨。春鬧枝頭，金荃重省舊題句。　游仙曾擅麗賦。遠帆天上坐，逸興如許。射策才雄，凌雲筆健，只怕難盟鷗鷺。杏園歸路。待十里珠簾，玉鞭催去。笑憶漁磯，落紅千萬樹。

天香　李評事照

秋老蟾蜍，風吹瓔珞，道宮別樣裝束。顆碎敲珠，苞輕坼素，催散滿林香粟。蕉衫桐覆。儘消受，伊人如玉。鼻觀何時參透，須叩晦堂尊宿。　手撚一枝清馥。問那似，花拈薝蔔？應是姚黃賞遍，故憐幽獨。君家園牡丹，名種最多，爲吳中第一。招隱淮南，休續待、露滿皋塗。數珠綠。同詠《霓裳》，大羅仙曲。

【校】"敲珠"，底本誤作"珠敲珠"。

賀　新　郎

閨範今誰作？算江東，清河淑媛，禮鍾法郝。婉嫕宜家齊眉日，辛苦聽雞丸藥。到繡佛、長齋高閣。萬事茫茫從頭數，看華顛、鏡裏清霜落。八十載，夢如昨。　香生秋嶺舒璃萼。正開筵、瑶觴介壽，葡萄深酌。滿院金風扶鳩處，花裏板輿行樂。更夜雨、龍孫生籜。好待丹山雛鳳起，把巍巍、百歲高臺築。續《彤史》，真無怍。

滿江紅　爲曹慕堂太僕壽

六十平頭，喜依舊、朱顏如玉。儘消受，茶甌酒盞，緑雲書屋。此樂漫防兒輩覺，得閒先占人間福。況桐花、萬里雛鳳雙，生平足。　東浦畔，西山麓。行春水，尋秋菊。每聯吟疊唱，相從休沐。聚散十年多勝侶，風流一老推尊宿。請當筵、譜就《鶴南飛》，爲公祝。

【校】北京東方大觀國際拍賣有限公司 2019 年春季拍賣會圖錄，載此詞手跡，"請當筵"作"便當筵"。

珍珠船　題張遠春詞

衍波箋上烏闌字，是誰填、漁簑蘋洲新譜？紅杏擅才名，問風流張緒。刻意傷春傳《水調》，忍更聽、鵑啼蠶語。佳句。看銀箏彈遍，井華汲處。見說響叶轅韶，向行廬授簡，摩空作賦。宮錦拜恩回，索酒旗亭路。彩扇兩鬟歌未徹，又倦游、長安鈴駝。歸去。待金荃細寫，江南春雨。

【校】"水調"，底本誤作"水詞"；"看銀箏彈遍"，底本奪"彈"字，皆據張興鏞《遠春詞》卷首題詞改補。

陸錫熊詩文補遺

題惲鐵簫梅花硯圖

誰覓雌縵與雄雯，生綃渲染成羅紋。數點梅花著青玉，半丸犀璧流春雲。山谷曾吟詩一首，獨遇憐才謝師厚。梅花竟作秦樓媒，便教雙鳳聯紅綬。香臺點額妝新成，小螺淡注綠蛾橫。蟾蜍夜豔對明鏡，青棱映月寒玎玎。水精應貯金箱裏，好瀉紅羅手帕子。吟嚼香分石上華，雕鏤秀奪琅玕紫。小窗低語話前因，展卷笑指蒼龍鱗。從知兩美必有合，此圖此硯傳其真。　陶樑《紅豆樹館書畫記》卷五

奉題靳綠溪老先生樸園圖小影

薊門煙樹遠蒼蒼，遥識清暉滿印牀。地控神皋近三輔，星聯寶宿應諸郎。庭閑不礙春苔長，晝永惟攤古帙香。定有高名在《文苑》，青編不獨記循良。

十年縞紵荷交知，又值襜帷按部時。五馬風流信無匹，雙魚早晚寄相思。吟毫露湛文成錦，訟鹿塵生吏是師。天社任還雁湖李，後來毛鄭更推誰！里句奉贈綠溪老先生印可。雲間弟陸錫熊拜稿。中國國家博物館藏

初擬校閱永樂大典條例

一，《永樂大典》原書體例未協，是以排纂次第，錯雜無章。

其間有全載本書，未經分析者；亦有將本書散入各韻內，割裂分載者。雖菁華可備蒐羅，而去取尚資抉擇。今擬通行檢核，先將所采書名開出目錄，以全載本書者列爲一單。其本書散見各韻，而前後校讐，尚可湊成全部者，列爲一單。若止係單詞片語，不能復湊全書者，即毋庸列入單內，以省繁冗。

一，原書分韻隸事，顛倒乖離，毫無義例。今欽奉諭旨，以經史子集四部爲綱領，用定排校法程，實屬不易之準則。謹擬於開出目錄內，即依四部名目，以類相從。仍分別核定，於各門中又分三項。以現有刊本，通行傳播者爲一項；以詞意淺近，無關體要者爲一項，俱毋庸再請采錄外。至其中有流傳已少，實應采取之書，另爲一項，于單內注明撰人時代、名氏，摘取簡明略節，開寫進呈，恭請聖訓辦理。

一，四部書目，始於荀勗；而以經史子集爲類，則肇于唐時。歷代史志，於各門之中，又自爲區目，頗有分析不同。今請一以馬氏《經籍考》爲斷準，其綱目門類，仿照編次，用昭畫一。

一，經部內，除各經傳箋注疏，及唐宋以來諸儒經說，現今列在學官者，毋庸再采外。其有先儒經解，向尠流傳，而實在有裨學術者，並爲詳核甄收。至關係禮儀、音樂，及字書、小學等部，如有可采者，亦均依舊例，歸入經門。

一，史部內，除歷代正史，及《通鑑綱目》《古史》《路史》《册府元龜》等部，毋庸再采外。其中如有編錄事實，釐訂掌故，足資考證之書，而現無傳本者，自宜並爲采錄。至於識小之流，叢談雜說，什一流存，亦足沾溉後人，似並當別擇搜存，以廣博綜之用。

一，子部內，除各種子書，應查明現無其本者，分別采錄外。又如醫卜、藝術等部，是書原目采掇頗多。此等方技雜家，古人原在子部著錄之列，似亦當擇其精醇者，酌量采取，以備四庫分儲。至凡釋典、道書，俱欽遵聖訓，毋庸再加采錄。　國家圖書館藏鈔本《頤齋文稿》

初擬辦理四庫全書條例

一，考校藝文，莫詳于《文獻通考》。以今核之，有《通考》所不載，而流傳至今者矣。至焦氏《經籍志》，第據歷朝《藝文志》，隨筆登載，不計書之有無。朱彝尊《經義考》，分存、佚、缺、未見四門，意存博采，別是一種體例。是書皆就目所經見，曾加校勘者，分別部居。上者抄寫，其次存目，而悉歸之著錄；其未及見者，附諸闕文之例，不復載云。

一，編目以存書之名，抄錄以核書之實，必事關實用，而後登之。恭逢我皇上稽古右文，循名核實，自設館以來，於書之得失正僞，昭發矇瞽，爰是指示周詳。臣等恭聆聖訓，敬謹考核。凡僞造之書，及有妨名教者，皆爲指出，悉在屏棄，以示常經。於是書之首，恭錄聖諭　條，俾讀書者知所法守云。

一，經史子集，分爲四部，乃一定之例，無事更移。特向來位置，往往混淆，有子混于經，史混于子，霸史雜史，彼此相蒙，凡斯之類，不可枚舉。今咸條分縷晰，庶幾開卷瞭然。

一，聖學莫大乎尊經。自我聖祖仁皇帝纂輯《周易折中》，世宗憲皇帝欽定《書》《詩》《春秋彙纂》，我皇上欽定《三禮義疏》，復有《周易述義》《周官述義》《春秋直解》三書，七經精旨，南發無疑，洵爲近古所未有。而猶睿慮謙沖，面諭臣等，凡御纂諸書，仍以代敘入於各類，不必冠之部首，仰見我皇上虛懷慕古之誠，臣等謹遵照辦理。如《折中》則以冠本朝解《易》諸家，《尚書彙纂》以冠解《書》諸家，他仿是云。

· 505 ·

一，剿襲雷同，乃讀書之大忌；而好爲異説，亦藝林之所屏。如《易》以象數爲宗，而漢宋以來，飛休世應之説，河洛先後之位，或主數而略理，或尚理而遺數，或盡掃漢學，或力駁宋儒。凡其所説，苟有特見，咸並存之，見知見仁，各隨覽讀，不必尚求一是也。至於抄錄陳言，了無斷按，陳編蠹簡，雖有若虛，則不復編入。他經書及子史集，悉仿此例。

一，由宋以來，于漢儒説經，多所訾議。究之漢學去古未遠，心傳口核，悉有師承。矧今簡斷篇殘，僅存什一於千百，所尤宜寶貴者也。是以凡漢儒説經之書，曾經後人裒集者，隻字必收，以志篤古之義。

一，讖緯盛于東漢，遂至以緯配經，垂諸典籍。經隋禁後，存者無多，中間頗有精言，匪徒荒誕。今就現在緯書存者，另編"讖緯"一門，蓋亦新、舊《唐書》之例也。

一，舊志《三禮》爲一類，今仍之，首《周官》，次《儀禮》，次《禮記》。其《二禮》《三禮》並釋者，入之總經；《大戴禮記》，次於《禮記》之末。

一，兩漢，《樂》爲《六經》之一，蓋自古然矣。第《樂經》久佚，散篇見於《戴記》，必以後世之《樂》補入經書，似未爲得也。今編《樂》入史部。

一，諸家編目，如陳祥道《禮書》亦入禮經，究之非四禮之比。今編入"禮制"一門，其"儀注"則別見焉。

一，《漢書》以《三禮》先《春秋》，隋唐以來仍之。唯焦氏《經籍志》，《春秋》先《禮經》。案，《周官》《儀禮》皆在《春秋》前數百年，《禮記》雖雜漢儒之説，亦多鄒魯舊聞，先聖垂訓，不在《麟經》之後。今仍以《三禮》居前云。

一，漢魏六朝以來，子史舊注，如揚倞注《荀子》，河上公注《老子》，韋昭注《國語》，高誘注《戰國策》之類，悉在收錄。非徒有益于本書,並足爲旁搜博證之助。

一,《文選注》,六臣實勝五臣,今録焉。《楚辭注》以王逸爲本,更録朱子注,補其未及。至漢魏以來,大家、名家著撰,《昌黎集》則録東雅堂本,《河東集》則録濟美堂本,《杜集》向無佳注,今勉録千家注本,《山谷集》並録任淵、史容等注,《王荆公詩》録李璧注。其他悉仿此例。

一,唐人全集,詩文悉備者,在今流傳益寡,是以全録。宋、金、元三朝,則擇其可録者録之,亦十之六七焉。有明之初,風氣質厚,人敦問學,集多可存。中葉以降,龐雜冗長,徒事貪多,可采絕少。兹于存目而外,抄取十之一二,務在拔尤,匪云務廣。即《弇州四部稿》,亦僅存其名例焉。

一,典謨訓誥,本之《尚書》,誠史學之大者,即《家訓》《女誡》,亦倫化攸關。舊本或編雜史,或入時政,未爲得體。今别編"謨訓"一門,敬載五朝聖訓于前,以昭言爲世則之義。

一,秀水朱彝尊曝書亭,著録立"叢書"一類,蓋以叢書雖隨分裒集,而兼有四部,不容偏附故也。顧所蒐輯有完有缺,且亦未盡允協。今擇善且完者,仍各歸之本部,而存其本名於子部,俾後人有所稽考。

一,别集以代序,首詩文全集,次文集,次詩集,次詞,庶幾展卷眉列,並可考其人學誼及流傳之多寡焉。

一,陳壽《三國志》帝魏寇蜀,久爲儒林訾議。後來續《後漢書》頗多,而皆無傳於世,獨宋蕭常本至今完善,似宜入之正史。又,薛居正《五代史》,從《永樂大典》録出,得□百□十篇,亦仿《舊唐書》之例,與歐《史》並存焉。

一,"小學"以字體與韻爲主,誠舊例也。顧《千文》《蒙求》之類,亦童丱所資。朱子《小學》一書,宋史編于"字學"中,誠爲有見。顧與字書相雜,今從其例,而附諸"字學"之末。國朝李塨別著《小學》，仿《周官》而爲之，亦有可取，并錄之。

一，金石考訂，有裨史學最深，向未立有專門。今特爲一類，入之史部，以別于"小學"云。

一，算學之爲小學，本之《周官》，無可議也。而《漢書》算術在"曆譜"一門，蓋以推測天文，尤爲算數之極重，是以隋唐仍之。新舊《唐書》、《宋史》，子部有曆算家，亦用漢隋之例。我朝編定《明史》，於算經則附之"小學"，而推步則入之子家，誠爲斟酌盡善，宜敬遵焉。至漢唐以來，算學書皆西法所本，是以悉行登載。

一，關閩濂洛，爲理學正宗，《通書》《正蒙》諸書，自宜悉錄。南宋以降，于今五百餘年，儒家者流，剿襲膚言，累牘連篇，了無裨於日用。今多從裁汰，其目則仍錄存。

一，王圻《續文獻通考》，或漏或蕪，考核殊多舛誤。我朝《續文獻通考》，蓋續鄱陽，而非爲王氏續也。凡所更定考核，體例攸詳，一一皆經睿定。是以汰王圻之書，而以新修《續通考》及《皇朝文獻通考》，列"三通"之後。其《續通典》《通志》，亦以次例入焉。

一，《永樂大典》一書，當時搜輯雖多，了無體例，龐雜不倫，皆經聖明一一指出。今于此書中稍有裨于問學者，悉行錄出。至如打馬呼盧，諺謠劇戲之類，誠有傷於大雅，是以一切從刪。

一，問學莫精于考證，凡經史子集，能疑能斷者，其有功于藝苑尤深。舊志如《兩漢刊誤》則附之史評，《文苑英華辨證》則附之文評，似皆未晰。今於子部別立"考證"一門，以資博討之益。

一，起居注、實錄，皆編年體也，著錄家各爲一門。究之自唐以來，二類存者無多，今悉附之"編年"，以昭畫一。

一，史評專以定史之是非，詩話、文評亦各從人之意見。今史評入史部，詩文詞話附入集部之後。

一，卷帙之繁，莫如輿地。而唐宋元人之考訂，雖或今多缺葉，究之研核精詳，明代則多蕪陋矣。今于元以前地乘多所著錄，至有明以迄于今，疆域沿革，悉以我朝所修《一統志》為本。若省府州縣，皆各有志書，并存其目，且及撰人之姓氏云。

一，《資治通鑑》乃編年之大者，雖帝曹魏，尊武氏，為後儒所訾。要其博采遐搜，結體精核，實為史家擅長之作，與《朱子綱目》分道揚鑣。至薛應旂、王宗沐輩所續《通鑑》，轉在《續綱目》之後，其為簡陋，不待深言。今擬錄近人閻伯詩等所纂《續通鑑》于司馬氏《通鑑》之後。至《綱目》一書，敬載聖祖仁皇帝御批本。我皇上經經緯史，鑑別往古之得失，御定《綱目》《輯覽》，評論臧否，實開未發之奧。今悉敬謹登載，俾讀史者知所遵循。

一，年譜事實，必其人有關世教者，然後錄之。若私家志狀，則削而弗載，並目亦不復存。

一，天文家好言占驗，究鮮奇中。即以《史記·天官書》《漢書·天文志》考之，所言驗應，已十不得一，況降此者愈可知矣。今悉汰之，而專取推步法及圖繪精詳者。

一，釋氏一門，惟取傳記。至于經疏律論，既已別見《釋藏》，茲概弗錄。

一，《道德》《南華》《列子》《文子》，皆為道家。顧其書出自周秦間，久為人所傳誦，精言絡繹，宜得流傳。其他服氣鍊神，別號為經者，亦依釋經一例存目。

一，方技之中，有用無如醫學，自漢以下，為書益多。《素問》《靈樞□經》，若水之有源，所宜探討。其他則非善不錄，亦從真僞之別云。

一，類書莫先于《修文殿御覽》，其次《北堂書鈔》及《初學記》，並録焉。我聖祖仁皇帝御定《淵鑑類函》《佩文韻府》，搜二酉之奇，罄五車之富，讀者有觀止之歎。今悉敬録，以志博聞。

一，陰陽五行家言，各出其是，足以相亂。究之惑人者多，利用者少，今悉取正宗，庶不涉于岐謬。

一，屢朝律令，非特刑罰一條，是以仿《隋》《唐書》，編"律令"一門，以便賅載。欽惟我國家仁化罩敷，民恬物阜，尚德之世，未忍言刑。凡前代刑書，概存其目，弗悉録焉。

一，《隋書》有"目録"一門，自唐以降皆因之，今亦如其舊。

一，本朝文治翔洽，百三十年以來，著作家接踵摩肩，汗牛充棟，而考據尤多所長，亟宜收録。今除現在之人弗取，其他悉愼擇而録之。

一，馬氏《文獻通考》載："著書之由，或加考證，或列元序，取晁、陳二家著録者尤多。"今仿其例，書全録者以序冠；書僅存目者，則于書目之下，擇序之可存者存之，以資考訂。

國家圖書館藏鈔本《頤齋文稿》

晚崧廬詩鈔序

吾鄉周緯蒼先生，當康熙中，以布衣名動京師。凡遊歷所至，一時才士，無不折節與交。顧世以其書法掩，撰邑志者亦僅於"藝術"中立一傳，幾不復知其所爲詩。

會予讀禮家居，戚友梅君也漁來視，愀然若有所請，則出先生手稿以示，謂："先生以貧窶終，其哲嗣涵千孤介性成，寶護遺編甚至，秘不欲出，上幸辱厚好，得盡窺其所藏。兹涵千逝世，又復有年，而竟無後。其所藏曾悉舉授上，蟫穿蠹蝕，恐久而湮没，則獲戾滋甚。願求是正，將付梓以廣其傳。"予受而讀之，率多先生手書，丹黄塗乙，手澤如新。其詩清雋拔俗，詞則清華高妙，實不愧一時作者。惜當時隨意立名，編次無緒，因爲刪繁除複，録成詩四卷，詞二卷，以歸也漁。先生可傳之作，雖不盡是，亦可得其大概矣。

予惟上海，吳中一隅耳。自南宋儲華谷以詩學倡導海濱，其後類皆知吟詠。元明之際，成禮執、王原吉、楊廉夫、孫大雅以一代勝流，先後流寓其間，鄉人士得以薰陶漸染，由是文學之盛，遂甲於東南。明代作者疊興，指不勝屈，而董良史之《西郊笑端集》，及我從祖文裕公之《儼山集》，並著録文淵閣中，稽古之榮，於斯爲盛。國朝百五六十年間，治化重熙，人文蔚起。一二館閣巨公，因得以其才摛雅研頌，揚厲敷陳。而布衣韋帶之士，不過懷人訪古，陶寫性情，遂至世竟罕知。

予生也晚，雖不獲及見鄉先輩，然以予所聞，在昔有若蔡竹濤湘、潘甸君牧、朱拜石在鎬、范心尹箴、瞿式似穀、盛梅亭兆晉、康酌齋濟、陸簡兮敏時，大都出風入雅，浸淫而及於古。與先生同時作者，又有王雪坨俊臣、劉勇來夢金、潘西白鍾暐、張若愚希賢，亦能自出新意。神明規矩之中，而其詩文或顯或晦，或竟莫考。豈傳不傳亦有富貴利達之説存其間耶！雖然，世之刻集者何限！不知浮華易歇，公論終明。唐宋以來，卓然不可磨滅者，代不過數十人。而李賀、王令之徒，至今傳播藝林，又何得以勢位疑也！

先生所著，久而獲見於世，固知珠光玉彩，自有不能泯於天壤者。乃不能得之於子孫，獨得之友朋，也漁實能不負所知。予以素欲蒐訪而無從者，因也漁而得獲流覽，不可謂非至幸矣。也漁又言，涵千亦能書工詩，兼善繪事，有《二雲山人稿》，尚待編次。兩世同以文學著，乃均窮約而老，且湮厥緒，天竟何如，是可慨已！乾隆五十一年歲次丙午二月，同里後學陸錫熊書。
周銓《晚嵩廬詩鈔》卷首

春山先生文集序

文者，道之所形。以道而形之於言，故其言必適與道稱，而其文乃為有用之文。苟中無所得，而徒襞績剽掇以為工，則文雖多而道不勝，所謂多方駢枝於五臟之情，而文與道乃離而為二。漢唐以來，作者夥矣，其言之醇者，未有不合於道。下至諸子百家之以言傳者，亦類能見道之一偏，而以所得發之文章，故傳之久，而卒莫廢焉。譬之至味，《六經》，太羹也；漢唐諸儒之文，牢醴也；諸子百家，則如菫荁枌榆，蟹胥蚔醢之屬，雖味不足，而未嘗不可登俎實。若夫希光附聲，摹擬割裂，形似而中已非，陳漿宿脯，饐餲臭腐之餘，亦為人所唾棄而已，烏足以語於道哉！

商丘郭春山先生，敦行好古，有志講明實學，而不屑為鏗鏘靡麗之詞。以名孝廉教授鄉里，品學為時所重，經指授者，率為聞人。先生既歿，遺文皆刊削枝葉，醇深精厚，於理必有所依據，不為空言，庶幾進於道者。

鑑泉胡觀察為先生高弟，掇拾收弃，梓而傳之，自泉州以書屬為之序。余嘗讀《中州文表》，欸其筆力馳騁，結體高朗，得嵩雒淳博之氣為多。先生之文，雖未必一一盡與之合，要其義正詞雅，亦自可遠追古人，而有以自得者。故為論次大略，以復於鑑泉焉。雲間陸錫熊序。 郭善鄰《春山先生文集》卷首

文秘閣印稿序

篆刻雖一藝，然非精於小學者，不能自蒙。隸屢變，俗體沿訛，操觚之士，往往不知諧聲會意之本，至輾轉而盡失其初。其施之印章者，亦多以意增損，而於繆篆、蝌蚪、籀文、大小篆，源流派別，茫乎未有以識，宜其為之而輒不工也。

金山楊君修堂，潛心嗜古，間出其餘力，游戲鐵筆，皆詳辨秦漢體製為之，而於偏旁點畫，無毫髮差舛。平生不肯多作，每成一印，運刀盤礴，其精神結構，必直入古人之室。乃知即蟲魚小技，非胸有數千卷書，亦斷不能以此擅長。若楊君者，其庶乎所謂讀書能識字者哉！輒綴數語簡端，以俟世之知子雲者。耳山弟陸錫熊拜題。　楊心源《文秘閣印稿》卷首

桃源鄭氏族譜序

吾邑僻在海濱，地不滿百里，而四方人士舟車絡繹，賈藏其市，旅出其塗，指不勝屈，而自閩中來者為最盛。桃源鄭氏，閩望族也，其父兄子弟，航海而遊吾邑者，趾前後相接。甲辰春，予以家艱回籍，晤政家鄭君，見其仁厚之風，充溢眉宇，心竊以為長者。

越明年乙巳，政家來謁，袖銜一册，肅容拜請曰："此寒家家乘也，願弁一言以為重。"予嘉其意誠懇摯，為展卷卒讀。又悉鄭氏先世，自宋季南渡，扈從至閩，詒謀燕翼，代有聞人，迄今歷十有五世。予足跡縱未獲一入桃源，與鄭氏群從作邂逅聚，然以是知其孝友睦姻，衣冠文物，為一州著姓矣。抑聞蘇子有言："觀吾之譜，而孝弟之心油然以生。"是譜之修也，不綦

• 513 •

重乎？

　　政家以服賈遠遊，而於承先啓後之大計能如是，其汲汲焉將見世德昭垂，發祥綿遠，後日且必有掇巍科，登膴仕，爲宗族光寵者。是譜之輯，以爲家之乘，即以爲國之光可也，遂書此以復其請。乾隆五十年孟冬月中浣日，賜進士出身、誥授通奉大夫、文淵閣直閣事、大理寺卿兼《四庫全書》總纂官、加一級、守制在籍、年家眷弟陸錫熊拜序。　鄭錦和等纂《桃園鄭氏族譜》卷首

真如里志序

　　吾邑之西北隅，有市曰真如，爲上、嘉出入要道，編氓鱗比，商賈麏聚，號稱巨鎮。其地屬婁之寶山，距吾邑一舍而近，家從姪吕班徙居之，歷有年所。歲時往還，輒道其鄉文獻之盛，而惜邑志之多滲漏也，余心識之。

　　自官京師，忽忽六易寒暑。今秋奉命典試兩浙，蕆事還朝，舟次吳門，適价人來謁，出所作《真如里志》請序。志凡四卷，有綱有目，一展卷，而里之聲明文物，瞭然在目，與嚮之所聞，歷歷不爽。近世郡邑乘頗多，而握簡者或不諳史例，掇拾陳言，以多爲貴，識者嗤之，比爲謄吏牘，斷爛朝報。先文裕公有言："史以繼往，而志以開來，尤當嚴辨體例。"此言實爲作志之圭臬。

　　是編簡古，不失史法，而考訂精詳，足備邑乘之采，一方之文獻，賴以不没，价人之功於鄉里，豈不大哉！价人爲吕班冢子，齒亞于余，日夜砥礪，思繼先文裕之舊學，著述當未可量。余也遭時忝竊，王事馳驅，不暇任文字之役，率筆作序，正先文裕所謂"風沙浮靡之習"，不無内愧云。乾隆三十三年，歲在戊子秋九月上吉，上海耳山陸錫熊書。　上海圖書館藏舊鈔本陸鉞纂修《真如里志》卷首

大貢元大儲封珮翁郭先生七十有一榮壽序

余恭膺簡命，督學閩中，固以搜羅俊彥爲首務，亦未嘗不於年高望重者，深爲致意。蓋敬老與育才，原屬兼重也。丁未冬，歲試按臨興郡，得郭生瑞英，其文清新俊逸，有鮑、庾風，撥入郡庠，即太守柴公所拔冠軍也。及考校武場，又得書斗，生英姿颯爽，才藝超群，取進僷庠，亦柴公所拔前列也。按其年籍，英生與斗生，係同胞叔侄，一經一緯，後先濟美，真不愧二阮之聲稱矣。

至給賞後，二生造轅參謁，揖予而請曰："英父年踰古稀，欲丐一言以爲祝。"余曰："製錦稱觴，以介眉壽，此人子報親之盛舉也。"因細詢其父、祖世德，生備述之。乃知郭氏派出汾陽，自嵩公由閩入僷，及尚書琪公以來，登仕籍者，代不乏人。傳至曾祖漢徵，祖有光，詒謀燕翼，不墜家聲。而翁乃有光第四子也，兄弟四人，俱列成均。翁則經營締造，恢擴基模。其素性沖穆，居心忠厚，篤孝友，敦族戚，延師傅則必恭必敬，課兒孫則無怠無荒。助建文廟，修砌道路，皆不吝重貲，以襄成義舉。宜其永獲壽齡，長膺福祉，豈僅二生歌采芹以報其德已哉！

德配王氏、張氏、曾氏，俱嫻四德，克嗣徽音。階下二難並美，長瑞高，螯聲雍璧，即斗生父也；次瑞英，即予今所拔郡庠也。且玉筍聯班，斗生長兄書星，府試亦奪前矛，雖未見售，當亦掇芹可卜。況盈門濟濟，孫、曾鵲起，皆能體創垂而屋繼述。則翁之積德獲福，既得孫子之賢，振書香以繩祖武，點頤頷以享遐年。今雖踰稀算，而精神矍鑠，由此而耋而耄而期頤，其壽曷可量耶！

是月也，春風和煦，化日舒長。椿枝展秀，棣萼聯輝；極宿射光,錦屏耀綵。紫袖與藍袍並麗,蟠桃偕魯藻齊(中缺)。乾隆五十三年歲次戊申仲春中澣穀旦。賜進士出身,內廷供奉,誥授通奉大夫,日講起居注官,文淵閣直閣事,欽命提督福建學政,督察院左副都御史,前光祿寺卿,《四庫全書》館總裁官,兼翰林院侍讀學士,加三級,紀錄十次,年家眷生陸錫熊頓首拜撰。 福建僊游郭秋維先生提供圖片

跋吳香亭謝宜人行略擬稿

香亭少馬,嘗與余言及家政,尤敬其從兄退菴,曰:"兄愛余,不啻先觀察弋山兄也。"退菴中書,貽棟封翁也。胞姪貽桂,余充壬辰會試同考所得士,分農部後,咸以心厚於仁者重之。今於香亭彙寄舊稿中,讀所擬作,知謝太宜人嘉言懿行,所以垂裕後昆者至矣。

至文筆謹嚴,洵爲詞尚體要,最愛其敘具饌供師及訓桂陽牧,情景如繪。因思錫熊少年失恃,欲奉慈訓而不可得,不禁淚涔涔下也。戊申春仲,跋於福州試院之核真堂而歸之。 吳玉編《香亭文稿》卷十《謝宜人行略擬稿》文後

玉笥集錄本題識

歲癸巳,於錢塘施舍人直舍,見張思廉《玉笥集》抄本一册,借歸錄副,留案頭歲餘,不知爲誰何取去。今舍人貳守宜春,戒行有日,因假《四庫》官本,付楷書手,疾寫成帙,以歸行笈,字跡潦草,愧不及原本之精楷也。乾隆四十三年四月下浣,雲間陸錫熊識於宣南坊寓舍。 南京圖書館藏張憲《玉笥集》鈔本引首

徐璋松江邦彥畫傳跋

古之人，於前代故實，奇偉足稱述者，每爲之圖寫屋壁。亦有列畫古聖賢形象，刻之於石，如所爲《文翁禮殿圖》者。思其人而不得見，則求其容貌，以仿佛遇之。蓋在書册所載，曠世不相及者，猶不勝景行之思。而況同閈共井，二三百年之近，先哲之流風餘韻，尚在人口，履綦遺跡，一一可尋。則瞻其眉目鬚髮之佚麗而蒼古，有不肅然而興，慨然而生慕者乎？

吾郡徐君瑶圃，文采清門，世承儒雅，而君尤精繪事，得虎頭三昧。嘗以松江爲衣冠淵藪，明代士大夫煇煇緹油，項背相望，而遺像未有裒集成圖者。乃竭一生心力，廣蒐博訪，手自臨摹，久之積成若干幅，出入恒以自隨。嘗渡江失之，懊恨累日。既經年，而舟人忽以故物見還，一無颭損，蓋精神所注，即鬼神亦爲之呵護也。君子寄峰，傳君家學，珍秘有加，且將續采所未備，次第補之，其父子用心之勤如此。

余謂是圖實吾郡文獻所繫，紙墨易以渝敝。莫若依仿古法，伐石深刻，實諸郡庠，永成佳話，亦庸以傳君之藝於不朽，輒附著其説，以諗郡人之好事者。乾隆五十年立夏日，耳山陸錫熊拜題。 南京博物院藏

汀州羅埰經傳累葉匾識語

使者臨汀，童試中得羅姓同族者五人，而羅子埰最幼，丰儀俊爽，甚器之。廩保乃祖元，前謝，詢之元子緯，亦列膠庠。其先人懋燨、嶷徵、承鍾、峻，俱名噪泮林，家學淵源，相承七葉矣。將來續戎祖考，充閭亢宗，於埰有厚望焉。因爲匾以贈。欽

命都察院左副都御史、提督福建學政、加一級紀錄十次陸錫熊，爲歲進生員羅埰立。乾隆丁未伍拾貳年菊月穀旦。　北京國子監博物館藏

致溫汝适

別來旬月，未得動定，想近詣益造精進。惟制藝之暇，時爲覽古，書味深者，所作自有光氣，不在屑屑爲邯鄲步也。塞垣秋色，邇最清佳，但日日騎馬入直，不能與足下彈吟鞭，欹席帽，一商略之，爲負此好景耳。

今歲因有遠人入觀，迴蹕當在初冬，囊裝先未曾計日攜來，從者已屢告匱。前出門時，深荷緩急，茲仍希鼎力再爲商借五十金，以十日爲期，付家人覓便寄來。蒸蒭之費，得有所藉，殊感始終之惠矣。并望先示一音，以塞客子之望。直廬冗仗，辭不多及，惟加留神，并詢近好。錫熊頓首，致步容年兄足下。八月中秋後四日。　北京故宮博物院藏

致劉秉恬

受業陸錫熊，謹啓老夫子大人函丈。竊錫熊夙荷姘襱，仰叨誨育，感激之悃，久切五中。去歲仲秋，曾肅具蕪啓，恭問起居。嗣因塵冗紛紜，公私少暇，未得時通寸稟，而依戀之私，常縈寤寐。

伏惟老夫子大人以清德鴻猷，仰承宸眷，畀旬宣之重寄，治益部之雄藩。遙計使旌所莅，定已久抵蜀中。特是桑梓舊邦，乍離慈父，歌黃何已，借寇爲難。所望出領三川，入參八座，不日再膺召命，曳履還朝，俾門下諸生，得以奉侍絳帷，日親光霽，

又私衷所切冀也。

錫熊奉職薇垣，近更忝司書局撰輯之事，幸免愆尤，而長安米貴，家累滋多，頗難自給。惟望錫以訓言，俾得有所遵循，不勝厚幸。茲乘羽便，肅啓恭請福安，統惟慈鑑。錫熊臨啓依切之至！錫熊名正具。　北京故宮博物院藏

致嚴長明

十年闊別，無時不馳想光儀，佇望停雲，徒深悵怏。每悉年大兄遊蹤益壯，著述益多，剔蘚披苔，尋碑訪碣，享人間之清福，都海內之盛名。此固賢主嘉賓，有相得益彰之雅，而大兄絕塵高致，尤軟紅轆轆中所爲跂羨無已者也。

弟自改職詞垣以後，筆墨愈繁，逋負愈積。庭萊不翦，門雀堪羅，近況之窘，有不足供大兄一哂者，乃知古人乞郡，亦良有由耳。惟望時惠瑶華，以慰離索，感甚感甚！茲乘羽便，率泐數行，順請近祺。臨池依切之至。冬友大兄同年侍史。年愚弟陸錫熊頓首上。　西泠印社拍賣有限公司2017年秋季拍賣會圖錄

致汪輝祖

接示，知即從陸出都，戴星而奔，具徵至孝。但長途觸熱，尚須加意珍重爲禱。承惠越釀，謝謝！墓銘草草，愧不合古人法度，尚當細加改定，再錄稿交潛亭先生寄上，不致有誤。明日走送，面悉種種。錫熊拜手。　汪輝祖輯《雙節堂贈言續集》卷十八《書五》之《陸耳山師書》

滿江紅　爲曹慕堂太僕壽

天付先生，是何等、冰襟雪抱！算綺歲，高軒賦壓，勝流多少。卿靄祥開金榜麗，仙珂響動瀛洲曉。看揮毫、落紙已爭傳，明光草。　西臺柏，風雲繞。掖垣竹，烟霞好。向震川舊署，留題遍了。海內聲名官職重，樓頭意氣鬚眉老。更垂鞭、賞盡塞山秋，隨華葆。倚《滿江紅》聲二闋，恭爲太僕年伯大人侑觴，即請正拍。雲間年姪陸錫熊頓首稿。　北京東方大觀國際拍賣有限公司 2019 年春季拍賣會圖錄

【校】原詞二闋，其一《篁村餘集》已錄。

奏報奉命典山西鄉試事竣到京日期事

阿肅　陸錫熊

山西正考官臣阿肅，副考官臣陸錫熊謹奏，爲恭復恩命事。
臣等奉命典山西鄉試，於九月初二日揭曉，十二日在山西省城起程。今已到京，理合繕摺，趨赴宮門，恭復恩命。謹奏。乾隆三十年九月二十三日。乾隆帝於阿肅名旁硃批："小省或可妥當，小心人。滿洲話甚平常。"於陸錫熊名旁硃批："新委，無出息。再看。"　中國第一歷史檔案館藏宮中硃批奏摺

奏爲典試浙省事竣現已抵京事

博卿額　陸錫熊

浙江正考官臣博卿額，副考官臣陸錫熊謹奏，爲恭復恩命事。

臣等奉命典浙江鄉試事竣，於九月十八日，自杭州府省城起程。現已抵京，理合恭復恩命，爲此謹奏。乾隆三十三年九月。乾隆帝於博卿額名旁硃批："司文似可。"於陸錫熊名旁硃批："人妥當。再看。" 中國第一歷史檔案館藏宮中硃批奏摺

奏爲典試廣東事竣業已抵京事

陸錫熊　簡昌璘

廣東正考官臣陸錫熊，副考官臣簡昌璘跪奏，爲恭復恩命事。

竊臣等奉命典試廣東，按期入闈，共閱過四千七百三十餘卷，取中正榜七十二名，副榜一十四名。揭曉後，即星馳赴闕。今已於本月十三日到京，理合繕摺，恭復恩命。爲此謹奏。乾隆三十五年十一月十四日。乾隆帝於陸錫熊名旁硃批："小聰明，恐鬼詐。未可。"於簡昌璘名旁硃批："中材，無甚出息。" 中國第一歷史檔案館藏宮中硃批奏摺

題爲奏銷本寺春夏二季用過户部銀兩數目造册事

光禄寺卿臣陸錫熊等謹題，爲請旨事。

查臣寺每年例應貳次題請户部銀貳萬兩，貯庫備用。乾隆肆拾伍年春夏貳季，題請過户部銀壹萬兩動用在案。今乾隆乾隆肆拾伍年秋冬貳季分，應照例題請户部銀壹萬兩，貯庫備用。仍彙入總册，分晰奏銷，爲此謹題請旨。乾隆肆拾伍年柒月貳拾壹日。光禄寺卿臣陸錫熊，光禄寺少卿兼公中佐領臣書昌，光禄寺少卿臣費南英，司庫臣吉靈阿，司庫臣官亮。開面硃批："依議。"

中國第一歷史檔案館藏內閣題本

題爲外膳房奏銷本年正月份動用錢糧數目事

　　光禄寺卿臣陸錫熊等謹題，爲奏聞每月動用錢糧數目事。
　　臣等查得，乾隆肆拾伍年正月初壹日至叁拾日，准外膳房等處，并掌儀司來文，交送壽皇殿等處奶油、羊肉等項，用銀伍百兩玖錢壹分叁釐。再照禮部來文，給發過各處外用喫食等項，用銀貳千肆百捌兩壹錢叁釐。以上通共用銀貳千玖百玖兩壹分陸釐。爲此將所用錢糧數目，繕寫清、漢字黃册貳本，恭呈御覽。乾隆肆拾伍年捌月初肆日。光禄寺卿臣陸錫熊，光禄寺少卿兼公中佐領臣書昌，光禄寺少卿臣費南英，珍羞署署正辦理黃册房事務臣崇文，掌醢署署丞辦理黃册房事務臣達德。開面硃批："知道了。册留覽。"　中國第一歷史檔案館藏內閣題本

題報乾隆四十五年二月份准外膳房等處動用錢糧數目事

　　光禄寺卿臣陸錫熊等謹題，爲奏聞每月動用錢糧數目事。
　　臣等查得，乾隆肆拾伍年貳月初壹日至叁拾日，准外膳房等處，并掌儀司來文，交送壽皇殿等處奶油、羊肉等項，用銀肆百陸拾捌兩壹錢肆分捌釐。再照禮部來文，給發過各處外用喫食等項，用銀壹千肆百拾陸兩玖錢肆分叁釐。以上通共用銀壹千捌百捌拾伍兩玖分壹釐。爲此將所用錢糧數目，繕寫清、漢字黃册貳本，恭呈御覽。乾隆肆拾伍年玖月初肆日。光禄寺卿臣陸錫熊，光禄寺少卿兼公中佐領臣書昌，光禄寺少卿臣費南英，珍羞署署正辦理黃册房事務臣崇文，掌醢署署丞辦理黃册房事務臣寶源。

開面硃批："知道了。册留覽。" 中國第一歷史檔案館藏内閣題本

題爲外膳房奏銷本年三月份動用錢糧數目事

光禄寺卿臣陸錫熊等謹題，爲奏聞每月動用錢糧數目事。

臣等查得，乾隆肆拾伍年叁月初壹日至貳拾玖日，准外膳房等處，并掌儀司來文，交送壽皇殿等處奶油、羊肉等項，用銀肆百伍拾壹兩捌錢壹分叁釐。再照禮部來文，給發過各處外用喫食等項，用銀壹百肆拾陸兩肆錢肆分壹釐。以上通共用銀伍百玖拾捌兩貳錢伍分肆釐。爲此將所用錢糧數目，繕寫清、漢字黄册貳本，恭呈御覽。乾隆肆拾伍年玖月拾陸日。光禄寺卿臣陸錫熊，光禄寺少卿兼公中佐領臣書昌，光禄寺少卿臣費南英，珍羞署署正辦理黄册房事務臣崇文，良醖署署丞辦理黄册房事務臣僧額。開面硃批："知道了。册留覽。" 中國第一歷史檔案館藏内閣題本

題爲外膳房奏銷乾隆四十五年九月份動用錢糧數目事

光禄寺卿臣陸錫熊等謹題，爲奏聞每月動用錢糧數目事。

臣等查得，乾隆肆拾伍年玖月初壹日至叁拾日，准外膳房等處，并掌儀司來文，交送壽皇殿等處奶油、羊肉等項，用銀肆百玖拾陸兩壹錢貳分伍釐。再照禮部來文，給發過各處外用喫食等項，用銀壹千貳百叁拾叁兩玖錢肆分捌釐。以上通共用銀壹千柒百叁拾捌兩柒分叁釐。爲此將所用錢糧數目，繕寫清、漢字黄册貳本，恭呈御覽。乾隆肆拾陸年叁月初肆日。光禄寺卿臣陸錫熊，光禄寺少卿兼公中佐領臣書昌，珍羞署署正辦理黄册房事務臣崇文，珍羞署署丞辦理黄册房事務臣慶善。開面硃批："知道了。

册留覽。" 中國第一歷史檔案館藏内閣題本

題爲外膳房奏銷本年二月份動用錢糧數目事

光禄寺卿臣陸錫熊等謹題，爲奏聞每月動用錢糧數目事。

臣等查得，乾隆肆拾陸年貳月初壹日至叁拾日，准外膳房等處，并掌儀司來文，交送壽皇殿等處奶油、羊肉等項，用銀伍百拾肆兩陸錢壹分貳釐。再照禮部來文，給發過各處外用喫食等項，用銀壹千叁百貳拾捌兩玖錢陸分玖釐。以上通共用銀壹千捌百肆拾叁兩伍錢捌分壹釐。爲此將所用錢糧數目，繕寫清、漢字黃册貳本，恭呈御覽。乾隆肆拾陸年柒月叁拾日。光禄寺卿臣陸錫熊，光禄寺少卿兼公中佐領臣書昌，光禄寺少卿臣范宜清，珍羞署署正辦理黃册房事務臣崇文，珍羞署署丞辦理黃册房事務臣慶善。開面硃批："知道了。册留覽。" 中國第一歷史檔案館藏内閣題本

題爲外膳房奏銷本年四月份動用錢糧數目事

光禄寺卿臣陸錫熊等謹題，爲奏聞每月動用錢糧數目事。

臣等查得，乾隆肆拾陸年肆月初壹日至貳拾玖日，准外膳房等處，并掌儀司來文，交送壽皇殿等處奶油、羊肉等項，用銀叁百陸拾陸兩肆錢陸分。再照禮部來文，給發過各處外用喫食等項，用銀伍百捌拾兩肆分玖釐。以上通共用銀玖百肆拾陸兩伍錢玖釐。爲此將所用錢糧數目，繕寫清、漢字黃册貳本，恭呈御覽。乾隆肆拾陸年玖月拾貳日。光禄寺卿臣陸錫熊，光禄寺少卿兼公中佐領臣書昌，光禄寺少卿臣范宜清，珍羞署署正辦理黃册房事務臣崇文，掌醢署署丞辦理黃册房事務臣寶源。開面硃批："知道了。册留覽。" 中國第一歷史檔案館藏内閣題本

奏爲奉旨新授福建學政謝恩事

新授福建學政，光禄寺卿臣陸錫熊跪奏，爲恭謝天恩事。

本月初五日，内閣抄奉上諭："福建學政，著陸錫熊去。欽此。"竊臣江左庸愚，由乾隆二十六年進士，恭遇南巡召試，授職中書，在軍機處行走，洊擢刑曹，充《四庫全書》總纂。仰荷稠疊隆施，至優極渥，改銜翰苑，晉秩卿班。本年六月，服滿來京，即蒙特恩補缺，涓埃未效，感惕方深。兹復恭承恩命，簡任福建學政。

伏念學臣有董訓之責，閩省爲文獻之邦，自顧膚庸，倍深悚懼。臣惟有矢慎矢公，實心整頓，以期仰報聖主鴻慈於萬一。爲此繕摺，趨赴行在宫門，恭謝天恩，伏祈聖鑑。謹奏。乾隆五十一年九月□日。乾隆帝於陸錫熊名旁硃批："學問好，人正派，可移任。"中國第一歷史檔案館藏宫中硃批奏摺

奏報到任日期事

福建學政臣陸錫熊跪奏，爲恭謝天恩，報明到任日期事。

竊臣仰承恩命，督學閩中，於熱河行在恭請聖訓，即回京束裝起程。兹於十一月二十四日，行抵閩省建寧府浦城縣地方，准前任學臣吴玉綸，委員賚送印信册籍，移交到臣。隨敬設香案，望闕叩頭，恭謝天恩，即於是日任事。現在前赴省城，將一切章程，次第查辦。臣惟有凛遵訓諭，整飭士習，嚴峻關防，詳慎考校，勉盡職守，上酬高厚。所有微臣接印任事日期，除恭疏題報外，理合繕摺具奏，伏祈皇上睿鑑。謹奏。（乾隆五十一年十一月二十七日）乾隆五十一年十二月十九日奉硃批："覽。欽此。" 中國第一歷史

檔案館藏錄副奏摺

奏爲恭陳所過地方雨雪情形仰慰聖懷事

福建學政臣陸錫熊跪奏，爲恭陳所過地方雨雪情形，仰慰聖懷事。

竊臣由京起程赴閩，自入山東境內，即屢次遇有微雪。十月二十二、三等日，行至沂州及江南之徐州、淮安各府屬地方，見瑞雪盈疇，凝積甚厚，民情歡慶。自揚州至蘇州一帶，詢知亦經陸續見雪。十一月初一日，在鎮江遇密雨霑足，春花透發，蔬菜青葱。

至浙省，於初四、十四等日，得雪尤爲普渥。臣由杭州，經過浙東之嚴州、金華、衢州各境，值天氣已晴，見山腰水際，餘雪未消，土脉膏融，甚爲有益。二十四日，抵閩省建寧府境，查詢亦於月內得雪三四寸。現在風日和霽，山田滋潤，糧價平減，地方寧謐，理合奏聞，仰慰聖懷，伏乞睿鑑。謹奏。乾隆五十一年十一月二十七日。乾隆帝硃批："知道了。"《宮中檔乾隆朝奏摺》第六十二輯

奏報考試情形事

福建學政臣陸錫熊跪奏，爲奏聞事。

竊臣自上年十二月抵省後，即飭各屬，舉行府、縣試。先據福州府報竣，臣即於本年三月十六日取齊開考。該府文風較優，恐多滋弊，臣先期嚴申條約，設法防範，試日復留心覺察。先後查出懷挾入場之閩縣、長樂、福清等縣，童生陳希周、董涉川、陳天經等三名，俱照例辦理。又閩清縣童生劉學三、嚴輝龍等二

名，覆試文理不符，均交提調訊究。其餘生童等，尚皆安静。現在接考武場試竣，即赴延平、建寧一帶，次第考試。臣惟有凜遵聖訓，實心整頓，約束士子，諄切曉諭，令其讀書閉戶，導率鄉閭，各安本分。如稍有滋事，經地方官詳報者，俱即褫革交辦，以肅學校。

至月課一事，向來率諉之教職，視爲具文。臣酌立章程，逐月發題，各學按名傳考，即令該教官批閱，送臣覆核。既可杜諸生浮惰之端，亦以驗教官評隲當否，以爲殿最。俟再考一二棚後，另將情形陸續具奏外，理合先行奏聞。

再，閩省近日雨水調匀，麥收豐稔，禾苗甚爲長發。省城糧價尚平，民情安貼，合并奏聞，上慰聖懷，伏祈皇上睿鑑。謹奏。乾隆五十二年四月十三日。乾隆五十二年五月十七日奉硃批："知道了。欽此。" 中國第一歷史檔案館藏錄副奏摺

奏爲臣充四庫總纂不盡責部議降調蒙恩革職留任叩謝天恩

福建學政，左副都御史臣陸錫熊跪奏，爲恭謝天恩事。

臣考試建寧府，承准吏部劄知，臣充《四庫全書》總纂，於《諸史同異錄》內妄誕不經之處，並不詳核奏明銷燬，僅從刪節，部議降三級調用一本。乾隆五十二年五月初三日奉旨："陸錫熊改爲革職，從寬留任，俟八年無過，方准開復。欽此。"

伏念臣仰荷鴻慈，職司總纂，備蒙聖恩拔擢，逾格生成，沐至優至渥之隆施，倍應殫思慎思詳之誠悃。苟纖毫之致舛，即瘝曠之難辭。乃於此等妄誕書籍，並不核明奏燬，實爲糊塗疏謬，惶懼悚恧，莫可名言。部議降調，自屬咎所應得。復蒙格外天恩，僅予革職留任。沛深仁以垂宥，覆載同寬；撫微分以知慚，

捐縻莫報。戴矜全之曲至，但愧勵之交深。

臣惟有夙夜警惕，勉思補過，務期諸事敬慎，實心實力，以冀上酬高厚隆恩於萬一。所有感激下忱，謹繕摺恭謝天恩，伏祈聖鑑。謹奏。乾隆五十二年七月初七日。乾隆帝硃批："不意爾等錯誤至此，負孤恩耳。"《宫中檔乾隆朝奏摺》第六十四輯

奏謝命臣分賠文淵閣書籍裝釘挖改各工價事

福建學政臣陸錫熊跪奏，爲恭謝天恩事。

乾隆五十二年十月二十五日，臣承准吏部劄開，欽奉上諭："著將文淵、文源、文津三閣書籍，所有應行換寫篇頁及裝釘挖改各工價，均令紀昀、陸錫熊二人一體分賠等因。欽此。"欽遵劄行到臣。臣跪誦恩綸，惶恧屏營，愧懼交集。

伏念臣一介單寒，荷蒙皇上擢厠詞垣，職司總纂，遷除逾格，寵賚非常，凡夢想不到之恩榮，皆臣子難逢之遭遇。臣叨承渥數，覆載同符，就令竭力編摩，纖毫無誤，亦末由圖報萬一。乃於書中舛錯訛謬之處，未能逐加删改，咎愆叢積，實不能自置一詞。復蒙聖慈不加嚴譴，僅令一體分賠工價，而臣又因奉差在外，未克即同紀昀等覆行校勘，圖補桑榆，清夜撫衷，負慚無地。在聖主曲垂寬宥，履邀恩上加恩；而微臣覥荷矜全，彌切愧中增愧。臣具有天良，敢不竭盡駑駘，上酬鴻造。所有感激微忱，謹繕摺恭謝天恩，伏祈睿鑑。

再，應賠工價數目，現雖未奉行知。但臣應得養廉，除支用辦公外，擬先扣存福建藩庫，以備照數撥用，合并聲明。謹奏。乾隆五十二年十一月初六日。乾隆帝硃批："覽。"《宫中檔乾隆朝奏摺》第六十六輯

奏聞歲試建寧邵武汀州龍巖等府州情形

福建學政臣陸錫熊跪奏，爲奏聞事。

竊臣舉行歲試，於三月內開考福州府，業將情形恭摺具奏在案。臣隨由延平府，即前赴建寧、邵武、汀州、龍巖等府州，次第考試。查閩省文風尚優，應考人數亦視他省較多，因此尤易滋弊。臣每至一棚，即設法嚴拏鎗冒、頂倩、傳遞諸弊，仍於赴學講書時，嚴切諄諭，俾各知謹凜。考試點名時，嚴加搜檢，並飭廩保，將各童詳細識認，臣逐一核對册開年貌符合，方令給卷入場。臣親身在堂監看，見有出號行走、交談者，即行查究，以杜弊端。節經查出，順昌縣童生盧承展，崇安縣童生范鏜，建寧縣童生余楓、李學信，光澤縣童生陳遇龍，連城縣童生柯青莪，武平縣童生練彰、鍾謹，寧洋縣童生廖一柱等，俱夾帶文章，巧爲藏匿，當交提調官，照例辦理。又查有上杭縣武童唐恭，頂名入場，亦即交提調嚴訊究擬。

又有已經招覆之順昌縣童生呂愷文字雷同，甌寧縣童生葛天培所習經書不符，永定縣童生賴春臺覆卷荒謬，俱即扣除，交提調訊究。至文、武各生，臣疊飭各該教官嚴加管束，如有干訟滋事者，令其隨時據實詳報，臣詳核情節，輕則注劣，重則褫革。其應行革審者，即交地方官辦理。查有南平縣生員黃名俊、黃人偉，清流縣武生伍夢熊，漳平縣武生陳斌拴，古田縣武生鄭上拔等，滋事不法，經該縣、該學查驗屬實，均即斥革，分別究辦。

又，臣閱汀州武童步射時，有上杭縣武生郭京城，不遵約束，混擾場規，當即查明斥革示儆。又，已經給頂各生，既不預考，尤易滋生事端。臣嚴飭各屬，加意管束，不可因其已經出學，稍加寬縱。查有屏南縣告給生員張文顯、寧化縣告給武生羅夢熊、霞浦縣告給武生謝鴻勳等，恃符生事，均即斥革，交地方官嚴究，俾其共知儆戒。臣現在欽奉諭旨，令各該學政等，於所屬武生留心約束，隨時整頓。臣凜遵聖訓，惟有加意嚴查實辦，不敢少有縱弛，以蘄仰副我皇上整飭士習之至意。臣於龍巖州試竣，現在回至省城，即前赴興化、永春等處接續考試，理合將考過各府州情形，恭摺奏聞。

再，臣經過之延、建、邵、汀、龍巖等處及省城地方，見所在山田，秋收俱屬豐稔。米價中平，雨水調勻，雜糧亦俱暢茂，民情甚為寧貼，合并奏聞，上慰聖懷，伏祈睿鑑。謹奏。乾隆五十二年十一月初六日。乾隆帝硃批：「學政之事，自汝優；《四庫全書》之誤，汝不能辭其責。即代人受過，亦汝未查出之咎也。」《宮中檔乾隆朝奏摺》第六十六輯

奏為臣覆核臺灣府歲科二試情形事

福建學政臣陸錫熊跪奏，為奏明事。

竊查臺灣府歲、科二試，向例由兼管學政之臺灣道，按期辦理，轉送臣衙門彙册報部。茲據臺灣道永福呈，據署臺灣府楊廷理詳稱，本年歲考屆期，緣正值軍興之候，難以辦理考試事宜。明歲係科考之年，須俟軍務告竣後，歲、科二試並舉。應請於明年趕辦歲考事竣，再行接辦科試，俾鉅典既可次第舉行，而試務亦得從容考校等因，咨呈前來。

臣覆核情形屬實，理合據情奏明。但現在大兵雲集，賊匪自必尅日殄平。臣令該道於軍務一竣，仍即速行辦理歲試，務於明年六月前試竣報臣，不得遲誤，合并陳明，伏祈皇上睿鑑。謹奏。乾隆五十二年十一月初六日。乾隆帝硃批：「知道了。」《宮中檔乾隆朝奏摺》第六十六輯

奏爲微臣於五十三年甄別教職較少蒙恩著從寬議處感激之處謹此恭摺奏謝

福建學政、左副都御史臣陸錫熊跪奏，爲恭謝天恩事。

乾隆五十三年四月二十五日，承准吏部劄開，福建省甄別教職較少，遵旨查議一本，二月二十八日奉旨："陸錫熊著從寬免其革任，仍注册。欽此。"欽遵劄知到臣。

伏念臣仰承聖恩，簡畀學政，有考察教職之責。乃上年甄別，不能照例詳加核辦，於應劾三員之處，僅止二員，咎無可逭，部議革任，實屬分所應得。仰蒙皇上格外天恩，免其革任。鴻慈曲貸，真逾覆載之隆；寬典頻邀，渥被矜全之德。戴深恩而淪肌倍切，循慚悃而靦面難勝。臣涔受生成，莫名報稱，撫衷清夜，感愧交深。惟有益加惕勵奮勉，務期諸事實心，以冀仰酬高厚深仁於萬一。所有感激下忱，謹繕摺恭謝天恩，伏祈聖鑒。謹奏。乾隆五十三年五月初六日。乾隆帝硃批："覽。"《宮中檔乾隆朝奏摺》第六十八輯

奏爲辦理通省歲試及科考情形恭摺奏聞事

福建學政、左副都御史臣陸錫熊跪奏，爲奏聞事。

竊臣於上年歲試過福州、延平、邵武、汀州、龍巖等各府州情形，業經恭摺奏聞在案。臣自龍巖試竣，即考試興化府，接考永春一州，泉州、漳州二府，於本年四月內回至福寧府，照例歲、科連考。所有通省歲試一周已畢，當即回省，接辦福州府科試。查閩省下游一帶，考試人數最多，易滋弊竇。臣按考興、泉、漳各府，俱先期檄令提調官嚴密查訪，仍於開考時加意防

範，凡考棚左右附近房屋，俱飭派役密查。其毘連寺院閒曠地面者，即嚴行封鎖，禁絕窺探，以杜傳遞之弊。臣於點名時，逐一照册查對，年貌符合，方令給卷入場。

查有泉州府屬，已經招覆之安溪縣童生王作霖，南安縣童生王奎，核對府、縣考原卷，筆跡不符，即行照例扣除。又晉江縣童生黃大綬，覆試曳白，不能成文；南安縣童生徐納揆，頂名入場，均交提調嚴行究辦。又福寧府屬招覆童生朱士墀，查對府、縣卷文理懸殊，霞浦縣童生薛師德覆藝荒謬，俱即扣除。又於興化府及永春州場内，查出仙遊縣童生陳作梅，德化縣童生毛廷葆、林登雁三名，懷挾多本，當即交提調官枷責發落。其文、武各生内，陸續查有平日滋事犯案之詔安縣生員廖青藜，海澄縣生員林儼，泉州府學武生葉高攀，侯官縣武生林鎮國，閩縣學武生陳海士，連城縣生員李世禧，建寧縣生員余倬，壽寧縣武生劉煓，德化縣生員蘇魁梅、蘇光圭，俱斥革衣頂，分案發交地方官審訊。又平和縣生員林儒望、陳濟川，漳浦縣生員洪濤，霞浦縣武生林中震，福安縣武生李騰雲，俱素不安分，經令各該學查報屬實，均即斥革示儆。

至閩省文風，通計臣所屬九府二州内，以福州、泉州、漳州、汀州四府爲優，興化次之，其餘俱不免瑕瑜互見。大段士子，尚知多讀經書，頗能成誦，特運用未工，心思欠細，往往有堆垛粗疏之病。其溺於坊選陋習者，又流入平庸，是以未能盡合矩矱。現在欽奉諭旨，改定《五經》命題之例，俾士子得兼通六藝，正該生童等奮興鏃勵之時。臣於每月發題月課，均兼出經藝及經解經說各項題目，令以所肄習，隨時條對，用覘學力淺深。仍於解閱課卷及考試各府時，逐卷詳悉批評，并面加講論，務令潛心體味，融會經義，毋得但事口耳，庶幾漸臻精實，以蘄仰副我皇上樂育振興之至意。

再，臣現在科考福州，計生童各場，已次第將竣。一俟試畢，即在省城彙考遺才，錄送鄉試。所有臣辦過通省歲試，及現在接辦科考情形，謹繕摺奏聞。

再，福州地方，於六月內連得透雨，早稻極爲充實，菜蔬雜糧，均各暢茂，米價平減，民氣歡豫，合并附陳，伏祈皇上睿鑑。謹奏。乾隆五十三年七月初二日。乾隆帝硃批：「知道了。」《宮中檔乾隆朝奏摺》第六十八輯

奏報科試全竣情形事

福建學政、左副都御史臣陸錫熊跪奏，爲奏聞事。

竊臣舉行科試，所有考過福寧、福州二府情形，業經恭摺奏明在案。臣自上年送文、武二闈後，即於十一月內，前赴上游延平、建寧、邵武三府考試。事畢即赴下游之興化、永春、泉州、漳州各府州考試，并接考龍巖一州，汀州一府，於閏五月內，俱已次第考畢，科試一周，業經全竣，現在回省辦理錄遺事務。

查閩省文場，考試人數較多，向來易滋弊竇。臣於歲試各府，節經剴切誠諭，設法嚴防，隨時懲治，該生童等稍知畏法。誠恐科試復萌故態，每考一棚，即嚴飭提調官，嚴密訪查。臣於點名時，逐一核對年貌，方令給卷進場，扃門後仍不時查察。至交卷放牌，人數擁積，亦不免乘機滋混，臣俱親坐二門，逐名陸續驗放，不令等候挨擠，以期諸弊肅清，各該處均爲安靜。

惟考試泉州府時，有晉江縣童生吳彥士，年貌不符，訊係永春州人吳成功，頂冒進場等情。又考試汀州府時，有寧化縣童生曾宗正，經保結廩生認出並非本人，當經究出，係廣東嘉應州人李道凝，來汀賣筆。有上杭縣人李子騰，長汀人賴子玉等，爲曾宗正説合，許給銀兩，頂替入場等情，俱即飭交提調，嚴究確

情，並咨明督、撫二臣，按例辦理。又查有懷挾文字之安溪縣童生黃得路，漳平縣童生陳彥昌，均即交提調，照例發落。又有已經招覆之莆田縣童生李元標，覆試文理不符；永定縣童生賴超，上杭縣童生邱丹廷，查核府、縣卷筆跡不對，亦即照例扣除。

至文、武生員，臣俱嚴飭各該教官，隨時約束稽查，如有不安本分者，即據實詳辦，毋得以歲考業經報劣，少滋狥縱。先後查有犯案滋事之福州府屬生員林灝，武生黃飛鵬；興化府屬生員曾鳴玉；延平府屬生員廖元模、彭步墀；建寧府屬生員高森立、黃文烺、滕英，武生伍韜；泉州府屬生員王道平；汀州府屬生員李蟠根、李弼元，武生李占魁；邵武府屬武生陳煥；龍巖州屬生員陳本仁，武生張朝器、陳大鵬等，俱經分案斥革，交地方官審擬。又有素不安靜之惠安縣學生員楊思勳；建安縣學生員馮光定，武生葛柱邦；浦城縣學武生張升、徐梁、張魁齡等，俱交各該學查訪確實，即行斥革，以示懲儆。

再，本年係舉行選拔之期，前准部行，於科試時隨棚考選。臣凜遵聖訓，矢公矢慎，悉心衡校，於文理較優各生內，再三詳審，擇其年力強富，學識稍充者，量加甄錄。其人文僻陋之區，無可充選者，即行缺額，不敢濫竽，以蘄仰副掄才大典。現在調集省城，於鄉試前會同督、撫二臣，嚴加覆試，公同核定，再行照例具題。所有科試全竣情形，理合恭摺奏聞，伏祈皇上睿鑑。謹奏。乾隆五十四年六月初九日。乾隆帝硃批："知道了。"《宮中檔乾隆朝奏摺》第七十二輯

奏報交卸福建學政印務日期事

左副都御史臣陸錫熊跪奏，為恭復恩命事。

竊臣於乾隆五十一年九月，仰蒙簡任福建學政，除一切考試

情形，業經隨時奏報外。茲於上年十二月初三日，新任學臣吉夢熊已抵任交代訖，臣理合趨赴闕廷，謹繕摺恭復恩命，伏乞皇上睿鑑。謹奏。（乾隆五十五年）乾隆帝硃批："學問好，和顏悦色。中材。" 中國第一歷史檔案館藏宮中硃批奏摺

奏爲現在詳校文溯閣全書情形事

臣陸錫熊跪奏，爲奏明現在詳校情形事。

竊臣奉旨同劉權之、關槐、潘曾起等前赴盛京，詳校文溯閣《全書》，於二月十五日恭請聖訓後，即陸續起程，今已先後到齊。鄭際唐祭告事竣，亦已回至盛京。臣等當即與將軍公嵩椿、府丞福保等商議，於附近宮門前酌給閑空官房，公同詳校，隨時領閱歸架。復經嵩椿派出員役照料，查點搬送，敬謹辦理，可無污損之虞。但《全書》卷帙繁富，臣等帶同看書人等，每日請領分閱，頭緒滋多，需人經管。因酌令同來看書之編修邱庭瀌，專司收發事宜，立檔存記，臣等按照部分，次第校看。統計《全書》六千一百餘函，臣總司核簽，仍兼分閱，與詳校之劉權之、鄭際唐、關槐、潘曾起、翁方綱等，每人應分一千餘函。謹將各書逐段勻派，按股鬮分，以專責成而均功力。其翰林院、武英殿存貯底本，臣等現已將緊要者揀出運帶，敬謹核校。其餘有應需查對者，即陸續移取，雇人齎送盛京，應用可無曠誤。

查《全書》各分，繕校原非一手，誤字脱簡，不盡相同。至其間應行刪削、刊正之文，諒無歧異。臣等業將彭元瑞、紀昀辦過詳校各檔，查取全帶，於各書簽出之條，再行互相參證，以防挂漏。如有經臣等看出，而前檔所無者，亦容知會查明，畫一辦理，務與三閣珍函，同臻盡善。此內有應行另寫者，臣等即行分別賠寫。至各書內遼金元人、地名，應譯改者，臣等現令彙册記

明。查編修邱庭滋，原係文淵閣詳校時承辦繙譯之人，即令其於收發外，將帶來繙譯各檔，逐一查對，詳悉改正。再，各書卷首應添部分、門類兩行，臣等現於校閱時，即按部添入。其卷末原附考證，應行撤去者，亦均照依三閣章程，一律辦理。

除臣等陸續校閱，再容隨時奏聞外，所有現在詳校情形，理合繕摺具奏，伏祈皇上睿鑑。謹奏。乾隆五十五年三月二十九日。乾隆帝硃批："立法雖詳，仍在爾等盡心細閱。此番既定之後，若再有錯訛，是誰之咎？慎之。" 中國第一歷史檔案館藏宮中硃批奏摺

奏爲奏明現在詳校文溯閣書籍情形事

臣陸錫熊跪奏，爲奏明事。

臣等具奏詳校文溯閣《全書》情形一摺，於四月二十六日奉到硃批："立法雖詳，仍在爾等盡心細閱。此番既定之後，若再有錯訛，是誰之咎？慎之。欽此。"伏念臣等向預編摩，失於詳核，愆尤叢積，夙夜疚心。仰荷聖恩，許令重加校勘，惟有殫竭駑駘，稍酬高厚，斷不敢略行草率，獲戾滋深。

茲臣等校辦以來，匝月有餘，翁方綱亦已馳赴盛京，公同分閱，每日率同延帶之看書人等，敬謹辦理。臣等各將應删應訂之處，諄復告知，仍隨時詳檢抽閱，逐加核定，務在寧覈毋疏，寧遲毋速，不使稍留疵纇，冀極精詳。現在校閱之經、史二部各書，除脫文、錯簡隨時改正外，查出遺漏繪圖者，有《大清會典》《易象正明》《集禮》三種；脫寫全卷者，有《欽定康濟錄》、鄭樵《通志》二種；脫寫原目敘錄者，有《東都事略》《戰國策校注》二種。此内帶有底本者，臣等即查照補繕；其應查底本者，亦已寄知原辦提調，查取底本，分別賠寫。所有疏率之總校、分校各員，俱逐一存記，俟辦理竣事時，另行彙開清單，奏

請交議。

至各書內或有字句小誤，須行考核者，臣等即於《全書》內依類推尋，互相引證，往往得有依據，頓豁疑蒙。仰見《全書》苞括精深，源流畢貫，即單詞隻字，俱可從《四庫》內旁資辨訂，藉獲參稽，讐校之餘，倍深欣幸。

再，查武英殿派出隨同臣等辦理排架之主事三寧、筆貼式永清等，現在亦經續到。臣等一面校閱，一面即令該員，將改匣刻匣、撤襯加襯各事宜，隨時妥辦，俟校畢時，即可照新改架圖，重行排定，合并聲明。所有現在詳校情形，理合繕摺奏明，伏祈皇上睿鑑。謹奏。乾隆五十五年五月初四日。乾隆帝硃批："覽奏俱悉。" 中國第一歷史檔案館藏宮中硃批奏摺

奏爲會同赴閣親自監閱歸架各書事

再，查文溯閣書函，應照三閣新定架圖，重行排次。所有改匣刻匣、撤襯加襯各事宜，經臣隨時督同武英殿派出之主事三寧、筆貼式永清等，分頭辦理，現在亦已一體改刻，裝釘完竣。其續到留空各書册首，應用"文溯閣寶"，臣已就近敬謹請出補用。至應撤回另辦之排架圖册等，謹一并查明帶回，分別辦理。

臣現在會同副都統成策、府丞福保赴閣，將歸架各書，親自監閱，按照改刻匣面，流水逐函詳檢，通加妥協排定。俟辦畢後，即行起程回京，恭復恩命，理合一并奏明。謹奏。（乾隆五十五年五月初四日）乾隆帝硃批："覽。" 中國第一歷史檔案館藏宮中硃批奏摺附片

奏爲查勘盛京書籍完竣事

臣陸錫熊跪奏，爲查勘盛京書籍完竣，奏請聖鑑事。

竊臣奉旨同臣鄭際唐、劉權之、翁方綱、關槐、潘曾起等，詳校文溯閣書籍，業將辦理情形，節次奏明在案。

茲臣等自三月内分書校勘以來，每日帶同看書人等，嚴立課程，卯入戌出，細心繙檢。敬照三閣釐定章程，於應刪應訂之處，逐一刊正。其填寫部類，抽撤考證，及譯改遼金元人、地、官名，亦均詳悉畫一妥辦，務在疵纇盡除，勒成定本，不敢稍有疏漏。

現在各員名下分閱之書，業經全數校畢。臣覆行核簽，亦已次第竣事。計閱過書六千一百餘函，此内點畫訛誤，隨閱隨改外。共查出謄寫錯落，字句偏謬書六十三部，漏寫書二部，錯寫書三部；脱誤及應刪處太多，應行另繕書三部；匣面錯刻、漏刻者，共五十七部。内除錯落、偏謬各書，俱已隨時繕補改正，匣面錯落各處，亦經一面抽改添刻外。其漏寫、錯寫等書，俟臣回京，同紀昀查明，與應行另繕之本，俱即自行賠寫完妥，請交原派應赴盛京留辦底本之張燾，敬謹賫送，會同府丞福保，按函抽换。所有原辦疏漏應議之總校、分校各官，謹另繕清單，恭呈御覽，伏祈皇上睿鑑。再，臣鄭際唐、劉權之、翁方綱等，於校畢後，已陸續起程回京，合并聲明。謹奏。乾隆五十五年七月十二日。乾隆帝硃批："原辦之大臣議奏。"　中國第一歷史檔案館藏宮中硃批奏摺

奏報擬赴盛京覆校全書事

臣陸錫熊跪奏，爲奏明事。

竊臣前奉諭旨，專司詳校文溯閣《全書》，業於上年二月内，同詳校各員前赴盛京，督率辦理。所有查出錯誤，應行賠寫抽換各書，均經開單奏明辦竣在案。

兹查文源閣《全書》，經臣紀昀等覆核，中間闕落舛訛尚多；而文淵閣《全書》現在閱竣，亦未免尚有沿訛。是《全書》卷帙繁富，屢校即屢有改正，讎勘實不厭精詳。所有文溯閣《全書》，自亦應一體覆加詳核，俾得益臻完善。臣斷不敢因甫經校過，即不須詳慎重閱，以致自貽咎戾。雖前經軍機大臣議覆案內，令送書之張燾先往抽閱，如訛闕較多，呈明令臣再行前往，奉旨依議遵行。

但臣在京現無緊要事件，而文溯閣係臣專辦，相應奏明，於張燾未經呈報之先，一交新春後，臣即起程馳赴盛京，多帶看書熟手，詳加覆閱。仍與紀昀彼此知會，互相校核。如有闕卷脫文，俱行參考同異，畫一釐正，務期周密詳盡，毋致再有沿誤，以蘄同歸精審。至挖改換寫等事，即就近查辦，其有成部、成卷駁換者，仍帶回分別交賠之處，均遵軍機大臣原議辦理。所有臣擬赴盛京覆校緣由，理合先行繕摺奏明，伏祈皇上聖鑑。謹奏。乾隆五十六年十二月十一日。乾隆五十六年十二月十一日奉旨："知道了。欽此。" 中國第一歷史檔案館藏錄副奏摺

附一　晚晴樓詩稿

欽定四庫全書提要

　　《晚晴樓詩稿》一卷，國朝曹錫淑撰。錫淑字采荇，上海人，工科給事中一士之女，適同里舉人陸秉笏。一士有《四焉齋詩集》，其妻陸鳳池，亦有《梯仙閣餘課》。錫淑承其家學，具有軌範，大致以性情深至爲主，不規規於儷偶聲律之間云。

晚晴樓詩稿序

梁國治

同年友上海葵霱陸先生,就其子大理君之養來京師。間過余西華門賜第,相與數曩日過從之雅,忽忽三十餘年,酒酣劇語,豪興猶昔。繼而先生買舟南還,袖詩告別,又出其德配曹夫人《晚晴樓詩》一帙,乞余弁其端。

余按先生所作《行述》,夫人諱采荇,爲工科給事中諤庭公次女。給事以文章耆宿,晚始登第,自翰林陟臺垣,數上封事,有裨國是,爲時論所重。夫人秉承庭訓,幼而穎異,喜讀書,與其姊適葉氏者,俱以能詩稱。及歸先生爲繼室,食貧佐饋,井臼親操,暇即以吟咏自遣,内外雍肅,人無間言。比先生甫登賢書,而夫人遽遘疾以没,是以先生尤痛悼之。遺詩數百篇,先生手掇其尤者,釐爲三卷,其中大都思親懷姊之作,纏綿往復,至性藹然,深有合於溫柔敦厚之旨。而五言古詩沖淡和雅,直入古人堂奥,尤閨閣所難。先生告余,給事舉子最晚,故於夫人尤鍾愛,親授詩法。每愛其才,而慮其年之不永,具官京師時,寄夫人詩,有"莫向謝庭貪詠絮,滯人福命是才名"之句。乃不幸而

· 544 ·

給事之言卒驗，是可哀也。

　　然我聞大理君在髫齓，夫人即教誦漢魏古逸及唐人五七言詩，皆能上口。六歲就（傅），每日退塾，輒授一詩，爲講解甚具，童蒙之訓，得之母氏者爲多。及其長，而遂以才名噪大江南北，迄今受天子特達之知，擢入史館，涖列九卿，駸駸嚮用，夫人其亦可以無恨矣。先生戒行有期，督序甚急，直廬匆猝，聊識數語，冀以塞先生無窮之悲。且俾世之讀是集者，知大理君文學，其來有自，固不獨先生之教也。乾隆四十六年辛丑陬月，會稽梁國治序。

晚晴樓詩稿題詞

黃之雋

　　給事吟壇舊往來，久聞嬌女在瑤臺。魏朝父子多風雅，卻少閨中繡虎才。

　　半涇佳話昔流傳，曾覽名閨桂杏篇。今日重看題目在，回思老鳳一潸然。

　　寄興花光與月華，性情流露德柔嘉。賤毫不數班彪女，名媛豐生是一家。曹豐生，班昭妹婿，有才慧。

　　給事當年遲鳳雛，早教璃閣產雙珠。父書能讀先諸弟，粉黛塤篪世所無。

　　梯仙慈課渺音容，玉潤仍歸陸士龍。幼婦色絲誇不盡，兩家文談射重重。

　　掃眉才藻擅春江，佳儷遥知玉一雙。著得《國風》詩首卷，墨花吹出綠紗窗。

　　細林傳示此琳璆，四百餘篇一一搜。卻笑《玉臺新詠序》，未曾窺見《晚晴樓》。藁以樓名。

　　平昔塗鴉每敘詩，耄年無復騁妍辭。薔薇浣露題新句，無愧真同有道碑。黄之雋題。

晚晴樓詩稿序

蔣季錫

《晚晴樓稿》，曹太史女所著詩也。太史爲兒子興吾同年友，以翰墨爲勳績者數十年，六籍百家，獨闡精奧，世稱名儒。宜乎親承庭訓者，若左嬌、徐惠，蔚爲閨中之秀。顧不輕示人，謬以余爲知詩，郵寄都門，欲一言弁其端。

余聞王化始於閨門，故孔子刪《詩》，先列《二南》。《關雎》爲宮人所詠，至《葛覃》《卷耳》，則后妃親製焉。乃後世以才思非閨閣之事，其亦未聞聖人之教歟？抑東萊呂氏所謂"不以理視經，而以經視經"者歟？余讀兹集，見其味腴搴芳，璵敷玉藻，則妙造自然也；綈句繪章，爛然有第，則典古爲新也。高乎如日星，遠乎如神仙，則遇之自天，泠然善也。至其或念父母，或懷姊娣，孝悌之性，溢於行間。羽翰乎教化之聲，獻酬乎仁義之醇，所以感發其中正和平者，又呂氏所謂"胸有全經者"歟？

余幼承家訓，縫績之暇，時流覽墳籍，見古來女史所載，不乏取青媲白之流。而獨有取於扶風大家，以彼其才足以凌轢今古。而漢氏秉筆之臣，於文藝之外，更以有法度稱之，人倫之

· 548 ·

至，感動人主。迄今讀其詞，嚴正之氣，令人肅然起敬，茲集其有遺風歟？風之正也。太史其采於家，俾天下驛其聲而吟之可矣。若夫詠絮頌椒，恐無關於宗經之意，即推名媛，不敢與諸曹齒。壬子夏五中浣，蔣季錫書。

晚晴樓詩稿題識

陸秉笏

亡內幼頗聰慧，性好讀書，尤熟習《昭明文選》及《徐孝穆文集》。女紅之暇，專事吟詠，積稿甚夥。後有自定繕本，刪存四百餘首，宮允黃唐堂先生序其端，而宗伯沈歸愚先生亦稱歎之，鈔錄凡數帙，俱爲遠近友人攜去。邇者都門索寄，幾無以應，爰就篋笥中遺賸者，隨手裒集，僅得古今體詩二百四十餘首，此外散軼者尚多，行將搜篋補入。至駢體雜著，亦有殘稿，俟薈萃成卷，并質當世也。歲在庚寅閏五月五日，葵霑陸秉笏書於茸城館舍。

勖子詩

陸秉笏

汝母心中點點血，灑來化作珠玉屑。三年藏弄篋衍中，意興蕭索不認閱。詎知汝母不得壽，不壽之壽詩不滅。憶昔汝母教汝嚴，寸晷何曾輕作輟！教汝初攻《四子書》，七歲入塾提攜切。教汝親師肄《六經》，戒以工夫毋滅裂。教汝漢魏三唐詩，指點源流與派別。教汝夜讀《升菴詞》，《二十一史》若眉列。宗族媳黨交口稱，謂是閨中女豪傑。汝今紀歲十有三，莫逐兒童甘頑劣。大凡偉器善自藏，不矜智巧尚樸訥。汝母當時千萬言，不堪覼縷聲嗚咽。汝須常體汝母心，神兮歸來亦懌悅。吁嗟乎！造物尤忌巾幗才，古老名媛誰耄耋！只今撫卷強自嘲，收拾遺編幸無缺。汝擘剡溪藤，錄之以待鍥。中允題詞館閣傳，謝女班姑許相埒。勖哉小子識弗忘，詩卷長留名姓熟。彌留況復重叮嚀，魂魄雖散心仍結！

乾隆十一年丙寅長夏，命熊兒錄母遺稿，因書以勖。葵露居士陸秉笏，題於陵陽學署。

晚晴樓詩稿

申江女史曹錫淑采荇

古詩

古　意

蒼蒼秋露實，灼灼春風枝。褰裳陟高嶺，惻愴感四時。佳人期何所，形影空傷悲。惜哉抱柱信，一片浮雲馳。須臾遣日月，紅淚如連絲。

有　感

嗟我何不樂，歲月偏疾馳。晨光没野樹，暮色綴林枝。秋風布雁雲，夏日羅蛛絲。念彼銜泥燕，度棟復穿幃。須臾哺小雛，戀戀一何慈！凡物有至性，寧獨無苦思！迴身對萱草，掩淚不勝垂。

送大姊歸筍里

人生一何愚，惜別長自憂。別時望相見，見後若爲酬！未能敘契闊，復道別離由。與君一歲裏，那更十登樓！酌酒邀新月，聯吟慰素秋。何曾盡懽意，又欲放扁舟。殷勤一江水，君意自悠悠。白雲歸思切，肯顧池塘幽。欲訂後會期，其奈如今愁！分手楓林下，紅淚滴雙眸。北風吹雁影，江上暮煙浮。裴回入中閨，不忍更回頭！

送大姊之常山任

離情入我懷，懷抱不能開。臨風贈數字，搦管再裴回。贈君以自愛，道遠心仍在。悲結何可言，愁與流波載！憐我讀書窗，詩就無頡頏。嗟嗟獨長歎，對此風雨床。君心豈復爾，風景樂他鄉。細柳迷官路，靈禽散夕陽。詞成不寂寞，滿路葦花香。行行緩衣帶，積念浮雲外。踟躕立野觀，帆動水漫漫。迫岸重申意，加餐好自寬。

感 懷 寄 大 人

鴻鵠翔霄漢，鳳凰鳴朝陽。人生應有志，怫鬱感衷腸。蕭條秋思極，草木違容色。蟋蟀静無吟，佇久心惶惑。念我白髮親，四載依京國。路隔三千餘，焉得雙飛翼！長途有棘榛，山海多狼蜮。仰望白雲馳，憂來不能息。雨雪轉霏霏，清燈照夜幃。徘徊愁歲暮，音問一何稀！梅花經凍發，試折一枝歸。超然占高潔，獨不貽世議。臨風懷驛使，對此復噓唏。常恐負所植，淚下沾裳衣！

月夜懷大姊

仰望月一輪，抑鬱有所思。所思在遠道，昨夜夢見之。夢見忽驚覺，晨起雙淚垂。烏兔何其速，我愁常不移。愁心一何切，宿昔緣離別。輾轉不能眠，憂來如縷結。皓月本多情，照世成圓缺。中夜倚闌干，清光正淒絕。

三妹以愛月夜眠遲索賦長句書以應之

簾櫳如畫蟾光現，知是嫦娥開鏡面。瓊樓玉宇淨無塵，更深不覺渾忘倦。記來賞玩百花時，酌酒高歌玉漏遲。今夜闌干明月在，何方砧杵暮秋思。冰輪自是長皎皎，故教遊子情繚繞。屈指年來十二回，團團照遍關山杳。聯吟刻燭少知音，為憐好月漫調琴。曲終香爐露珠落，低頭忽聽夜蟲吟。霄漢只此一輪月，何事昨圓今又缺！徘徊夜久寂無聲，試上南樓光未沒。

春　日

律轉陽和大地同，敷榮萬彙逐東風。尚嫌麗日一何速，滿眼韶華不易逢。百花爛熳開金谷，蝴蝶穿林燕巢屋。江南江北繡成堆，繁蕤是處香馥郁。酒家十里杏花紅，公子春遊樂事濃。不惜千金買駿馬，尋花踏遍五陵中。枝枝搖曳長堤柳，留得離情千載後。懷古空成賦百篇，須知又作前人手。人去人來紫陌塵，誰家簫管戀芳辰？黃鶯啼斷三更雨，極目登臨一望春。春光遍野垂楊綠，遊絲牽惹情相屬。可憐人兮可憐春，落霞紅映流波曲。

如皋歸里喜與大姊敘闊遽又別去愴然寄懷

滿眼韶華如電瞥，何堪頻遇人離別！乍歸攜手喜氣生，殷勤先問南樓月。曾看梧桐青復彫，一年幾度圓何缺！彼此愁多不記時，數來魚素盈箱疊。傍人爲語時未長，夏去秋來轉冬節。相顧喟然一夢中，相思仍擬閑中說。酌酒挑燈重敘詞，迴腸頻覺消千結。連宵笑語直無眠，匆匆忽又離情切。沾巾不禁淚漣而，咫尺還如千里闊。偏我與君把袂稀，相逢長是添淒絕。回首蘭閨共寂寥，漫拈新句神爲接。朔風陣陣透窗紗，夜深簾外盈庭雪。欲寄此情一問君，苦無郵使難爲達。珍重裁音托便鴻，人生何事輕相撇！遲遲玉漏轉寥寥，斜倚床頭燈欲滅。

秋夜懷大人書寄常邑大姊

草木搖落寒露過，涼飆淅瀝來山阿。初聞蟲韻咽東壁，復聽雁聲動西河。感時傷別起太息，盤桓天地寧無極。百結何能繫轉蓬，明月皎皎助寒色。況自思親耿耿懷，閑情幽夢渾難測。思及親應白髮增，玉堂恩重留神京。瀟灑詞文滿都下，興來可有故園情。仰望白雲三千里，擬是離愁同爾爾。明宰城頭青鳥馳，書應報我天涯鯉。一夜西風思不眠，萬户砧聲搗秋水。

寄耶溪女史朱舜弦

秋雨秋晴怨別離，幾度冰輪圓又缺。自從解得別離難，怕上高樓吟皓月。古往多情有幾人，悲秋楚客思入神。西風惻愴九轉懷，辭華妙絕難具陳。悲從中來還擲筆，知音千載哀沉淪。不妨佳句閑自得，棄置案頭人莫識。劇憐意氣獨超群，學詩喜作長歌文。盡日捲簾望所憶，中庭落葉何紛紛！

十五夜月

從來不作傷春句，何曾解得悲秋吟！今宵一上西樓望，離情不覺如許深。試問離情何處至，娟娟月出東南林。皎潔不勝三五夜，可憐無寐此登臨。阿誰斯夕勞心切，千里萬里同此月。我來對月殷勤拜，願乞人生毋遠別。姮娥不知遠別愁，今來古往成圓缺。何似中天長一輪，清光到處相歡悅。沉吟立久意旁皇，天河寂寂更聲徹。

春日三叔祖見召賞芳園
桃花賦呈　以後辛亥作

適蒙長者召，趨訪名園花。煙路迷無極，星塵望轉賒。避人多鳥雀，隱跡少誼譁。極目風光裏，夭桃曲徑斜。灼灼紅千點，晴天散綺霞。暈面迎風笑，如將顏色誇。行行穿帶水，彷彿似仙家。雲鎖垂楊道，漁人那得過！闌干十二折，芳草望中羅。西苑通巖石，東山結薜蘿。西爲七叔家園，東南爲大人半涇園。敬來參世祖，園內即家祠。遺澤慶無涯。禋祀無窮已，家聲日漸遐。及時秉燭樂，莫景復如何！新月先邀座，良禽競獻歌。春風共卮酒，勝似駕秋槎。素秋挹佳氣，豔枝照碧波。人間有此會，此會擬天河。別去追前樂，始知邀惠多。

五律

大人命步半涇雜題韻賦呈二律

避俗事應疏，高朋共笑哦。老梅如有待，野鳥問誰何？静夜堪浮白，新詩許訂訛。秋深殊未返，樂事屬槃阿。

笑傲人間世，留連花下杯。故園流水曲，新徑白雲開。坐石觀魚樂，憑闌望鶴迴。慚非謝庭樹，虛負命題來。

憶大姊

書便欲封題，春江魚漸稀。忽驚衣帶緩，轉覺淚痕肥。晚樹凝殘靄，新蟾暈夕輝。高樓誰望海，一片亂雲飛。

又

頻覺離程遠，方知夏日長。亂螢明野渡，殘月落橫塘。斾影迎颷影，波光接曉光。遥思獨惆悵，天際水茫茫。

秋夜無寐口占

夜静獨無寐，秋空月倍明。梧桐今夜落，蟋蟀去年聲。幽院少人過，空堂門韻清。搗衣當此際，抽思復含情。

如皋署中讀諸閨秀詩喜賦

絮才從古少，此地謝庭深。不謂蛾眉社，多於擁鼻吟。華文鋪錦色，素策展芳心。韓、鄧二夫人詩，皆在扇頭。欲識高山調，泠泠指外音。

擬欲酹郘曲，妝樓倩夢尋。揮毫雲淡淡，敲句月沉沉。未許三秋約，先傾千里心。閨中憐翰墨，休恨少知音。

夏日寄大人

夏日熏風轉，煩心倚畫闌。白雲飛更急，離思入長安。已覺南天熱，猶愁北地寒。殷勤一江水，膝下祝加餐。

月夜有感

為羨今宵月，無人解此衷。清光耀平野，素影媚長空。多少悲歡裏，無邊聚散中。那知迴照處，澗畔有孤松。

偶　占

睡起西窗晚，無聊倚鏡臺。青春逐歲去，雨雪上年來。光景渾難畫，心情不可裁。梅花深有味，就影一徘徊。

送大姊之常山

交手之南浦，浮雲觸處生。落花經浪淺，飛絮帶風輕。長路何能盡，離樽不忍傾。雙魚如有意，憐我此時情。

又

不免送君別，況逢暮景天。遊魚吞暖絮，啼鳥弄晴煙。那肯輕拋此，何能更近前！可堪回首處，明月正團圓。

寒食日感懷亡母

思親復何已，對景轉傷神。爲感白雲暮，偏驚寒食晨。紙錢空化蝶，萱草不生春。賸有啼鵑意，難禁血淚新！

蘭　花

空谷何人采，芳叢滿一丘。仍來高士徑，且上玉人樓。素影迴燈側，清香入夢留。詩成費斟酌，應似此花幽。

梅　花

萬蘤經搖落，梅花獨有神。由來天上種，不問世間春。孤冷霜華晚，清香臘蕊新。依然似相識，憐爾苦吟人。

寄書大人後意有未盡口占一首

書槖玉堂前，愁懷千里懸。加餐祈自惜，止酒憶當年。大人曾以祖母遺命戒飲。守默能邀福，疏交實悟賢。思親誰寄意，多半《白雲》篇。

秋夜賦懷

風冷薄羅裳，蟲吟夜感傷。愁多思淺率，病久夢荒唐。涼月難勝坐，清秋不可望。扶疏一株桂，歲歲占幽芳。

又

貧病那禁傷,消愁未有方。簾櫳從夜冷,更漏入秋長。葉落三江水,燈迴九轉腸。終宵渾不寐,促織鬧西廊。

大 人 信 至

尺素傳雙鯉,離懷慰北堂。書中無限意,去鬢比來蒼。名重文章著,家貧菽水香。趨庭復何日,心與雁飛翔。

冬夜懷采蘩姊

微吟聊握筆,離緒不禁傷。凍水沉魚跡,浮雲墮雁行。有懷愁歲促,無寐厭更長。寒雨淒淒滴,挑燈夜未央。

哭三叔祖寄大人

風旨推《三百》,偏憐雅淡音。應懷栽玉樹,復愧示瑤琴。開論糜朝夕,拈題歷古今。追思山水興,無限暮雲心。

賦得天上秋期近

天上秋期近,長空露氣清。尊罍可有約,牛女尚含情。樹暗螢光細,草深蟲語輕。杜陵吟太苦,皓魄至今明。

獨 坐

獨坐北窗下,雲開夜思清。雨餘山水活,秋到綺羅輕。樹影當軒合，蟲聲遶砌鳴。挑燈重索句，四韻得拈成。

花　朝

今日是芳晨，韶光轉覺新。小鬟爭獻綵，稚子競尋春。好鳥嬌音細，名花香氣醇。劇遊宜秉燭，遮莫笑癡人。

苦　雨

熏風漸煩暑，不雨已愁人。何況西窗下，苔痕漲綠新。荷珠傾翠蓋，榴火淨紅塵。安得嵐光嫩，晴煙一抹勻？

寄書大人賦呈一律

一紙平安信，離懷幾許思。加餐千里外，健慰六旬時。惠女癡無恙，熊孫勇讀詩。好為怡旅況，夏景恰遲遲。

寫　懷

小山叢桂發，況味屬三秋。久雨晴難望，沉吟思更悠。病輸井臼志，貧拙稻粱謀。兒女偏憐慣，癡頑不解愁。

病　起

秋夜清砧遠，消閑藉短檠。古書能卻病，新月最關情。風靜茶煙細，更深燈燼輕。尚餘詩思在，稚子助吟聲。

喜 晴

今日是何日，晴嵐映畫闌。寒蛩聲轉勁，秋樹葉初丹。勝景從容賞，陳編仔細看。晚來簾捲處，新月照團圞。

春寒限韻

只道春晴好，如何春尚寒！分題搜句苦，凍筆傍爐安。萬樹花光斂，千山鳥語攢。小園梅有信，耐冷雪中看。

疊前韻

陡覺春衣薄，尋芳怯晚寒。那堪風淅瀝，頻聞竹平安。細草含冰發，垂楊帶雨攢。燕飛遲凍羽，幾次繞簾看。

重九日同女伴園亭小憩

攜伴登高去，東籬一望賒。何須人送酒，且擬自煎茶。采菊香盈袖，拈題筆吐花。及時欣共賞，不放夕陽斜。

書 牕

漫去繙今古，簾開鳥語頻。悠然詞賦性，靜也筆書神。燈火忘長夜，煙霞識早春。覽餘時獨坐，瀟灑正宜人。

大弟誕日口占以示

吾弟懸弧日，成人漸免孩。傷心悲失怙，努力願斯才。學自惜陰得，名從勵志來。親恩酬罔極，何以慰泉臺！

七律

三叔祖五畝園即景

何幸攜遊五畝園，融和風景更幽妍。樓臺春鎖神僊府，亭院香籠別洞天。紫燕喃喃鳴畫棟，黃鶯嚦嚦囀花邊。徑深知有高人隱，水竹煙霞滿目前。

爲環娘題美人曉妝畫扇

曉日瞳瞳奩鏡開，美人春起向妝臺。蛾眉新柳纖纖畫，蟬鬢輕雲細細裁。寶鈿光生鸞鳳髻，粉脂香繞杏桃腮。侍兒爲折嬌花戴，幾度徘徊顧影來。

梅花次趙茀芸表妹韻

遙想名園玉琢花，巡簷索笑未爲賒。幽芳偏向亭前貯，瘦質還臨石畔斜。雪裏孤隨高士隱，林中獨避俗人嘩。更逢仙女留題遍，夜夜清芬映彩霞。

叔母賜素蘭一枝賦謝

妝成欣覷一枝新，素色幽蘭淡有神。半吐檀心參碧玉，低垂綠葉淨紅塵。孤清恍似仙娥質，獨隱還如處士身。應共芝芽庭畔長，國香呈瑞兆賢人。

秋日半涇賞桂見杏花并放大人有詩誌異命次大姊韻錄呈

雁行喜集木樨叢，杏吐重陽怪化工。黃雪半侵蟾窟影，金英欲占上林紅。一園生意春秋節，滿院添香早晚風。試借《霓裳》分豔色，裴回一曲廣寒中。

重九後三日大人邀客敘飲桂杏花下遵韻賦呈

春華秋實兩朦朧，滿樹深黃庇淺紅。邀客未容三徑外，吟詩且許一杯中。好留濁酒酹香雪，漫倩輕霞散月宮。節過重陽還醉舞，年年花事幾番同。

賦得霜葉紅於二月花

秋晚霜凝楓葉肥，重看江畔爛紅菲。滿林霞映欺桃豔，幾樹風搖妒絳衣。不是寒蘆鴻止宿，恍疑春苑鳥驚飛。東君應愧無顏色，百草芳時見此稀。

奉和茀芸表妹一聲蟬送早秋來

羅袂臨風怯早秋，柳陰蟬噪思悠悠。淒清叫破莊周夢，悲切吟將宋玉愁。纔送秋聲入金井，又連砧韻上瓊樓。風吹一樹關山冷，處處征袍鄉淚流！

七夕憶朱影蓮表姊

曾記前年七夕時，憑闌笑語共題詩。穿針樓上披涼籟，拜月庭前乞巧思。銀漢低橫靈鵲渡，纖雲高護彩鸞馳。今宵風景依然在，兩地情懷若箇知！

園丁折臘梅至

折得幽枝不染塵，萬花誰與共評論！檀心未散風前彩，磬口猶含洞裏春。鄉國夢回成淺淡，瑤臺月到倍精神。夜闌燈影搖清影，爲倩新詩品美人。

哭影蓮朱表姊十律 并序

影蓮朱表姊者，乃周浦簪存表叔之愛女也，適崑山徐氏。幼好翰墨，性極幽閑，善吹簫，每臨風三弄，使人淒清欲絕。有句云："按簫幾度裝回立，不忍臨風送落花。"可見其情之所至也。又常觀名媛諸詩，輒掩卷痛哭，莫能解其意者。余自甲辰春識面，遂相契愛。酌霞觴於花下，形影相憐；結蘭臭於閨中，鏡鸞共舞。臨風鬥句，聽黃鳥之好音；坐月撫琴，戀清宵之美景。豈料歡情易散，別恨遽生，三載于歸，一朝分袂。香魂欲斷，如聞搶地之聲；表叔先逝一月。血淚空揮，竟抱終天之恨。興思及此，又何言哉！榮華業海猶深。但恨餘情難遣，聊酬知己之心；短賦易終，不見美人之跡。腸迴九轉，空添湘管啼痕；情重一時，永記魚箋離恨云爾。

　　笑語儀容從此辭，那堪往事獨尋思！殷勤花裏逢君日，惆悵風前別我時。來去光陰烏兔夢，死生消息水雲詞。空勞湘管飛紅血，泉路茫茫未許知。

　　書畫塵網冷香芸，月色淒涼鴻雁林。簫韻止留秦女曲，琴聲已斷伯牙春。多情空結三生約，有恨誰憐萬古心！花落秋風何處覓，淚珠滴入斷腸吟。

　　昨夜天邊月正圓，最憐秋雨妒嬋娟。瑤池有意邀仙馭，彩筆虛勞寫恨箋。看取鶴回城郭在，忍教花落海波漩。妝臺鏡暗棲鸞影，何日重來理翠鈿！

　　塵世何由使返魂，秋聲嗚咽那堪聞！還疑北去無雙雁，不信南來是片雲。身後玉顏回首夢，眼前金屋轉頭墳。化為蝴蝶尋常事，但恨知音少似君！

　　追思話別意猶存，海闊難尋泡影身。去日羅衣旋作土，舊時香粉化為塵。月圓怕見今宵景，花發愁聞來歲春。千里夢回無限意，畫眉窗下惜佳人。

　　三秋連袂兩情濃，轉眼傷心事異同。繡架料應針綫斷，燈窗何必硯毫工！還憐鬥句風光裏，不見詩成錦繡中。咏絮才高易零落，春山疊疊恨無窮。

　　舊來詩卷細評論，惆悵燈昏夢未真。燕語似傷今歲景，雁飛不省昔年春。畫闌空鎖梨花月，羅襪從沾蛛網塵。夜久寂寥渾未覺，一天風雨又蕭晨。

　　樓高十二恨難平，煙雨迷離最欠情。水逝不知何日返，天陰卻怪有時晴。願教往事和心斷，祇恐離愁觸處生。繡履宛然纖手製，分袂時贈余繡履，囑以為念。依稀別淚不分明。

萱草凋零憶往年，思親相對共淒然。表姊母亦早逝。白雲念切秋多感，慈烏聲悲夜不眠。塵鎖迴文顏色淡，香消羅袖淚痕鮮。幾回夢繞崑山曲，依舊煙巒阻向前。

惆悵簫聲引鳳鸞，人歸霜月鬥嬋娟。青山隱隱眉痕曲，玉露盈盈淚影圓。病去祇堪玄幻景，愁來那更沉寥天！從今怕入梨花夢，不信秋風有杜鵑。

除夜憶大姊

圍爐憶向小窗前，歲月無情負錦箋。新句分題應未就，漏聲催夢不成眠。銀燈今夜因君剔，青鏡明朝爲我憐。瘦卻梅花春又到，好將笑語送殘年。

秋日陰雨有懷大人詣鄉講約賦呈

碧落浮雲暗夕陽，悠悠蘭棹興偏長。甘棠未布彌天蔭，書帶先成此地香。邊海豈能埋羽翼，聖朝猶是惜賢良。秋風預占春消息，肯爲鱸魚思故鄉。

月夜聞啼鴉

蕭蕭靜夜陣鴉還，獨倚闌干詩思閒。梧葉影空明月外，楓枝聲滴露珠間。飛來玉宇添秋色，啼去紅樓損鬢顏。賸有當時橫槊賦，長江千載獨潺湲。

中　秋

萬里雲消玉鏡懸，畫樓此際憑闌干。梧桐影裏棲靈鳳，丹桂聲中舞彩鸞。秋半祇應今夜賞，月圓那似去年看！徘徊遙想情何限，江上風高落葉寒。

庚戌三月大人擢進士第五月廷試入詞林録呈誌喜

百草初經雨露培，上林花放一聲雷。文章向滿時人口，志業今從天上栽。鵬舞晴雲千里合，蛟浮暖浪萬層開。春明此日登瀛處，可信生平自許來！

泥金數字日邊栽，報道長安對策來。定有文章傳洛下，乍看姓氏滿燕臺。聖朝合奏凌雲賦，翰苑終須曠世才。一片風光鳳城裏，喧喧車馬看花迴。

文星燦燦珮鏘鏘，丹鳳啣恩出建章。纔喜殿堂頒敕命，便從金殿拜君王。連天瑞氣隨時暖，遍野春風入夏涼。共説家聲從此振，緑槐深蔭舊門墻。

懷蘩姊

喃喃燕語話愁衷，獨上高樓思未窮。半檻幽懷春夢裏，滿庭好景晚晴中。桃花引恨仍流水，楊柳牽情自曉風。惆悵應多池上句，一天朗月兩心同。

白蓮花次韻

爲憶當年李學士，賞花塵外挹涼風。應同佛氏生銀界，也許仙家貯碧宮。翠蓋盈盈香漸遠，瓊衣冉冉色皆空。昨宵賦就瑤池月，聞道青蓮獨讓公。

叔父示白薇花詩步元韻二首

吟來詩思特清新，遙想庭階似玉人。素影不堪紅杏比，嘉名偏稱紫薇鄰。光含曉露纖纖潔，香吐輕風淡淡匀。消息無煩重入譜，花譜中不載。恐令仙質近風塵。

三載移栽吐蕊新，敘中云移植三載不花，其秋忽吐英如雪。亭亭堪映玉堂人。因風柳絮空思侶，入夢梨花且結鄰。鶴舞雲中光欲滿，鷗飛沙上色初匀。一枝寂寞元薇省，雅淡偏宜避俗塵。

對新月戲贈大姊

良夜憐君共唱酬，相逢幾度月當頭！桂花香浸誰家苑，玉鏡光分何處樓！全破規痕虛碧落，半垂鸞影象銀鈎。雙眉合與新蟾鬥，未必姮娥有別愁。

蠟梅

朔雲閑護繡金裳，疑是瑤臺異品芳。磬口半含初臘蕊，檀心滿吐逼寒香。庭前不共塵埃侶，鏡裏寧同憔悴妝。知得騷人好清淡，西風一夜又經霜。

落 花 二 首

惜花常似把離樽，對景潸然感暮春。南圃晚來虛弄影，西園朝去尚含顰。千秋不省銅臺賦，一旦徒傷金谷人。怪殺五更風雨惡，凋零無處寫丰神！

淒淒寒食禁煙輕，前度繁華虛作成。半夜月明蝴蝶夢，五更風隕杜鵑聲。幻裁顏色花盈砌，巧落珠璣絮滿城。不爲春歸怨離別，人情恐似落花情。

送大姊之常山二首

極目煙霞遠夢遲，一樽別酒話離思。琴堂應可彈明月，絮院何堪折柳枝！莫吝雁書傳美政，且從燕語寄新詞。知君此去風光好，勝似河陽花放時。

天涯仍許兩心知，無限含情分影時。柳外青山遮去棹，岸邊碧水見離枝。宦游那論三秋別，夢想何妨千里馳！回首可憐幽絕處，梨花庭院獨尋思。

初 夏

試看畫棟巢新壘，其奈光陰似轉蓬。碧水潺湲流幻景，白雲繚繞吐奇峰。梅花已覺青城實，楊柳空教綠滿叢。可惜春風留不住，亂鴉啼散夕陽中。

白 燕 二 首

　　銜泥故惹紅衣落，弄舌偏驚黃鳥吟。萬里晴雲渾素影，一天白雪耀貞心。夢迴半冷朱樓月，飛去全消翠幕陰。會得玉人無限意，梨花深處費幽尋。

　　影過長天練影浮，翩翩潔白上簾鈎。祇因毛羽有分別，豈是飛鳴少侶儔！閒舞不來金屋貯，結巢偏向玉堂留。那知王謝風流跡，化作春雲一段愁！

三月春陰正養花二首

　　拈毫早爲送春哀，造化經旬陰未開。適興漫移遮日幕，留情虛作避風臺。花枝望裏誰深淺，蜂蝶閑中自去來。明滅煙光寒食候，依依景物且徘徊。

　　有無春色惱飛禽，潛奪陽和漠漠林。九十已虛金谷夢，連朝猶憑玉蘭吟。將疏嫩蕊難禁雨，復吐芳葩未減陰。應恐多情人瘦損，天公爲展惜花心。

堤　　柳

　　不與春山鬪畫眉，潺湲碧水苦離思。經過惜別千行淚，添得牽情萬縷絲。未許黃鶯啼上苑，且憑丹鳳舞瑤池。可憐空具青青眼，消瘦東風屬阿誰！

題貞女袁寒篁詩卷

寧信蘭閨逢作手,每從展卷獨裴回。清新擅畫三山秀,風雅推傾一郡才。緣淺祇應存髣髴,情深何處仰崔嵬!歲寒復慕青松操,不向春庭賦落梅。

覽趙表妹舊日詩草追悼以成

謝家聲調留千古,一卷情深淚不收。豈是多才成薄命,未應仙侶作凡儔。瑤臺文亂思瓊質,"瓊肌玉骨掌書仙",表妹昔年夢中句。寶砌花殘痛白頭。獨向更闌吟舊稿,月花猶似去年秋。

望 中 有 感

捲簾遙望思悠哉,歸鳥飛雲往復來。天地無窮人易老,山川有盡志難灰。淵明只采籬邊菊,和靖惟看嶺上梅。風景年年貯佳味,此中若箇肯徘徊!

花枝照眼句還成三月中翰林館課題也大人寄語命遵韻再賦

帝里風光可許知,陽和開遍上林枝。千紅深映儤人闕,萬紫低籠彩鳳池。玉局豈能忘妙詠,瓊樓況復對良時。韶華到處逢春景,女子深閨也賦詩。

賦得淡煙斜月照樓低

曙色低分十二樓,煙籠庭樹月籠鈎。迷離簾外痕初合,清切闌邊彩欲流。倚檻只疑殘霧裏,捲簾還是曉雲頭。此情何處偏惆悵,江北江南遠別愁。

寄懷恩撫母

每向春殘憶晤時,百花零落燕差池。北堂長樹忘憂草,南苑寧攀惜別枝。隔浦風濤違定省,斜陽雲藹掛離思。登臨無限神依處,應是慈親也念兒。

得大人信書懷寄大姊

燕燕于飛十二樓,銜泥來往不知休。北堂回首憐萱草,南浦褰裳望桂舟。毀譽惟人還自省,行藏在己復何求!都門近日頻垂念,好寄佳音慰白頭。

追贈張烈婦一首　并序

張烈婦者,浦東吳姓女也,能知書,尤善女紅。賦性貞潔,年十六,歸華涇張氏。其夫病瘵已久,成昏未幾而卒,婦哀痛欲絶,矢從地下,其姑嫜娣姒咸閔其意,勸慰頗切,婦恐姑之痛也,歡侍如平日。久而家人防護稍息,值清明,全家俱出,少焉姑還,婦已自縊。其家惶救莫及,哀而殮之,義哉,此固婦之志也!從容就死,幼婦所難,況曉識大義,在田家婦尤難也。一時文人,咸賦其事而美之,鐵山劉母舅爲作序焉。余侍家慈之暇，聞其始末，竊念夫婦之貞心，參天地，比日月，婦之死，又豈可謂不幸哉！投筆喟然，附詩云爾。

共說華涇張烈婦，從容殉死出鄉村。貞心豈但松筠並，烈性唯堪史冊存。春草不生蝴蝶夢，寒梅欲返杜鵑魂。從今更築鴛鴦塚，千古詩人有淚痕！

有　　贈

最喜桃花如素面，可憐楊柳是腰身。迴眸忽減千峰翠，巧笑還傾九陌塵。誰謂北方多絕色，由來南國有佳人。相逢不止瓊琚報，許爾臨池寫《洛神》。

漏聲遥在百花中翰林館課題也遵大人來諭賦呈二律

試聽銀箭珊珊裏，漸看金烏冉冉籠。懸想紫薇春氣暖，應憐花萼漏聲融。壺涵律呂傳芳樹，音洽陽和象化工。玉署定多詞賦客，新詩傳遍早朝中。

一天雨露斗星移，迢遞瓊樓曉漏遲。百鳥枝頭催曙色，六龍殿角動朝思。氤氳春色和聲發，繚繞風光帶韻馳。點滴未央殘夜景，懸知仙客正題詩。

代和感懷原韻

秋風蕭瑟雁來天，惆悵離情年復年。衰柳夕陽無限思，黃花濁酒不勝憐。一江煙景波光活，兩地襟懷淚雨漣。滿紙新詩酬未得，每因多病負魚箋。

偶　　感

流水高山孰寄音，西風零落伯牙琴。霜飛翠幕連宵冷，雨過朱闌盡日陰。滿徑黃花秋意晚，一庭衰草歲寒心。所思遠似天涯隔，躑躅聊爲形影吟。

除　　夜

豈爲窮愁困此身，團圞遙慰白頭人。桃符換節時光暮，草木舒春物候新。試取一瓢沽酒市，不妨卒歲典衣頻。椒盤獻罷靈芭頌，竟夕開懷飲滿樽。

魁星閣落成次韻

斗光燦爛五雲邊，文物風流自此年。千載遙瞻多士樂，一時惟頌使君賢。滿城春色歸新柳，極浦潮聲起暮煙。倚檻高吟傳絕調，敲金戛玉總超然。

春暮同平原詠

雲薄煙輕雨過林，漫因小徑作幽尋。池魚淺躍楊花浪，庭鳥低飛梅樹陰。可是遣懷憑唱和，若當乘興任登臨。與君對景偏惆悵，萱草春深一寸心。

三月十六夜有懷平原二首

挑燈獨坐兩眉顰,此際應憐燈下人。一片高懷時奮發,無邊深慮每逡巡。庭多花果堪爲俸,架滿琴書豈是貧!何事不勝離別思,天涯同有白頭親。

還來花下倚闌干,簾幕風輕漏未殘。執手情存應有淚,時往華涇。陟屺思切更忘餐。貧窮志在相箴勉,患難情須共慰安。試問天邊今夜月,一輪何異昨宵看!

寄大人藺菜録呈四韻

菽水年來虛侍奉,好憑藺菜寄親嘗。莖餘柔脆烹還嫩,味惹清涼食更香。漫倩春風馳杏苑,不教秋雨憶蓴鄉。殷勤聊作天涯敬,一寸雲心九轉腸。

半涇園賞桂即遵戊申秋大人杏桂并放原韻

重來金粟秋風裏,記得輕黄庇淺紅。人事昔時花月共,吟情此日唱酬中。文光遥接條冰署,香氣常縈一畝宮。料想登高仍作賦,白雲千里興還同。

感　懷

嬌癡最爲慈親愛,未慣中廚執婦工。況復艱辛多事際,何當音問久難通!一甔自笑經營竭,三月誰知捫擋空!只尺天涯無限意,曉來愁雨更愁風。

懷 大 姊

　　吟儂舊句多離恨，念子新詩盡憶家。才見梅花青結子，更憐芳草綠生芽。幾回消息驚波浪，兩處相思感歲華。宦海而今應有悟，一行誰寄到天涯！

雨中接京信兼憶平原客浙

　　卻愁風雨阻歸心，纔到秋來日日陰。鴻雁已傳京邸信，燈花還卜浙中音。行雲偏為遮高望，流水何能遞遠吟！海角天涯憂稼穡，願教晴色掛西林。

八月初九夜對月有懷

　　銀漢橫空玉露浮，蟾光皎潔近中秋。荷花影瘦池塘淨，桂子香清庭院幽。十二闌邊明月下，三千里外白雲頭。人生離別尋常事，不信儂家獨有愁！

懷京信不至

　　漫拈新句費尋思，中饋支持久廢詩。勉力自慚非巧婦，消閒且喜有嬰兒。雁回冀北三秋遠，信斷江南兩月移。料得應深鄉井念，幾時歸里試含飴？

讀繩山叔悼亡詩次韻

花事闌珊感暮春，悼亡新句最傷神。招魂無奈魂偏杳，入夢猶疑夢未真。鸞鏡分明懸皓月，鳳簫已是隔紅塵。可憐奉倩鍾情處，千古長歌惆悵人！

哭二兒

自備乳哺獨憐伊，視爾分明穎異姿。不道掌珠輕失去，尚思錫鯉兆偏奇。生時有兆，命名"錫鯉"。兄來索果還尋弟，翁欲含飴應念兒。最是令人腸斷處，呢喃雛燕舞庭墀！

偶感

那似今年日鎖眉，自憐幽思亂如絲。六旬老人悲淹棄，週歲嬰兒痛別離。簾外雨聲三鼓後，窗前燈影半明時。坐來不覺難成寐，欲寫愁心付阿誰！

荷月遙祝大人六十初度

滿庭瑞藹恰懸孤，遙祝高堂甲子初。三豆禮成筵秩秩，九如歌進日徐徐。自慚婦未嫻慈訓，且喜孫能讀祖書。五老峰前齊介壽，盈觴酒色映芙蕖。

池中放並蒂蓮二枝紀瑞

綠波淡淡淨無塵，並蒂芙蕖映日新。對面弄妝香粉互，比肩擎蓋露珠勻。一枝豔合南塘影，雙蕊光分北渚神。競秀聯芳誰得似，謝家兄弟好為鄰。

半涇園賞桂感賦步大人原韻

花發重尋一徑莎，東山佳話付流波。當年觴詠渺難再，滿壁珠璣賸幾多。臺閣文章今尚在，鼎鐘事業竟如何！白雲紅日頻回首，吟向秋風調未和。

庚申除夕步韻

守歲團圞五老堂，拈題刻燭句生香。杯浮柏葉知年換，漏滴蓮花喜夜長。蘋藻薦馨神宛在，盤匜視膳養無方。燈前試作斑衣舞，癡絕諠譁膝下郎。

辛酉元旦步韻

融和風景恰新年，庭鳥尋梅囀曉天。此日郢歌吟欲遍，昨宵椒頌調難傳。一卮春酒南山下，數篆奇香北斗邊。時庭中焚斗香。倘許三秋鵬翮振，平原將北上。好音早望寄魚箋。

顏圃雙古桂限韻

種分月窟不知年，並起虬枝入曉煙。蟾桂寧隨雲影散，天香還共早秋傳。攀來叢樹連芳秀，贏得吟箋血彩鮮。金粟現身同色相，倩誰說法向花前！

立 春 日 雪

何妨六出鬥韶華，青帝東來日正賒。好借春風吹玉屑，漫拈凍筆灑銀花。輕寒不惹五侯第，瑞氣偏凝處士家。料得前村乘興客，尋梅沽酒綠楊斜。

恩撫母七十壽誕

東風暖吹百花開，願慶稀齡獻壽杯。桃萼光含千歲實，梅英香透一枝魁。能空萬相瑤池水，易了諸緣明鏡臺。母氏奉佛，長修淨土。遙望南山春正好，年年戲綵共徘徊。

又
（底本原闕）

賀誕文弟合巹

百兩初迎瑞溢閭，《關雎》賦就瑟琴宜。三槐淑媛羹湯手，七步才人錦繡詞。妝閣風和鸞鏡曉，畫樓月滿鳳笙吹。麥秋乍至餘春暖，富貴花開正及時。

初　　晴

一派嵐光映綺窗，小園雨霽擬尋芳。陰成濃葉春將暮，風惹遊絲日正長。蝶粉乍粘飛絮暖，燕泥將帶落花香。煙霞滿眼吟情暢，伸紙濡毫樂未央。

秋夜憶亡母

幾番感物暗傷神，慈烏雖禽我亦人。麗卷親題香未滅，繡衣手綻尚餘春。欲緘離思鴻難到，待想音容夢不真。一夜秋風多少淚，天明飛作白雲身。

大妹索題吹笛美人圖

闌干十二淨無塵，樹樹嬌花映玉人。怯舞楊飛吹笛夜，罷妝秦女弄簫晨。輕風似惜紅羅薄，新月應憐翠黛顰。一曲將成無限意，梅花楊柳共矜春。

賦得花枝照眼句還成

恰遇東風淡蕩時，園林處處見花枝。映來漸入陽春賦，綴去先成上苑詞。滿徑繁華偏耀目，一天錦繡且開眉。芳菲領盡無窮景，香思還同彩筆期。

覽大姊宦游諸什偶成

流水高山興自悠，去來明月賦扁舟。唱隨半佐甘棠政，侍奉全擔菽水憂。爲惜彩毫傳旅況，應憐錦字寫鄉愁。廣文自是居賢路，莫羨江湖景色幽。

寫　　懷

多愁多病更多思，意味年來不可知。詩句每因惆悵得，淚珠常爲別離垂。雲山牢落音書杳，天宇悲涼日月馳。憑仗闌干自消遣，看殘黃葉北風吹。

秋晚有感寄懷大姊

幾許憂心獨倚牀，淒涼暮雨下迴廊。魚書情重千回夢，雁字愁深九轉腸。濁酒不分秋色去，黃花猶帶晚來香。西風無意憐憔悴，吹落東籬一夜霜。

苦　　雨

連宵門外雨潺潺，失意人愁行路難。一片淒聲迴夢際，無窮幽思上眉端。狂吹絲縷眠楊柳，淨洗胭脂泣牡丹。且把破書消寂寞，時來鄰壁借燈看。

玉蘭花

九畹香清可並芳，騷人評泊費相商。風前影射中庭日，月下光分遠樹霜。何必梅花開院落，不教柳絮漾池塘。獨憐幾朵榮春暖，攜得吟箋倚曲廊。

喜雨

瑟瑟金風暑不浸，甘霖沛處盡沾恩。荷浮曲沼娟娟淨，雲接長天片片屯。峰頂抹成青黛色，階前滴破綠苔痕。新詩索和難諧律，慚愧推敲月下門。

雙並蒂蓮次韻再賦 初作已入前

君子花開迥出塵，連枝並發更宜人。恍如明鏡修眉影，疑是圓珠飾佩勻。佛座寶華三獻瑞，水宮緗蒻疊逢新。秋來贏得多佳句，不羨凌波賦《洛神》。

次蔡閨秀秋海棠原韻

不羨芙蓉江上紅，嬌姿競吐粉牆東。纖纖軟玉含光遠，冉冉垂珠滴露空。可似朝陽眠宿酒，也宜金屋舞迴風。惜花人起多秋思，濃淡偏餘一望中。

久雪喜晴次鴻書弟韻

雪消春水雨初休,簾捲東風花影浮。嫩柳和煙籠半檻,晴嵐滴翠照雙眸。鶯雛卻愛遷喬木,燕子應知返畫樓。芳草池塘吟興劇,惠連詩到勝同遊。

春夜次韻

晚風送暝下藤蘿,庭院深深有太和。誰唱《陽春》餘婉轉,獨憐新月肯蹉跎。紅梅香透窗紗薄,銀燭光迴紙帳多。遙憶芳郊花信早,踏青女伴樂如何!

惆悵

惆悵不因連夜雨,相思經得幾秋霜。河陽花信連愁發,洛浦明珠帶病妝。樓上燈青聞鼓角,嶺頭月白度笙簧。月輪遍照神千里,燈影還籠詩半章。潘岳鏡中頭易白,江淹筆底悵何長!春歸堤柳黃鶯老,秋到籬花粉蝶忙。即景可憐情縷縷,沾襟惟有淚浪浪。長門流落一篇賦,幽谷沉埋九畹香。但得朱絲能繫日,何須三萬六千場!

七絕

梅花次韻

淡色幽芳若有神，瑤臺仙質是君身。無端移向繁華地，空使鄉心夢故春。

冰肌玉骨耐霜寒，紅紫凋零喜汝安。不共群葩爭豔色，但留清白與人看。

蠟梅次韻

疑是瑤宮墮素姿，等閑誰敢折瓊枝！素妝不共春紅鬥，雨雪漫漫自護持。

蘭花

攜植幽芳畫閣中，紫莖細葉淡香籠。一枝清影堪爲伴，羞殺春風桃李叢。

暮春

紫燕穿簾柳絮飛，落花時節杜鵑啼。幾回欲寫留春句，倚遍朱闌不忍題。

懷莆芸表妹

悠悠離恨鎖眉峰，消瘦多因別恨重。無限傷心人靜後，滿庭明月隔林鐘。

夢西園桂花

西園秋色晚生涼，夢繞花邊幽思長。露滴銀河仙馭冷，嫦娥月底散天香。

留別莆芸表妹

淒涼夜景漏悠悠，風入春庭花影浮。滿眼離愁言不得，子規啼月下西樓。

月轉迴廊星斗稀，相看何事鎖愁眉？怪他堤柳無情物，每向春風送別離。

送玉書妹于歸四首

娟娟纖月映蛾眉，乍試新妝鸞鏡齊。一曲簫聲何處落，暖風邀入碧桃谿。

試聽華堂細管吹，行行掩映袖羅垂。傍人笑指窗前柳，嬌倚春風學畫眉。

玄霜初就鳳笙吹，整黶羞窺鏡裏誰。欲擬霞觴花下酌，忽聞人報月成規。

黃鳥和鳴欲賦詩，捲簾花放日遲遲。繡窗應愛春光媚，爲繡人間連理枝。

月　中　桂

舞鸞影裏畫難真，每到中秋倍有神。多少詩成誇折桂，可憐誰是廣寒人！

《霓裳》仙曲調翻新，拄杖爲橋洞有神。安得詩人蟾窟住，一生常作賞花人！

月夜次韻二首

良久裴回境轉幽，風吹庭葉露珠浮。無情最是今宵月，故放清光助遠愁。

詩成邀月遇知音，如畫中庭飛夜禽。斜倚闌干無限思，清光照破幾人心。

月夜口占五絕

十二闌干夜氣清，徘徊不忍步中庭。一輪皓月思千里，雁背寒空玉露零。

秉燭更闌愁思生，寒風蕭瑟夜光清。侍兒不解人惆悵，笑指窗前看月明。

萬里無雲冷氣侵，鳥飛疑晝鬧前林。舉頭試問天邊鏡，費盡嫦娥幾許心！

婆娑樹影漾瑤臺，夜景蕭條冷翠苔。佇久忽疑身是夢，不知愁向月邊來。

檢點新詩遣病懷，倚闌無語暫裴回。殷勤爲謝今宵月，紙帳休教入夢來！

將詣如皋留呈恩撫母

別時先自數歸期，忍使慈親日倚扉。從此悠悠千里棹，關山回首白雲飛。

舟　中

無情最是木蘭舟，飛過橫塘十二樓。萬疊雲山千里夢，不堪回首暮煙浮。

秋夜寄懷大姊

情懷兩地勞明月，離緒千山阻夢魂。莫向秋鴻問消息，相思夜夜付啼痕。

夜坐待曉

夜闌寒逼怯羅衣，明滅餘燈暈落煇。寂寞簾櫳殘月影，曉鐘聲續亂鴉飛。

對菊有感賦呈大人

對菊悠然憐濁酒，故園悵望幾裴回。秋風冉冉年華暮，籬下相將歸去來。

題如皋江夫人貼梅畫箑六首

　　自是瑤臺第一枝，謫來塵世費尋思。遠山肯惜霜毫彩，護取春風扇上吹。
　　未許零芳散橫笛，故教彩筆寫春愁。化工幻出佳人手，月落香銷韻未收。
　　嶺下山前繞竹扉，阿誰寫出世間稀？展開月底橫斜影，寒鵲南來忽倦飛。
　　寒葩彷彿扇頭舒，勁格仙標思有餘。風薰簾櫳殘夜景，試吹玉笛復何如！
　　點點瓊蕤淡淡垂，美人病起獨愁思。遙憐筆底含芳意，不忍臨風折素枝。
　　東閣官梅自昔聞，寫來素影更超群。返魂香冷揚州夢，袖裏還丹獨讓君。

如皋將歸留呈大人

　　南北行驄兩地分，大人時將北上。悠悠天際雁飛群。江楓界破山峰翠，愁殺離亭起白雲。
　　冉冉高堂兩鬢絲，春風還讓雪中枝。殷勤歸整東山屐，時計葺舊園。雲水他年好賦詩。

送姊歸筍里

　　別淚盈盈染袖羅，離心耿耿不成歌。東風一棹鴛鴦水，回首池塘春草多。

秋日懷大人

欲試寒衣千里腸，北風吹袖不勝涼。雁飛添得思親意，心逐浮雲入帝鄉。

偶遣

詩思無端天際遙，白雲繚繞遠峰高。誰家女子雙眉秀，認道秋風是翦刀。

新年懷大人

爆竹聲喧雜管弦，家家菽水賀新年。白雲飛處三千里，離思逢春倍可憐。

蘭花

天付清姿迥出塵，錦箋無處寫精神。自從幽谷含芳後，一任東風鬭麗春。

懷芸表妹

閑情無處著吟哦，偏是春來覺恨多。爲問天涯芳草色，不知離思更如何！

離情惟有鏡鸞知，尺素魚沉費夢思。爲語新來雙燕子，可能報我一行詞？

暮春憶亡母三首

最憐孩抱不知恩，出腹何曾認我親！會得思親痛何極，音容常似夢非真。

悲詞縷縷敘偏真，大人有亡母詩序一首。六載辛勤共苦辛。母歸六載而亡。今日風光親不見，落花流水獨傷神。

迴腸百結獨登臨，反哺聲來何處禽？豈是傷情緣暮景，爲憐慈烏有人心。

病中偶詠

已從病裏悟行藏，卜《易》無煩論短長。一枕餘思倦忘暮，夢迴靈鵲叫斜陽！

輓趙茀芸表妹十首 并序

趙氏表妹名婉揚，字曰茀芸，穎惠異常。性最純孝，日以女紅供菽水費，越寒暑無間，表叔母常憐而止之，終不肯廢。居常喜置書籍，雖典衣不惜。好作詩，落筆精妙有古風。儀質端重，言笑不苟，相對終日，淡然而已。常語余，夢一異人授句云："瓊肌玉骨掌書仙，謫下人間十六年。"語竟淚下，曰："斯兆余非永年者。不幸具此慧性，終爲造化所忌。第念父母無兄弟承歡，奈何！"余爲寬慰者久之。至前歲，余私慶曰："表妹初度後，兆期過矣。"不意遽遭斯變，嗟哉！一旦天奪我知音，痛也何如！余從幼時相契者，影蓮朱氏表姊，才情兼擅，而竟夭折，曾詩以哭之，逮今猶戀戀於懷。再識表妹，自謂有緣，終於早訣，惜哉，余何不幸耶！

追憶表妹幼時，才名已籍籍於邑，余由家姊相知，緣家姊常撫從叔父家，叔母即表妹之姨母也，因而往來，久與契合。每一唱酬，敏絶過人，家大人每閱其詩，輒奇之。余時私慕不已，投以詩云："何日花前期握手，唱酬得似謝家風？"詞聞於叔母，乃設一文會，召余及表妹，曰："使汝輩握手談文也。"

時戊申仲春之月，桃杏爭芳，芝蘭奪秀。名園攜手，片時遂訂同心；即席分題，瞬刻譜成佳話。賦雖異於《蘭亭》，詞實稱乎謝室。相敘經旬，拳拳乎燈窗之雅愛；分離隔歲，依依乎臺樹之風光。至若彩鸞雲墮，不時惠我佳音；素鯉波浮，旋復伸君舊好。迴想去秋，相逢祝壽之堂；去歲祝三叔祖壽，於南宅聚首。驟聞此夏，獨向修文之闕。宛然笑語猶存，倏爾香魂何往？嗟乎！鳳凰樓上，不待吹簫；鶯燕堂前，徒傷倚户。惟餘郢響，文藻彌深；本屬僊蹤，塵緣宜淺。

余也忝列姊行，還悲雁影之浮沉；關乎友誼，復歎琴聲之隕墮。感昔傷今，招魂弔魄，彩筆慘而無華，銀燭憐而滅穗。西風落葉，何繫浮生；南浦流波，焉消悁結！若夫家姊隨宦天涯，消息恐驚旅況；且余寄言片紙，低回何以忘情！因而浥淚書詞，殊不計其工拙云。

記得春風握手處，金蘭雅契自相親。夢回燕語穿簾幕，猶是當時唱和晨。

詩酒交情擬歲寒，終宵筆硯一燈看。追思無限臨歧語，聲咽西風淚欲乾。

一寸迴腸九轉懷，謝家庭院夢徘徊。魚書幾度蒙良慰，豈曰佳人期不來！

楊柳依依桃杏芳，惠然顧我讀書堂。己酉春，表妹赴約來此。而今獨向經遊處，星落秋風見雁行。

流水高山記昔年，不堪重到畫樓前。與君連榻西樓月，是秋復敘一次。今夜冰輪依舊圓。

去歲同君把壽卮，匆匆那及話愁思！焉知此別成長恨，轉眼西風菊滿籬。

細想書來花發時，長篇婉轉寄離思。風流雲散成虛話，舊夢難尋春草池。

入夏驚聞君病劇，殷勤問訊不勝情。一朝了卻蓮花願，表妹向修淨土最虔，臨危誦佛號而逝。天上人間隔死生。

本是瑶臺舊掌書，玉樓消息費躊躇。珮環聲絕紅塵夢，一片浮雲碧落虛。

帝子湘君邈所思，闌干紅冷月明時。巫咸不降秋宵寂，空賦《招魂》哭楚辭。

月夜懷玉書妹

憑闌日暮悵悠悠，群雁和鳴過小樓。圓月多情長皎潔，奈何人有別離愁！

擬折幽芳下碧墀，謝庭煙月似當時。人情爭比秋光好，照徹金閨夜夜思。

雨　　夜

挑燈獨坐不勝情，靜夜沉沉幽思生。此際苔痕深幾許，聽殘細雨隔窗聲。

大人寄示人日憶家之作遵和三首兼寄大姊

豈曰家貧客到遲，黃虀聊足備春卮。勤勞井臼慈親健，爲報無煩千里思。

白首青雲志已施，燈窗不負聖明時。自憐女子才非分，雅沐家風苦愛詩。

未聞燕語入雕梁，先寫新詞報雁行。越水吳山懷冀北，可堪三處九迴腸！

大姊歸信不至

魚箋日日爲君裁，吳越山川千里懷。料想刀環頻作計，豈望定省一歸來！

暮　　春

自緣好靜負花期，緑暗紅稀已過時。知道風光有來歲，愁心未免爲春悲。

初惜韶華幾許情，又聞鵜鴂叫春城。百花漸逐春歸去，閑聽西窗夜雨聲。

三月十五夜同三妹看月七首

如許清光不可描，風回襟袖覺飄飄。最憐小妹同看月，天上人間共此宵。

連袂憑闌細語幽，良宵且莫鎖眉頭。殷勤笑指姮娥闕，可似儂家姊妹樓？

攜手花陰卻久留，一天皓魄有如秋。詩成月下頻催念，喜汝髫年未解愁。

聖明雅化重文辭，陋巷深閨盡解詩。料想長安今夜月，不因兒女起愁思。

月明萱草見庭墀，回首淒然有所思。偏是妹行全不解，笑吟昨夜憶親詩。

燕疑清晝頡頏飛，有姊天涯信息稀。可歎別離誰似我，每臨風景獨依依。

中庭花影舞娟娟，詩罷徘徊玉鏡前。願得長同千里月，春來秋去照團圓。

仲　　春

白日融和景象寬，漫來園圃一盤桓。黃鸝聲婉幽芳茂，題遍春風十二闌。

新　　鶯

出谷鶯雛巧囀新，和風嚦嚦向芳晨。可憐不遇知音聽，綠盡垂楊又暮春。

雜 得 三 首

思親彷彿到天涯，楊柳枝頭叫暮鴉。望斷行雲書不至，夜深閑自卜燈花。

記折梅花子又青，別離難數短長亭。鐘聲更鼓和風雨，幾樣淒涼一夜聽！

問勝尋奇琢句新，晚晴樓上著吟身。班姬謝女文千古，可見才名不誤人。

先母靈櫬停厝丙舍秋夜颶風海潮泛溢浮出里許傷感以成

夢破三更風浪聲，驚魂一夜泣江城。朝來血淚漂難盡，腸斷啼烏白晝情。

秋　夜

苦愛吟情立晚風，清光較與昨宵同。曲闌干外梧桐影，蕭瑟深悲搖落中。

人日讀大人去年人日詩

人日徘徊有所思，和風春暖泛南枝。辛盤此日何人共，酹酒應憐昨歲詞。大人去年詩，有"辛盤濁酒門生共"句。今聞姚生已去，故云。

憶　外

一路荷香好賦詩，輕風習習泛舟遲。思君今夜江頭月，比似蛾眉初畫時。

遲京信不至

獨立西風惆悵生，音書久不到江城。落霞飛雁情無限，何處雲頭是帝京？

秋海棠次韻

豔含秋露濕胭脂，金屋還堪深貯之。人爲惜花眠不穩，拈來一朵曉妝時。

纖腰無力影珊珊，月照枝頭暈臉丹。沉醉楊妃初睡去，一庭玉露墜珠寒。

夜　　坐

野渡風帆路幾程，扁舟何處夜潮生？香山不阻行人夢，偏是金閨夢不成。

平原信歸索寄蓮鬚

終宵轉側費沉吟，一紙佳音字字金。不信因君惆悵甚，蓮鬚憑寄萬叢心。

思　　親

秋夕思親淚雨零，夢隨煙月過長亭。無情最是南來雁，一夜涼風叫夢醒。

輓耶溪女士朱舜弦四首

一載神交意味深，詩筒來往共清吟。只今墨瀋餘香在，流水高山何處音！

詠絮才華絢彩霞，古來女史幾名家。舜弦歿後詩人少，愁對春風賦落花。

去年曾訂到山莊，得向花前貯錦囊。轉眼忽驚人事異，綠楊依舊漾春光。

珠玉不堪綴瓦礫，昨春曾委予作詩序。勝蘭詩册至今藏。秦樓鳳去簫聲斷，片紙招魂酒一觴。

瓶　花

名花自合供幽賞，插向瓷瓶帶雨鮮。侍女也知憐惜意，案頭磨墨拂吟箋。

平原東渡未歸

蛩聲和雨鬧秋宵，一片淒清更漏迢。掃徑有人來問字，風帆尌酌幾時潮。

燈下課熊兒古詩拈示一絕

夜長燈火莫貪眠，喜汝繙詩繞膝前。漢魏遺風還近古，休教墮入野狐禪。

訪絳桃花

尋芳何必武陵中，曲澗花光相映紅。我愛穠姿留顏面，不教和醉倚春風。

寫懷寄平原

遊子天涯侍奉難，書來幾度勸加餐。成名無忝趨庭訓，勝似親承甘旨歡。

努力功名少壯時，東風早寄上林枝。丸熊應憶當年事，卜得佳城慰所思。時適卜吉壤。

愛女如兒報稱艱，見君示予詩，有"誰言生女不如兒"之句。那堪翹首細林山！先君營奠於辰山。相攸不負憐才意，華表歸來一解顏。

少女嬌癡棗栗分，喁喁軟語問嚴君。熊兒也解書中味，翠幕青燈夜讀文。

自入秋來每廢餐，家書豈作等閒看！料君初得泥金報，知我連宵夢亦安。

辛酉除夕寄平原

第一番花報早春，是日立春。天涯詩思共誰論！平原去歲除夕詩云："明年今夕定何方？"辛盤今夕啣杯處，應憶高堂白髮親。

立春日雪遵超然三叔韻

讀遍新翻白雪詞，自慚禿穎凍難支。侍兒檢歷知春到，怪底同雲度碧墀。

纔剪新幡鬥彩煇。未應騰去便花飛。春江何處人垂釣，蓑笠扁舟載雪歸。

去年經旬冷不休，是月初十立春。試看春雪點春牛。儂家未識書中味，多謝寒光照案頭。

五出紛紛幻著花，南枝未許發春葩。一聲羌笛東風裏，誤認梅飛到海涯。

半空積霰亂飄零，乍展陽和瑞色明。更看元宵風日麗，銀花火樹映春城。

認道春回萬象回，不須羯鼓喚花開。謝庭此日陳華讌，若箇含毫詠絮來！

詠梅十二絕

十二闌邊疏影橫，誰家玉笛遠飛聲！姮娥也解寒香好，照得枝頭分外明。月下。

初沐春林絳雪肥，惱人飢鵲故飛飛。巡檐不厭簾纖雨，淡月微雲好夢違。雨中。

孤標獨占百花先，冰雪經過骨愈堅。一片瓊林明霽色，暗香凝處淡無煙。雪後。

晝永春濃發暗香，珊珊仙骨傍寒塘。綠波不放風吹皺，鏡面平鋪照淡妝。江上。

尋梅先問嶺頭春，索笑如逢世外人。只有閑雲常作伴，那容瘦骨染微塵！嶺頭。

小圃霜濃破臘遲，閑來且把菊苗移。只緣分得孤山種，暫借東籬寄一枝。籬間。

自著雙環品格分，問梅消息耳邊聞。杏林還讓簪花客，且折寒香覆綠雲。鬢邊。

屏卻濃妝帶曉寒，美人彷彿月中看。冰姿常對青鸞舞，不向東風倚畫闌。鏡裏。

看取南枝韻度殊，濃於潑墨淡於硃。探微慣試生花筆，辰山陸表兄善畫工詩，時下榻池亭。描出羅浮一幅圖。畫梅。

絲絲辛苦歲寒人，傳得梅魂化蝶新。二十四番風信惡，神針月下尚餘春。先母陸宜人幼工刺繡，名重一時，郡人爭欲購之。繡梅。

漏泄春光白玉堂，瓷盆買得貯幽芳。惜花恐被風姨妒，紙帳前頭密密藏。盆梅。

斜插銀瓶素影迴，十分春色到妝臺。倚窗那怕春冰合，冷豔何曾向暖開！瓶梅。

除　夜

　　銀燭高燒坐夜深，薰籠理服待明晨。一聲爆竹催殘臘，幾樹梅花又報春。

月夜憶菲芸表妹二絕　後一首已入前

　　別後相思兩地懷，幾番魂夢費疑猜。斷腸怕向畫樓望，寂寂清光照碧苔。

宮怨二絕　後一首在五絕中

　　深鎖朱簾畫不開，瀟瀟夜雨滴蒼苔。君恩擬似江流水，幾度樓東賦嬾裁。

留別菲芸表妹三絕　前二首已入前

　　連牀風雨昨宵情，相對金樽笑不成。欲敘離言嫌漏短，可憐殘燭又天明！

夏　景　五　絕

　　無聊倩婢捲珠簾，陣陣薰風到枕邊。怪得宵來幽夢好，池頭新透一枝蓮。
　　垂簾寂寂燕飛來，風送蟬聲過綠槐。天氣困人詩思懶，石榴花底獨徘徊。

幽蘭半吐讀書窗，忽聽蟬聲噪隔墻。午夢覺來針線懶，綠楊影裏數新篁。

轉眼園林花事衰，流光寂寂助人哀。夜來獨倚闌干望，又見流螢點綠苔。

銀牀冰簟院幽涼，書卷新茶消晝長。倦起裝回無一事，金鑪頻爇麝蘭香。

舟中雜詠二首　後一首已入前

一江潮漲夕煙中，穩坐中流半幅篷。欲向雲箋寫惆悵，離情歸夢兩朦朧。

大人寄示人日憶家之作七首遵和錄
呈兼寄大姊　三首已入前

誦來人日憶家吟，感動思親無限心。焉得凌風生羽翼，天涯一望白雲深！

酬恩愧乏木蘭才，兩弟殊堪慰老懷。晚景休教嗟白髮，眼前餘慶自天來。

倚門三載恨棲遲，楊柳春風萬縷絲。斑彩何時慰親意，夢魂夜夜繞庭帷！

字藏三歲墨痕斑，幾許離愁淚欲潸。憑仗秋槎載春水，莫教江上日潺湲。

雜得五首　三首已入前

別來魂夢隔重帷，江水悠悠信息遲。長夏若爲消永晝，每因萱草憶連枝。

　一春消息報京華，刀尺無閑詩思賒。底事可憐憔悴質，東風落盡一庭花！

寫　　懷

　瘦盡蛾眉明鏡愁，貧來常愧稻粱謀。機梭聊作經營策，好爲慈親一解憂。

人日讀大人去年人日詩有感賦呈七首　第一首已入前

　自是平生最愛才，故園桃李幾回栽。殷勤爲問東皇使，舊日谿邊可盡開？

　故人情義晚來知，何似先賢立雪時！此際天涯春自好，徘徊漫感《谷風》詩。

　書來窗下久沉吟，小弟牽衣問老親。期汝青氈能繼志，一經早奪上林春。

　江鄉連歲苦無收，堂上難爲薪水謀。何似東山高臥日，春醪同醉晚晴樓！

　鴻雁飛鳴向北方，稻粱謀拙最彷徨。經綸何日酬知遇，三徑蕭條已就荒。

　遠望浮雲千里馳，滿懷離緒試題詩。春庭花鳥重回首，十二闌干日正遲。

冬夜憶大姊

離情轉覺日遲遲,試問歸期定幾時!只尺不勝千里思,白雲無數繞南枝。

乞耶溪女士全稿

推敲想見下帷時,秋月春花無限思。欲乞風人三百首,近來應滿篋中詩。

再索耶溪女士全稿

曾許貽來白雪詞,拋磚引玉諒無辭。遲今尚未窺全豹,一日懷思十二時。

閨閣知音有幾人,多君勝似謝家珍。花前好借高山調,遲日和風鳥語春。

望 月

夜涼風靜露花輕,倚遍闌干玩月明。萬里清光同一望,不知何處最關情!

月下同兩弟并大兒玩賦

挈來月下同吟賞,稚子誼諱解念詩。花影一庭疑白晝,穿簾風細漏聲遲。

索大姊新詠

聞君多積案頭吟,不用推敲寫錦心。可許分題初夏景,芭蕉深照一庭陰。

題赤壁圖二首

詩成橫槊氣吞吳,明月江天飛夜烏。借問當年曹孟德,勝遊得似大蘇無?

事去千秋思未窮,文章功業幾人同。重來赤壁尋圖畫,應有羽衣入夢中。

輓長嫂張孺人

家世清河久擅名,爲司寇從姪女。女宗藉藉重鄉評。況叨妯娌情尤切,噩報俄傳五夜驚!

辛勤侍奉不辭勞,健婦能將井臼操。今日一燈淒絕處,椒盤誰進舊醇醪!

織素功餘針線間,殘文猶是大家刪。相夫第一賢聲在,賓至無難解佩環。

執手情爲兒女留,可憐奉倩不禁愁。悼亡作傳堪千古,應有香魂返玉樓!

五言絕句

月夜憶母

倚檻獨裴回，悠悠露滴街。思親親不見，明月照天涯。

月夜懷蘩姊二絕

月出徘徊際，天涯共此光。迴思風雨夜，酬倡喜連牀。
別夢一何稀，群鴉徹夜啼。遙憐千里月，人在畫樓西。

題如皋桑氏雙烈卷

南山截勁竹，東海飛熱血。造化照臨時，添輝雙日月。

宮怨

墀冷綠苔深，花間春復春。長門憔悴質，羞見鏡中人。

詩餘 附錄

浪淘沙 留別大姊

正欲話離衷，燕語樓東。天涯頃刻與君同。偏是雞聲容易徹，旭日微籠。　鐘動意匆匆，情緒何窮！陽關回首一杯中。從此闌干倚明月，兩地秋風。

前調　舟中寄懷大姊

寄語惜芳衷，莫倚樓東。謝庭記取唱酬同。贈我柳條何處折，分手朦朧。　蘭棹奈匆匆，山水無窮。相思千里淚痕中。行盡斜陽村樹綠，蟬噪熏風。

陽關引　如皋將歸留呈大人

江上波光活，野外鳥聲咽。臨風不絕雙眉斂，離情切。看斑衣點點，淚眼疑成血。共淒然，楊柳橋頭不忍折。　那更泛寒棹，飄冷雪。數光陰疾，纔懽聚，又愁別。尊酒遲，歌唱漫把《陽關》徹。念夢魂千里，飛去團團月。

菩薩蠻　雨夜懷玉書妹

奈何更，可憐情。窗外瀟瀟夜雨盈，伴人燈半明。　夢難成，思偏縈。不見梨花月滿城，淒涼點滴聲。

江城子　寄趙表妹

紛紛離恨暮春天。最堪憐，綠楊煙。萬縷千絲，偏向望中添。分手猶存雙袖淚，心與念，在君前。　幾回對景獨淒然。會何年，別時言。記得許我，三秋共月圓。從此相思無處説，憑雁字，寄雲邊。

塞翁吟　夏日感懷

　　淚染雙羅袖，難訴近日愁衷。倚落照，小樓東，恰一陣涼風。忽聞畫棟呢喃燕，惆悵美景幾逢。想遠別、更翻寒暑，良夢長同。　　朦朧。感時節，可勝蘊結，淒楚語，多來句中。看竹影、移蟾向晚，正今夜、疊卻離思，轉展無窮。斑衣幸好，早願承歡，祝彼蒼穹。

行　略

陸秉笏

繼婦姓曹氏，名錫淑，字采荇。歿於乾隆癸亥八月二十卯時，距所生康熙己丑十月廿七丑時，得年三十五歲。雍正庚戌庶常、歷任工科給事中濟寰公諱一士次女，繼配陸宜人出。宜人爲余族祖順治己丑進士、惠潮道蘭陔公孫女，伯徵君錫山公（女），康熙癸巳舉人淳川公胞妹。工吟詠，著《梯仙閣餘課》，焦南浦、儲六雅兩先生序於卷首。年三十有二，以體羸抱病卒。

婦曾王父贈侍御公，大父戊午舉人莆田公，與我平原，自昔爲中表親。重以給諫公少時，又與我父交誼最深，雍正癸卯，同受知侯官鄭都憲，得選拔貢。余鬌齔學爲文，執弟子禮，從給諫公遊，兩家世好，歷有年所。余初娶於張，兵部職方司主事平圃公諱宸嫡姪孫女，邑諸生瞻廬公諱大中長女，三鄣共稱其賢。歲壬子，會余赴秋試，患痢夭亡。越明年冬，締姻於給諫公，婦歸焉。

婦三歲失怙，祖母趙太宜人撫育之。八歲入家塾，讀《四子書》《毛詩》《孝經》《列女傳》，輒通曉大義。給諫公奇之，示以漢魏唐宋詩學源流，即能心解，下筆如夙構，婦之作詩自此始。年十四，賜金旌節恩撫伯母朱孺人，教以女紅，習家政。厥後綜理一切，措置咸宜，得之提命爲多。

婦稟承庭訓，縫績之暇，著作甚夥，侍講顧小崖先生見其詩，詫爲異才。給諫公《寄示次女七首》中，有"誰言生女不如兒"之句，又有"休向謝庭貪詠絮，滯人福命是才名"二語，愛之乎深於慮也。今天子龍飛踐阼，給諫公以摺奏稱旨，擢諫垣，甫及期，患嗝噎症，今外母劉宜人屢命郵信至京，勸之假歸暫養，圖報聖恩。未幾訃音至，婦呼天搶地，血淚幾枯，饘粥不進者累日，至是又爲失怙之人矣。

初，婦之佐余也，正值飢荒疲敝後，摒擋萬狀，齎苦難支。兼以我父入都纔三月，遽罹先母張孺人之變，百務倥傯，手足莫措，爲余經紀喪事，幸無曠禮。迨後，我父爲今廣西方伯莪邨唐公延訓哲嗣，繼爲今冢宰鐵崖史公偕之赴楚。今川陝制府邵亭慶公，浙閩制府羲文那公，先後招入兩江督署中。余以舌耕在外，家居日少，婦減衣縮食，淡泊自甘。親串賓朋之至者，治酒食，咄嗟立辦，我父劇憐之。先王母徐太孺人未營窆穸，我父夢寐不寧，婦仰體翁意，促余延堪輿家，審新阡二十四向。戊午春，諏吉告窆，拘日者說，與長兒沖礙，婦曰："豈可因細故而誤大事耶！先靈安，子孫自無不安，何用疑爲？"先王父故妾董氏，停厝別室有年，婦曰："入土以棲魄也，子速圖之。"爰就祖塋旁卜地舉殯，成翁志也。

我父息游旋里，婦侍奉維謹，衣稍薄，曰："寒否？"膳稍遲，曰："飢否？"先意承志，冀得愜親心而後安。泊館姪倩李主事柳溪家，相距不越數百武，起居飲食，朝夕遣詢。每聞風聲簌簌，則令稚子齋衣以進。余子職有缺，賴婦以匡，歷久如一日。己未歲校後，婦商於余曰："君自弱冠遊庠，躓南闈者十餘載，今勉赴京兆試，何如？門戶事，我能任之，無煩內顧。"余唯唯未決。再四慫恿，援積貯例，辛酉仲春，同婦從弟鴻書上長安。婦爲余治裝，洴澼縫紉，即寸絲尺布，必開粘篋中，以備檢點。瀕行，以詩送余，復叮嚀曰："君家文裕公以辛酉發解，學憲封公以辛酉列鄉薦。茲行也，毋忘祖武。"是秋京闈揭曉，我郡獲雋者三人，余與鴻書，同出房考編修劉介亭夫子門。婦喜賦長句，緘寄至京，中表前輩董比部五峰先生向余亟贊之。

先是，九月十三夜，夢余中式三十五名，詰朝語妹壻臨川，自謂誕幻。越二日題名至，與夢適符，一時驚以爲異。壬戌春，將應禮部試，作截句寄勖云："遊子天涯侍奉難，書來幾度勸加餐。成名無忝趨庭訓，勝似親承甘旨歡。"又云："努力功名少壯時，東風早寄上林枝。丸熊應憶當年事，卜得佳城慰所思。"見者謂其愛親之念，流溢楮墨間。比榜發，余遭點額，隨季父己酉孝廉宏山公策蹇南下，婦復解曰："功名有定數，子毋鬱鬱，以重貽親憂。"其懇切真摯類如此。

余元配早世無出，婦甚憐之，祭享必親，拜奠遇朔望，亦如之，不以冗雜忘。前外舅嘗歎曰："邨落人家，蝶嫚前氏之父母子女者，不足論；外飾旁人耳目，其居心若秦越人之肥瘠者，亦所在多有。給諫公，余道義交也，訓誨深，故能敦古道。命名以淑，洵克副矣。"一日，前外舅遣伻札余曰："昨夢我亡女攜一嬰兒作出門狀，訊以何往，云送兒至壻家。因卜壻今年必得子。"時懷妊方兩月，近侍未有知者，已早爲之兆，平日誠敬感之也，是年果舉兒子錫熊。邑諸生近光、岷山兩君，爲前氏之同懷兄弟，時相慰問，有事必就商，婦以正言告，兩君頓首稱善。己未冬，前外舅捐館舍，向平事未畢，婦爲擘畫，務期得大體，前外母吳孺人每嘉納之。聞病劇，命岷山至，得揮涕永訣云。

熊兒晨入館，稽察甚嚴，常密令乳媼從門外偵其心之專否，晚則責閱《通鑑》，親授以古今各體詩。間搦管得一聰慧語，喜形於色；否則痛切訓誡，甚至箠楚，不以幼稚無知存姑息念。長女惠涵方六歲，亦送之就傅，燈前月下，教以誦詩。聞有鬻書者，不計值購之，反覆批閱，非深得其意不釋手。嘗謂："此非閨閣事，我不過以此規訓兒女耳。"彌留時，猶喃喃不絕口，以讀書成名為囑。御臧獲，整而有恩，微有失，必加譴呵；事過即已，無難近色。僮僕患病，親手製藥，及時遣遺之。暇率群婢紡木棉花，雖兩手龜坼，不辭勞勚。語余曰："我豈藉此佐瑣屑費！正欲磨鍊筋骨，使若輩自食其力，無貽後悔。"諸如和姒娌，敬師長，厚宗郎，睦戚里，人之稱婦者，非一二事，不能悉為覼縷也。

　　婦性卞急而爽，胸中不肯留一語，凡大義所在，輒正言不諱，因此有憚其直者。聞人善，敬之羨之，極口稱揚之；不善，多方以勸諭之，遇事無不爾爾。婦愛才甚，有表妹趙茀芸，酬倡無虛日，年十九卒，詩以哭之。山陰女史朱舜弦，僑居邑之北城，婦耳食其名，投贈往來者屢焉。比舜弦甫嫁而卒，具冥資，繕輓章以奠，自後語及兩閨秀，有不能釋其悲憶者。同母姊采蘩，幼撫於從叔中翰公淞濱先生家，適葉進士名承，亦工詩。從叔母劉孺人，常招婦至五畝園，分題鬮韻，流連匝月。自姊氏同外宦游，婦多寄懷之作，今歲入《晚晴樓詩稿》中。

　　生平喜讀《楚辭》，徐孝穆、李義山文集，旁及佛典星卜諸書，悉為研究。苦家事繁擾，每於夜分會計畢，始開卷溫繹，率以為常，偶拈題搆思，達旦不寐。余怪其勞心太過，婦謂："自幼習慣，君無患焉。"邇者手輯新舊稿，丐序於中允黃唐堂先生，得代序詩八首，寄至，婦已抱沉疴，正在支離牀褥時，不能展卷解顏矣。

　　今年夏，我父授石埭教諭，大中丞檄令詣謁，給部憑之任。

附一　行略

余於中元後隨侍至吳，八月七日抵家。婦患瘵十二日，氣逆痰壅，默不發聲。醫者云表症未散，復投鬆肌之劑，瘵癍并見。方幸進以藥餌，日就痊可，無如元神久耗竭，滋補莫及。以婦之勤女職，執婦道，嫻母儀，而又刻苦績學，迄無怠心，天不陰相之，以永其年，忽焉齎志短折，是余之德凉命舛，有以累及之。婦近體斷句如干首，久刊入《國朝詩選》中行世。今搜遺篋，將剞劂一二，用敢詮次婦行顛末，伏冀立言君子賜之序，係以傳，俾異日兒子稔母德，且以備家乘采録，則存殁感甚。乾隆八年歲次癸亥菊月展重陽日，陸秉笏抆淚書。

【校】"伯徵君錫山公"後，脱一"女"字。

晚晴樓詩稿跋

曹錫端

　　《晚晴樓詩稿》者，余姊采荇氏之遺帙也。姊夙慧，鍼黹外，好讀書，工於詩。前母張宜人以難產卒，繼母陸宜人生女二，次即姊氏。初免懷抱，陸宜人即世，迄今母劉宜人遲之舉余。先大人既囏亂嗣，課女猶兒，親自指授，絕鍾愛之，今母劉宜人亦視如己出。八歲受經，博涉群書，習詩通漢魏唐宋源流。與長姊采蘩氏、表姊趙拂芸、山陰女史朱舜弦輩，晦明相倡和。其隨先大夫秉鐸雉皋也，地故多閨秀，率有吟箋往來。顧小崖、黃唐堂、董五峰諸先生，亟賞異才。繼母陸宜人向有《梯仙閣詩詞》行世，咸謂得之胎教云。

　　余甫襁褓，先大夫從仕於外，踰十齡失怙，不省庭訓，賴姊氏提撕。自五歲就外傅，退舍授讀歷朝詩，示以宗派。遵先大夫所誨，作夜分餘課，比效諸體，輒從釐正，數年來友愛如一日。無祿齒終，卅五邏以疾終。姊歸舊戚平原氏，不辭挽鹿。辛酉，姊丈以北闈獲雋，方幸旋膺翟茀，天竟忌其才而奪之算，嗚呼哀哉！先大夫未成童遊庠，名聲滿海內。垂艾魁京兆，又五載成進

附一　晚晴樓詩稿跋

士，直承明，出入諫垣，中道而殞，世都云造物忌才，故至此。嗟乎！才誠爲造物忌，遂乃及於女子耶？

　　姊氏富著述，雅不喜聞於人。顧豹文弗爲深山匿，久經采入《國朝詩選》，近復見徵於澗西才女吹蘭錢氏。歿後，姊丈收拾散軼，彙爲一編，將以留示諸甥。嗚呼！優於才者絀於命，自古而然；然優於命而絀於才，其傳幾何？惟立言者可以不朽，造物縱忌才而奪之算，豈能忌才而滅其名！則姊年雖短，亦得藉是以不泯也夫。會剞劂工竣，聊志數言於後。至集中品格所際，簡端蓋詳，不更贅。時乾隆九年歲在閼逢困敦孟鄹月下澣，弟錫菘畦氏拜跋。

晚晴樓詩稿題詞

歸懋儀

　　久聽人說晚晴樓，恨我遲生五十秋。今夜挑燈披卷誦，恍從林下侍清遊。
　　水月空明悟夙緣，情關骨肉語纏綿。浮華滌盡歸真樸，一脉能追《三百篇》。
　　分得黃門一瓣香，千秋伏女冠閨房。于歸更譜雙聲曲，洵有和鳴叶鳳皇。
　　太乙藜明四庫開，星軺萬里粵閩回。誰知一代風騷主，還自經傳繡幕來。
　　當年松雪手親鈔，別鳳離鸞魂暗銷。付與文孫謂豹孫公子識家學，一編珠字勝瓊瑤。
　　佩珊歸懋儀謹題。

附二 傳記方志檔案

陸錫熊傳

陸錫熊，江蘇上海人。乾隆二十六年進士，歸班銓選。二十七年聖駕南巡，召試一等，授内閣中書，二十八年補缺。三十年，充山西鄉試副考官。三十三年四月，京察一等，加一級。六月，充浙江鄉試副考官。十二月，擢宗人府主事。三十五年，充廣東鄉試正考官。三十六年三月，充會試同考官。五月，擢刑部員外郎，是年恭遇覃恩，加一級。三十七年三月，充會試同考官。十月，擢本部郎中。

會開《四庫全書》館，命司總纂。三十八年八月，諭曰："辦理《四庫全書》處，將《永樂大典》内檢出各書，陸續進呈，朕親加批閱，間予題評。見其考訂分排，具有條理；而撰述提要，粲然可觀，則成於陸錫熊、紀昀之手。二人學問本優，校書亦極勤勉。紀昀曾任學士，陸錫熊現任郎中，均著授爲翰林院侍讀。"十二月補缺。四十年二月，擢右春坊右庶子，旋授翰林院侍讀學士。閏十月，充日講起居注官。四十一年，充文淵閣直閣事，是年恭遇覃恩，加一級。四十二年四月，京察屆期，王大臣等驗看，引見，奉旨准其一等。四十三年，議敘《四庫》館纂辦諸臣，奉旨："陸錫熊等雖已加恩擢用，但纂辦各書，均爲出力，著賞給緞匹、筆紙墨硯，以示獎勵。"

四十五年五月，京察屆期，王大臣等驗看，引見，奉旨准其一等，諭以應升之缺題奏。六月，授光禄寺卿。八月，命稽察右翼覺羅學，是年恭遇覃恩，加一級。四十六年四月，諭曰："《四庫全書總目提要》現已告竣呈覽，頗爲詳覈。所有總纂官紀昀、陸錫熊，著交部從優議敘。"部議加一級，紀錄三次。四十七年五月，轉大理寺卿。七月，撰《四庫全書表文》進呈，得旨獎賚。十月，因《四庫》館進呈原任檢討毛奇齡所撰《詩說》一書，内有字句違礙，總纂官未經簽改，得旨交部議處。部議降調，諭從寬留任。四十八年十二月，丁母憂。五十年，《四庫全書》告成，議敘加一級，紀錄二次。五十一年六月服闋，補光禄寺卿。九月，提督福建學政。五十二年二月，遷都察院左副都御史，留學政任。三月，《四庫全書》處呈續繕三分内，有李清所撰《諸史異同》一書，語多妄誕，總纂官未經擎燉，命交部嚴加議處。部議革職，得旨改爲革職留任，八年無過，方准開復。

　　六月，諭曰："前因熱河文津閣所貯《四庫全書》，朕偶加批閱，其中錯謬甚多。因派扈從之阿哥及軍機大臣等，復加詳閱，並令在京之阿哥及大學士、九卿等，將文淵、文源二閣所貯書籍，一體校閱。今據和珅等閱看各書，譌舛不一而足。此内閣若璩《尚書古文疏證》一書，有引李清、錢謙益諸説，未經刪削。並《黃庭堅詩集注》，有連篇纍葉，空白未填者，實屬草率已極！著將承辦之總校、分校官，交部議處。現據紀昀奏請，將《尚書古文疏證》内各條，遵照刪改，陸續賠寫。並請將文源閣所貯，明季國初史部、集部，及子部之小説、雜記諸書，自認通行校勘，凡有違礙，即行修改。仍知會文淵、文津二閣詳校官，畫一辦理，再行賠寫抽換，務期完善等語。從前辦理《四庫全書》，係總纂紀昀、陸錫熊專司其事。朕因該員等纂輯訂正，著有微勞，不次超擢，數年之間，晉階卿貳，乃所辦書籍，竟如此荒謬舛錯！如果從前繕寫時，謄錄率意脱落遺漏，自不難將已邀議敘現任民社各員，斥革治罪。但此等譌謬，該謄錄等惟知照本繕寫，勢不考訂改正，而纂校各員，則係有專司考訂之責，自必未經寓目，該員所辦何事，其咎實無可逭！今紀昀自認通行覆閱明末各書，復請將看出應換篇葉，自行賠寫，交部議處。而陸錫熊則因現出學差，轉得置身局外。是使紀昀一人獨當其咎，轉令現在派出之大小各員，分任其勞，不足以昭平允。著將文淵、文源、文津三閣書籍，所有應行換寫篇葉，及裝訂挖改各工價，均令紀昀、陸錫熊二人一體分賠。"

五十三年二月，因上年福建甄別教職數目過少，下部議處。部議革任，得旨寬免，仍注册。五十五年正月，任滿回京，奏請前往盛京，詳校文溯閣書籍。九月，奏："所有書籍，業經分閱各員全數校畢，覆行覈簽，亦已竣事。其中錯落偏謬各書，隨時繕寫改正。此外漏寫錯寫，應行另繕之本，俱即自行賠寫完妥。"報聞。是年恭遇覃恩，開復降革處分。五十六年二月，命稽查左翼宗學。十二月，奏："《全書》卷帙繁富，屢校即屢有改正。文淵、文源兩閣，經紀昀等覆校，中間缺落舛譌尚多。所有文溯閣《全書》，亦應一體覆加詳覈，俾得益增完善。一交新春，臣即起程赴盛京覈辦。"報聞。五十七年，抵奉天省城，旋卒。《清史列傳》卷二十五《大臣畫一傳檔正編》

陸錫熊傳

陸錫熊，字健男，江蘇上海人。乾隆二十六年進士，召試，授內閣中書，累遷刑部郎中。與（紀）昀同司總纂，旋並授翰林院侍讀，五遷左副都御史。旋以書有譌謬，令重爲校正，寫官所費，責錫熊與昀分任。又令詣奉天校正文溯閣藏書，卒於奉天。趙爾巽等撰《清史稿》卷三百二十《列傳》

陸耳山先生事略

李元度

乾隆中，詔開《四庫全書》館，校《永樂大典》，又廣求天下遺書，存書至萬餘種。其時總其事者，一爲紀先生曉嵐，一陸先生耳山也。

陸先生名錫熊，字健男，江蘇上海人。生有萬夫之稟，彊識博聞。乾隆二十六年進士，明年車駕南巡，獻賦行在，召試列一等，賜內閣中書，直軍機處。初奉命編《通鑑輯覽》，繼爲《四庫全書》總纂官，遷宗人府主事，累遷刑部郎中。三十八年，以所撰《提要》稱旨，特擢侍讀，遷庶子，晉侍讀學士，充日講起居注官，直文淵閣。四十二年，孝聖憲皇后崩，凡大祭、殷奠、上尊謚、典禮嚴重，應奉文字，閣臣屬先生撰進，均被旨嘉賞。歷除光祿、太常卿，終副都御史。典浙江、山西、廣東鄉試各一，分校會試二，提督福建學政一。

先生以文學受特達之知，自《四庫全書》《通鑑輯覽》外，若《契丹國志》《勝朝殉節諸臣錄》《唐桂二王本末》《河源紀略》《歷代職官表考》，奉敕編輯者，又二百餘卷。每書成，降旨褒敘，或賜文綺、筆硯之屬。奏進表文，多出其手，上覽而益善之，特召預重華宮小晏聯句，并賜書畫及如意等物。五十七年春，因盛京所藏《四庫》書多脫誤，奏請自往覆校，比至而病卒，上悼惜之。

先生自以蒙恩遇逾常格，不當以詞臣自畫，晚年益覃心經濟學。嘗取杜氏《通典》、馬氏《通考》，合以本朝《會典》，凡食貨農田、鹽漕兵刑諸大政，皆審其因革利弊，口講手繕之，未就而卒。其後有《欽定皇朝通典》《通考》諸書，由先生發其端也。

其同歲召試得官者，曰嚴冬友、吳企晉、趙損之、程魚門，皆彬彬著作之選，有盛名。《國朝先正事略》卷四十二《文苑》

封通議大夫日講起居注官文淵閣直閣事翰林院侍讀學士加三級陸公墓誌銘

錢大昕

文淵閣直閣事、大理寺卿陸公錫熊，以博洽通儒，承天子知遇，由郎官入詞垣，領袖《四庫》書局，洊登學士，遂列九卿。逢國大慶，推恩三世，尊人通議公方就養京邸，逾七望八，神明不衰。大理嘗被召預重華宮聯句，賜御題楊基《淞南小隱》畫卷，公以里居在淞江南，因自號"淞南老人"，以識君恩。閱數載，大理復蒙上賜御題《老少年》詩卷，公賦詩恭紀，有"《淞南小隱》成佳話，更喜新題《老少年》"之句，朝野莫不榮之。

公性耽山水，不耐拘束，在都下未久，輒策蹇南歸。所居日涉園，本明陳太僕所蘊別業，清曠饒水石之趣。公更治數椽，顏曰"傳經書屋"，日焚香宴坐其中，春秋佳日，招一二親串，賦詩談讌，不異少壯時。乾隆四十八年十二月四日，無疾而逝，春秋七十有八。大理奉諱奔喪，哀戚盡禮。卜吉于次年十二月丁酉，葬公上海縣西南二十七保鳳皇橋之新阡，以張、曹兩淑人祔焉，禮也。先期踵門，乞大昕爲文銘其墓。大昕與大理托道義交廿餘年，於公修猶子之敬，其敢以不文辭！

謹按，公諱秉笏，字長卿，一字葵霑，世爲華亭望族。元末有承事郎子順者，始析居上海之馬橋，五傳至文裕公，以文章翰墨，知名海內。文裕之從曾孫曰起鳳，明天啓辛酉副榜，皇朝贈中議大夫、布政司參議，即公曾大父也。大父鳴球，廩監生，累贈中議大夫、翰林院侍讀學士，加二級。父瀛齡，雍正癸卯拔貢生，石埭縣儒學教諭，累贈通議大夫、翰林院侍讀學士，加三級。

陸氏文獻舊門，石埭公學行尤高，公幼承庭訓，年七八歲，已知作文。嘗製詩賦雜體文各數篇，裝小冊置懷袖中，署曰"陸某稿"，親舊見者，以爲非常兒。弱冠補縣學生，辛酉歲援例入成均，中式順天鄉試。公所作制義，高古有法度，聲名籍甚，七上春官不遇，然未肯稍降其格。最後應丙戌會試，時大理方直樞廷，先已典試山西，公猶低頭聽唱名引試，揮灑千言，不見老人衰憊之氣。平生雖澹於榮利，而文字結習，志不少衰如此。公博涉經史，不名一家，尤惡俗學專已守殘之陋，故大理承公緒論，益自殖學，以大其門。

公事親以禮，與人交有信，貴而能謙，持躬治家，皆可爲世法。以大理貴，誥封奉政大夫、刑部直隸司員外郎，加一級；進封中議大夫、翰林院侍讀學士，加二級；再晉通議大夫、翰林院侍讀學士，加三級。初娶張淑人，縣學生大本之女，卒於雍正十年八月三日，春秋二十有五。繼娶曹淑人，工科給事中諱一士之女，工吟咏，與公拈題唱酬無虛日，有《晚晴樓詩稿》行世，卒於乾隆八年八月廿日，春秋三十有五。再娶曹淑人，即給事季女。三淑人皆有禮法，鄉黨稱女宗。子一人，即大理也；女五人，婿曰凌松心、王時夏、張坤孫、朱文炯、趙熾。孫男五人，慶循、慶堯、慶庚、慶勳、慶均；孫女二，曾孫女二。銘曰：

公生名門，績學有聲。誦芬詠烈，若士衡兮。克敦孝行，擊精經旨。模楷人倫，若公紀兮。江湖泊宅，文史跌宕。手定叢書，若魯望兮。內助之懿，雝穆有禮。比肩唱酬，若東美兮。公有賢子，領大著作。并判廷尉，若伯玉兮。鶴髮未皤，鸞誥疊封。壽考康寧，若放翁兮。鳳皇之橋，佳城若防。耆舊名德，久而不忘。季甯有墓，近在雲間。誰其踵之，夫子之阡兮。《潛研堂文集》卷四十五

嘉慶松江府志

陸瀛齡，字景房，上海人，鳴球子。與曹給事一士，并以古學名於時，江南學者多宗之。嘗入春風亭爲上客，春風亭者，鄂文貞公開藩吳中時所置，以館名士者也。雍正初元，充拔貢，入京師，公卿咸以館閣推許。然其爲文，根柢諸大家，而不肯骩骳屈曲以從時好，故屢困舉場。素善章奏，大學士史文靖公在兩湖，慶公復、那公蘇圖在兩江，皆邀之助。數陳郡縣利病，大府下其指於有司，民受其德。既除石埭教諭，石埭僻居山谷，風氣樸陋，瀛齡斥俸鏐葺治學舍，日進諸生，教以讀書行誼，士習丕振。知縣闒，攝其事，除煩苛，慎出納。虞囚之不食於官者，訟者至庭，立處分。甫三月，縣大治。以秩滿乞歸，閉戶著書，無一刺及公府。舉鄉飲大賓，年八十卒。瀛齡性和易，於學無所不窺，詩主大歷，晚出入蘇、陸間。尤善書法，所著詩文曰《贅翁賸語》，其他撰述尚富。自其先文裕公深後，雖多學行兼優之士，莫有如瀛齡者。子秉笏，自有傳。陸氏《家傳》。 嘉慶《松江府志》卷五十八《古今人傳十》

曹一士，字諤廷，上海人。年十五，補青浦縣諸生，雍正元年拔貢，四年舉順天鄉試，五年授如皋教諭。八年成進士，改庶吉士，尋充順天壬子鄉試同考官。癸丑散館授編修，充一統志纂修官，乙卯充文穎館纂修官。五月，改山東道監察御史，首言："督、撫者，守、令之倡，顧其中有賢有能，賢能兼者，上也；賢而不足於能者，次之；能有餘而賢不足者，又其次也。督、撫之爲賢爲能，視其所舉而瞭如。今督、撫之保題守、令，約有數端，曰年力富強，辦事勤慎，不避嫌怨；其實跡則曰錢糧無欠，開墾多方，善捕盜賊。果如其言，洵能吏也。乃未幾而或以贓汙著，或以殘刻聞，舉所謂貪吏酷吏，無不出於能吏之中。彼夫吏之賢者，悃愊無華，惻怛愛人，事上不爲詭隨，吏民同聲謂之不煩，度今世亦不少其人，而督、撫薦剡曾未及此，得毋反視賢吏爲無能邪？抑以能吏即賢吏邪？臣恐所謂能者，非眞能也，以趨走便利而謂之能，則老成者爲遲鈍矣；以應對捷給而謂之能，則木訥者爲迂疏矣。以逞才喜事而謂之能，則鎭靜者爲怠緩矣；以武健嚴酷，不恤人言而謂之能，則勞於撫字，拙於鍛鍊者，謂之沽名釣譽，才力不及，而摭拾細故，以罷黜之矣。臣以爲今之督、撫，明作有功之意多，而惇大成裕之道少；損下益上之事多，而損上益下之義少。此治體所關也。皇上於丈量開墾，割裂州縣，改調牧令，一切紛擾之舉，皆行罷革。所慮爲督、撫者，執其成心，且飾非以自護；意爲迎合，將姑息以偷安。臣敢請皇上特頒諭旨，於精明嚴肅之中，布優游寬大之政。使能者務勉於賢，而賢者益勵於能，是知人之哲，即安民之惠也。"疏入，上即播告直省。

又請寬比附妖言之獄，謂："往者造作語言，顯有逆跡，如戴名世、汪景祺等，聖祖、世宗因其自蹈大逆而誅之，非得已也。若語涉疑似，如陳鵬年《游虎丘》詩一案，聖祖特示九卿，以爲古來誣陷善類，大率如此，如神之哲，洞察隱微，可爲萬世法則。比年以來，小人往往挾睚眦之怨，借影響之詞，有司見事生風，多方窮鞫，殊非國家義以正法、仁以包蒙之意。伏讀皇上諭旨，凡奏疏中從前避忌之事，一概掃除，仰見聖明廓然大度。臣竊謂大廷之章奏，尙捐忌諱；則在野之筆札，焉用吹求！請敕下直省，嗣後凡有舉首文字者，苟無的確蹤跡，以所告本人之罪，依例反坐，以爲挾仇誣告者戒。庶文字之累可蠲，告訐之風可息。"上亦如所請。轉工科給事中，又言兩浙之場課宜捐，帶徵之漕米宜免，工料之價直宜平，凡所建白，皆有益於世事民生，朝野想望風采，以爲行將大用。未幾卒於官，年五十九。著有《四焉齋詩文集》。《青浦志》，參全祖望《鮚埼亭集》。 嘉慶《松江府志》卷五十八《古今人傳十》

陸秉笏，字長卿，上海人，瀛齡子。幼承家學，弱冠即有聲黌序。乾隆六年順天舉人，持己嚴正，待人寬和，樂人爲善事，不惜反覆勸導，里黨咸欽重之。晚年性益恬澹，不就選格。以子錫熊貴，封如其官，閉户蕭然，安貧樂道。既以齒德重鄉閭，而文望又足以副之，遠近奉爲老尊宿。著有《雲間殉節諸臣傳贊》《傳經書屋詩文稿》。乾隆癸卯，重修邑《志》，當事請爲總修，正譌補缺，指示居多，惜未蕆事卒，年七十八。子錫熊，自有傳。《上海志》。 嘉慶《松江府志》卷五十九《古今人傳十一》

陸錫熊，字健男，號耳山，上海人，秉笏子。數歲通經史，能究歷代治亂得失之要。侍祖瀛齡教諭石埭，著《陵陽獻徵録》《陳壽禮志》等書。既受知夢文子、李鶴峰兩學使，中乾隆己卯舉人，成辛巳進士，壬午南巡召試，授内閣中書舍人。乙酉典山西鄉試，承修《通鑑綱目輯覽》，直軍機處。戊子典浙江試，遷宗人府主事。庚寅典廣東試，洊陞刑部郎中。辛卯、壬辰，兩充會試同考官。會上稽古典學，取《永樂大典》，録其未經見者。又求遺書，益以内廷藏本，薈爲《四庫全書》令仿劉向、曾鞏之例，作《提要》載於卷首，特命偕紀文達公昀任之。乃考其卷帙篇第，參其同異是非，總撰人之生平，撮全書之大概，編擬稱旨，改授翰林院侍讀，充日講起居注官、文淵閣直閣事。累遷侍讀學士，擢光禄寺卿，晉大理寺卿，福建學政，補都察院左副都御史。先是，《四庫全書》之成，上命分寫七分，庋於中外，錫熊職在纂輯，校勘非所司。至是，以盛京文溯閣本繕録多誤，因請一再往校。壬子春寒，比至奉天卒，年五十九。錫熊淹雅宏達，貫穿古今，與閻若璩、顧炎武、朱錫鬯相上下。爲文不假思索，在軍機時，適用兵金川，夜半嘗傳旨七道，援筆立成，擬進，無一字易。己酉春，孝聖憲皇后賓天，凡大祭、殷奠、上尊謚，典禮嚴重，應奉文字，無敢爲者，于文襄特舉以屬之。自《四庫全書》外，若《契丹國志》《勝朝殉節諸臣錄》《舊五代史》《河源紀略》《歷代職官表》《八旗通志》，奉敕編輯者，又若干卷。其他制草及凡有經進之作，多出其手，疊荷嘉獎，每歲首召入重華宮小宴聯句，爲儒臣異數。著有《篁村集》《寶奎堂集》。其《提要》一編，尤可考見學術之該博，議論之精萃。生平於讀書外無所好，不問家人生產，其言呐然如不出諸口。所居曰涉園，方池老屋，不蔽風雨，海上薦紳家，錫熊爲最貧云。 嘉慶《松江府志》卷六十《古今人傳十二》

給事中曹一士繼妻陸氏。名鳳池，惠潮道振芬女孫。一士未第時，負重名，游四方，氏任奉養，必加意定省，令兩親忘其子之不在左右者。先是，一士元配張氏性至孝，既卒，恐難爲繼，至是嘆其屢得孝婦爲幸。好吟咏，著有《梯仙閣餘課》。 嘉慶《松江府志》卷七十《列女傳·賢淑》

舉人陸秉笏妻曹氏。名錫淑，字采荇，給諫一士次女。舅瀛齡，常以作奏游四方，夫客京師，常不給，夫人竭力支撐，不貽行者憂。自幼能詩，雖貧不廢。子副憲錫熊，爲海內宏儒，其詩學受於母氏。有《晚晴樓稿》，見《四庫全書存目》。夫人去世，胞妹錫堃，字采藻，爲秉笏繼室，能詩如其姊。時副憲官京師，家寒如故，料理婚嫁，撫育諸孫，心力俱瘁者五十年。有《五老堂詩稿》。 嘉慶《松江府志》卷七十《列女傳·賢淑》

左副都御史陸錫熊妻朱氏。八歲而孤，長通書史，識大義。隨任京師，能力貧以佽其官。錫熊不問生產，自選直軍機，入宿禁省，歲時扈蹕行幸，其奉使四方，氏主辦邸中事，條理井井。家人小過失謹，責不少貸，訓子尤嚴。後贈夫人。 嘉慶《松江府志》卷七十一《列女傳·才女》

日涉園，在縣治南，太僕卿陳所蘊別業，後歸贈奉政大夫陸起鳳。園本唐氏廢圃，所蘊因張悟石、曹諒、顧山師皆善疊石，相與規畫爲園。起鳳復加葺治，以奉其親明允。園中竹素堂，周天球題牓東西楹,曰:"品題泉石,揚扢風雅。"三面臨流,最爲宏敞。西度飛雲橋,爲君子林,有竹千竿,林之前曰長春堂,曰德馨樓。折而北,歷綠漪亭,入五老堂,五老峰在焉,玲瓏蒼秀,爲其先文裕公故物。下有釣魚臺,與殿春軒相望,軒後改傳經書屋。東爲長廊,自北而南。廊之左萬笏山房,群峰挺峙,望之軒如。前有閣曰濯煙,有堂曰知希,有樓曰揖星,舊爲修禊亭。可攬全園勝境。由是以會於竹素堂。堂之外,有水澄泓,西南三神仙山在焉,過雲一峰突兀而起,尤峻絕不可攀。山下浴鳧池館,前抱來鶴樓,俯瞰波心。水際有徑,環列以桃,名曰蒸霞。東南有石梁二,一曰偃虹,一曰漾月。偃虹南去,土岡橫亘百武,往時多植梅,故曰香雪嶺。遵岡而東而北,有白雲、桃花諸洞,岡以西,明月亭、嘅鶯堂、春草軒久廢,而古香亭諸小山,群拱於三神仙山之外,各自獻狀而不相襲。尋河濱而北,拂地垂楊,清流掩映,則與君子林相接矣。園垂二百年,臺榭多變更,漸作頹垣斷礎,而陸氏至今世守,遺蹟猶有存者。所蘊、起龍俱有《記》。

起鳳元孫錫熊,以總纂《四庫全書》,得預重華宮侍宴聯句,蒙賜楊基《松南小隱圖》,上有御題七言絕句一首,錫熊父秉笏別號適與之合,因即園中傳經書屋改作松南小隱,敬奉奎文,以志恩光。從此一水一石,皆聖天子敕賜之榮,非復眉庵舊栖所能專美矣。明陳所蘊詩:"小築堪招隱,新成曲水潯。此時頻夢寐,何日遂登臨?但看風塵色,空懸江海心。故人相問訊,應笑未抽簪。"陸明允詩:"昔是同卿圃,今爲老子居。先留五峰巧,後疊萬山奇。傾圮奈重整,力分非所宜。得之信有數,思推不可辭。高山補新樹,深水蓄肥鱺。比比是書室,勗我讀書兒。"陸起鳳銘:"事親從兄,課姪課子。拮据維艱,貽謀慎始。取與在公,任讓有禮。本是同根,何分爾我!負荷經營,高堂燕喜。家慶綿長,清白以俟。直上青雲,紆金拖紫。孝友傳芳,堦前履視。山高

水清，賢者樂此。" 嘉慶《松江府志》卷七十八《名蹟志》

　　贈通奉大夫石埭教諭陸瀛齡墓，子贈通奉大夫舉人秉笏，孫都察院副都御史錫熊祔。在十七保四圖。瀛齡，紀昀撰《碑》；秉笏，錢大昕志《銘》；錫熊，王昶志《銘》。 嘉慶《松江府志》卷七十九《名蹟志》

嘉慶上海縣志

　　贈通奉大夫石埭教諭鄉飲賓陸瀛齡墓，子贈通奉大夫舉人秉笏，孫都察院左副都御吏錫熊祔。在二十七保四圖鳳凰橋北。瀛齡，紀昀撰《碑》；秉笏，錢大昕志《銘》；錫熊，王昶志《銘》。 嘉慶《上海縣志》卷七《建置·冢墓》

　　陸瀛齡，字景房，號仰山，又號柳村，明文裕深六世從孫。幼負異質，稍長通經史，工詩古文，書宗二王。雍正元年，以選貢入京師，張文敏照將以博學宏詞薦，辭疾歸。游兩江制府幕，數陳郡縣利病，行之民皆稱便。選石埭教諭，縣僻居山谷，鄉貢寂寂。瀛齡捐資拓學舍，發藏書，與諸生研習，文風蒸然日上，登科者遂甲他邑。歲大水，檄令往賑，冒霖雨，肩輿走萬山中，周閱戶口，辨民色，先後給之，活無算。及攝縣篆，絕苞苴，察癉傷，嚴斥堠，牘無留者。獄未讞，囚不食於官，天寒多餓，出俸米，日飯之，皆感泣。乞休歸，舉鄉飲賓，年八十卒。瀛齡內行淳密，篤於孝友，而急人疾病患難如饑渴。在京師，未嘗以竿牘謁貴顯，而汲引人材惟恐後。平生與物無忤，臨財一介不取，嘗誦"澹泊明志，寧靜致遠"二語，以爲知言。有《贅翁賸語》。子秉笏，字長卿，號葵霑，有聲庠序間。乾隆六年舉人，持身嚴正，而處衆仍寬和，澹於榮利，里黨欽之。孫錫熊，自有傳。 嘉慶《上海縣志》卷十三《人物·列傳》

陸錫熊，字健男，號耳山，秉笏子。乾隆二十六年進士，二十七年南巡召試，入一等，賜內閣中書，軍機處行走。陞宗人府主事，擢刑部員外郎，進郎中。已而奉命檢校《永樂大典》。《四庫全書》館既開，撰《提要》稱旨，特授翰林院侍讀，累擢至都察院左副都御史。以校書勞勩，卒於官，年五十九。錫熊以文章學問，受特達之知，由郎署入翰林，尤異數。自《四庫全書》及《通鑑綱目輯覽》外，有《契丹國志》《勝朝殉節諸臣錄》《唐桂二王紀事本末》《河源紀略》《歷代職官表》《舊五代史》《八旗通志》，奉敕編輯者二百餘卷，經進皆降旨褒美。每國家諸大典，制詔所宣，多出錫熊手。方金川用兵時，夜半擬旨七道，錫熊立進，悉當上意，無一字改易。奉使衡文，累歲不絕，充山西、浙江鄉試副考官者各一，廣東鄉試正考官者一，會試同考官者二，福建學政者一，所取多知名士。錫熊沖和純粹，其色溫然，其言吶然，而穎悟明敏，讀書一過，無不洞悉貫串，詩古文皆宏博絕麗。幼從其祖瀛齡赴石埭學博任，作《陵陽獻徵錄》《石埭縣志糾繆》《補陳壽禮志》等書，具有考證。瀛齡致仕歸，埭人曰："陸師貧。"瀛齡曰："宦囊在孫腹矣。"其嗜學已如此。所著見《藝文》。　嘉慶《上海縣志》卷十三《人物·列傳》

陸氏，石埭教諭瀛齡女，州判朱大本妻。大本，會元錦曾孫也。生一女而寡，妾張氏亦止一女，兩氏力貧相守。事邁姑葉，承順無間，姑歿，盡禮盡哀。延師課嗣子繩基，兼訓二女，竭貲營三世葬。以己女適兄子陸錫熊，以張女適顧文揚，復為嗣子娶婦。平生無矜情飾行，補苴扞禦，艱苦備嘗，著《家訓十四則》，並焚家奴契。張氏佐理中饋，克盡饎爨瀚汲之勞。陸守節四十九年，張守節四十六年，乾隆五十九年旌。並見南《志》。　嘉慶《上海縣志》卷十六《人物·列女》

陸宜人鳳池，青浦人，贈閩縣知縣祖彬女，給事中曹一士繼室也。一士未第時，已負重名，常遊四方，氏任奉養，加意定省，令兩親忘其子之不在左右者。先是，一士元配張宜人，國子典簿永岳女，性至孝。既卒，恐難爲繼，至是嘆息以屢得孝婦爲幸。然家貧，率多無米之炊，家政之暇，復好吟咏。年止二十七，無子。繼劉氏，貳尹秉六女，嫻婦道，克相其終。當陸宜人之歿也，一士神傷，檢其生前所作爲一帙，名曰《梯仙閣餘課》，陳鵬年、儲大文、焦袁熹爲之序，今刻《四焉齋詩文集》後。子錫端。繼妻張氏妙榮，前明汝弼十一世女孫，亦能詩，有賢行。

曹夫人錫淑，字采荇，給事中一士次女，適舉人陸秉笏。舅瀛齡常游四方，秉笏亦客京師，家常不給，夫人竭力支拄，不貽行者憂。自幼能詩，雖貧不廢。子錫熊，少受詩學於母，嘗有句勖之云：「漢魏遺風還近古，休教墮入野狐禪。」著有《晚晴樓稿》，見《四庫全書存目》，常熟女史蔣季錫序之。迨錫熊貴，夫人歿已久。妹錫堃，字采藻，爲秉笏繼妻，能詩如其姊。時錫熊官京師，家寒如故，料理婚嫁，撫育諸孫，心力俱瘁者五十年。有《五老堂稿》。　以上嘉慶《上海縣志》卷十七《人物‧列女》

朱夫人，適左副都御史陸錫熊，母即錫熊姑。通書史，識大義，隨錫熊官京師，能力貧以佽其官。主辦邸中事，條理井井，家人小過失，譙責不少貸，而訓子尤嚴。歸錫熊十八年而歿，紀文達昀祭文有云：「賓朋時到，或樵蘇不爨之時；臧獲無多，有井臼親操之勢。嫁衣典盡，未辭兒女之需；月俸分來，尚作交遊之費。」蓋紀實也。　嘉慶《上海縣志》卷十七《人物‧列女》

《仰山雜記》二卷。陸瀛齡撰。又有《穆如錄》四卷，《吟壇修綆》四卷，《斑管書》四卷，《雞窗隨筆》三卷，《祿隱漫筆》四卷，《退閑錄》四卷，皆錄古人瑣事雜說之足資考證者。

《姓譜新編》二卷。陸瀛齡撰。以黃周星《重編百家姓》尚多缺略，特爲蒐補，計奇姓一千五百四十，複姓七十有四，附以考證。　以上嘉慶

《上海縣志》卷十八《藝文·子部》

《贅翁賸語》四卷。陸瀛齡撰。舊有《中艸草》《金臺》《白門》諸集，此編乃六十以後詩文也。

《四焉齋詩集》六卷，《文集》八卷，曹一士撰。《文淵閣存目提要》云："詩集乃石倉世纂之第四種也，《文集》乃石倉世纂之第五種也。其論文之旨，謂古文之所以稱古者，乃意義之古，非詞句之古。有明潛溪、遵巖、荊川、震川，其文詞之近時者甚多，不以此損其古意。于麟、元美，字句之古，幾於無一不肖，而終與古遠。"觀其持論，可以見其宗旨矣。

《淞南小隱集》。陸秉笏撰，古今體詩一百二十四首，未第時作，自爲序。別有《陵陽草》《驢背吟》《京邸消寒草》及諸散稿本，名《葵雹雜稿》。後并秉笏妻曹氏詩十八首，文五篇，合一編，易此名。蓋秉笏以子錫熊被賜御題楊基《淞南小隱》一軸，因自號淞南老人，以圖名與里居號適合也。

《寶奎堂文集》十二卷。陸錫熊撰。錫熊以文學受特達之知，自奉旨纂輯各書外，其制草及一切典禮章奏，多出其手，故自作暨代人之作頗繁，然皆無一存。是集子慶循所編，前九卷分二十二類，公撰之文及侍祖石埭時少作。卷十《炳燭偶鈔》，係考證史事之文。卷十一卷十二，專代一人之文，非公撰者可比，故錄於末。吳錫麒序："耳山撰文，不假思索，蘊蓄於中，而騰躍於外，自有沖和粹美氣象。"

《篁村集》十二卷。陸錫熊撰。舊有《西郊笑端》《冷署消寒草》《浴鳧池館草》《苓谷詩鈔》《梧陰唱和草》《蓉江集》等編，服官後吟咏頗稀。晚歲乃自輯錄，曰《陵陽前稿》《東歸稿》《陵陽後稿》《浴鳧池館稿》《席帽稿》《橐中稿》《雪颿稿》，未竟而卒。子慶循蒐采成集，統編以年，不復分立稿名，仍附錄所作各小序於目錄中，以誌其慨。王昶云：耳山之詩"工而不穢，婉而能切"。

《梯仙閣餘課》一卷。陸鳳池撰。《文淵閣存目》："鳳池自號秀林山人，曹一士室。常愛讀《離騷》，私語曰：'我愛楚詞，恐此生不永。'一士贈詩曰：'幽意閑情不自知，碧窗吟遍楚人詞。添香侍女聽來慣，笑說書聲似舊時。'已而果亡。"

《晚晴樓詩草》二卷。曹錫淑撰。錫淑字采荇，一士女，陸秉笏室。《文淵閣存目提要》云："承其家學，具有軌範。以性情深至爲主，不規規於儷偶聲律之間。"此本爲梁文莊國治點定，女史蔣季錫序。

　　《五老堂詩稿》。曹錫堃撰。錫堃字采藻，亦一士女，陸秉笏繼室。

　　《拂珠樓偶鈔》二卷。曹錫珪撰。錫珪字采繁，自號半涇女史，亦一士女，葉承室。《文淵閣存目》。　以上嘉慶《上海縣志》卷十八《藝文·集部》

　　《古今詩話》。陸瀛齡撰。瀛齡嘗以古今詩話數百家，欲撮爲全書，此編實止及明人。前列諸帝諸藩，後列諸臣，亦僅洪武、建文、永樂三朝，蓋猶未卒業也。

　　《草堂詩餘》十七卷。明顧從敬輯，國朝陸秉笏重刊。　以上嘉慶《上海縣志》卷十九《藝文·集部》

嘉慶丙子科鄉試硃卷履歷

陸慶勳

　　陸慶勳，字樹屏，號建菴，行五，乾隆甲午年十月十六日吉時生。附監生，會典館行走，原候選鹽大使，從優議敘，即選知縣。

　　（上欄）五世祖起鳳，明天啓辛酉副榜，國朝贈中議大夫、山東提學參議。高祖鳴球，廩膳生，貤贈中議大夫、翰林院侍讀學士；高祖妣支、徐氏，貤贈恭人。曾祖瀛齡，雍正癸酉拔貢，安徽石埭縣教諭，誥贈通奉大夫；曾祖妣張氏，誥贈夫人。祖秉笏，乾隆辛酉科舉人，候選知縣，誥贈通奉大夫；祖妣張、曹氏，誥贈夫人；繼祖妣曹氏，誥封太夫人。父錫熊，乾隆己卯科舉人，辛巳恩科進士，壬午南巡召試，特授內閣中書，軍機處行走。歷宗人府主事，刑部雲南司員外郎、山東司郎中，總辦秋審，欽派《四庫全書》總纂，特擢翰林院侍讀，右春坊右庶子，翰林院侍讀學士，文淵閣直閣事，光祿寺、大理寺正卿，都察院左副都御史，乙酉山西、戊子浙江副考官，庚寅廣東正考官，辛卯、壬辰會試同考官，福建提督學政，誥授通奉大夫。《國史》有傳。妣朱氏，誥封夫人；庶母陳氏，敕封孺人。永感下。

（下欄）胞兄慶循，太學生，館書議敘，候選州同；慶堯，廩貢生，候選縣丞；慶庚，太學生。胞弟慶均，附監生，廣西安東司巡檢。娶于氏，翰林院編修，誥封光祿大夫、文華殿大學士諱枋公曾孫女，乾隆丁巳科進士、湖南通道縣知縣諱文駿公孫女，丙子科舉人、順天北路同知諱時兆公女。胞姪成鈺、成鎔、桂林；子成鑄，女一。族繁不及備載。《清代朱卷集成》第九十四冊

清代官員履歷檔案全編

臣陸錫熊，江蘇松江府上海縣進士，年三十七歲，現任宗人府主事。今籤陞刑部直隸司員外郎缺，敬繕履歷，恭呈御覽。謹奏。乾隆三十六年四月二十九日。《清代官員履歷檔案全編》第二十冊

吏部題爲內閣中書員缺奉旨以陸錫熊擬補事

傅恒

臣傅恒等謹題，爲補授中書事。

准內閣典籍廳移稱，中書胡紹基告病所遺員缺，例應擬補。查現在行走中書陸錫熊，由進士出身，於乾隆貳拾柒年南巡召試，授爲內閣中書，遇缺即補之員，例應擬補，移付吏部，照例辦理等因前來。查定例，內閣中書不歸月選，具題補授，試俸一

年，聽內閣考核稱職，移送吏部具題，准其實授。又定例，奉旨即用人員，無論雙單月，不入班次即用。又，乾隆貳拾柒年叁月奉上諭："江蘇、安徽進獻詩賦諸生，考取一等之進士吳泰來、陸錫熊、郭元漋，俱著授爲內閣中書，遇缺即補。欽此。"欽遵在案。今中書胡紹基告病員缺，除吳泰來未據內閣知照，到閣行走。應將現在內閣行走，奉旨以中書遇缺即補之江蘇進士陸錫熊，擬補辦事中書胡紹基員缺。俟試俸一年，內閣考核稱職，移送臣部，具題實授，恭候命下，臣部遵奉施行。臣等未敢擅便，謹題請旨。乾隆貳拾捌年拾月拾肆日。　中國第一歷史檔案館藏內閣題本

漢票簽爲中書期滿事

劉光第

漢票簽爲移付事。

據本處中書陸錫熊呈稱，爲遵例報滿事。竊職係江蘇上海縣人，由辛巳恩科進士，于乾隆二十七年南巡召試，授爲內閣中書，遇缺即補，于乾隆二十八年十月十六日，補授內閣中書。扣至本年十月，試俸一年期滿，遵例呈明等情，業經呈明中堂，考核稱職，例應題請實授。相應移付貴廳，煩爲轉行吏部，照例辦理可也。須至付者。右移付典籍廳。中書劉光第。乾隆二十九年十月十八日。"中央研究院"歷史語言研究所藏移付

漢票簽爲中書實授加級謝恩由

章棠龍

漢票簽爲移付事。

照得本處中書實授加級等項，例應謝恩。今中書陸錫熊，于本年十月試俸一年期滿，照例具題實授。又，中書孫士毅，《方略》前編告成，照例准加一級。所有該二員應行謝恩之處，相應移付貴廳，煩爲轉行鴻臚寺查照可也。須至付者。右移付典籍廳。乾隆二十九年十二月□日。"中央研究院"歷史語言研究所藏移會

爲關支漢主事陸錫熊乾隆三十四年春夏二季俸米事

宗人府經歷司

宗人府爲支領俸米事。

照得本府漢主事陸錫熊，應領本年春夏二季分俸米拾肆石貳斗伍升。相應造具漢字清册二本，行文吏部查明，轉行户部隨領，照數給發可也。乾隆三十四年正月十五日。 中國第一歷史檔案館藏宗人府說堂稿附知照

爲關支漢主事陸錫熊乾隆三十四年春夏二季俸銀事

宗人府經歷司

宗人府爲支領俸銀事。

照得本府漢主事陸錫熊，應領本年春夏二季分俸銀叁拾兩，恩俸銀叁拾兩，共銀陸拾兩。内應扣内閣中書任内，指俸承買黑豆陸石，價銀陸兩。除應扣外，實領俸銀伍拾肆兩。相應造具漢字清册二本，知照吏（部）查明，轉行户部隨領，照數給發可也。乾隆三十四年正月十五日。 中國第一歷史檔案館藏宗人府說堂稿附知照

爲孫永清所遺稽查右翼覺羅學員缺欽點陸錫熊督率稽查咨呈宗人府

吏部文選司

吏部爲知照事。

文選司案呈，本部摺奏内開，今稽查右翼覺羅學、都察院左副都御史孫永清所遺員缺，除現在三四品科甲出身，滿漢文臣內，已派查學及各項差使，無庸開列外。相應將都察院左副都御史哈福納等職名，開列具奏，恭請欽點一員，督率稽查等因。乾隆四十五年八月初六日，奉硃筆圈出："陸錫熊。欽此。"相應知照可也。須至咨呈者。右咨呈宗人府。乾隆四十五年八月初九日。　中國第一歷史檔案館藏吏部咨呈

與陸錫熊同被恩命陞授翰林院侍讀呈請奏謝摺子　乾隆三十八年

紀昀

竊昀等職忝紬書，學疏稽古。幸遇右文之世，瑞彙奎躔；同升典校之司，光依壁府。九重頒賚，叨承寵渥之加；《七略》編摩，愧乏涓埃之效。乃仰蒙我皇上俯垂天獎，特沛綸言。忽傳鳳詔之褒榮，驚荷龍光之拔擢。晉木天之華秩，階轉三資；換丹地之清銜，班登五品。西崑盛事，即日喧傳；東觀群儒，聞風鼓舞。聖主文明之治，自古所無；小臣知遇之隆，於斯爲極。恩榮逾分，感激難名。

伏念昀起諸謫籍，重直槐廳；錫熊拔自曹郎，許登藜閣。八磚翔步，已叨再造之仁；三館抽毫，濫預殊常之選。何期金坡舊

路，更荷隆施；玉署新除，彌沾愷澤。一時佳話，爲縉紳之所爭誇；千載奇逢，實夢寐之所不及。頂祝而祗深抃舞，省循而愈切兢慚。昀等惟有悉意丹鉛，殫精編纂。文章報國，冀少酬高厚之恩；夙夜在公，益勉竭駑駘之力。《紀文達公遺集·文集》卷四

陸錫熊父母誥命

奉天承運，皇帝制曰：華胄清資，佑啓必原於嚴父；令儀碩望，藩昌聿振於名門。爰渙國恩，用彰家訓。爾原封中議大夫、翰林院侍讀學士加二級陸秉笏，乃日講起居注官、文淵閣直閣事、翰林院侍讀學士加三級、補授光祿寺卿、今陞大理寺卿陸錫熊之父。操修醇粹，啓迪勤劬。儒席傳珍，琢就珪璋之器；良材肯構，蔚爲臺閣之英。門祚方新，寵章洊被。兹以覃恩，封爾爲通議大夫，日講起居注官，文淵閣直閣事，翰林院侍讀學士加三級，補授光祿寺卿，今陞大理寺卿，錫之誥命。於戲！承家有子，聿昭孝治之風；被命自天，用作義方之勸。式承茂獎，勉副休光。

制曰：國家無私之慶澤，典禮宜隆；人子罔極之恩情，後先靡間。壼儀夙著，異命宜申。爾原贈淑人張氏，乃日講起居注官，文淵閣直閣事，翰林院侍讀學士加三級，補授光祿寺卿，今陞大理寺卿陸錫熊之前母。女箴素備，婦順攸彰。珩璜流聲，捐佩雖嗟於中道；梧檟遺澤，承家克耀於後昆。特賚綸音，聿宣徽問。兹以覃恩，仍贈爾爲淑人。於戲！九原不作，永揚内德之輝；五服用章，式受中朝之寵。承兹休渥，慰爾幽靈。

制曰：推恩溯本，爰錫慶於親闈；稟訓入官，並歸功於母教。式頒渥典，用播嘉聲。爾原贈淑人曹氏，乃日講起居注官、文淵閣直閣事、翰林院侍讀學士加三級、補授光祿寺卿、今陞大

理寺卿陸錫熊之母。順以承夫，勤於課子。宅能三徙，夙成俎豆之容；織就七襄，早振文章之緒。徽音久著，寵命宜加。茲以覃恩，仍贈爾爲淑人。於戲！鴻章疊布，尚伸慈孝之思；閫澤長流，彌篤令共之誼。廣宣休問，永樹芳儀。

　　制曰：孝思不匱，子心銜罔極之恩；慈訓並隆，親誼埒所生之重。洊加茂獎，益暢休聲。爾原封淑人曹氏，乃日講起居注官、文淵閣直閣事、翰林院侍讀學士加三級、補授光禄寺卿、今陞大理寺卿陸錫熊之繼母。內則素嫻，閫儀聿備。肅雍將事，早表範於家人；令善垂模，宜邀恩于國典。茲以覃恩，封爾爲淑人。於戲！徽章載錫，分似續之褒施；母道克昭，嘉後先之輝映。殊榮是荷，惠問彌宣。乾隆四十五年正月初一日，陸錫熊。
上海市歷史博物館藏

光禄寺爲月報事

　　光禄寺爲知會事。
　　查得本寺自八月二十六日起，至本月二十五日止，並無欽奉上諭，特交轉交事件，并揀選人員等事。所有本寺正卿陸錫熊，於九月初一日欽點福建學差，相應移會貴處查照可也。須至移會者，右移會稽察房。乾隆五十一年九月十九日。"中央研究院"歷史語言研究所藏移會

吏部爲補授左副都御史事

和珅等

　　經筵講官，太子太保，議政大臣，文華殿大學士，管理吏部、户部、理藩院事務，領侍衛內大臣，正白旗滿洲都統，步軍

統領，世襲一等男，臣和珅等謹題，爲補授左副都御史事。

　　都察院左副都御史吳玉綸陞任兵部侍郎，所遺員缺應補。查品級考內開"都察院左副都御史係正三品，開列具題，由宗人府府丞、通政使司通政使、大理寺卿陞任。以上各衙門無人，方以太常寺卿、順天府府尹、奉天府府尹、光祿寺卿、太僕寺卿陞任。又定例，開列京堂、翰詹等官，將應補應陞人員，照例開列。如有降革、留任等項，不合例事故，除應補人員仍行開列坐補外，其應陞人員，即於題本內聲明扣除。至其次應陞人員，俱逐員開寫，如有降革、留任等項，不合例事故，於本員名下注明，一并另行繕單，與題本一同進呈。又，京員出差外省，尚未回任，遇有應陞缺出，仍行開列"各等語。

　　該臣等議得"都察院左副都御史吳玉綸陞任兵部侍郎，所遺員缺應補"，查現在應補無人。應陞人員內，宗人府府丞竇光鼐，係由左副都御史，奉旨"識見迂拙，不宜副都御史之任，著對品另用"，任內又有降級留任之案。其次應陞人員內，奉天府府尹奇臣係滿員，均照例不開列外。應將應行開列之通政使司通政使蔣良騏等職名，開列具題，恭候皇上簡用。臣等未敢擅便，謹題請旨。計開應陞人員，通政使司通政使蔣良騏，廣西進士；大理寺卿趙佑，浙江進士。乾隆伍拾貳年貳月拾捌日。開面批紅："陸錫熊補授都察院左副都御史。""中央研究院"歷史語言研究所藏題本

奏爲查明學政陸錫熊考試有無劣蹟遵旨恭摺會奏事

伍拉納　徐嗣曾

　　閩浙總督臣伍拉納、福建巡撫臣徐嗣曾跪奏，爲查明學政考試無劣蹟，遵旨恭摺會奏事。

案准部咨，乾隆五十三年四月初七日奉上諭："今督、撫于年終，將學政等有無劣蹟，陳奏一次。欽此。"臣徐嗣曾于上年十二月間，與福康安先後到省，正當年終彙奏之期，福康安以學臣陸錫熊現在省垣，須俟開印後，看其出考一兩棚，以爲定論，再行具奏，方爲核實。茲該學政于二月内，考試過興化、永春等處，福康安已赴粵東，臣徐嗣曾正在核奏間，臣伍拉納適經離任。上年學臣週巡歲試，臣伍拉納署理撫篆，深爲熟悉。臣等查陸錫熊學問淹博，人品端醇，每試各郡，關防嚴緊，取士公明。其一切夤緣私弊，痛加杜絶，士林感激悦服，輿論僉然。現在該學政聲名實好，無訾議之處。臣等蒙皇上簡畀封疆重任，斷不敢瞻狥諱飾，自取咎戾。

再，查臺灣學政，係道員兼理。上年臣徐嗣曾駐劄臺灣，值護道楊廷理舉行考試，頗能謹飭取士，杜絶弊端。新任臬司兼理巡道萬鍾傑到任后，尚未開考，臣等謹録諭旨，寄知奎林，就近查察，一體陳奏，合并陳明。臣等謹恭摺具奏，伏乞皇上睿鑑。謹奏。三月十二日。乾隆五十四年四月十一日奉旨："知道了。欽此。"
臺北"故宫博物院"藏軍機處檔摺件

禮部爲奉旨勘校四庫全書事

禮部

乾隆五十四年十一月初九日，内閣抄出："本日奉旨，文淵、文源、文津三閣《四庫全書》，前已派員逐分校閲，將錯誤處所，詳晰簽改。至文溯閣《全書》一分，現在應往盛京原勘之陸錫熊等，業已差滿，俟到齊，即行前往校辦。其《薈要》二分，尚未重加校正，著派懋勤殿翰林，會同紀昀，悉心勘校，以期並臻完善。欽此。"

禮部爲移會事。滿檔房案呈，乾隆五十四年十一月初十日內閣抄出，本部尚書紀，會同懋勤殿翰林，詳校文溯閣《全書》等因。欽奉旨意一道，相應恭錄粘單，移會稽察房可也。須至移會者。計粘單壹紙，右移會稽察房。（乾隆五十四年）十一月十三日。
"中央研究院"歷史語言研究所藏移會

奏報福建學政陸錫熊辦理認真又臺灣道兼理臺灣學政萬鍾傑並無劣跡

伍拉納　徐嗣曾

閩浙總督臣覺羅伍拉納，福建巡撫臣徐嗣曾跪奏，爲學臣三年任滿，遵旨據實覆奏事。

竊臣等接准廷寄："欽奉上諭，前因學政按考地方，俱係督、撫所轄，耳目甚近，無難訪查確實。遇有貪污劣跡，令該督、撫指名糾參，原欲嚴考成而肅功令。乃歷來各督、撫，於學政任滿及年終彙奏，俱意存見好干譽，不肯據實直陳，殊非朕慎重核實之意。著傳諭各督、撫，嗣後務須將學政考試實在有無弊竇，及士子輿論是否僉服之處，據實詳細奏聞，毋得稍有瞻徇。若學政中再有如謝墉等之聲名狼藉，該督、撫不爲舉劾，一經發覺，必將徇隱之督、撫一並治罪，決不寬貸也。將此各傳諭知之。欽此。"臣等跪讀之下，不勝悚惕。伏念學政按考地方，臣等責應糾察，況疊蒙皇上嚴飭訓諭，至再至三，尤當時刻警心，怵然爲戒。倘學政聲名稍有不謹，斷不敢瞻顧徇隱，上負聖恩，甘取將來發覺之咎。

今查福建學政陸錫熊，學問才具，久邀聖明洞鑒。至其到任後按試各屬，關防嚴密，實能清潔自勵，秉公去取。三年以來，黜革劣行生員，拿獲鎗替各案，辦理亦復認真。臣等隨時采聽，興論翕然。秋間恭逢恩科鄉試，士子雲集省城，又復留心密訪，亦皆衆口一詞，頗著公明之譽。

至臺灣學政，即係臺灣道兼理，該處雖遠隔重洋，但稍不愛惜聲名，斷難掩衆人耳目。臣等凡遇內渡人員及鄉闈來省就試諸生，密加察詢，僉稱該道萬鍾傑並無劣跡，理合一并據實覆奏，伏祈皇上睿鑑。謹奏。乾隆五十四年十二月二十八日。乾隆帝硃批：「覽。」《宮中檔乾隆朝奏摺》第七十四輯

奏報料理校勘文溯閣書籍事宜

嵩椿

（盛京將軍）奴才嵩椿謹奏，爲奏聞事。

竊照遵旨前來校閱文溯閣《全書》之總裁臣陸錫熊等，今已陸續到齊，即應開局校辦。但設局公所，必得寬大地方。奴才從去年到任，因有奴才高祖所遺舊房，收拾居住。其歷任將軍，原有官署一所，現今空閑，房屋尚大，院落寬敞，又與文溯閣甚近。奴才嵩椿商同府丞福保，打掃潔淨，爲校閱書籍公所，儘足敷用。伊等已於本月二十六日開卷校閱起。

至每日早晚領交書籍，奴才專派兼管內務府協領珠博、英額，協同內務府佐領英敏等，查照總裁官開列書名圖記清單，赴閣照單查出書籍，登記册檔，用黃盤連匣盛貯妥協，派官敬謹押役，擡交收發所查收。校畢發回時，仍令照前敬謹押回。即著府丞，率領治中、教職等官，查點明確，同前派辦之協領等官，眼同歸架銷檔。奴才仍不時親往查察，以昭慎重，理合恭摺奏聞，爲此謹奏。三月廿八日。乾隆五十五年四月初七日奉硃批：「知道了。欽此。」臺北「故宮博物院」藏軍機處檔摺件

奏報遵旨馳往盛京恭校文溯閣四庫全書日期

翁方綱

臣翁方綱跪奏，爲奏明校勘日期事。

竊臣四月初八日，於天津奉旨回京，即日束裝馳往盛京，恭校文溯閣《四庫全書》。今於五月初一日，已到盛京，現在臣陸錫熊等業經陸續查校，粗有端諸。其中有應行核正，及應補改填寫之處，臣再與諸臣細加校覆，俾無罅漏。臣因隨後趕到，恐致稽延，是以多帶看書數人，每日多分數函，并力趕辦。然臣並不敢以校勘重任，諉於所帶看書之人，除臣專力細看外，仍將所帶諸人校看各卷，逐加細核。惟有殫心矢慎，不敢稍萌怠忽，以期無負聖主諄切訓諭之至意。

再，臣一路出關所見，田禾均已青葱長發。奉天各處，四月中旬以來，連得透雨，麥禾皆極暢茂，合并附陳，伏祈皇上睿鑒。謹奏。五月初四日。乾隆五十五年五月廿一日奉硃批："好！勉爲之，原汝等過由自取也。" 臺北"故宮博物院"藏軍機處檔摺件

奏報校勘文溯閣書籍事竣

成策　福保

奴才成策、奴才福保跪奏，爲校勘文溯閣書籍事竣，恭摺奏聞事。

伏查校勘書籍之副都御史陸錫熊等，陸續到來，所有一切辦理事宜，業經將軍公嵩椿奏明在案。嗣後，每日交到校畢各書，惟恐分校人衆多，不無油污破損，卷帙錯亂之處。奴才福保率同試用教官等，逐本詳細查點，隨到隨即存貯架內。

兹於七月初一日，交到校過各種書籍全完。奴才成策、奴才福保同陸錫熊照依新改架圖次序排定，務使書名前後，與通閣所刻流水相符，方行歸架。已於十二日，將交出各書，陸續入架訖。此内尚有應行撤回另辦之書，奴才成策等面同陸錫熊查明，立檔存記，以便改繕畢送回時，敬謹抽換入函。現在將各架函册，通行覆加查點，排列整齊，以昭慎重，約需三四日，即可竣事。謹將校書全完，想已歸架之處，恭摺奏聞，伏乞皇上聖鑒。

再，書籍次序既經更改，所有御案前陳設之《總目》《考證》，分架圖册，均應另繕，亦經陸錫熊帶回辦理。此外，尚有革任侍郎陸費墀另造分架檔四本，係預備曬晾書籍時，檢查歸架之用，亦一並交陸錫熊照式另辦一分，隨書發來，合并陳明，爲此謹奏。（乾隆五十五年七月十九日） 臺北"故宮博物院"藏軍機處檔摺件

奏議副都御史陸錫熊覆勘文溯閣全書舛誤分別議處議罰情形

阿桂等

臣阿桂等謹奏，爲遵旨議奏事。

副都御史陸錫熊，具奏詳校盛京文溯閣《全書》完竣一摺，乾隆五十五年七月十九日奉硃批："原辦之大臣議奏。欽此。"

據稱，現在各員名下分閲之書，業經全數校畢，覆行核簽，亦已次第竣事，計閲過書一千六百餘函。此内點畫訛誤隨閲隨改外，查出謄寫錯落，字句偏謬書六十三部；漏寫書二部；錯寫書三部；脱誤及應刪處太多，應行另繕書三部；匣面錯刻漏刻者，共五十七部。内除錯落偏謬各書，俱已隨時繕補

改正；匣面錯落各處，亦經一面抽改添刻外。其漏寫錯寫等書，俟回京同紀昀查明，與應行另繕之本，俱即自行賠寫完妥，請交原派應赴盛京留辦底本之張燾敬謹賫送，會同府丞福保，按函抽換。所有原辦疏漏應議之總校、分校各官，謹另繕清單，恭呈御覽等語。

查辦理《四庫全書》人員，仰荷聖恩，優加甄敘，理宜敬謹繕寫，詳細校讐，俾臻完善。今文溯閣《全書》，經陸錫熊等覆加詳校，書内遺漏錯謬之處，不一而足，甚至有脱寫全卷者，辦理殊屬草率。業據陸錫熊將錯落偏謬各書，及匣面錯落各處，繕改添刻。其漏寫錯寫等書，并經陸錫熊奏明，同紀昀查明，與應行另繕之本，自請賠寫完妥，賫送盛京，按函抽換，均應如所奏辦理。至原辦之提調、總校、分校等，並不詳加校訂，總纂官又不將書内偏駁字句及徵引錢謙益之語刪除淨盡，以致訛謬叢生，脱遺卷頁，疏漏之咎，均屬難辭。

查從前詳校文淵、文源兩閣《全書》，將原辦疏漏之提調、總校、分校等官，奉旨俱令往熱河校勘書籍。其有現出學差人員，任滿回京後，亦令前往盛京校勘書籍，欽遵辦理在案。此次查出原辦文溯閣《全書》疏漏各員，除業經病故、革職者毋庸置議外，所有總纂官紀昀、孫士毅、陸錫熊，提調官韋謙恒、吳裕德、關槐，及單開之總校、分校各官，應照文淵、文源兩閣之例，罰令校勘書籍，用示薄懲。

查摘藻堂、味腴書屋所貯之《四庫全書薈要》二分，尚需校勘，飭令仿照三閣釐定章程，盡心讐校，逐加刊正。所有應行換寫篇頁，改刻匣面，及裝釘挖改各工價，即令自出己貲辦理。查兩分《薈要》，共計二萬四千册，校之《全書》，尚少一萬二千册。該員等人數較多，并請將纂辦未竣之《八旗通志》等書，及各館應繕空函書籍，開列清單，一并交與紀昀等，率同各該員纂办缮写，以补前数而赎前愆。其各员内，如有告假、休致、降调等事故，已经回籍及现在外任者，俱令各派子弟来京，协同办理。

至誊录等照本缮写，漫不经心，舛错脱落，已属非是。其全卷漏写，尤非寻常讹错可比。原办誊录，现在得官者，本应遵旨革职示惩。但誊录姓名，例注於书册副页，今全卷俱已脱写，姓名亦无从稽核。伏思《四库》馆交缮书籍，多有数卷发给一人缮写者，此项脱写之卷，或即系前後卷誊录一手经办。应行令奉天府府丞福保，查明本书脱写全卷之前後两卷，系属何人缮写，据实开报，即著落误誊录赔写。如现在业已得官，仍令暂行离任来京，办理完竣後，方准复任。其未经查出全卷脱写之提调、总校、分校等，疏忽之咎较重，除罚令校纂书籍自赎外，仍请旨交部分别议处。

再，原充总校官陆费墀，未经校正，自有应得之咎。但该革员前因校书错误，业经革职。罚令自备资斧，将扬州、金山、杭州三阁《全书》，通行校阅改缮，并成做匣套、装潢排架等事，须在江南、浙江一带往来经理，势难兼顾。此项书籍，应毋庸再令陆费墀校办，合并声明。所有臣等核议缘由，谨合词缮摺具奏，并将总纂、总校、分校各员，及应办各项书籍，分缮清单，恭呈御览，伏乞皇上睿鉴，训示遵行。

再，此项《全书》，尚有《永乐大典》数千册在内，系翰林院提调承办，现已将陆锡熊所开错误脱写书籍清单，交查翰林院。如此内有《永乐大典》舛脱者，再将该提调、纂修，同前项人员，一体分别办理。谨奏。乾隆五十五年九月十七日。臣阿桂、臣和珅、臣王杰、臣庆桂、臣董诰、臣福长安、臣彭元瑞。
臺北"故宫博物院"藏军机处档摺件

請派考試監生大臣事

國子監

　　國子監謹奏，爲請旨事。查得乾隆三年七月內，吏部尚書、管理國子監事務孫，奏請將八旗官學生之歸漢文班者，每三年一次，錄其可以應試之官學生，奏請欽點大臣考驗，取其明通者，授爲監生等因具奏，奉旨："著照所請行。欽此。"又，乾隆六年五月內，大學士伯鄂等議覆，管理國子監算學，太僕寺少卿成德等條奏，算學生於八旗官學生考試監生時，令其一體考試等因具奏，奉旨："依議。欽此。"均欽遵在案。

　　查得自乾隆五十二年考試後，已屆三年期滿，臣等先行考錄，其可以應試之官學生三十五名。又據算學錄送到算學生三名，共三十八名，謹於十一月初九日，遵例在天安門外考試。理合將各部院衙門送到職名，分繕清單進呈，恭請皇上欽點閱卷大臣二三員，彈壓護軍統領一員，監試御史滿、漢各一員。臣等於午門前宣旨，即行入場。至定例考試監生，欽命經文題一道，《四書》論題一道，屆期由臣監請領。查例，此次《五經》，應輪用《禮記》，合并聲明。再，據吏部咨，《四庫》館、方略館應行考試之議敘謄錄，原奏准隨時附入各項考試在案。今送到應考謄錄五名，照例附入此次考試，并恭請欽命策題一道，其試卷交欽點大臣閱看，爲此謹奏請旨。

　　國子監爲知照事。所有本監奏請欽點閱卷大臣，彈壓護軍統領，監試御史考試監生，并請題一摺，于本年十一月初八日具奏。本日，奉硃筆圈出："閱卷大臣董誥、姜晟、陸錫熊，點出彈壓護軍統領舒亮，監試御史舒敏、陳昌齊。欽此。"又奉旨："著在貢院內考試。欽此。"相應抄錄原奏，知照貴衙門查照可

也。須至移會者，計粘單一紙。右移會內閣稽察房。乾隆五十五年十一月十二日。"中央研究院"歷史語言研究所藏移會

遵旨議奏紀昀陸錫熊具奏添纂八旗通志凡例一摺

阿桂等

臣阿桂等謹奏，爲遵旨議奏事。

據紀昀、陸錫熊具奏添纂《八旗通志》凡例一摺，奉旨："著軍機大臣議奏。欽此。"據稱，《八旗通志》一書，自雍正十三年以後，至今已閱五十餘年。凡遇欽奉上諭加恩八旗，及各衙門奏議案牘，有關興革事宜者，俱應分門纂入，勒成新編。又，八旗王公大臣列傳，與現定《國史》傳查核，多有舛異，亦應詳加訂正。查此書卷帙較繁，除翰林錢栻、謝振定、梁上國三員，現在纂辦外，擬派翰林邵晉涵、余集二員，一同分修。至八旗事例，漢員未盡諳悉，請敕下軍機大臣，於滿員內酌派通曉掌故者一二人，協同核定等語。

臣等伏查，《八旗通志》一書，創制典謨，昭垂法守。我皇上嘉惠八旗，恩施稠疊，復奉旨於《忠烈傳》內，將乾隆年間恩卹各條添纂。凡欽奉聖諭，及各衙門奏議有關興革事宜者，自應逐一依類分門，續行纂入，勒成新編，用彰美備。其八旗王公大臣列傳，既有與《國史》傳舛異之處，亟應查照各傳所載事蹟，詳加訂正，以昭傳信。均應如紀昀等所擬凡例各條，詳晰辦理。至所請於滿員內酌派一二人，協同查定之處。查有理藩院員外郎翰圖給還原銜，巴尼琿通曉滿文，於八旗事例，亦尚熟習。臣阿桂、臣和珅，前因奉旨重修《八旗氏族通譜》，曾派該二員承辦。今《八旗通志》一書，擬即令該二員，隨同紀昀等查考核訂，似可得力。

又據紀昀等摺内稱，"原書内人名、官名、地名等項，對音之處，尚襲舊文，與現在譯定音義，多不相合。請隨時查開清單，交方略館譯漢官查明改正"等語。臣等查纂辦書籍，自應薈萃一處，查閱全書，互相參訂，方可期迅速完善。若隨時開單，彼此移文查詢，則辦理渙散，往返需時，必致遲緩，且恐參差舛錯之處，在所不免。

因思從前重修《八旗氏族通譜》時，臣等於派翰圖、巴尼琿二員外，曾添派辦過遼、金、元三史，人、地名對音之清書翰林陳嗣龍、錢栻、繆晉三員，幫同核辦。今此書内人名、地名、官名，既有與譯定音義不相符合之處，應請仍派翰圖、巴尼琿、陳嗣龍、錢栻、繆晉五員，詳查更正，俾歸畫一，庶彼此參觀互證，辦理如出一手，既不致於遲延，亦可免於錯誤，較為妥協。紀昀等所請開查送館更正之處，應毋庸議。所有臣等遵旨擬議緣由，是否有當，理合覆奏，俟命下，臣等即交紀昀等分飭各員，遵照辦理。謹奏。乾隆五十五年十二月二十三日奉旨："依議。欽此。"臺北"故宮博物院"藏軍機處檔摺件

奏為覆校文溯閣書籍副都御史陸錫熊病故所遺應校書籍分別各員接看事

福保

奉天府府丞，提督學政奴才福保跪奏，為奏聞事。

所有此次覆校文溯閣書籍之禮部右侍郎劉權之，副都御史陸錫熊等，於本年二月内陸續到來。奴才業將收發書籍，遵照上次辦理一切事宜，會同將軍琳寧奏明在案。茲於二月二十五日，副都御史陸錫熊病故。奴才伏思校勘書籍各員，此次蒙皇上天恩，准其再至奉省詳細閱看，以補前次之闕漏，該員等自必感激天

恩，斷不敢草率貽誤。惟陸錫熊應校各書，需有接看之員，雖現有陸錫熊帶來幫同看書人等，但恐無人督率，或致疏懈。

奴才與禮部右侍郎劉權之面商，此分書籍，均勻攤派現在分校各員，詳細覆校，以專責成。奴才仍於交出各書歸架時，逐函抽看，如查出缺誤，即撥回令其另校，務期詳慎無譌，庶足仰副我皇上嘉惠後學，信今傳後之至意。謹將陸錫熊所遺之書，分交各員接看緣由，恭摺奏聞，伏乞睿鑑，訓示施行。謹奏。乾隆五十七年二月二十六日。乾隆帝硃批："知道了。" 中國第一歷史檔案館藏宮中硃批奏摺

吏部爲補授都察院左副都御史事

和珅等

臣和珅等謹題，爲補授左副都御史事。

都察院左副都御史陸錫熊所遺員缺應補。查品級考内開"都察院左副都御史係正三品，開列具題，由宗人府府丞、通政使司通政使、大理寺卿陞任。以上各衙門無人，方以太常寺卿、順天府府尹、光禄寺卿、太僕寺卿陞任。至其次應陞人員，俱逐員開寫，一并另行繕單，與題本一同進呈。又，京員出差外省，尚未回任，遇有應陞缺出，仍行開列"各等語。

該臣等議得，都察院左副都御史陸錫熊所遺員缺應補。查現在應補無人，應將應行開列之宗人府府丞孟邵等職名，開列具題，恭候皇上簡用。臣等未敢擅便，謹題請旨。

計開應陞人員，宗人府府丞孟邵，四川進士；通政使司通政使李臺，貴州進士；大理寺卿趙佑，浙江進士。江西學差。（乾隆五十七年四月二十一日）開面題："趙佑補授都察院左副都御史。" "中央研究院"歷史語言研究所藏題本

· 652 ·

附三　唱酬追悼

宮扇歌爲陸耳山舍人賦　有序

姚汝金

　　明上海陸文裕公深，以翰林忤劉瑾，改南京刑部主事。瑾誅，復官。又爲閣臣所忌，左遷。未幾，晉祭酒，乞歸。詳《明史・文苑傳》。宮扇乃嘉靖經筵所賜，公裔孫藏於家，同人聯句，余亦繼作。

　　寒蟾出海大于斗，訪舊城西夜攜手。示我聯吟《宮扇》詩，知是君家先祭酒。祭酒承明著作身，蓬萊仙闕正垂紳。錦袍意氣凌中貴，丹陛封章忤輔臣。淪謫江湖年未晏，彤雲重捧通明殿。抗議初聞太學留，受釐終召長沙免。天子談經御講筵，侍臣執爵陪宸讌。攜得狻猊鼎内香，賜來蟬雀宮中扇。幾回青瑣動光輝，垂暮滄江猶眷戀。世廟修真禮太清，齋壇習習好風生。貢隨宰相青詞進，頒向昭容紫袖擎。同時張永嘉李興化蒙君澤，綺囊綵索分顏色。仰伊佳製本非輕，賚出朝廷傳史册。奇珍多自尚方來，散落旋爲市人得。僂指興衰二百年，永陵弓劍閟重泉。金甌久嘆多殘缺，紈扇安知不棄捐！秋聲易起春華歇，往跡迷離向誰説！戚畹鈿屜久寂寥，侯門鐵券都磨滅。獨有名家故物存，展開方覿記殊恩。應時潛舉宜冬夏，隔代芬芳到子孫。舍人述德誇能賦，先公手澤生餘慕。南岡甲第聽箏堂，東晉衣冠麈扇渡。便面韶光玩折枝，轉頭世事驚飛絮。漫譏張敞少威儀，會遣袁宏慰黎庶。篋笥休教委蠧蟫，鬼神那得長呵護！我觀此扇重沾襟，觸迕潯陽卧病心。千里黃塵遮庾亮，三條紫陌避楊愔。含情宣武門邊望，槐閣雲屏何處尋！文裕京寓有槐雨樓，又家藏雲錦石屏。　陳焯輯《國朝

《湖州詩錄》卷十九

陸耳山寓舍小集三疊前韻
申甫

安穩行窩屋數間，尊前莫放酒盃閑。繽紛落葉辭秋樹，寂歷斜陽滿碧山。出塞詩常慚學杜，登仙人漫羨如班。時馮星實有京闈同考之命，耳山未與。諸君盡是鵷鷺侶，文彩難藏錦翼斑。《笏山詩集》卷九

新正四日陸耳山比部招同徐玉崖施秋水喬鷗村陸璞堂集冗寄盧次耳山韻二首
吳樹本

蒙茸衣帽混塵埃，青眼逢君喜暫開。入耳聲喧新歲爆，關心花隔故園梅。萍蹤十載同浮海，燭爐今宵肯放柸。話到雲山添悵望，紛紛離緒一時回。有懷趙損之舍人從軍在蜀。

宦情蕭澹旅情賒，鴻雪青門又歲華。易解春愁憑魯酒，難占風信是唐花。明鐙照眼渾忘客，新月如眉倍憶家。堪喜士龍前約在，好乘瓜蔓放歸槎。璞堂與余有夏初同歸之約。《清容堂詩集》卷四

題李春帆春明問字圖照三首
李係陸耳山先生門下士

吳樹本

侯芭學向元亭受，彈指披帷杳莫尋。寫得軒窗霏綠雨，夜鐙悽斷坐來深。綠雨軒，耳山京寓額名。

陸公當日没陪京，視含招魂血淚縈。不解昌黎風義在，忠州從未説平生。

交情鄉國卅年親，我亦門前問字人。回首黄壚長在眼，一聲鄰笛幾霑巾！耳山寓五雲坊，在西長安門外，與余寓甚近。《清容堂詩集》卷九

正月廿五日憶陸耳山副憲於去年此日來别未逾月病終陪京寓舍追念之餘感悼何已

吴樹本

隔歲懷分手，艱難赴上京。登臺吟凍雀，望海逐騎鯨。耳山出關後，三臺子阻雪，有二詩，絶筆也。奉天有望海樓。弱小依親串，文章在史宬。茫茫身後事，百感集平生。《清容堂詩集》卷九

成警齋少司馬詢耳山副憲没後事並索觀遺詩感贈

吴樹本

故人逝已久，相對話平生。知我懷人意，同君憶舊情。敝廬愁不治，遺集待刊行。幸有昂藏鶴，心知入洛傾。副憲子慶勳，以秋試在都，器識頗不凡也。《清容堂詩集》卷十

答　耳　山

韋謙恒

當年弦管地，寥落剩蕭齋。車庫休增感，鶯花也自佳。春風吹短鬢，幽興落青鞵。況有詩人在，相於共一街。

何處吾廬是，浮生託旅亭。雲深容小住，松古爲誰青？遠岫頻揩眼，空林但守形。裴徊過日夕，商略抱遺經。《傳經堂詩鈔》卷八《上元後二日同人小集四松亭賦詩見贈次韻答之》詩，其二

九月十日沈雲椒少司馬陸耳山光禄張涵齋侍講曹習庵中允祝芷塘吳稷堂兩編修集聽雨樓送吳白華學士督學楚北分得五律二首

韋謙恒

已過重陽後，茱萸酒尚留。故人一攜手，落日又登樓。白髪添狂興，黃花耐晚秋。摶沙容易散，相顧不勝愁。

江漢茫茫遠，東南萬里通。衣冠真巨藪，詞賦獨雄風。此去搜荊璧，還期問渚宫。盈寧應共樂，好寄鯉魚紅。去年奉使滇南，路出荊州，江濤驟漲，田廬多在水中。蒙聖主撫綏，民咸得所。今聞夏秋之間，皆以豐稔告矣。《傳經堂詩鈔》卷十

九月朔見菊憶五年前同耳山廷尉小巖太史於詒堂宮允齋中對菊耳山大醉今小巖既成逝者詒堂又以憂去不勝聚散之感輒書此篇寄詒堂兼索耳山同作

韋謙恒

又見黃花照眼新，一枝瀟灑出風塵。縱無細雨沾衣袂，已有幽香撲酒鱗。瘦影祇今成獨賞，秋懷誰與更同論！土龍笑疾知何似，可憶當年浣錦茵。《傳經堂詩鈔》卷十

十二月望後飲褚筠心學士茶墨間精舍忽憶戊戌殘臘筠心齋中盆梅正開圍爐密坐曹習庵學士陸耳山中丞皆醉習庵墓草已宿而耳山督學閩中須明年得代始歸曩時文酒之樂不可復得漫呈筠心兼寄耳山

章謙恒

爾我休論孰主賓，白頭相對意逾親。祇應明月窺簾慣，忽記梅花索笑頻。四海更誰爲酒伴，九原何處問才人！放懷合待雲間陸，沉醉春風不計巡。《傳經堂詩鈔》卷十二

次韻同人永樂菴訪菊歸飲耳山冗寄廬作

程晉芳

秋懷憺無豫，枯坐寒藤下。偶謀訪菊罇，仍策尋春馬。好花如遘人，香味託波若。間竹亞松梢，寥寥意俱寫。澆宜石甃近，種說洋州寡。也著緋綠朱，居然脫姚冶。毬毲起暮雀，澹瀲明烟野。小憩戀雲堂，繩牀未容假。聊因適所慕，詎待餘英把！歸來說頃事，狂笑揚芳斝。得句子云何，和詞吾亦且。卻憶故江鄉，楸籬楓暗打。《勉行堂詩集》卷十六

三月十九日同籜石宮詹儉堂太守秋帆侍講仲思編修紉蘭司直杉亭厚石耳山三舍人調夫孝廉法源寺看海棠過耳山寄廬留飲作

程晉芳

香山飲酒九百首，東野踏春一百回。當時得景貴陶寫，有花

· 659 ·

詎可虛罇罍!法源海棠吾舊雨,慣攜密侶尋芳荄。適來探花花迸蕊,坐久日炙爭妍開。亭亭冉冉光灼灼,力軟正藉微風擡。墻陰一本罕跗萼,披紛翠葉清無埃。鐘魚唱梵拜衲子,轉頭誰復憐斯材!矧持戒律拒群飲,苦茗造次傳藤盃。夭紅相對鎮索寞,吾友拍臂呼去來。寓廬距寺十弓地,梢篸絕少大樹栽。彼問花態此良醞,眼中宛爾蒸霞堆。離之雙美固弗失,是一是二煩參猜。惜哉笥河吟履阻,時笥河編修以事未至。不然鯨吸推渠魁。勝遊火速圖再舉,莫待粉片縈蒼苔。《勉行堂詩集》卷十九

齊天樂　送耳山侄之石埭省養

陸文蔚

蘭舟吹轉吳淞路,依依望雲情切。半壁飛蟾,千絲舞柳,重送滄江輕楫。臨風話別。寄一語勝常,過庭煩述。七十灘迴,零陽山色笑相接。　中秋又逢令節。小山叢桂放,歸棹新撥。兩地聽螿,一時望雁,無限相思應結。重逢計日。要峰泖前頭,細評花月。指點飛帆,海天潮正闊。　王昶輯《國朝詞綜》卷二十八

題陸耳山副憲遺像

紀昀

性情嗜好各一偏,如火自熱泉自寒。文士例有山水癖,惟余茲事頗無緣。東嶽嶒崚倦躧屐,西湖浩渺嬾放船。幔亭峰下三度宿,亦未一訪虹橋仙。我去君來握使節,乃能煮茗千峰巔。旁人錯認陸鴻漸,前身猜是楊大年。羨君雅調清到骨,笑我俗病醫難痊。有如帶劍異左右,定知結佩分韋弦。寧識相與無相與,此故不在形骸間。蓬萊三島昔共到,開元四庫曾同編。兩心別有膠漆

契,多年皆似金石堅。一旦東流驚逝水,至今南望悲荒阡。丹青忽見形髣髴,存亡彌覺情纏綿。況復衰翁已七十,黑頭久矣成華顛。新交日換舊交少,鑿枘往往殊方圓。緣此傷心感曩昔,披圖相對不忍還。題詩半夜昏燈綠,招魂何處霜楓丹!老屋驚寒風瑟瑟,深冬釀雪雲漫漫。徘徊不寐坐長歎,伊誰解識余辛酸!《紀文達公遺集·詩》卷十一

吳企晉陸健男錫熊同至京師招鳳喈荀叔鍾越來殷諸君小集

王昶

三載相思一旦伸,門前已報駐雕輪。擬將燕市同吳市,況有詩人並酒人。路近香林宜卜夜,時企晉寓法源寺。風暄杏苑好尋春。不須更說登瀛喜,且合名流作勝因。《春融堂集》卷七

題陸葵翁秉笏吳淞歸棹圖

王昶

纔別酒人燕市,便隨釣客吳江。想見推篷一笑,九峰翠滴船窗。

淅淅風吹五兩,迢迢水漲三篙。回首軟紅香土,何由更上征袍?

久羨廁牏浣滌,旋看筇杖扶攙。從此杏花春雨,不須更寄銀鹹。

家本平原内史,人如錦里先生。計到抽帆時候,《金臺》紀述還成。君家文裕公,有《金臺紀聞》。

煙外一痕雁陣,林間幾簇漁罾。指點柴門如畫,隔溪紺塔

層層。

守歲詩成夜雪，先生去冬除夕詩甚工。還家節近秋颸。故里樵兄漁弟，相逢爲説相思。謂叔子諸君。

高秋七月八月，絶塞千山萬山。想遍江村風景，何堪更出嚴關！時余將扈蹕木蘭。

一幅吳淞煙水，依然三泖漁莊。也擬將來歸去，蘆灣同聽鳴榔。《春融堂集》卷九

同曹來殷趙升之陸健男嚴東有沈雲椒初吳沖之省欽觀覺生寺大鐘聯句一百八韻

王昶

華鐘鎮祇園，大可容萬斛。德甫。佞佛成祖營，役徒少師督。來殷。地隨亳社移，運歷秦灰遬。升之。討秋攄奇懷，趁日訪往躅。沖之。車遲曾城阿，寺聳大道曲。東有。豐碑蛟螭蟠，巍座龍象蹴。雲椒。威神屏方艮，怪偉圖忽儵。健男。周遭庖廧廡，錯立栝松槲。升之。駁薛鋪城階，倒茄麗櫨栱。東有。流鈴戛郎當，法鼓震塗毒。德甫。繡繒內家旛，琳笈中禁軸。健男。幽響飄迦陵，妙香散篤耨。雲椒。迢然靈院間，屹爾崇樓矗。沖之。鼇柱擎坤維，雁堂仿乾竺。來殷。風櫺呀差參，露栱盤歷硌。東有。上桄腰彎環，緣壁腳彳亍。健男。蟻穿窈以深，螺旋往而復。雲椒。趦趄筍虡橫，帖帖蒲牢伏。德甫。辨名殊重脣，取象肖大腹。升之。其圍四尋餘，厥徑三仞足。來殷。頂爲盂體圜，身作鏡光煜。沖之。重八千衡贏，高十六尺縮。東有。積石容廩囷，量袪越方幅。雲椒。排犖饕餮蹲，介篆虹蜺束。來殷。昂俄夒首撐，瑣碎虬紋簇。德甫。哆張陋釜鬵，峙立雄鬴鬵。沖之。有銑復有鉦，非錞并非鐲。升之。中懸廬象穹，下覆室成覆。健男。

附三　唱酬追悼

熊熊景常歇，黝黝色轉沃。德甫。煙熅湧帝青，繚繞暈官綠。東有。含霜九芒寒，炫日五彩昱。升之。鋒棱沙畫錐，縵理錦交縟。來殷。重爲繞匝行，共作迴環讀。健男。華嚴繙寶函，般若譯珠櫝。雲椒。品經貝葉傳，真偈蓮花續。沖之。體變盧佉文，語想釋迦囑。德甫。蠱紐危自垂，鯨桴怒相觸。來殷。雷音走隆隆，飆韻迴謖謖。雲椒。應大昭小鳴，中左羽右觫。沖之。豈立號立橫，乃滿坑滿谷。升之。日動氣必宣，維空聲斯蓄。健男。警宵分雞籌，報午聞魚粥。東有。旅魂感恛惶，山鬼拜踥踖。德甫。大地方震醒，諸天正清穆。來殷。聲聞豁塵襟，喟息稽故牘。東有。主邕覬屠孫，操戈恣悍叔。健男。時方息龍爭，事忽符燕啄。升之。腹心寄齊黃，羽翼羈代蜀。雲椒。葛藟忘庇根，椒聊使盈匊。沖之。啓疆假以權，睊器求所欲。東有。連營諸將驍，入幕一翁禿。升之。讖誇瓦墮空，計詭壁藏複。健男。飛颭轉脫鷹，跳突原走鹿。雲椒。歌風北方強，占繇南國蹙。來殷。臨江勢已成，割地議空瀆。德甫。國門諠征蓽，陵闕閃戰纛。沖之。宮中傳披緇，殿上儼受籙。東有。周公輔誰欺，和尚誤難贖。來殷。紀年付革除，鉤黨窮訊鞫。沖之。著緋衷刃趨，要絰投筆哭。雲椒。嗟呼冤哉烹，狼藉弱之肉。升之。株連榜姓名，羅織籍家族。健男。雨仗修羅宮，列鋸波吒獄。德甫。埶雪重泉冤，莫逃一字惡。雲椒。魯弓假不歸，周鼎遷重卜。來殷。鑄鐵悔六州，貢金來九牧。升之。象功愧和平，懺禍懲殺戮。東有。大慈見應顊，宏願持頗篤。沖之。濁劫經刀兵，道場會水陸。德甫。考功庀爾材，將作勅其屬。健男。銅調牝牡穌，火扇文武燄。沖之。制器倕工能，揮毫學士獨。雲椒。一磋復一波，三薰更三沐。來殷。幅整資臨摹，坯圓試鏤鑿。東有。摶泥外渾渝，化蠟中滲漉。健男。封冶長庚監，開鑪太乙矚。德甫。瀉液凝碧煙，騰輝爍朱旭。升之。咒鱗降蜿蜒，刦岬縈薿蔌。來殷。審音析毫釐，中度辨黍粟。德甫。雄梁高引縆,飛架圓轉轆。雲椒。大衆歡贊揚,群靈駭馳逐。升之。漫將毅魄招,直使陰魔服。東有。解脫驅三災,祈求迓百福。沖之。是爲有漏因,詎稱無疆祝!健男。元言闡徒勞,黑業種已宿。雲椒。縱依淨土安,終俾吉金辱。升之。疢心積孽多,彈指流光促。東有。沈埋痛瓜蔓,倉卒報榆木。健男。十朝舊物貽,萬壽崇基築。明代,是鐘本貯大內,後移漢經廠。萬曆五年,建萬壽寺于西直門外,移鐘于寺,日俾六僧擊之,見《野獲編》及《帝京景物略》。來殷。賜出從紫閣,移來近蒼麓。沖之。聽周釋界千,撞選僧彌六。德甫。遷徙隨禪緣,廢興易世局。東有。鴛舍藏至今,虎分禁自夙。天啓中,有言寺在帝里,白虎分不宜鳴鐘,遂臥鐘于地。見《燕都游覽志》。升之。啞廢堆泥沙,僵眠蔽樸樕。沖之。剝蝕更曉昏,埋淪閱涼燠。雲椒。摩苔過客憐,擲礫游童撲。健男。代已變滄桑,物仍寄輦轂。德甫。流傳四丁訛,《燕邸紀聞》云,是鐘鑄造及徙置萬壽寺,年月日時,皆四丁未。今考永樂朝無丁未年,蓋汪氏之訛也。呵護六甲肅。來殷。景運逢轉輪,昌時協調燭。健男。開濟周人天,秉持遍道俗。德甫。選勝闢化城,棲真傍靈囿。雲椒。挽以千馬車,見《法苑珠林》。貯之萬鱗屋。來殷。奏殊辟雍簴,陳比房序玉。升之。帝臨星罕移,聖作奎章爥。沖之。正覺發顓蒙,多生遂熙育。東有。水源功德滋,雲氣吉祥郁。來殷。毋愴憑弔情,且暢登臨目。升之。新詩感物鳴,用補《春明錄》。德甫。《春融堂集》卷九

聞陸健男改官侍讀奉寄

王昶

十年譽望著明光,果看恩綸出上方。簪筆已參周內史,趨班仍攝漢中郎。紫微芒動詞初進,黃絹書封夜未央。同是西清同儕

直，獨憐烽燹滯危疆。《春融堂集》卷十四

上海陸副憲健男

王昶

改職名高玉殿班，何期使節竟無還！魂歸不但楓林黑，愁過遼陽萬仞山。《春融堂集》卷二十四《長夏懷人絶句》詩，其二十一

與陸耳山侍講書

王昶

某頓首啓耳山大兄執事。不通郵問久矣，昨見邸抄，知執事改官翰林，甚喜甚慰！此典不舉久矣。漁洋之負重望，在汲引人材，其詩雖爲義門、次山諸公所貶，而貶之者之詩，轉出其下遠甚。惟古文間纂入唐宋間小説語，又於經術頗疏。今執事從六十年繼其後，則求所以接跡古人，而副國家之曠典，將何以自樹立耶？

比者徵書遍天下，遺文墜簡，出於荒塚破壁者必多。未審亡友惠君定宇之《周易述》及《易漢學》，當路者曾録其副以上太史否？《周易述》，德州所刊，聞其家籍没後，版已摧爲薪。此書本發明李資州《集解》，而《易漢學》爲之綱。微《易學》，則《易述》所言，不可得而明。此二書，某寓中皆有之。《易學》蓋徽君手寫本，鳳喈光禄、搢升員外，皆覆加考正，尤可寶貴。如《四庫》館未有其書，囑令甥瑞應檢出，進於總裁，呈於乙覽，梓之於館閣，庶以慰亡友白首窮經之至意。餘尚有《古文尚書考證》等書，曉徵學士殆有其本，如得并入秘書，尤大幸也。

又門生吳騫，浙中名士，亦金壇向所拂拭者，前日無端絓

誤，爲執事所知。鉛槧之役，實所優爲，未識曾招致其人否？吳與胡希呂侍讀，至戚也，或屬希呂，促之使來，并以告之金壇，俾備校讎之末，得自湔洗，不致終身擯棄，實惟執事之德，而天下於是乎無遺才矣。某結襁袴，作老兵，蓋五年於此，而執事遂以翰林主人持文柄。吾兩人出處同，而今之蹤跡，乃大異分，不當言及此。然生平積習，有耿耿不自釋者，萬里作書，寓於左右，惟幸留意焉。《春融堂集》卷三十一

長歌行寄陸耳山

趙文哲

　　陸敬輿，有荒莊。趙元叔，有空囊。一貧至此非所恨，但恨一出一入相避成參商。與君結交久，樂事掛人口。銷夏雲林壁上泉，壬午季夏，與耳山並載至武林，同寓湖上者二旬。餞春繡谷花前酒。此己卯同游吳下事。繡谷，蔣氏別業也。聞君昨從吳越賦《皇華》，舊句已籠碧紗否？萬人海中藏我六載餘，君亦冗寄宣南坊畔廬。"藏海""冗寄"，予與耳山所居兩廬額也。深深青瑣闥，滑滑白玉除。十行之詔萬卷書，與君朝朝暮暮蛩蚟如。今春歌上陵，去秋歌出塞。屬車豹尾間，簪筆兩人在。偶然拍馬歘飛前，草檄飛書立而待。壬午同年生，與君同命鳥。長安鴻泥蹤跡何足誇，別有千秋共懷抱。我昨一跌君不知，國門一出十步三威遲。計程謂當於此傾蓋語，嗟哉楊朱之淚空灑岐路岐！行者萬里塗，居者萬里心，楚山漸漸水淫淫。猿啼雜鵑啼，楓林連竹林。孤舟載烟雨，山鬼晝夜吟。知君朝回一燈對風雪，夢中千巖萬壑與我同登臨。陸敬輿，趙元叔，曷不雲龍共追逐？詩題日南至，書到日東陸。詠梅倘寄草堂篇，吹笛還酬武谿曲。《娵隅集》卷一

寄懷習菴白華耳山四次前韻

趙文哲

昔人貴讀書，僅求袁豹半。同岑得三友，乃有望洋歎。我老學殖荒，空對日景玩。槁瘁似左徒，疏懶比中散。豈能挾鉛槧，來與老兵伴！自顧本薄植，斧斤復旦旦。公等大雅材，作吏傍香案。同聲奏朱弦，洋洋曲將亂。神聽和且平，庸以侑清盥。三年吾不見，如病失和緩。古歡復有幾，夷險心一貫。苦憶臨岐言，誦之激頑懦。天涯一寸腸，日夜攪冰炭。定知柏葉尊，時過藤花館。予京寓有古藤一株。勉旃問字人，豈特借餘暖！兒子秉淵，近受業習菴、白華之門。緘詩致綢繆，何夕見此粲！《娵隅集》卷七

同朱竹君吳白華兩太史沈南雷舍人馮君弼寺丞程魚門陸耳山兩同年泛舟二閘分韻得花字

趙文哲

我昨歸夢水一涯，檹枝醒後猶咿啞。九衢塵漲塞牕户，愁聞門外喧馬檛。故人好事馳折簡，招招共上城南艖。城南水出白浮堰，玉河屈折縈修蛇。下趨通潞疾懸雷，啓閉以閘時無差。天池釣叟泛舟處，流紅時帶宮中花。雙清亭子今亦圮，踏艇惟聽漁蠻哇。我來三月嗟已暮，草際閣閣鳴村蛙。餘寒久勒官柳色，翠梢一放旋成衙。詩瓢畫槕兩頭載，隨波拍拍飛鳧斜。老松夾岸送騷屑，翁仲半仆苔鬖髿。陳根忽復弄么豔，風風雨雨嬌含葩。折枝插帽看不足，感此那惜金尊賒！回橈三里或四里，夕陽粉堞翻棲鴉。重游有約轉自哂，煙水漫向吳儂誇。三江五湖儂所宅，接天一碧圍春葭。桃華波淨不可唾，欲試并蔚分溪紗。畫船六柱競啷

· 667 ·

尾，就中最陋稱缺瓜。筆牀茶竈儘堪置，但向綠樹陰中划。手扳竹弓射繡鴨，脚縛草屩撈珠蝦。板橋酒帘青半幅，醉卧常占叢鷗沙。柁樓有人唱《欸乃》，萍開忽見雙髻丫。樵青接曲吾拍手，歸路遥指平林霞。少游款段是何物，寧論秃尾牽柴車！別來好景定無恙，思之如癢不得爬。兹游頗得少佳趣，芥舟且泛堂前窪。諸公倘肯盟息壤，秋風起矣同浮家。《嫏雅堂詩續集》卷二

家甌北招同朱竹君編修王述菴比部曹習菴編修程藟園陸耳山兩同年小集即次見示詩韻

趙文哲

朱門鼎鼎集巾箑，骯髒如予到輒遲。策馬數尋宗老宅，開尊偏愛歲寒時。悲懽語雜原因醉，甘苦心同豈獨詩！若約連牀故園好，得歸何用有田爲！

咫尺相思動涉旬，風風雨雨感雞晨。同爲宦海浮湛客，獨負名山述作身。聚鐵應難成此錯，買絲真合繡斯人。甌北近以長歌見貽，讀之感嘆彌日，二語聊答其意云爾。咬春會接消寒會，試問天涯定幾巡！《嫏雅堂詩續集》卷四

三月十三日程藟園舍人招同錢籜石辛楣兩學士曹來殷編修王述庵比部吳白華庶常陸耳山家璞函舍人各攜壺榼陶然亭爲展上巳會分賦二律

趙翼

虚亭聯雅集，各自挈盤匜。正喜春增閏，何妨禊展期。真成無事飲，未免有情癡。不識誰賓主，長安此會奇。

淺水蘆芽嫩，平隄柳色新。城中如野外，酒客盡詩人。會尚名修禊，遲兼當送春。還期消暑飲，重此滌襟塵。《甌北集》卷十一

邀陸耳山簡玉亭兩主試泛舟珠江兼赴海幢寺賞菊

趙翼

蘭譜交遊跡未賒，分攜五載感蒼葭。故人天上來持節，老友江邊請泛槎。蕭寺晚涼驚海氣，鎖闈舊事憶京華。使星留此無多日，莫負樽前菊有花。《甌北集》卷十六

喜同年陸耳山廷尉過訪有贈

趙翼

一代奎文較《石渠》，由來典冊屬相如。換官獨荷非常遇，覽古應無未見書。公總纂《四庫全書》，由部曹特改翰林，洊歷卿寺。卿月迥依青玉案，使星頻擁畫輪車。才人多少求傳世，誰似先生綽有餘！

長安詩社紀聯賡，彈指俄驚廿載更。身退我甘爲野老，位高公不改書生。九華秘殿看翔步，四海騷壇有主盟。車笠相逢惟自愧，聲名官職兩何成！《甌北集》卷二十八

題和韓遺訓圖爲陸秀農作

趙翼

同年陸耳山副憲在京時，嘗遣令嗣秀農讀書城南永樂禪院，手書韓昌

黎《符城南讀書詩》，并和其韻，俾作座右銘。今耳山歿已十餘年，秀農奉其手蹟，追繪成圖，來索詩，知其志切紹聞，久而弗懈，故人爲不亡矣。爰仍次韓韻奉題，俯仰今昔，不禁悲喜交集也。

世傳昌黎子，曾誤金根輿。後終成進士，名入淡墨書。良由過庭訓，諄戒腹笥虛。至今《城南》篇，想見勖學初。析薪竟克荷，弗墜高門閭。吾友副都公，典策擅相如。京華三間廨，偪仄盆池魚。亦處君城南，蕭寺人跡疏。手和示符什，俾懸佛屋渠。勉以青雲梯，平津起牧豬。嗚呼儒家業，祇憑硯滴蜍。弗惜食字蠹，遑問浮甕蛆。通經用斯致，古稽今與居。縱不爲干祿，舍此安歸歟？君能體先志，夙夜勤所儲。欲然不自足，乃日見有餘。會當巢阿閣，寧憂困豫且。倪寬第七車，功收帶經鋤。我昔與副都，長安共騎驢。早欽淹雅才，筆耕勤菑畬。果膺天祿校，公奉命總校《四庫》書。翔步直玉除。別來四十載，緣每慳聯裾。東粵一款接，公典試粵東，余爲廣守，得過從數日。南蘭一燕譽。公服闋赴都，過毘陵，飲余草堂。爾後渺音塵，況聞歸靈墟。披圖感存歿，離懷慘不舒。書香幸有君，嗜學忘居諸。題詩悲喜集，中宵幾躊躇。《甌北集》卷四十六

次田綸霞移居韻爲陸耳山舍人作

吳璥

誰言家具少于車，圖書移勝東野家。燕京邸舍縱鄰近，那及山澤群遊賒。舍人綸閣喜無事，不似郎吏趨官衙。礬頭凸出晴雪霽，墻角遠映返照斜。昊天寺近汲甘井，南市街接賣好花。留賓投轄喧櫪馬，驚夢推枕啼城鴉。泖淞烟景渺何許，幾時歸聽漁鼓撾。尊前撥棄不復道，且共飲唊追羲媧。《黃琢山房集》卷八

人日同王琴德朱竹均曹來應畢湘蘅陸健男登法源寺後閣晚飲琴德寓齋同東坡廣陵會三同舍故事各以字爲韻予得曉字

錢大昕

人日例登高，此風近來少。西曹澹蕩人，志欲出塵表。約我試春游，初哉首基肇。法源古寺近，毘盧修閣窅。一握去天裁，千里極目了。鈴語清而和，鐘聲輕不窕。上方洞嚴淨，下界徒纏繞。犀首適無事，止酒毋乃矯。同隊水中魚，故交松上蔦。聊復恣詼嘲，不待引介紹。騷人感初度，是日予四十生辰。歲月如過鳥。念念煩惱縛，法鏡本常皎。在家蒲褐師，琴德好譚禪，題所居曰"蒲褐山房"。大意已先曉。泰山秋豪末，究竟誰大小？《潛研堂詩集》卷八

臘八日同曹習庵編修吴白華侍讀陸耳山宗人集趙實君齋消寒小飲即席口占索和

錢大昕

車輪懶逐軟塵忙，官意文情兩欲忘。《隋書·李孝貞傳》，官意文情，一時盡矣。不速竟來容惡客，無何且飲即寬鄉。餔糜大勝盤游飯，啞酒兼呼般若湯。招引吾儕相暖熱，詑渠元叔未空囊。《潛研堂詩集》卷十

心齋太僕將卜居吳中與錢籜石詹事程魚門文選翁覃谿學士陸耳山西曹羅兩峰山人分賦吳中故事送之予得石湖

錢大昕

范公四十六，卜居在石湖。五十九乞祠，始歸田園居。請息殊不惡，石湖二齋名。開荒分手鉏。間價買癡獃，欲與社櫟徒。梅菊手自譜，雜花姑舍諸。人稱石湖仙，鬚眉入畫圖。先生豈其侶，宦成亦遂初。丙舍近楞伽，弋釣昔所娛。具區峰八九，偃蹇若可呼。中秋夜泛月，一串牟尼珠。雖乏范村田，雲露脣略濡。南潯百里外，分野同三吳。擇里矧在茲，雋士龔滕俱。請續《吳郡志》，脫稿付小胥。《潛研堂詩續集》卷一

題陸耳山舍人尊人吳淞歸棹圖

馮廷丞

春風吹客心，歸夢吳淞碧。天水何杳茫，孤帆去如擲。那知日淺深，但見柳條坼。長楸忽在眼，浮圖影倒射。回首東華塵，衣上已無跡。蝦菜鶯脰湖，風流內史宅。閱歲始歸來，三逕豈殊昔！長日何所為，但蠟看山屐。人生歸計少，此樂千古隻。況有畫手工，意遠幅縑尺。嗟余昔南行，曾記眠水驛。睹此思莫緘，江海期挂席。《敬學堂詩鈔》

三月十九日程魚門舍人招同人集法源寺看海棠晚飲陸舍人耳山寓齋

馮廷丞

紺刹饒古松，黛色老愈淨。繁紅亦嫣然，點綴曲房靜。就中四海棠，占地各爭勝。傾都引遊屐，似與蜂蝶迸。穠華自續春，人鬢每霜鏡。髯翁最好事，邀我來曲逕。三株乳半含，葩萼丹白映。一株獨精神，睡足闌干憑。居然見嬌憨，酲暈入肌凝。蠻華忽驚飄，天女閃霞襫。雖無香氣醰，逸韻流疏磬。頻年款禪扉，未若茲節盛。但苦飛廉饕，吹沙不能禁。玉蛆雖各攜，法戒律前定。齋鐘且辭王，紅裙欲屏鄭。舍人起邀客，地近豈煩乘！古屋席可筵，花瓷栗還飣。到手杯不停，高樹禽噪暝。茲游實清酣，疏散愜鄙性。惟愁三紅妝，濃豔曉含靚。醉雨或欺風，白日屢斜亘。燒燭諒未能，牽懷目空瞪。《敬學堂詩鈔》

歲莫邀約軒小飲

褚廷璋

久已閑門少雜賓，酸鹹殊俗獨相親。觀空差喜收心早，垂老還驚換歲頻。終古苔岑憐素侶，無多花月感陳人。追憶習菴同年。宵分款語醇如醉，合把詩裁當酒巡。

家廚蔬笋便留賓，氣味真同骨肉親。一夕輸心良宴少，三年擁淚索居頻。寒鑪未許圍生客，軟土何妨作散人！後夜詩筒南雁便，好隨吉語付郵巡。時耳山視學閩中，其令嗣慶庚秋間就婚余齋，將致書并簡是什。《筠心書屋詩鈔》卷十一

題同年陸耳山尊甫葵霜翁吳淞歸櫂圖

沈初

三月津門水，翩然歸櫂閑。布帆無恙在，直到陸家山。草綠茸城外，秋生滬瀆間。登高有新什，因寄北風還。《蘭韻堂詩集》卷四

杏 酪 聯 句

沈初

傳蠟中廚遍，程晉芳蕺園。言嘗節物新。吳省欽白華。看花遲暖信，曹仁虎習庵。煮木試芳仁。趙文哲璞函。饌法徵時品，沈初雲椒。羹材數土珍。陸錫熊耳山。八丹名最遠，白華。五沃氣偏醇。蕺園。紀令隨榆柳，璞函。藏羞配栗榛。習庵。核留從所嗜，耳山。膚盡取其陳。雲椒。倒籠呈微穎，蕺園。浮甌起細皴。白華。瓣分初坼甲，習庵。皮褪半含辛。璞函。橐橐鳴茶臼，雲椒。淋淋漉葛巾。耳山。淨融銀作液，白華。輕碾玉成塵。蕺園。細訝淘沙並，璞函。澄憐易水頻。習庵。祛埃先溉釜，耳山。候火緩炊薪。雲椒。糜雪三分和，蕺園。飴霜一色勻。白華。調同丹計轉，習庵。酌比酒論巡。璞函。沆瀣盈杯湛，雲椒。醍醐滿杓醇。耳山。滑愁難染指，白華。甘愛恰當脣。蕺園。下豉誠何假，璞函。凝酥認未真。習庵。餘芬清可挹，耳山。回味淡堪親。雲椒。操匕誇吳客，蕺園。盛盂憶晉臣。白華。冷煙剛偪社，習庵。勝日待招鄰。璞函。膩鼎差祛俗，雲椒。蔬筵詎笑貧！耳山。粥香桃泛露，白華。漿冽蔗生津。蕺園。小檻追遊地，璞函。單衫彌醉人。習庵。東風近寒食，耳山。取次約澆春。雲椒。《蘭韻堂詩集》卷五

中元後一日暮同嚴東有陸健男訪王蘭泉步至法源寺是夕陰晦無月歸飲蘭泉寓齋閑話至三鼓散去

畢沅

　　王郎居鄰古蘭若，地偏絕少閑游者。好客多應乘月來，不圖明月偏相左。山門一徑暝色深，兩三僧立古松下。禪房數折清且幽，竹徑苔陰遞瀟灑。露除開遍碧桃花，優曇浮出青蓮朵。南階古柏金源物，香葉如雲幹如槎。深秋叢薄翠影寒，彷彿名山眼前墮。燈微隔院聽人行，獅古對蹲疑鬼坐。眾師垂頭若鸛鶴，杪櫨隱現長明火。頓覺塵襟是處空，始知法海無邊大。茶罷歸來已二更，更陳酒醑羅瓜果。舊游歷歷話鄉關，夢裏風花憐旖旎。同是吳頭楚尾人，欣慨無端燭漸灺。燕市酒徒半散去，如此佳會亦云寡。出門各駕短轅車，珠斗銜城鼓三打。《靈巖山人詩集》卷十七

三月四日學士錢籜石辛楣兩前輩編修趙雲松曹來殷沈景初庶常褚左莪吳沖之中翰王蘭泉程魚門趙損之汪康古嚴冬友陸健男沈吉甫諸同人重展上巳修禊陶然亭即席有作

畢沅

　　重三韶序記元巳，執蘭招魂《國風》始。風流盛於魏晉間，觴詠亦以名人傳。諸公袞袞雄詞壇，意氣凌厲追前賢。招攜舊雨修禊事，不惟其事惟其意。惠風和暢天氣清，陶然人坐陶然亭。亭旁蘭若大于斗，四面空青拓窗牖。沖瀜幽潤漲桃花，堆阜連岡斷壟白。繁英紅墜晚春風，浮嵐翠滴新晴柳。題襟接席相流連，

敘以林泉醉以酒。竹林談笑擬步兵，洛社詩篇繼留守。京華彳亍廿年久，良會不多此其偶。曲水序，蘭亭詩，古人風雅今人師。往來人事遞今古，後之視今亦猶斯。《靈巖山人詩集》卷十八

晤同年陸耳山學士舟中夜話　松江人，時方居憂

王禄朋

三年遙判袂，一夕喜談心。日下文名重，雲間孝思深。蘭言風馥馥，燭影夜沈沈。握手難為別，幽懷把素琴。　梅成棟輯《津門詩鈔》卷十三

葡萄聯句

嚴長明

蟠根蔭秋繁，程葴園晉芳。磊實壓架闊。趙璞函文哲。匝步停圓陰，阮吾山葵生。釘坐觸微馥。董東亭潮。低謝桑梯緣，吳白華省欽。斜宜棗竿掇。嚴道甫長明。葉翦青霞裾，陸耳山錫熊。粉褪紫茸褐。葴園。花鬢卸錦綳，璞函。菽乳逗羅襪。吾山。承盤珠顆纍，東亭。入手彈丸脫。白華。落蒂僅扶寸，道甫。函粟不盈撮。耳山。辛含舒眉攢，葴園。甘吮利齒齾。璞函。嘗新枯腸腴，吾山。道古滯臆豁。東亭。漢歷推太初，白華。唐封拓且末。道甫。種隨苜蓿來，耳山。名先荔芰達。葴園。露湛金莖寒，璞函。漿齧玉魚瘰。吾山。宮樐柑並傳，東亭。貢包橘應奪。白華。十種蔓雞田，道甫。百株纏虎闌。耳山。離離碧琅玕，葴園。粒粒紅絭鞨。璞函。白訝乾雪霏，吾山。黑疑淡墨抹。東亭。鴛機翻樣奇，白華。鵝絹折枝活。道甫。麝眠香玲瓏，耳山。蜂鬪影軥輵。葴園。絡野延荳棚，璞函。擔市堆竹笪。吾山。移栽知誰何，東亭。攀摘問月曷。白華。

牽連春植楥，道甫。防護冬擁堨。耳山。銅瓶注濃泔，戢園。金韰薤叢芨。璞函。穿帷月惺忪，吾山。裂帛風綷縩。東亭。蕭梢彩鸑翔，白華。夭嬌虺龍拔。道甫。薄游眯軟塵，耳山。素食厭粗粏。戢園。櫻乞四月廚，璞函。蔬乞千家鉢。吾山。眼明詫駢羅，東亭。指動快擷拤。白華。黃欺皴栗蒸，道甫。綠勝浮瓜割。耳山。蘋婆枕卻懸，戢園。芋魁爐免撥。璞函。分無涼州除，吾山。心憶漢水潑。東亭。巾角翠雨淋，白華。榨頭紺雲挦。道甫。逾蘭生色清，耳山。擬桑落性辣。戢園。醉鄉從拍浮，璞函。釀法早拈括。吾山。興同麴車逢，東亭。事異屠門咄。白華。試佐細君貽，道甫。亦慰侍臣渴。耳山。《歸求草堂詩集》卷六

十二月十一日戢園招吳白華曹來殷兩前輩趙璞函陸耳山兩同年集寓齋觀盆中芍藥聯句得三十二韻

嚴長明

老屋冬林外，白華。衝寒駐曉驂。管辰才臘八，習庵。花信候春三。綽約姿新獲，道甫。將離字舊諳。翠根移市北，耳山。紅影占窗南。薄日籠虛牖，璞函。沈煙護小龕。簾深波不卷，戢園。壺淺凍猶涵。滑几光浮檻，白華。圓瓷色奪嵐。來遲何掩冉，習庵。放早大差參。體弱風難舉，道甫。苞輕雪易含。近人沾宿粉，耳山。隔座觸清馣。似帶腰還鎖，璞函。如杯尾乍婪。冰華承灩灩，戢園。石髮亞鬖鬖。禁冷欺梅瘦，白華。凝暄倚杏憨。尊前宜一酹，習庵。鏡裏好雙簪。條谷懷仙種，道甫。豐台紀客談。地偏村叟據，耳山。術巧圃師耽。迤邐賸連馬，璞函。喑噉室閟鬟。遮應糊白繭，戢園。襯每劈青篸。伏坎泥重裹，白華。乘離火半黏。潛虛機未引，習庵。鑿空氣先函。百沸湯頭緊，道

甫。三和土脈甘。喚來魂竟返，耳山。扶起睡初酣。翹朵排宮紫，璞函。傾跌裮塞籃。依稀聞篤耨，蕺園。頃刻見優曇。製合騶箶並，白華。功分羯鼓堪。價高輪甲族，習庵。遞急走丁男。嘉賞遲瑤砌，道甫。珍貽遍彩坩。力翻愁地棄，耳山。功直訝天貪。是物希爲貴，璞函。他時殿未慚。秉蘭逢禊節，蕺園。終擬郭西探。白華。《歸求草堂詩集》卷六

十一月十五日雪翁正三學士偕錢籜石詹事辛楣學士登陶然亭回至鼐寓舍與程魚門吏部曹來殷贊善吳白華侍讀陸耳山刑部同飲至夜翁用東坡清虛堂韻作詩垂示輒依奉和並呈諸公

姚鼐

西山指海如龍蛇，揚雲弄霧行衙衙。九門陰靄塞朝景，雙闕明光開玉花。群公欲眺山半脊，高閣上出城千家。皓空正對北風客，斜陽忽送西林雅。八逢日至在京洛，又見郊仗陳莖葩。好景宜從客游戲，碎事厭聽人梳爬。惜未聯鑣踏冷絮，顧承枉轡呼煎茶。月階凍面行蟻盌，雪地立奴垂馬撾。漸至中宵柝三兩，猶取前輩文稱嗟。後來知更道今不，自記過眼看雲霞。《惜抱軒詩集》卷二

冬至大風雪次日同錢籜石詹事程魚門吏部翁覃谿錢辛楣兩學士曹習菴中允陸耳山刑部集吳白華侍讀寓同賦得三字三十韻

姚鼐

侍讀城西住，西望城上嵐。雪明邀數客，風定即同驂。嶺照

斜規掩，林鐘晚韻稻。聽詩情窈窈，說士味醇醇。燭盡櫚街鼓，梧傾倒室壆。昨朝寒太劇，此歲日窮南。氣抱虛堂白，聲搖空閱酣。閉將同蟄蟷，臥欲作僵蠶。綵仗從天轉，瓊膏灑地覃。農田占穀麥，齋殿映松枏。圜陛宵陪位，前衙曉放參。是日停朝賀。頻逢薰燎慶，竊有負茲慚。大祀，蕭以疾未陪。雖替祠官職，曾求國典諳。竹宮今日禮，茨屋異時談。急景看如此，遐思嘿有含。墐知坏户暖，壤愛潑塗甘。酒幟懸風店，漁蓑向凍潭。靜尋封徑崦，響聽打窗庵。茲意仍遲暮，當前且樂湛。醉歸曹適百，病滿月幾三。重德吾嘗慕，多材世所貪。群公高韻在，游地奉陪堪。接臭皆幽蕙，連根比灌藍。敢援交吉禹，終愈附音譚。西徼鑾猶桀，方隅澤待涵。洪頤今向舉，幕府正深探。雛鵲巢須埽，蟬蜩股盡戡。雪霜更卒悠，日月腐儒耽。疏藿咸逾量，樽罍况盍簪。因思王趙舊，今夜宿巖嵁。謂琴德、損之。《惜抱軒詩集》卷七

陪陸耳山宗人簡玉亭民部登鎮海樓遊六榕光孝二寺三和諸城座師韻二首

翁方綱

海天奇氣入憑欄，紫碧珊瑚間木難。雨過蠻雲蒸晝熱，風高蜃霧起秋寒。扶胥渡口排銀浪，浴日亭尖轉赤丸。更俯重洋八窻拓，九淵百寶瞰鯨桓。

化羊石那問初平，筆授軒猶訪穗城。古徑來聽風葉響，秋池但有縠紋横。卓泉錫果新潮應，步屧人寧怖鴿驚。銅塔輪邊拾沙礫，摩碑剔蘚到元明。《復初齋詩集》卷八

同蘀石辛楣魚門姬川習庵耳山集道甫散水庵同賦

翁方綱

一十二年前，秦家瑞芝軒。錢公爲芝圖，我作賀芝言。指此庭中木，共道芝無根。雖假木爲喻，實不以木論。今兹嚴先生，抱景異郊暄。唐孫秘《散木賦》：「郊暄淑氣，景媚風烟。」瞑據常笑惠，目擊豈俟温！一帆即居廬，三秋暫都門。散木不謂木，中有所謂存。故仍秦公居，復勸錢公樽。同人發高唱，亦不著籬藩。我猶執壁字，墨色襟袖痕。《復初齋詩集》卷十

述菴通政招同魚門耳山稷堂竹橋仲則集蒲褐山房觀所藏鄺湛若研側八分書天風吹夜泉湛若下有明福洞主印予拓其文與廣州光孝寺湛若八分洗硯池三字合裝爲軸題此

翁方綱

吾聞異人精氣在天地，化松千尺芝九莖。羚羊峽石帶潮水，墨花倒瀉海可傾。二琴遺響落何處，九疑瀟湘莽洞庭。詩人憑弔徒爾耳，天風夜泉誰爲聽？我昔粵城陰，訪君滌硯處，尺甃珠翻一泉注。最近房融筆授軒，想倚蕭梁詞子樹。怪哉三字鬱鬱蛟龍躔，瘦著苔垣不飛去。夜寒呵凍池有津，大雪置酒呼比鄰。雲旗慘淡怳惚歌舞出，此石此字誰前因，訊爾山房蒲褐人。《復初齋集外詩》卷十一

致陸錫熊

翁方綱

敬候耳山先生大人鈞禧。茲因奏准令兒子樹培追隨老大人，前往覆閱文溯閣書籍。惟念兒子樹培，愚幼無知，諸凡一切，皆賴老大人以前輩之尊，兼父執之誼，督率訓誨，種種曲費清心者矣。諸容再致申謝外，先此拜懇教督，藉候鈞安。 稿本《復初齋文集》第十册

名義女之信說 并序

吳玉綸

陸中丞耳山，余同年友，壬子春，卒於奉天校書之役，嫡子四，扶其柩歸里。如夫人陳，以病留京而歿焉，托其遺子及女於馮鴻臚星石，而以第五女爲余義女，屬擇配。余弗忍卻也，爰爲說以名之。

信，友道也；友亡而撫其女，信之屬也。余年六十有一矣，耳山少余二歲，且先余亡，余又奚所恃以撫若七歲女。雖然，天之數不可測，事之在人者不容欺，既無以父其父而父余，余豈忍不女其女如余女！名之曰之信，責實也。耳山歷官清要，能以清廉重天下，子女必有食其報者。《記》曰"忠信以爲寶"，故以"寶林"字之。灼其華而賁其實，信女乎，余日望之矣。

余於耳山中丞身後之事而惻然也。香亭年前輩爲之收撫遺女，同於所生，庶幾義以成信者，重友道也。是說以廉峻之筆出之，事與文，均不讓古人矣。褚筠心。

讀蓼園師撫耳山中丞遺女之說，以此始，必以此終，直自銘也。庚戌冬，吾師屬莫京兆前輩，爲所撫孔妹倩女，擇鄭東亭比部之子孝廉槐爲壻，治妝命嫁，篤於己出，今已抱子矣。吾師生平古誼，足以見信於人者類然，

因讀此説而並及之。受業錢棨。《香亭文稿》卷七

贈陸舍人健男

葉鳳毛

天子今春又巡方，求賢於士觀文章。有司裁抑徼幸路，豫校能者登其良。銜珠握璧衆名士，卬首雲路思騰驤。紛紛來就重輕試，借問嘴距誰專場？陸君斯時栖洞房，笑對松石吟滄浪。有司宣言如是子，始稱大典垂煌煌。一夕徵召至，裵徊以傍徨。有司不敢屈以試，以君姓名置前行。左推右挽始上道，蒲伏御前鳴鳳凰。至尊親擢居上第，趣令紆組中書堂。進身不易君子節，得時而見麟爲祥。同時八士共魁岸，吾邑二俊尤非常。其一爲趙損之。薇庭藥堦吾息壤，沐浴恩澮胡能忘！飛黄騰蹋去者衆，又見群彦今汪洋。與人家國自有道，且博殿陛呼鍾王。《説學齋詩》卷九

懷健男

張熙純

龍躍雲間有俊聲，五年交欵重蘭蘅。珠華照座慚形穢，繭紙裁詩覺眼明。鶴市雨晴春草色，蓉江潮落早鴻聲。青鞿白舫經行處，酒畔琴邊可限情！《華海堂詩》卷八

館中呈紀侍讀曉嵐陸侍讀耳山兩先生

張羲年

三年書局浪知名，天賜頭銜比舊清。空手真成無寸鐵，白頭

那復對長檠！蓬山乍到逢楊億，官燭遙分羨子京。聞道傳柑承曲宴，聯吟西笑出春明。

一代嶙峋兩鉅公，文章流別儘消融。排籤觸手來今雨，列座低頭拜下風。拙宦何妨魚上竹，朝陽喜見鳳棲桐。十年誰是平山客，翰墨橫流有醉翁。《噉蔗全集》卷八

上海陸羹崖慶堯出尊甫耳山副憲遺詩索題敬識一首

沈叔埏

蘭臺挾天才，雄筆干緯象。昨聞歿遼陽，哲人萎安放！次君清潤姿，文讌沙棠槳。庚戌夏，始晤于濼湖席間。別去曾幾時，欒欒在苫壤。父書今重號，號泣讀父書，見《南史‧張融傳》。塤箎夙推朗。仍從甥館過，復枉衡門訪。懷袖家珍攜，手澤時董仰。恩勤鳳穴雛，嘹嗦鶴陰響。遺墨雖不多，千金故堪享。余媿躡後塵，修書荷吹獎。知己感平生，懷賢嘆已往。誦詩涕漣洏，吟罷心悒怏。更觀《和韓》篇，公示長君慶循，有《和韓符讀書城南》詩。誼訓洵稱兩。《頤綵堂詩鈔》卷九

菩提紗歌陸耳山席上作

阮葵生

法雲葉葉天羅挂，華海傳聞五嶺外。香臺曾是散花天，祇樹長生多寶界。光孝寺前菩薩壇，直幹濃陰數畝圓。非關蒼蔔吹香馥，不是娑羅罩影寒。不花不寔撐空腹，千二百年遮佛屋。黛蝕霜皮蹙錦紋，絲抽碧葉排方目。春雨年年放碧芽，化工機軸蒻青霞。風翻翠蓋舒冰縠，影落經廊漏月華。豈有兜羅擅天杼，飄來

萬朵隨花雨。願作霜林掃葉僧，不誇雲漢投梭女。況逢佛日麗天墀，禪樹曇花瑞露滋。瑤碧千尊妝寶相，磁青萬卷寫金泥。鳳郵初返雲間陸，搜羅梵筴攜筠篦。蟬翼絲絲展玉池，鮫綃片片裁金粟。分明錦段染鴉青，手界烏闌墨采馨。畏吾字譯蓮華偈，摩利香熏貝葉經。寒宵际客圍綈几，一函持贈珍文綺。熨帖平於鏡面箋，收藏貴比澄心紙。炎洲草木毓靈芬，龍藏珠龕待策勳。漫誇彩筆書花葉，夢現天南五色雲。《七錄齋詩選》

送陸大廷尉耳山入都

許寶善

霜冷黃花發，秋高旅雁悲。今朝從此別，異地各相思。安分貧原憲，持平漢釋之。聖朝善爲政，莫漫倚文詞。 杜群玉輯《五家詩鈔》之許寶善《穆堂詩鈔》

得遜亭札賦答和陸耳山廷尉韻

王鼎

一春官燭話風簷，林訪珊瑚石訪廉。歸自台紹。愛擷芳馨隨蕙茝，笑觀風土到魚鹽。烟霞再渡桃源口，雲瀑重搜華頂尖。攜得君家冰雪句，曾偕良友酹明蟾。篋中攜塔射園近刻贈友。

鷦鷯猶戀一枝巢，那忍江鄉松竹拋！六月鷗盟堪泳溯，五湖漁唱耐推敲。水天自足芙蕖狎，勝侶何煩泉石嘲！況是款園來往慣，誰迷橘刺與藤梢？《蘭綺堂詩鈔》卷十五

挽陸耳山中丞錫熊

管世銘

編纂登天禄，儒臣號至榮。不圖貽後責，兼至殉餘生。文筆依人鳥，詩歌掣海鯨。代僵良足惜，二陸異廷評。《四庫》館初開，陸侍郎費墀實任其事。《韞山堂詩集》卷六

喜璞函耳山以御試授中書

吴省欽

薇省重登俊，崢嶸賦殿前。一從三月别，孤負五湖烟。志郡科相類，名詩衆畣傳。玉堂揮翰地，鄉語重流連。《白華前稿》卷三十二

早秋集法源寺聯句用昌黎會合聯句韻

吴省欽

薄宦落葉輕，欵程晉芳蕺園。古歡斷金重。上海趙文哲璞函。爲儒形苦癯，山陽阮葵生吾山。作佛願争勇，精廬仄徑探，海鹽董潮東亭。傑閣秋旻聳。杉雨濯翠流，省欽。蓮泉湦銀涌。棚豆壓檐低，上海陸錫熊耳山。墖花並鋤壅。稚金出頭角，晉芳。耄火斂肩踵。雲羅餘遠峰，文哲。石黛瀉修壠。撇波鑑鰷樂，葵生。蔭影解鳩恐。疏篔戛幽音，潮。雜卉媚炎種。合并差辰佳，省欽。蕭兀謝塵冗。科頭蟬脱緌，錫熊。聯武蟻緣塚。乞廚飯清齋，晉芳。埽塔覷慈寵。蔬甲鏤冰盤，文哲。菌丁剥霞栱。戰茗心滌囂，葵生。止酒語懲悩。招邀計旬休，潮。澹泊準月奉。散躅沿沙腴，省欽。

據瞑藉桴腄。龍藏六時繙，錫熊。狐史四唐擁。西京戎衣韜，晉芳。東國羽書捧。奮臂憐露螳，文哲。斷脰化沙蠶。招魂禮裳殤，葵生。歸骨瘞殘燼。雲旗紺馬趡，潮。寶刹黃牛鞏。寒坎閟幽靈，省欽。精力起儽瘝。勒頌蘇貢誜，錫熊。看碑謝垂悚。舍利函烟空，晉芳。題名碣苔茸。鹿幢矗嶙岣，文哲。鵝珠耀球琪。故蹟湮使遼，葵生。軼事快得隴。禁扁署煌煌，潮。法源流溶溶。丈六示莊嚴，省欽。大千脫拘挲。獨悟參心麈，錫熊。群雅貫策家。庚庚引隊魚，晉芳。乙乙同功蛹。思艱恣旁搜，文哲。意得忽曲踊。兀坐罷窺叢，葵生。驚起禽振翃。曰歸命鶴輪，潮。向夕動鳧甬。省欽。擊鉢申後期，錫熊。浩歌氣猶洶。晉芳。《白華前稿》卷三十四

嘉靖宮扇聯句

吳省欽

　　明上海陸文裕公深，嘉靖中以祭酒直經筵，嘗拜宮扇之賜。公裔孫錫熊官京師，暇日出眎其友程晉芳、汪孟鋗、趙文哲、阮葵生、曹仁虎、董潮、吳省欽，共成聯句一首，凡八人，其一即錫熊也。

　　秋光敞雕楹，晉芳。晨爽拭珍簟。娛賓折簡招，秀水汪孟鋗厚石。述祖在笥檢。扇裁蜀府新，文哲。製陋漢宮儉。勝朝中葉承，葵生。世廟太阿剡。深居厲刑賞，仁虎。旅進雜忠讇。一俊占鳳鳴，潮。九遠筮鴻漸。南曹巨璫毆，公初授編修，劉瑾改爲南京刑部主事，瑾誅，復官，見《明史》本傳。省欽。東觀群雅媕。朶殿經榱橧，錫熊。條銜御毫點。公南巡日錄，御筆親署爲翰林學士，抹落侍讀。侍屬車塵清，晉芳。飫天酒露湉。迎節蘭辰佳，孟鋗。儤直松閣罨。賁衣白紵輕，文哲。解襆紅絲繝。是物本貢珍，葵生。異數非竊忝。函頒香案臣，仁虎。帕捧閣門閹。爛然朱霞渰，潮。渚

若素波涓。花樣蟬翼翻，省欽。海圖龍甲閃。段竹截鵝肪，錫熊。圓釘貼蟹臍。紙擘蠒纏緁，晉芳。銀塗泥灔瀲。佩宜錦囊盛，世廟賜張孚敬等錦囊詩扇，見《嘉隆聞見記》。孟銅。絡藉綵索綩。世廟五日賜李時、夏言等綵索、牙扇、艾虎等物，見《翰林紀》。攜歸袖靸靸，文哲。傳示目覘覘。樓添槐雨涼，公寓邸有槐雨樓，在宣武門內，見《日下舊聞》。葵生。屏引梧颸颭。揮疑仙骨珊，仁虎。障少俗氛坫。三沐兼三薰，潮。一重或一掩。迴翔銷閫榮，省欽。蹉跌延津貶。公以講章為閣臣所改，奏請各陳所見，謫延平同知，見本傳。大柄迄不持，錫熊。疏節詎終慊。懷中月團圞，晉芳。天上日荏苒。春祠晉嶺花，孟銅。夜艇江湄笅。握隨邛杖倚，文哲。疊映越羅斂。公自同知擢山西提學副使，改浙江，進江西參政，歷四川左布政司使，見本傳。巢痕玉署空，葵生。篋淚金蓮染。黃扉誰畫接，仁虎。青詞競宵㸐。履絇羽舄躧，潮。冠葉香螺黶。紫禁輿並扶，省欽。丹壺藥獨夾。捋虎腰領縻，錫熊。嚇鵷臭腐嚵。望虛棘與槐，晉芳。興託菱共芡。拙身等棄捐，孟銅。炙手避威燄。吉金行槖垂，文哲。廉石歸舟檻。申浦折芰紉，葵生。袁壘團茆苫。願豐課田園，公集有《願豐堂漫書》一卷。仁虎。後樂窮谿广。公園名後樂，在春申浦東。谷水圖斫鱸，潮。葺城賦載獫。蔬筍安枯禪，省欽。杉檜絕驚魘。臨池妙素縑，錫熊。數典富鉛槧。風流被未沫，晉芳。恩款話斯憸。出入變寒暄，孟銅。卷舒信夷險。貽厥傳魯弓，文哲。昭茲守周琰。遠孫勤服膺，葵生。冷客慰饑嗛。披襟當北牖，仁虎。際景薄西崦。把盞神腭眙，潮。評泊口喁噞。規隆七寶纖，省欽。彩奪五明毱。森森鷺尾捎，錫熊。趯趯雀翎翣。便面刓觚圜，晉芳。聚頭學裙襜。什襲閱百年，孟銅。陸離驚一睒。畫零粉蜨翾，文哲。墜失玉魚貶。袱看蹙繡韜，葵生。幪拓蔜紗搇。祛濁敢拂蠅，仁虎。通靈或駭驐。展防寒具污，潮。揚奉清芬奄。家集網叢殘，省欽。國史補遺阽。

悦坐春風春，公有《春風堂隨筆》三卷，見《續説郛》。錫熊。群瞻儼山儼。晉芳。《白華前稿》卷三十四

永樂庵訪菊聯句

吴省欽

薄旅淹蕭晨，仁虎。刺促萬人海。冷朋逢合并，晉芳。初地得幽塏。龕古剥霞斑，葵生。殿深隱烟彩。緑枯砌草腓，文哲。黄隕牆槐虺。蔬坪閴爾閑，省欽。荻户閟然閨。關心素節徂，潮。入眼芳蕤在。院虚散低叢，錫熊。籬短舒細蕾。品題分苦甘，南匯吴省蘭泉之。培塒別勤怠。圍繩界週遭，抱甕澆潔滓。頭苗出土鬆，葵生。脚葉防泥浼。瓦圓束莓苔，晉芳。鉏剡删虇薳。竹箭扶亭亭，仁虎。牙牌記磊磊。遮箔初晴䋈，省蘭。剪蓑未雨迨。花當跳寒蚤，錫熊。莖丫捉伏蚜。鈴看箇箇匀，潮。臺想層層纍。檀熏羅疊紋，省欽。茜染綬垂綵。塗脂暈融融，晉芳。捻雪堆皠皠。蒂摇鶴鶱翎，仁虎。筩捲蟬縮髻。孕麝臍氤氲，文哲。垂鶯乳膇脺。玲瓏玉排釘，葵生。絡索珠貫琲。鮮苞纏錦綳，潮。搜瓣卸銀鎧。側盖形回旋，省欽。横毬勢陲軪。雙文鏤爛煸，省蘭。十樣裝錯鎚。清含半萼呀，錫熊。密倚重跗竴。林僧誇試方，葵生。圃匠速遷陦。種原北地佳，文哲。開尚西風待。倦侣感經秋，仁虎。故園别逾載。就荒徑縈紆，晉芳。無恙山崔嵬。分栽蔭松筠，錫熊。雜藝掩蘭茝。盎滿陳堂坳，省欽。屏高傍石磈。仙姿秪銘譜，省蘭。逸品范譜匯。狂思插帽頻，潮。傲許捲簾每。斫鱸薄糁羹，文哲。擘蟹薑和醢。泛蕊添朝醒，晉芳。餐英慰夕餒。服餌日紀寅，葵生。飲泉年問亥。德宜中央占，仁虎。令豈小正改！歌招楚江纍，省蘭。鄰卜彭澤宰。被災詢長房，潮。蠲疾效袁隗。明燈照遠枝，錫熊。淡墨貌寒蓓。廋詞鞠有窮，省欽。隱

· 688 ·

節遄无悔。舊遊夢已遥，仁虎。近賞樂斯倍。心清離坌塵，葵生。境僻遠輪輗。房斂態含頳，晉芳。苟敷光露堆。弱蜓款乍敧，文哲。殘蜨捎微颸。不言人淡如，省欽。有色客嘉乃。伴應茱萸偕，錫熊。名匪薏苡詒。來乘霜未霏，潮。歸趁月初朏。後會遲重陽，省蘭。盈把試同采。仁虎。《白華前稿》卷三十四

食 蟹 聯 句

吳省欽

水錯饒羹材，晉芳。廚珍試饌法。堆盤解象占，文哲。就座旅情洽。販集丁沽腥，葵生。買問亥市啠。飽露腹中腴，潮。迎霜骨外砝。跪交銀戟撐，省欽。螯擧玉鉤夾。凸如背負筐，仁虎。森若胸貫鉀。急縛氣尚雄，錫熊。橫行徑已狹。濡濡沫互噴，晉芳。宛宛目交眨。飼宜土膏肥，文哲。漉用井華渫。族徙葦籃傾，葵生。命并糠火燫。泣釜鼎娥燐，潮。登筵觥使扱。薑芽小紅攢，省欽。橙縷新綠掐。酸醯一勺剩，仁虎。苦醞百分呷。笑爾中腸無，錫熊。供吾左手拑。猛夫詫突睛，晉芳。公子嗤駢脅。尖團臍共覘，文哲。磊落殼先拹。褪裳雪膚鬆，葵生。披鈿金臛欲。千齡珀凝脂，潮。六州鐵鑄甲。纍纍螯足叉，省欽。薄薄蠣房睞。瑩白瓊液滋，仁虎。頳黃玳膏浥。肌充美自含，錫熊。腦滿香齊噆。批卻指梳爬，晉芳。觸芒齒咋齞。攫疑戰拇鬭，文哲。齧擬甘唇狎。渠魁咸拔尤，葵生。么麿亦承乏。髓浮霑襟裾，潮。支解謝箸筴。細咀耐更番，省欽。大嚼誚半霎。積骼高崚嶒，仁虎。餘肪膩溰溁。賤桃花楚鹹，錫熊。陋藻苗越蚣。倦僕涎欲流，晉芳。饜朋口猶咶。菽乳滌惺忪，文哲。菊鈴搓鞞鞢。清盥陳綌巾，葵生。雅譚捉蒲箑。候乘夜月虧，潮。興逐秋風颭。醉客何傞傞，省欽。鄉語競評評。荻漲遠踰淮，仁虎。莼波清到霅。笭箵迎溜

懸，錫熊。籪箔枒泥插。江空八月寒，晉芳。港暝一燈炉。橘洲煙溟濛，文哲。菱渡水溽澱。郭索依牛涔，葵生。沿緣上魚罨。奔明集渚汀，潮。負固藏崖厜。鉗蘆走蹣跚，省欽。執穗行趑趄。智輸蚓泉穿，仁虎。形寄鱓穴厌。乘潮或歸溟，錫熊。過雨爭聚腊。菅屬來徐徐，晉芳。葉船去泛泛。罾撈帶草蝦，文哲。穋動鷖花鴨。種堪按譜搜，葵生。味待加餐嘬。瑣碎鸚觜纖，潮。輪囷虎斑脾。長卿文獨豪，省欽。彭越力寧怯！紛紛遭拘擒，仁虎。帖帖被檢柙。枚非一千須，錫熊。輩喜十六恰。趁墟沙尾喧，晉芳。論價擔頭壓。詩換蘇何饞，文哲。酒浮畢所怦。送似走白衣，葵生。招邀脫烏帢。生拆宜鹽投，潮。熟蒸忌湯煠。榼飣蔗霜黏，省欽。罍裝椒雨腌。封糟窨墻陰，仁虎。和醬暴簷吸。真應常侍除，錫熊。幸少監州懎。烹異蔡公訛，晉芳。議思鍾子諂。偶參琴心圓，文哲。每悟茶眼盻。歸夢懸篷窗，葵生。客懷滯簦笈。舊蹟印鴻爪，潮。流光熟羊胛。蓼塘畫展屏，省欽。笠澤書緘匣。給鮮徵食單，仁虎。忍俊妨靜業。少坐俟吟安，錫熊。星芒動簾押。晉芳。《白華前稿》卷三十四

集程魚門拜書亭觀藏墨聯句

吳省欽

豹囊乍啓霏古馨，初。龍賓十二呈瓌形。晉芳。磊磊落落偶復零，省欽。簾波四蕩烟華青。仁虎。五色徘徊光不暝，長明。摩挲瑩質玉脫硎。文哲。元氛上薄迴秋旻，錫熊。笏圭丸鋌隨所型。初。圓者重錘方者瓶，晉芳。倨旁刻上鉤參停。省欽。諸品歷瑑徵圖經，仁虎。元珠赤手探窮溟。長明。作鱗之而飛九霄，文哲。佛見胡甸切太白豪熒熒。錫熊。咄哉方寸隱岳靈，墨中赤水珠、九子、白豪光、五岳真形四種尤異。初。雲云雷回杳兮冥。晉芳。有山上峙

淵下淳，省欽。有木翹幹草苗葶。仁虎。或獸蹂足禽梳翎，長明。攢樓架閣何岩亭！文哲。刻畫衣祆來媌娌，錫熊。模范一一超畦町。初。識凹款凸審厥銘，晉芳。紀年月日書甲丁。省欽。斷珪碎璧鏗玎玎，仁虎。栗紋斑剥餘晨星。長明。半螺猶直千睬眴，文哲。吳去塵羅小華方干魯程君房譜夙訂。錫熊。鬭妍角秘尹與邢，初。維桑卜築黟南坰。晉芳。天都三十六翠屏，省欽。蒼虬千春孕茯苓。仁虎。肪肥液滿招戕刑，長明。縋繩入陰追駭狿。文哲。登登柯斧傳崆嶺，錫熊。斯之束之擔且拎。初。板扉燈閃瓦竃陘，晉芳。一絲裊碧烟無爐。省欽。輕煤霏霏著甕瓶，仁虎。尖風不到文牕櫺。長明。角糜之膠漉去腥，文哲。和以谷水含清泠。錫熊。擣霜萬杵連巷聽，初。明犀暗麝惟使令。晉芳。江南墨官徒耳聆，省欽。父子秘授煩丁寧。仁虎。我用我法心自惺，長明。氊包錦襲馳車舲。文哲。多君保此從鯉庭，錫熊。知白守黑區渭涇。初。道在用晦非癡詅，晉芳。即今月給分槐廳。省欽。日就研北依乾螢，仁虎。客卿封號辭拘囹。長明。古懽静對鍵雙扃，文哲。磨人任爾閱歲齡。錫熊。《白華前稿》卷三十五

集陸耳山新居聯句

吳省欽

崢嶸歲光闌，長明。局促吟思懈。偶傳卜居篇，省欽。遂破止酒戒。同人无悔占，仁虎。適我有美邂。跡慚陶廬偏，錫熊。塵謝晏宅隘。北市袤粉坊，文哲。西鄰矗香界。枝穩鶯遷巢，省蘭。徑僻鶴守砦。門外闚可羅，晉芳。庭前淨弗灑。井眉鹿轆牽，葵生。簾額鴉叉挂。盆松修而臞，長明。几石貞以介。幖標甲乙籤，省欽。鼎畫方圓卦。膽瓶凍中堅，仁虎。脚鐺炎上炫。賜扇珍裁筠，錫熊。傳書寶垂薤。僵臥人推袁，文哲。排入客等噲。

• 691 •

頓埃漬帽裙，省蘭。餘霰點衣釵。矮屏窺瓏玲，晉芳。方褥踞緯繡。寒避莊噫衝，葵生。暖迎趙日曬。謀十檻千鍾，長明。去三揖百拜。洎無饗人更，省欽。把自園官賣。中膳烹小鮮，仁虎。末俸鑿疏粺。腹肆溢膏腴，錫熊。言泉瀉清快。超超妙談玄，文哲。呲呲詫語怪。出腑森槎枒，省蘭。吞胸埽蔕芥。支枕吟堂花，晉芳。秉燭讀壁畫。賞心癖嗜痂，葵生。得意癢爬疥。鼓嚴初三交，長明。律短下九屆。撥籠檀炷沈，省欽。打牕槲葉敗。眷玆尊蟻乾，仁虎。慨彼隟駒邁。臣饑空解嘲，錫熊。僕病佟起愒。身遊稚川圖，文哲。僮守子淵誡。箋牖封紙㡣，省蘭。蘚垣覆泥簀。爭耽禿管緣，晉芳。莫顧癡錢債。團頭香火盟，葵生。抵掌水天話。覘度山公閫，長明。愛才穎士价。莞爾開令顔，省欽。霫然接芳欬。歸馬路雙歧，仁虎。過雁聲一派。終署散人銜，錫熊。言傍參佐廨。文哲。《白華前稿》卷三十五

和韓遺訓圖記

吳省欽

　　方予在翰林，以詩文來學者夥，應手塗改，語以得失之故，一食頃，可了三數輩。即師友下問，亦不敢以婑婗塞責。同邑璞函、耳山兩君子，皆淹雅宏達，多文章，課其子寶君、葆身，支頤搖膝，不耐改三數語，以是先後問藝於余。有離合余名以相戲，"少目幾曾眹目，欠金豈計修金"者是也。

　　歲己未，余罷歸郡郭之西，明年，耳山葬，予未克以會。又明年，葆身來視，出所爲《和韓遺訓圖》，求記於余。和韓者，《和符讀書城南讀書》詩也。圖方幅，不過尺，有石有竹，有松二，松覆亭，亭有楯有檻，一几堆書，一手展卷，若詔若唯。蓋葆身於兄弟中最長，承命最早，當丙午試北闈，倪得旋失，今又

十六年，而臂痛未已，未克試，其詞旨卹然，若不勝者。

余惟昌黎固賢，特於仕進頗急，是詩及示兒詩，皆元和十年，官考功郎中、知制誥時作。示兒詩，既以屋廬膳服之盛，棋槊之嬉樂導之，此則以潭府之榮，勸其學，以鞭笞之，辱戒其不學。符者，昶小名也，後亦登第，以《十二郎》文考之，昶生當貞元九年，至元和十年，年十七，利祿之見，誠不無動於中。然祿在學中，我夫子亦言之，誠以學《易》《詩》《書》《禮》《樂》《春秋》之文，而約其旨於一言一行，由身而返諸心，由身心而返諸性命。性命無可學也。學者何，書而已；讀書者何，祿而已。

憶丙戌春，余與璞函，爲笏田先生題《北莊課孫圖》，孫謂葆身，葆身時亦十六七。越己丑，而笏田先生攜至都，就予學。癸巳春，實君隨予入蜀，省璞函於軍中，旋歸京師。璞函以是夏死木果木之難，越癸丑，而耳山以覆勘文溯閣《四庫》書，歿於奉天。己未正初，言事者摭"少目難看文字，欠金休問功名"二語，爲予視學順天時左證，御筆書飭，幸無可指實而止。披是圖也，用舍得喪之數，友朋存殁之感，師弟子離合聚散之情，一時並集。實君今守成都，欲與言而亦不獲也。識諸簡，觀者毋亦有所嘅云。《白華後稿》卷九

望雨和陸耳山先生韻

汪大經

久斷丁耽響滴檐，溪痕淺縮石棱廉。空階渴想跳珠玉，枯肆艱談到米鹽。一月前曾酥土脉，片雲今未吐山尖。懸弓仰瓦徵謠諺，入夜徐覘掛樹蟾。《借秋山居詩鈔》卷三

陸耳山典試粵東與余同出國門既次涿州示詩誌別以明發即分途也奉答

祝德麟

信宿聯鑣指異邦，前旌相望影幢幢。鑑衡合讓宗工最，聲譽難儕國士雙。明日使程分蕩節，一宵別緒話銀釭。只應萬里當頭月，流過珠江到錦江。《悅親樓詩集》卷五

竹素堂消夏第六集贈耳山光祿兼示席上諸子

祝德麟

京師軒蓋場，翰苑風騷窟。結交得前輩，數典盡華閥。賤子特疏放，生理甘汩沒。情宜冷客投，性恥達官謁。復憐佳日稀，所畏險途蹶。夏潦轍淖深，春霾車塵埲。舉足重華嵩，搖頭謝輗軏。以茲同心歡，亦苦見面闊。賢如朱夫子，竹君。懶散庶無齟。密如沈休文，南雷。邂逅輒被詰。自從高會聯，相戒匝旬越。和音比去聲。鸞皇，得食負蛩蟨。魚魚集此邊，鹿鹿來如突。雅量興淋漓，麈譚理勃窣。子非求彈冠，我其為結韈。仙真飲中仙，會者八人。罰無金谷罰。今乃第六巡，時維閏五月。莫砌八葉披，蒲尊兩度揭。主人學而優，祖德綿未竭。石屏尚藏諸，宮扇並貽厥。竹素揚古馨，槐雨緬嘉樾。君遠祖文裕公，有雲錦石屏及明世宗所賜宮扇，今尚世守珍弄。《日下舊聞》載，公邸寓有槐雨樓。官貴仍槧鉛，家貧要節鉞。是夕潔庭宇，初筵旅肴核。大官膳自精，法麴醞能凸。房櫳既窈窕，襟帶半田垡。君所居珠巢街，濱下窪子，延望頗有村野意。清飆及草木，涼意到眉髮。葡萄張去聲。蟠拏，芭蕉

扇𩙦喝。上弦蟾魄炯，下澤黿聲聒。延爽致足佳，懸河口難閼。史魚文量秉直挺，騶衍西麓談天咄。音操一國風，波決千金堨。髯蘇魚門鬢飄蕭，蒙莊視恍惚。涵虛目近視。側聽意獨沈，儵言笑每發。老朱最堅忍，大白猶渺忽。目已忘主賓，氣欲偃溟渤。推排不肯去，跌宕頗自伐。未覺舞僛僛，終成醉兀兀。人生論身世，到處遇蠆蠍。海市幻樓臺，戲場具袍笏。何如首濡酒，猶勝足遭刖！無猜耐熟朋，善戰麕勁卒。醒固欣然喜，醉即頹乎歿。良會未一周，衆芳看盡歇。所當續綿延，毋致歎倉猝。秋禊持蟹螯，消寒煨榾柮。但得杯沾脣，那辭窮徹骨！《悅親樓詩集》卷十一

追題耳山中丞武夷攬勝圖遺照

祝德麟

憶昔承恩同握節，我向西川子東粵。青門分道各揚鑣，馬上吟詩揮手別。歸來《四庫》編石渠，右文盛治伊古無。子既裒然領著作，我亦廁事儕群儒。無諸國裏烟霞藪，梗梓杞楠任選取。持衡先後策輶車，卻媿青山我獨負。武夷仙人抗手招，子乃躡屐攀嶕嶢。煎茶韻事讓子占，我方槖筆東華朝。最後微閭山畔行，校書同日赴陪京。縹緗疑字朝朝質，杯杓香醪夜夜傾。我伴樵漁返鄉國，中台獨坐瞻風力。豈知明歲再出關，已充地下修文職。君卒於瀋陽。腐儒生涯非不重，有人穩食尚書俸。謂曉嵐紀大司馬，與君同爲《四庫》總纂。茫茫何處爲招魂，細數前遊增腹痛。今日重披《攬勝圖》，幔亭峰色雨模糊。未看華表歸仙鶴，但聽城頭啼夜烏。《悅親樓詩集》卷二十九

壺中天

吴錫麒

夜飲蔣心餘先生士銓寓齋，歸途同家香亭太常玉綸、曹習菴宮允仁虎、陸耳山學士錫熊、程魚門編修晉芳黑窰廠登眺，月色澂映，野風肅然，居僧瀹茗供客，情味清灑，因賦此闋，以誌一時游興云。

醉拖履去，向玉壺清處，濯來詩魄。風意不離蘆葉上，響曳幾枝殘碧。樹古邀雲，臺空夢鶴，人是瑤池客。蕭蕭茶鼎，一僧孤立霜白。　私笑雁爪天涯，尋菰覓稻，慣印泥邊雪。望破寒烟燈火遠，能數誰家刀尺？搔首看天，披裘坐石，歸騎遲今夕。松杉橫影，畫紗移上苔格。《有正味齋詞集》卷二

正月十一夜同孟摺甫

彭淑

五里層城十里紅，唐花吹暖試燈風。御河橋上天連水，華月春宵似霧中。

我有陸郎比摺甫，等如照夜雙明珠。憶渠正在書窗下，蠟紙籠燈讀《漢書》。陸慶堯，上海耳山副憲子。《秋潭詩集》卷一

哭座師陸耳山先生

姚秉哲

海上飄零半畝宮，斗山絕望士林空。廿年明聖虛前席，一代文章失巨公。北極烟深迷繡豸，南荒信斷杳飛鴻。只今九畹餘馨在，夜月輕陰冷蕙叢。

疏是宣公真内相，學如子靜本心傳。清時無事諫焚草，紫閣承恩書作田。吾道將行原有命，斯文未喪豈非天！瓣香好在金同鑄，長憶南豐思黯然。《嶺南存草》卷一

感舊絕句十八首 其十七
趙秉淵

江東世澤嗣機雲，絕豔驚才迥出群。異數難酬心力盡，履綦陳跡感斯文。陸耳山先生。年二十八成進士，壬午春召試，與先公同授中書，轉刑部郎中。因編纂《四庫全書》，奉特旨改官侍講，誠異數也。洊擢副都御史，督學閩中，任滿後赴灤河校勘《全書》，卒於旅舍。《退密刪存稿》卷下

輓陸耳山師座主六首
馮敏昌

斯文如日月，千載待扶輪。間氣鍾無偶，名家世有人。學還傳絕業，天豈悋閑身！失慟山頹後，翻令感念真。

才華原屈宋，獻賦更班揚。筆映薇垣麗，名增粉署光。星軺指汾浙，師前曾典試山西、浙江。桃李並芬芳。況復炎州路，山川貯錦囊。師使粵山，有紀行詩成集。

粵嶠持衡日，群才吐氣時。《九韶》鏘廣樂，庚寅粵闈，首題"子在齊聞韶"二句。天馬脫塵羈。闈中詩題爲"天驥呈林"。陸到山留色，韓來士有師。文章本公事，衣鉢是恩私。師鄉試舉第三人。是科昌得與選，適在第三，故云。

聖治中天盛，圖書萬卷成。始知文運兆，特此大賢生。乾隆壬辰歲，朝廷特開《四庫全書》館，編錄古今書籍。至癸巳歲，師以保奏，與

今總憲紀曉嵐先生並司總纂，殫竭心力，登黜咸當，所以仰贊國家文治之盛云。精感藜光照，官移玉署清。是歲八月，師以總纂提要勤勉，蒙恩從部員改入翰林，爲本朝所罕見，真異數也。儒臣數遭際，何似更榮名！

諸卿仍雅望，獨坐更雄尊。三載閩中去，重乘使者軒。冰壺從物照，歸橐靡錢存。最感解裘賫，而令寒士溫。師嘗于歲盡，值同門某以貧窘告，遂解所衣外裘，付賫以助，凡在及門，無不感激！

何意遼陽道，偏逢風雪寒。蠹書猶日向，鶴羽竟雲端。師以今春正月，奉命往盛京覆校文溯圖書，出關後陡遇大雪，路徑盡迷，與行李相失，獨坐旅店申旦，感中風寒，猶悉心督率諸人校勘，遂致疾不起。盡瘁微臣節，無依覬士歎。高名千古在，願更碎金看。師遺文甚夥，故云。　劉彬華《嶺南群雅·初集》卷一

秋日從朱筍河錢籜石曹穆堂三先生程魚門陸耳山鄒西麓洪素人黃小華溫步容洪蕊登程葺翁黃仲則諸同學遊陶然亭

何青

竟日倦游氛，秋老羈心積。黑窰址高高，偕侶臨風試。沿緣葭葦叢，根觸江湖意。入望莽蕭瑟，搖落感花蒔。土囊一折入，孤亭跡舊識。攬衣起迥眺，野色會所值。雉堞影參差，遥帶西巒翠。翳翳無纖埃，境妙清涼出。眷兹初地遊，惻彼勞區寄。冠蓋逐金張，喧奪林泉思。聊當愛景光，達我平生志。噭噭暮烟外，君看苦垂翅。《遂初堂詩集》卷上

題陸耳山學士家藏明陸文裕公書玉蘂詩卷

黃景仁

椒蘭本香草，靈均感數化。方知騷人旨，寓物每多假。文裕

名儒臣，梗梓比聲價。胡於日及花，歎詠百從借。撫卷一沈思，其笑乃勝罵。奄瑾方煽逆，中外遭恐嚇。一朝出陽曜，眷若冰山卸。彼瑾何如槿，榮落孰久乍？公時賦閑居，辭氣整以暇。或以喻調羹，味可枌榆亞。山谷詩："吾聞調槿羹，異味及枌榆。"否或道生氣，易植勝桑柘。《抱朴子》："木槿，生之易者。"玉以美其色，不比朱顏姹。它年立朝節，於此徵蘊藉。官因桂尊左，薦者桂州夏。同桂而異臭，物理信堪訝。何如玉蕣榮，一氣任開謝。不惟詩旨深，書法亦稱霸。奴視趙與董，北海斯方駕。學士公裔孫，清望擬嵩華。亦以文學顯，手澤寶籖架。招邀皆巨公，傳玩引飛斝。一從座後觀，斂手起驚詫。墨光聚花氣，滿堂交激射。袖得餘香歸，芬蘊平美清夜。《兩當軒全集》卷十四

題塔射園和陸耳山先生原韻

張璿華

　　游魚戲水鳥投檐，至靜方能適性廉。竹徑雨滋抽碧玉，琴池春暖漲紅鹽。輕飆吹出松聲古，落日移來塔影尖。如此園林真不俗，高懷直欲傲霜蟾。

　　枕牀棲櫳放翁巢，暇即披吟倦即拋。綦爲劫多閑處算，詩因韻險靜中敲。種花共識芝蘭貴，對酒寧煩主客嘲！我亦東軒頻下榻，曉窗鶯吹聽風捎。《擁書堂詩集》卷三

陸秀農以和韓遺訓圖索題并示其尊人耳山前輩原作因敬次之

陳廷慶

　　長孺遺經篋，靖節罍籃輿。猗歟房次律，薈萃屏風書。文爲

・699・

載道器，莫鶩虛車虛。浮華一相習，乃自漓其初。人家重生子，所貴光門閭。優龍而劣虎，材質不相如。否亦耽伏案，蠹作書中魚。子建試方異，惠連遇或疏。知與不知耳，千古同軒渠。任嘲嗜野鶩，毋徒成墨豬。勤當勵高鳳，生不羨曹蜍。嚇鼠爲鵷鶵，甘帶同蜘蛆。知愚非一致，寵辱可弗居。此皆清淑氣，磅礴兼夐與。苟無干禄志，安希金玉儲！至静性能廉，至樂性有餘。所得涉悩悦，其行終次且。我先瑶溪上，清芬經與鋤。先世士傑公，耕于瑶溪，築閲耕軒，耕讀傳家，子孫貴顯，迨余十餘世矣。書帙挂牛角，詩句馱蹇驢。墨池丐先澤，硯田爲良畬。學殖戒荒落，官識隨遷除。一誓右軍墓，忍截溫嶠裾。雛誦昌黎文，喜毁而憂譽。載繹平原詠，勿使拘于墟。歎逝日已遠，宗岱懷復舒。人必自愛也，然後人敬諸。詩逋急難逭，於此少躊躇。和詩之諾，秀農書來，敦迫再三，逾年始成。《謙受堂全集》卷十五

和韓昌黎城南詩題陸耳山先生遺草

石韞玉

　　耳山先生和昌黎《符城南讀書》詩，以示令子秀農。洎先生殁後，秀農繪《和韓遺訓圖》徵詩，因賦此。

　　文章載道器，名亦德之輿。韓公斗山客，所業在儒書。讀書究三古，抗志立四虛。道闡二儀外，學衍九疇初。博麗宏《兩京》，哀怨追三閭。俯覽當世士，一切皆蔑如。纂言烏成馬，隸事獺祭魚。振奇入荒誕，愛博嗤空疏。文苑若聚訟，適供人軒渠。自矜冀北馬，終作遼東豬。無成等項籍，虛生類曹蜍。笑鵬齊二鳥，附蠅集三蛆。古今一丘貉，相士當以居。緬惟明德後，達者其誰歟？雲間陸士衡，胸次萬卷儲。機杼由己出，寧屑擴唾餘！游心姚姒代，賈勇弗次且。學術戒歧趨，非種必與鋤。陳言

掃芻狗，高躅鳴金驢。手和《城南》篇，經訓闡新畬。古賢惜分陰，常恐歲月除。自樹士林皋，豈曳王門裾！有子習庭誥，蘭芽播令譽。書倉積高廩，學海宗歸墟。杜陵美驥子，陶令責阿舒。哲人謀燕翼，善誨實愛諸。道岸登必先，勿使中路躇。《獨學廬三稿》卷一

讀陸耳山副憲篁村集

楊鍾寶

摩翻凌霄漢，迴翔鵷鷺間。皇開《四庫》館，公上三神山。窺古卑香鞏，舒文陋馬班。聖朝重經術，撤席動天顏。

東觀校書日，西清下直時。群推大手筆，屢領聖人頤。簡畀皆恩顧，浮沉豈數奇！紀曉嵐參知有句云："浮沉宦海如鷗鳥，生死書叢似蠹魚。"以示劉石菴中堂，曰："他日當以輓我。"劉云："此絕似輓陸耳山句。"明日訃音至。積勞終殉國，朔雪慘征旗。《練香詩草》卷下

家園雅集和陸耳山先生韻

張興鏞

陪遊不礙笠欹檐，抱甕寧誇仲子廉。瓢酌春泉烹苦荈，廚供碧笋點吳鹽。坐嗔燕掠香泥濕，行認蜂黏墜瓣尖。上客西園成此集，清光應許借冰蟾。

南歸暫隔玉堂巢，史筆都將舊習拋。先生奉諱里居，謝邑尊聘纂《婁志》，凡例多所更定。奇處有亭容我問，瘦來得句待公敲。杯淹淺夕休辭醉，客餞餘春藉解嘲。幽興未須弦管引，精藍清磬出花梢。《紅椒山館詩鈔》卷一

題陸學士錫熊紀游圖四首

鮑桂星

浴鳧池館

君家好池館，三泖九峰間。芳草到門綠，水禽終日閑。宦情留雪爪，鄉夢託煙鬟。余亦思歸去，新安江上山。

武夷攬勝

武夷峰九曲，曲曲翠霑衣。畫舸盤雲下，青山夾鏡飛。談經懷在昔，挂笏憺忘歸。持此探幽意，長吟到夕暉。

扶胥觀海

立馬扶胥口，長風萬里濤。樓雲噓翠蜃，海日射金鼇。地坼珠江闊，天迴瘴嶺高。越臺重覽古，秋色滿征袍。

故關槐雨

木落夕陽遠，故關驅馬過。攬衣秋雨至，夾路古槐多。北望京華近，西來客鬢皤。不知被褐者，懷璧思如何！學士時方典試。

《覺生詩鈔》卷五

陸耳山副憲故關槐雨圖

吳嵩梁

星軺昨下綵雲間，細雨槐花送出關。三館才名天祿閣，一鞭秋色太行山。祠臨晉水盟心早，詩采唐風壓卷還。我愧漁洋稱得髓，畫圖猶許共追攀。《香蘇山館詩集・今體詩鈔》卷十六

奉使出都和陸耳山大廷尉送行詩韻四月二十七日定興縣作同費道峰學士

吳俊

乘軺初別紫宸班，萬里長征落日殷。此地五年經十度，回眸一帶是三關。身陪鸞鶴侶中侶，夢越岈峒山外山。聞道量材須玉尺，仗君籠藥與俱還。

道周郵吏意拳然，泛泛遊蹤下瀨船。羌笛隴禽增感慨，白雲黃鶴佇神仙。行看槐莢如前約，坐對冰壺有宿緣。乍過梁門成小住，暮鴉飛上百樓顛。《榮性堂集》卷九

弔副都御史上海陸耳山先生

陳壽祺

乾隆庚戌，先生以副都御史再赴盛京，校《四庫》書，忍凍得疾，竟不起。憶丁未、己酉間，先生督閩學，壽祺未及弱齡，獨蒙容接。時鼇峰山長則考功孟瓶菴夫子，撫部則徐兩松先生，愛士深至，士亦知數公之相得益彰也。數年後，老成踵謝，此風不復睹矣。舊時桃李，觸緒淒然，詩以弔之云爾。

蓬觀曾騎杏葉鞍，樂浪空掩惠文冠。生裁鄭默中經富，死惜張堪布被寒。憶昨南州振鼓簫，同時東閣集虯鸞。十年楚畹風流盡，腸斷秋江采芷蘭。《絳跗草堂詩集》卷五

哭上海耳山陸師

鄭大謨

海水兮茫茫，睇靈修兮天一方，麗巨製兮擷天章。紛總總其

斑博兮，帝重之以珪璋。仙霞高其崒崒兮，齂長溪兮相羊。扈旗槍于武彝兮，紉嚴阿之蘭芳。羌相見兮恨晚，迺庇余以門牆。從遊兮風浴，挾瑟兮登堂。晒仙石之幽渺兮，將占隱見于江郎。桂棹兮蓀檣，浮三江兮達淮陽。望九曲兮黃河，長盪奇胸兮滌俗腸。騁周道之逶迤兮，欣追隨乎帝鄉。謂淵源其未墜兮，夫何摧梁木而悲傷也！灑淚兮汪汪，高山兮夕陽。朔風起兮秋草霜，顧瞻海上兮波揚光。《青墅詩鈔》卷一

昔予隨耳山陸師雨夜過七里灘師銜杯道古兼訂吳門之約予謹唯唯受命未幾梁木風摧都門永訣矣回思往跡黯然神傷聊集此以誌半生之憾事也集杜

鄭大謨

大雅何廖闊，吳門信杳然。不成向南國，空覺在天邊。山險風煙合，江鳴夜雨懸。玉杯久寂寞，悵望好林泉！《青墅詩鈔》卷五

上海陸耳山師

梁章鉅

諱錫熊，字健男，由副都御史視閩學。值甄選生童入鼇峰書院，余以十四歲，承錄取前列。覆試日，當堂以"蒙以養正"語命對，余對曰："敏則有功。"師曰："對語固佳。然吾意重在蒙字，是卦名耳。"余復應聲曰："恒不易方。"師驩然曰："如此剪裁有法，出口成章，他日定有文名於世也。"

儒宗出朝右，多士盡傾風。許附翹才末，將收養正功。春風吹浩蕩，小草樂骈穠。所愧非求益，徒殷景附衷。《師友集》卷一

陳小韓朱彥甫招集西湖泛舟由文瀾閣至岳墳復登孤山得詩四首 其二

張祥河

重上文瀾閣，翬飛到眼新。明湖開福地，奇石出佳人。池中美人峰，適當閣前。誰食神仙字，曾瞻禁臠春。祇今懷紀陸，曉嵐相國，耳山廷尉。《四庫》是功臣。《小重山房詩詞全集·詩舲詩錄》卷四

陸芷泉丈成沅罷守東萊見示萊人贈行詩即題其後

洪昌燕

昔我曾大父，出君大父門。乾隆戊子，丈大父耳山先生典浙江試，是年曾大父領鄉薦。逮今歲將百，魏笏君家存。前光染濡厚，政聲馳梁園。乘軺往于役，道故知淵源。丈官豫久，咸豐戊午，予充試官，至豫始識面。君嗣來京師，更把春風溫。發篋示先集，寶過鐘彝尊。把麾海國遠，東指扶桑暾。上乘慈雲蔭，丈太夫人壽屆期頤。下敷編戶恩。一官解組邊，去日爭攀轅。士歌應輿誦，衆口如一言。歸裝鬱林媿，詩卷留行軒。長夏暑旱甚，日盼雨傾盆。黃塵快覿面，宦轍且弗論。我哦詩一章，我盡酒一罇。酒酣君語我，清白貽子孫。我亦矢此願，兩世交常敦。《務時敏齋存稿》卷四

過陸耳山先生故居

沈祥龍

天禄當年校秘書，春申江上舊吟廬。劉中壘閣空經籍，庚子

山園勝竹魚。高柳鳥巢殘雨後，曲欄蛛網落花餘。長卿一去風流盡，誰更金門賦《子虛》！《樂志簃詩錄》卷五

滬上論詩絕句　仿元遺山體 其三十二

秦榮光

身世真堪喚蠹魚，十年四庫校《全書》。紀文達外無人替，帝後輪公第七車。《篁村集》，陸耳山錫熊著。"浮沉宦海閑鷗鳥，生死書叢老蠹魚"二句，時謂可移贈公。《養真堂詩鈔》卷下

附四　于敏中致陸錫熊
　　　札五十六通

其　　一

上報接手書，匆匆未及作答。《永樂大典》五種，已經進呈，所辦下次繕進之書，可稱富有，但不知報箱能攜帶如許否？細閱所開清單，如《竹品譜》之列於史部，《少儀外傳》之列於子部，皆未解其故，便希示及。

頃奉還書諭旨並議定印記、章程，已錄蕖寄館。如此自可保無遺失訛舛，但爲提調諸公多添一忙耳。率佈奉候，不一一。耳山年兄文几。中頓首，五月十八日。曉嵐先生均此致候。同事諸公並致相念，又行。御題《井田譜》有注，《經世圖譜》有序，因字多未全寫，將來謄冠卷首，似須備載。尊處如無準稿，可即寄信來，以便抄寄。

其　　二

昨於郵函得手書，悉種種。已寫之《永樂大典》分數次進呈，甚是。但兵部多添一馬，恐非所宜。或約計一次應進書若干本，再分作幾回，照常隨報附寄。俟此次應進之書寄全，即彙齊呈覽，其奏摺填寫最後一回月日，較爲妥協，可告知中堂大人酌定。

《竹譜》改入子部農家，《少儀外傳》改入經部小學，似爲相合。今細閱書單，內尚有數條，疑不能決，即於單內注明，希同曉嵐先生酌定示知。

御製《經世圖譜》《井田譜》《春秋辨疑》三篇錄稿附寄，可照人。昨奉有"各家進到之書，擇數種録單呈閲"之旨，已寄公信中，希與同事諸公趕辦爲囑。館中日行事宜，並希常寄知一二，因邇日屢以《全書》事下問也，并令丹叔知之。率佈覆候不一。耳山年兄。中頓首，五月廿四日。曉嵐先生不另致候，諸同人均希道懷。

其 三

頃接來教，《少儀外傳》倣《韓詩外傳》之例，極爲妥合。《書録解題》或從《藝文志》，或從《經籍考》，希覆檢其書核定。《袁氏世範》從《經籍考》，似爲得之。

前蒙詢及，館中現辦應刊應抄各種，係何人專辦？中因舉李閣學以對。昨榮召見，蒙問及，凡有應商之事，即可與之就近相商，或有必欲見示者，中亦無可辭耳。謄録一項，現在毋庸再添，其詳已具王大宗伯啓中，想必致閲也。率佈奉覆，並候邇禧，不一一。曉嵐先生、耳山年兄同覽。敏中頓首。

其 四

前次取到《永樂大典》各本，曾據將著書人姓名及書中大旨，摘敍略節見示。此次送到各本，并未見有另單，諸覺茫然，嗣後務仍開寄爲囑。

再，此次取到之書，昨已發下。《漢秘葬經》《吴中舊事》《金碧故事》三種，並諭："皆非要書，毋庸刊刻。"則《吴中舊事》亦可無須再行繕進，即在應抄之列，亦止須緩辦。再，檢閱此書所載，並非前賢嘉言懿行，不過詩話說部之類，似不應附於史部，應請再酌。報至，接手教，一切俱悉。《歷代建元考》前兩本，亦不可少者，一并存留録副，統俟録得寄還，煩爲先致勵公爲囑，率佈奉覆，不一。中頓首，六月初三日。聞初一夜間雨甚大，較廿一之雨如何？

其　　五

接字，悉種種。《吳中舊事》改入子部小說家，極爲妥合。武英殿東庫書，自須先辦，僕於馬書未到時，早已言之。可即回明王大人，即行酌辦，勿致諸公曠日再三。撫軍奏進之書，似已經起送，毋庸復俟咨取，可再查閱原摺，或可行文一促之。

《經解》內有應刪減者，即與曉嵐學士相商酌定。但其書俱係經部，似不應分拆。且抄存書本，原兼應刊、應抄兩種，想《經解》內，除應刪數種外，無應止録書名者，似應仍存《經解》總名。即《漢魏叢書》，目雖分列四庫，書仍彙裝，方不至於散漫無統也。林之奇《全解》，《永樂大典》既有完本，似應倣照《春秋繁露》之例，另爲抄進，尊意以爲何如？可與曉嵐先生相商，并告之各位中堂大人酌定。率佈奉覆，不宣。中頓首，初九日。曉嵐先生并此致意。

其　　六

《歷代紀元》一書，考訂詳明，較王受銘所纂，更爲賅備，擬暫留録副寄還，希與自牧世兄言之。"鍾淵映"是名是字，何地人，或仕或隱，並希詢明寄知。

附去《王子安集》二本。余童時曾有手抄之本，後爲梁瑤峰中丞借去遺失，因而傳抄者頗多，此又從他處托丹叔抄回者，集內有逸有增，訛字缺字，雖經校讎，未能盡得。近見江浙進到之書，有專集，有四傑集，希爲撥冗或托人同校亦可。詳校改正。如有缺漏，并希補足，辦得仍祈即行寄還，專懇專懇。又行。

其　七

昨送到馬裕家書十種，內《鶡冠子》已奉御題，先行寄回，即派纂修詳細校勘。其書計一百三十餘頁，約須校勘幾日，似宜酌定章程，將來雖諸書全集，辦之自有條理。其期不可太緩，致有耽延；亦不可太速，而失之草率。書内訛舛甚多，頃隨手繙閱，記有三四條。將來纂修校勘後，可將校出誤處，錄一草單寄來，不必楷書，以便印證愚見是否相合。校勘成，即一面繕寫紅格《全書》正本及《薈要》本，一面酌定刻樣。

查原書篇數流水，甚不畫一，卷上卷中，則并序同編，卷下則另編，無此體例。現辦寫刻篇數，自應各卷各編卷前，首冠御題。御製詩全注，再行錄寄，以便恭裁。次及原序，附以《提要》，此二頁不必編篇數流水，即刻本亦無須寫此兩頁作標。其餘止須卷上寫刻本樣數行。首行寫"鶡冠子卷上"，次行作"宋此字舊無，應增。陸佃解"，三行作"博選第一"，標題似止須低二格寫。四行王鈇云云，頂格寫。五行"王鈇法制也"云云。低一格寫。板心"鶡冠子卷上"流水處簽明各卷各編。大略如此。回明中堂各位大人酌定，此寄。六月望日，中具。校勘發寫時，首頁御筆，似應拆下尊藏，俟辦畢再行訂人。再，凡奉御題之書，應刊者即在京城辦理，不必發往各省刻板。

其　八

接來札，悉種種。寄到抄本兩部，已彙商。日前所寄，照單分列四庫，隨摺進呈。惟《中興小歷》一種，原單注擬刊刻，愚見以建炎南渡，乃偏安而非中興，屢經御製詩駁正。且閱《提要》所開，是偏頗有未純之處，似止宜抄而不宜刻，已於單內改補奏進。

至《漢魏叢書》《津逮秘書》所收各部，尊意欲分錄四庫，而不必歸總，所見亦是。但須於各部散見處提要內，敘及《叢書》《秘書》一語，而於輯《總目》時，集部內存兩書總名，而注其分繫之故，似爲兩得，仍惟酌之。

各省書單，大約陸續到齊，似即須行文咨取，毋庸再奏。并須除去重複外，令其概以全書送館，不宜專取略節也。又，分別應刊、應抄兩項，吾固早計及諸公嗜好不同，難於畫一。就二者相較，應抄者尚不妨稍寬其途，而應刊者必當嚴爲去取。即不能果有益於世道人心，亦必其書實爲世所罕見，及板久無存者，方可付梓流傳，方於藝林有益。並當以理折衷，自無或遺或濫之病。非特詞章之類，未便廣收；即道學書，亦當精益求精，不宜泛濫。《經解》亦然。與其多刻無要篇策，徒災棗梨，不如留其有餘，使有用之書，廣傳不缺，更足副聖主闡揚經籍之盛意。是否，可與曉嵐先生商之，并告同事諸公妥酌，并於便中回明中堂大人核奪。

《熱河志》屢奉詢催，萬難再緩，可切致習菴。其互相查證及繕齊彙交云云，乃歷來推托耽延之故調，幸勿以此相詒也。率覆，不備。中頓首，六月望日。

翻閱進呈本，內竟有黃斑污跡，此後宜留心。

今日抄本內，《易象意言》，習之云尊札言是勵世兄所校，已爲挖改，凡類此者，切不可絲毫遷就。又如字體中，"恭"誤作"䅵"之類，乃不可不講究者，可與各謄錄言之。又，昨見《鶡冠子》內夾籤，"宏治"二字，此曾奉有諭旨，止須缺筆，而不必改避，并及之。

又，另札并御製詩，連注稿，同《鶡冠子》另寄。

• 713 •

其　　九

　　昨奉辦《日下舊聞考》，命僕總其成。此時所最難者，辦書之人。翰林中，非各館專課不能分身，即在《四庫》書局，以此甚難其選。此外，若甲乙兩榜及諸生內，如有好手，自爲最妙。但欲得學問淹博，兼通時務，并略悉京師風土者爲佳。且欲其文筆可觀，辭能達意者，凡有考訂，庶不至過於推敲費力。足下夾袋中，必有所儲，或能覓得三四人，則此書即可速就。若翰林或現任小京官，即須奏派；若未仕之人，即當延請。其局擬設於蔣大人宅，脩脯等項，愚當幫辦，祈即商定寄知，或即與蔣少司農面商亦可。此事私辦更勝於官辦，并與蔣大人商之。又，此書凡例，茫無頭緒。足下可爲我酌定款式一兩樣，除星野、沿革。略具大概寄示。瑣事相瀆，幸勿辭勞。又行。

其　　十

　　報到，接手書，悉種種。《書錄解題》，從《經義考》亦可。但不知目錄類，向歸入習見之書係何種，便希示知。《經解》即有刪汰之書，必須加一總說，方爲明白。又，《大典》內錄出正本，俟下屆送齊時，即當轉進。

　　今日召見時，詢及歷代訪求遺書之事，何代最多，最爲有益？可即詳悉查明，於十七日隨報發來。又蒙問修《永樂大典》事，《明史》曾載否，一并查明覆奏。又，前日詢催《熱河志》，可即促來寅償辦，仍將現辦情形若何，先行寄知。率覆，不一。中頓首。曉嵐先生均此致意。

其　十　一

聞邵會元已到，其人博洽，於書局自大有益。前歲聖母萬壽詩册內，有"玉閒開寅"語，上詢問見於何書，遍檢無可覆奏。彼時敬堂先生云，此稿出邵會元之手，便中希問之，將"玉閒"二字出處寄示爲囑。又行。

其　十　二

來札具悉種種，歷代求書本末，遲日另録清單進呈。"玉閒"既無別據，則舊疑已釋矣。前奉托校《子安集》，略有頭緒否？《熱河志》總以速催來寅爲妙，愈速則愈佳耳。"贍思"作"沙克什"，即可照用，但似須注："舊作'贍思'，今從《元國語解》改正。"似爲更妥，酌之。聞諸事不應手，此何故耶？便希示其大概，以便商辦。專此。中頓首。

其　十　三

書來，悉種種。"沙克什"既於《提要》內聲明，自毋庸另注。《日下舊聞考》款式極難，愚意欲盡存其舊，而附考於後，其式當如何？可酌擬一二樣，便當商擇妥當，以便發凡起例耳。

熱河等處書單二件，係奉旨交我將書名與《四庫全書》校勘，似無甚不經見之本，且與內廷書多重複，而書名更多訛謬，希即校明寄來，恐尚需覆奏也。書名訛者，改不改俱可。編纂之人，最爲緊要，非實在好手，不能得益，務即留心酌定見寄爲感。覆候近禧，不一一。中頓首，六月廿一日。丹叔、念孫，此次均不另覆，因無暇也。

其　十　四

來書具悉。所定凡例，大致極佳，感佩之至！俟細閱，下報再覆。惟纂書甚難其人，所選三人，恐尚不敷，且其中或尚有不能盡如所願之處。至本地必得一人博洽者，爲之指示，方能周妥，希與曉嵐先生商之，遲日當專札奉懇也。

刻書列銜之説，宗伯所議未當。此時所刻，並不標《四庫全書》之名，且板片大小不一，豈可列銜耶？稍遲當致札宗伯也。匆匆不暇細及，餘再悉。中頓首。頃有人云，謄録中有未補而寫書者，有已補而不寫者，其説確否？未補而先寫，尤所未喻，希查明密示。

其　十　五

前兩次信至，匆冗未得即覆。璞函從軍死事，亦當垂名不朽，惟其嫠妻孤子，留滯京城，實堪憐憫，當爲彼籌之，僕亦願助微力也。《日下舊聞》原擬三人，今又缺其一，奈何！幸更留意。

浙省書籍，竟未起解，前詢郝臬臺始知之，宜即行文催取爲要。熱河書單已收到，來集之爵里片，遲日當另謄恭進，乃浙省之誤耳。茮塘所校《鶡冠子》，可爲盡心。其各條内，有應斟酌者，俱已簽出，足下同爲酌定之。"嘅其里"一條竟駁去，未知當否，并酌。愚所閱四條，止一條相合，今復檢寄茮塘，囑其更加詳勘。落葉之喻，自昔有之，茮塘亦不必以此加意也。刻書列銜之説，斷乎不可，已切致大宗伯矣。外附勵世兄一札，祈轉致之，餘再悉。中頓首，七月朔日。

其 十 六

札來，悉一切。抄本書三種已收到，俟寄全恭進。《永樂大典》內散片可輯者，自當即爲裒錄。若多至三四百條，較之舊有完善本，僅止數篇者已勝。即偶有缺佚，於提綱內聲明，亦無礙耳。考輯《日下舊聞》一事，此時難於即辦，只可先行查明，俟回鑾後，再酌商妥辦也。率覆，不一。中頓首，七月七日。

其 十 七

書來，具悉種種。書三部亦收到，今又奉更取六部，可即查寄。《大典》內集湊之書，原不能指定何類，即集部較多，亦無妨耳。至各省送到遺書，必須各門俱備數種，方成大觀。惟多者限數之説，似尚未妥。經部本多於他種，如果義有可取，注解十得二三，即不可棄，雖稍濫亦無礙。若膚淺平庸及數見不鮮者，則在所屏耳。仍酌之。并不妨與曉嵐先生相商也。率覆，不一。中頓首，七月十日。

其 十 八

《永樂大典》內湊集散片，原如雞肋，但既辦輯多時，似難半途而廢。諸城似有不樂於裒輯之意，然未明言也。秘之。此時各纂修自俱采完，何人所采最多？或竟有全無所得者，便中約敘草單并各銜名寄閱。密行。至於大部之書，攢湊非易，不可不專歸一人，以總其成。若纂修內，有能獨當一面者固佳，否則諸徵君中淵才既多，且新奉恩旨，尤當及此稍建勞績。或回明各總裁，令其分佔一部，何如？若各纂修於此不甚樂從，則又不必以小節拂衆人之意。即於纂修内，請總裁派一精細耐勞之人，專心合湊，亦無不可。

至《大典》内集部，概行不辦，此與原奉諭旨不符。愚見以爲，既辦《四庫全書》，似屬多多益善，斷無因多而棄斥弗顧之理。爲此言者，蓋未通盤籌畫耳。前此奉旨查歷代所購遺書，何代最多？已據錄寄，尚未覆奏。愚意以歷朝之書，多以卷計；此次書局所開及外省所送，各以部計。若就其卷帙，折衷定數，不知當得幾十萬卷，希足下約核一大概寄知，以便奏覆也。匆匆寄此，不一一。中頓首，七月十三日。

其 十 九

《永樂大典》十種，寫本四種，已收到。略節亦得，其繕出正本，似止須七月底恭進一次，八月即可暫停，俟回鑾再行彙進，已札商王大宗伯矣。《鶡冠子》筱塘添出之處甚多，此番可謂盡心。但止寄簽出之條，無書可對，難於懸定。校書如掃落葉，出自何書，便中希查示。因將來單寄回，足下可并前日之單，同原書校勘，酌其去留，無庸再寄此間也。校對遺書，夾簽送總裁閱定，即於書内改正，此法甚好。可即回明各位總裁，酌定而行，即或將塗乙之本進呈，亦屬無礙。惟改寫略工，以備呈覽。

至紅筆究不宜用，或以紫色，何如？卷後纂修之名，似可不添，因其書似仍須發還本家，毋庸多此一辦。且官書須署臣某，而給還各家，又不宜用臣字，莫若不列名爲妥。散篇不可不辦，其大略已與大宗伯言之，此時且不必瑣談，俟辦有眉目，總錄清單告之，諸城中堂當無異議耳。餘并悉大宗伯札中，附候，不一一。中頓首，七月既望。

筱塘不另覆。

遺書毋庸録副,與愚前奏相合。至應抄之書,即交四百謄録繕寫,毋庸另添謄録,前已面奏允准,隨即寄信通知館中,衆所共聞者。今日,王大人忽又有因遺書添傳謄録,與原奏不符,斷不可行也。

其 二 十

公札已另覆。《四庫》各書,總數已至八千,原不爲少。但見所開之單,止論部數,似尚彙總而計。如《漢魏叢書》《津逮秘書》之類,若分列書名,不下百餘,而總計只兩種耳。舊書去取,寬於元以前,嚴於明以後,深得肯綮。朝鮮《孟子考異》,入於應抄之列,亦見同文之盛,但不必刻也。

京城内交出之書,與外省重複者,自不妨儘現本校辦。但外省交到者,俱有全單總數,且係奉旨仍行給還者,似不便扣除。并有同係一書而兩本互異,又當擇其善者,止須於原單内注明重複,并於書局檔册注明。若外省已經交到,而京城復又送館,其書不過相仿佛,即可毋庸列入借單。頃接錢塘宫傅字,云添傳謄録四十人,而札中又云六十,何耶?《王子安集》承費心,謝謝!餘再悉。中頓首。

其 二 十 一

十八之報,爲雨水阻滯八時,直至今早始到。兩淮書,昨已奏到書單,似其中尚有可觀者,但覺重複耳。御名字樣,奉旨止令缺筆,人名、地名大略相同。惟隨常行文,或作"宏"字亦可,但已寫宀頭,另是一字,不宜復缺筆矣。率此致覆,不一一。中頓首,七月二十日。

其二十二

閱酌定散篇條例，妥協周詳，欽佩之至！惟末條云"纂定之時，另錄副本，方無舛漏"，似應略有分別。蓋所集四百餘種，未必盡能湊合成書，亦未必盡皆有用，誠如前札所云，不過得半之局。俟草本粘綴成帙，即可辨其適用與否，以定去留。如應刊應抄者，自須先謄副本，俾有成式可循。若止須存名之書，即可無庸再行錄副，約計可省一半工夫，自必須如此籌辦，方不繁冗，希以此意先與錢塘宮傅商之。連日鮮暇，作書不能詳及，餘再悉。中頓首，七月廿三日。曉嵐先生希爲致候，邵、周兩君并希稱賀。

《王子安集》約計何時可得，便希示及。

抄本五種已收到，應刊應抄，須詳定爲囑。

其二十三

接來札，所定抄寫散片草本之法，極爲妥洽。李燾《長編》，宋英宗以前既有舊本，似單本止須抄神、哲兩宗，較爲省便。但不知英宗以前舊本，較之《永樂大典》詳略多寡若何？如並無分別，則大爲省力耳。寄到繕出各種書，昨已進呈。其八月以後，不復再進，總俟回鑾再行進呈之説，亦於日前奏及矣。餘再悉。中頓首，八月初二日。

其二十四

叨荷渥恩，實慚非據，獎藉過甚，增我汗顏。有當規勖以不逮者，方見通門關切之意耳。《長編》既已抄得，自爲省便。《繫年要錄》既經校畢，亦即可發謄，則回鑾恭進之書，更可觀矣。候補謄錄，即傳令抄書，未補之前，所寫之書如何核計，似當定以章程，方爲周妥，昨已有札致王大農矣。

《禹貢指南》因有御題詩句，當存直次，俟辦成再寄。率佈覆謝，并候近禧。同事沈、施、龔、汪、王五君子，俱爲道謝。不一。中頓首，八月初五日。《王子安集》所辦如何？或新到之集，有前序後跋，并希錄入。

其二十五

接來札，悉種種。謄錄之事，若再有更張，即易招物議，幸已安帖。然所辦究未老到，恐仍不免口舌耳。無故添人，實非好事，言之再三而不見聽，亦無可如何耳。此次進呈各書，一日之間，奉上指出兩錯，書簽之錯，尤其顯而易見者，此後務須留心。至《折獄龜鑑》內錯處，當切告承辦《永樂大典》諸公，各宜加意，若再經指斥，即削色矣。至承辦《全書》及《薈要》分校諸公，當請其到署，以此切致之，各宜經意，毋留錯誤之迹，日後取咎。總祈慎之又慎爲囑，并與丹叔言之。

《經解》提要，尚未及見，自必妥當也。頃承同事諸公致札，附有覆柬，希爲遍致之。不一一。中頓首，八月初八日。金老五係七月何日事？本省曾題達否？渠無甚關係，老四則以早得信爲佳耳。

其二十六

前接兩札，俱未及覆。《王子安集》承費清心，謝謝！既已增訂，必須另抄，其缺者亦當補入，只可俟回家再辦耳。《南宋兩朝綱目》已奉御題，其前後倒置，目內尚覺無妨，綱內則斷乎不可，已與大農面言，今將全書寄回，即可查酌加按。恐別本亦有類此者，似須一并查酌，或係抄輯時舛錯，亦未可知也。

在京進徼各書，蒙諭，有在一百種以上者，即照馬裕家例，揀擇數種進呈題詩，以示榮寵，祈即爲速辦。又蒙詢及，各種遺書，分別應刊應抄應存，總敘提要，約計何時可完？愚覆奏以約計後年，當有眉目。此即兩公承恩之由，祈即與紀大人相商酌辦，但不知果能如愚所言否？冗中寄此，不及詳敘，餘再悉。耳山侍讀。中頓首，八月廿一日。

其二十七

前聞尊體違和，甚爲懸念，今接手書，稍慰。《東山金石錄》，乃是富制臺在東省時，恭輯御製詩章，聯篇裝册進呈。其所開《御製金石錄》，亦即此種，皆毋庸查辦也。《坡門酬唱》及《詩宿》二部，自當取閱再定。《熱河》應查各種，已托明道查辦，再覆。

頃晤諸城，談及翰林從無兼軍機者，不可忽爾破例。諸城云足下意尚戀戀於此，則非僕所能料。清華妙選與含香載筆，判然兩途，足下似不應見及於此。或旁人欲借此攀留架言，出自心願，前聞有同人公信，已料及一二，書來，務詳覆爲囑。便候，不一。中頓首，九月八日。

其二十八

接閱來札，悉種種。外省進到奉有御題之書，所酌甚妥。既云不過月餘可畢，尤與諭旨相合也。今日黄副憲有謝賞《佩文韻府》之摺，館中紀侍讀、勵編修、汪學正三君，似亦當呈謝，未識曾辦及否？

再，前曾面商，外間通行之書，不在遺書以內者，亦當查明，分別抄存，業承允諾，未識連日所查如何？因憶及制義一項，自前明至今，以此取士，流傳者不下千百家，即不必抄錄，其名目不可不存。惟《欽定四書文》，抄之以備一體，亦集中所當及也，統希留意。率候，不一。中頓首，五月廿三日。曉嵐先生均此致候。

其 二 十 九

連接兩函，俱未及裁覆，今日又得手書，具悉種種。外間通行之書，止開出一百餘種，似尚不止於此，近日不知曾續有所得否？制義存目，亦當覈實，分別其源流正變，則於節略內敘明可耳。五徵君所分五種書甚好，將來進呈時，或有續蒙評賞，亦未可知也。餘歸各纂修闈分亦妥。遺書目錄，六月底又可得千種，甚好。若辦得，即可寄來呈覽，但須詳對錯字，勿似上次之復經指摘也。至每進目錄一次，即將交到遺書點檢清釐一次，此法極妥，不知前次所辦之書，曾歸妥否？應刊各種，自應交武英殿錄副；其應抄各種，亦應隨時辦理也。

《弇州四部稿》，書非不佳，但卷帙太繁，且究係專稿，抄錄太覺費事，存目亦不為過，但題辭內不必過貶之也。薛《史》自應刊刻流傳，但欲頒之學官，須與廿三史板片一例，未免費力，或可止刊行而不列於正史否？并酌之。燈聯曾否辦得？《熱河志》應查各條，務向習菴促之，恐其一經得差，即無心及此也。率佈奉覆，不一一。中頓首，初五日。曉嵐先生及五徵君均此。

其 三 十

　　來函已悉。應抄各書，業經查清另存，甚好。并知現催各纂修上緊校勘，自可不致遲誤。二氏書，如《法苑珠林》之類，在所必存。即《四十二章經》，其成最高，文法亦與他經不同。且如《黃庭內外景》，未嘗非道家之經，勢必不能刪削，何寬於羽士，而刻於緇流乎！
　　至僧徒詩文，其佳者原可錄於集部，若語錄中附見者，即當從刪。其雖名"語錄"，實係詩文，所言亦不專涉禪理者，又不妨改正其名而存之。燈聯爲日已不少，何甫脫藁耶？其《熱河志》應查各件，速促習菴開單早寄，餘再悉。耳山侍讀文几。中頓首，六月十一日。

其 三 十 一

　　燈聯已收到，甚費兩公之心。因前奏此事時，上云其聯語頗好，甚愛之，自不便多易，來稿更改處太多，恐不相合。因另酌一稿，仍將原句錄爲一摺，將擬改處粘簽呈覽。
　　至《熱河志》內表及凡例，非目下所急，暫存此，俟得暇閱定寄回。其千佛閣碑文，及河屯協苳官月日，俟查明再寄。惟所查各處行宮間架方向，新舊俱有，愚意竊謂可以不必。此時若欲細查間架方向，非親履其地，不能真灼。熱河一處已難一一身經目覯，他處更勢有不能。況舊纂之書，並未繁瑣及此，何必爲此費力不討好之事！若如來單所云，細加查核，則此志不但今年不完，即明年亦未能竟其役，且恐告成之日，遙遙莫必，無此辦書法也。

況原奉諭旨改正原稿，本因古今疆域不合及對音字面不準，此時惟當注力於此，庶可早完。若欲節外生枝，徒自苦而無益，切勿誤辦也。至各廟匾、對，及各行宮匾、對，原稿如已載，則仍之，否則難以遍及。若果必需，則尚較間架方向易辦，速寄信來。前所須查者，係白玉觀音像，而此次未錄，何耶？類此者，即速查寄爲要。率佈覆候，餘再悉。習庵、耳山兩年兄同照。中頓首，六月十七日。十七日接耳山年兄信，云外省各書，已有十種可交殿上。餘亦報兩三日可以全竣，不致逾期，甚好。至各書應載著書人姓氏，若係國朝人，即書某官某。其諸生布衣，亦從實標題，是亦畫一之一法。《通鑑長編》應改遼人及西夏部族名，即交辦照《國語解》查辦。

聞謝承《後漢書》江南近有刻本，確否？再，此外現有傳本否？今遺書有此種否？希查示。又，聞義門先生所批《文選》，近有刻者，或云是秦正圃所爲，確否？又云義門先生手批，俱已有刻本，其說更不知確否？

其三十二

上報接手書，未即致覆，今日復披翰札，具悉種種。《熱河志》所論極是，即照此速辦，能早進呈更佳。《文選》照汲古閣本抄錄最妥，以上所常閱及，前此命翰林所寫縮本，即係汲古閣刻。若專錄李注，不及五臣，而別用明人六臣注本，刪去李注，是並寫既多費工夫，又與御覽之本不能相合，似未悉協，希再酌之。

《癸籤》既係詩話及論詩語，自應摘抄。若刊本無多，並不妨另刻。《統籤》則可不複也。今日召見時，又問及各省進到遺書，曾經御題者，已發還未？我覆奏現在趕辦，大約出月可畢，即當發往。上以此等書冊無多，宜早發還，使人倍知鼓舞。專此寄聞，即以此遍致諸公速辦爲要。

又，前日發出《佩文韻府》一本，內引"迴雁高飛太液池"，作王涯詩。而《全唐詩》刊作張仲素，《全唐詩錄》又作王涯。上以此詩究係何人所作，查《永樂大典》所載如何，《韻府》即照改。專此寄知，并即查示爲囑，餘再悉。中頓首，六月廿三日。《遵生八牋》日前覓到一部，板缺誤不堪，未知外間有初印本否？

其 三 十 三

前報接信，匆匆未及具覆。《意林》內訛舛之處，當如何改正，方不費事，可詳細寫一說帖，再下報寄來，以便遇便具奏。寫本原書內，闕佚處添注格式，所定章程極妥，即於原字內批〇寄回，希酌定。"回雁"句既已查明，甚好，當覓便奏之。

頃有兩詩須查者。其名爲"祐"，有原傅圖書，不知何姓，在《書畫譜》查之不得。特奏明寄歸，於元明人之名"祐"者詩集內查寄爲感。匆匆寄此，餘再悉。中頓首，六月廿九日。曉嵐學士不另啓，希道候。

《說文篆韻譜》，專係擬抄否？若刻，則非活字所能也。

其 三 十 四

接讀手教，得悉種種。《意林》一事，容俟從容再覆。頃接李少司空札，以《水經注》尚有可商，不可不酌求其是。愚學殖淺薄，不敢輕議，且相隔甚遠，尤難彼此折衷。此事知東園深費苦心，且向曾探討及此，自當有所依據。其中或尚有應行酌定者，不妨再爲覆核。大農處亦有札致及。李公原書，并希於便中送閱。

聖主稽古右文，凡事集思廣益。今訪求遺書，嘉惠後學，往往一字一義，詢及芻蕘。我輩欽承恩命，豈可不仰體聖衷？虛公斟酌，以期無負委任，尚敢稍存成見乎！此意并希與東園言之。李大人原書奉寄，事後仍希寄還。不一。曉嵐先生、耳山年兄八座。中頓首，七月初一日。耳山年兄上報曾有字否？記匆冗時一閱，欲留俟下報再覆。今日遍檢不得，不知所言云何。下報寄知并覆。

其三十五

前兩次接書，俱未及覆。《太平寰宇記》與《元和郡縣志》皆係必應刊行之書，或俟兩書同奏，此時且無庸更改，總俟愚回京再定可耳。前以檢查有無干礙之書，專仗足下及曉嵐先生，曾囑大農轉致，并札致舒中堂知，以上諭稿交閱，恭繹聖訓，便可得辦理之道也。

即如《容臺集》，僕已奏明，尤不可不先辦者。此書尚恐有版流傳，并須畫一查燬，不知何處徹到此本，可查明辦之。其書有礙者，尚係述而不作，刪去此數卷，似止二卷。其餘似尚可存。然足下尚須詳細閱定，愚只能約略言之。其餘類此者，並須細心檢辦，不可稍誤，甚有關係也。

進呈書目提要，此時自以敘時代爲正，且俟辦《總目》時，再分細類批閱，似較順眼。其各書注藏書之家，莫若即分注首行大字下，更覺眉目一清，且省《提要》內附書之繁。惟各家俱進之書，若儘最初者，似未平允；若俱載，又覺太多。似須酌一妥式進呈，方可遵辦耳。至《簡明目錄》，此時且可不辦。或再蒙詢及，酌辦一樣進呈，亦無不可。

《水經注》既已另辦，須善爲調停，使彼此無嫌無疑，方爲萬妥。習菴所辦《熱河·建置》，近日所增，與前辦大異，殊不可解。現已有札致彼，足下或便一商之。即索愚原札一閱亦可。《日下舊聞》，戈、許兩君分校，恐成書更遲，不知曾略有端倪，足下得見之否？率此附覆，餘再寄。中頓首，初九日。曉嵐先生均此致意。

其三十六

上報郵章，爲河漲所阻，到遲一日兩時，匆匆未及具覆。遺書總目，續撰可得千種，甚好。但必須實係各纂修閱訖，一經呈覽，即可付刊、付繕方好，勿又似從前之沈擱也。《開元占》既見於歷代史志，《靈臺秘苑》見於《文獻通考》，皆不便删去，似應鈔而不梓，於《提要》內詳晰聲明，似屬無礙。

昨得貴房師竹君先生札，火氣太盛，辦書要領並不在此，具札覆之。至其誤認東皋亦係纂修，並未悉原奉諭旨令愚總其成之故。抄錄節次諭旨寄回，但愚不便言及，祈足下轉送一閱，其原札并寄閱。所寄貴房師一札，希於閱後致之，并希勸貴房師，辦公勿過生意見，庶不失和衷共濟之意。此事專仗足下調停，勿使穆堂獨爲難人爲幸。率佈具覆，並候，不一。中頓首，七月十三日。

其三十七

前接手函，匆匆未及作答。散篇書存留數日，隨意翻閱，見有訛字，其應改者即爲改補，可疑者存記，另單附寄。愚不過偶爾抽看，即有錯字如許，恐舛誤尚未能免。應切致原纂及校對諸公，嗣後務須加意，或告總裁各大人知之。

又閱《提要》內《寶真齋法書贊》有"朱子儲議一帖"云云數句，與此書無大關係，而儲議事尤不必舉以爲言。因節去另寫，將原篇寄還，嗣後遇此等處，宜留意斟酌。

又見所敘《金氏文集》《北湖集》兩種，譽之過甚。果如所云，即應刊刻，不止抄録而已；及讀其詩文，不能悉副所言。且《金氏集·忠義堂記》列入揚雄，其是非尤未能得當。愚見以爲《提要》宜加覈實，其擬刊者則有褒無貶，擬抄者則褒貶互見，存目者有貶無褒，方足以彰直筆而示傳信，並希留神。率佈奉候，不一一。中頓首，五月廿九日。曉嵐先生不另啓，乞爲致意。

其 三 十 八

屢接手書，匆冗未即裁答。昨江西續進采辦遺書，現在交館。其書單內重複者甚多。查有《太平寰宇記》一部，不知較館中所有，卷數能略多否？又有《天下金石志》一種，不知編輯何如。若果可觀，與《續通志·金石略》甚有裨益，祈即檢查分晰寄覆。又，單內有《玉海》一部，不知何時印板，有無訛舛，亦希留心一查。愚欲將《玉海》校正，另爲刊版，以公同好，并擬不由官辦更妥。曾覓稍舊版一部，付丹叔處，校已年餘，毫無朕兆。彼處止有一人校勘，斷難即完。恐日久終歸無益，意欲將此書煩五徵君共校，想俱樂從。希將此札致丹叔取回，并致五徵君，如有不暇兼顧者，亦不敢强也，仍希即付回示。

再，散片中宋人各集內，如有青詞致語，抄存則可不删，刊刻即應删。《胡文恭集》已奉有御題指示，自不便兩歧耳。《胡集》删去"應刊"，亦有旨矣。《開國方略》，需用明末之書本自無多，而館中開付太詳，既列目與之，即當速檢，全行付去，勿爲所藉口也。

至各省送到違礙各書，前曾奏明，陸續寄至行在呈覽。《黃忠端集》內所夾熊經略片一件，希即檢寄。昨江西奏到應燬書籍，已送熱河，奉旨交愚處寄京，俟回鑾呈覽。則家中所有之書，自不便轉送此間。統檢明，開單存館，俟回鑾再辦。此事并蒙之舒中堂及王大人。或先將《五代史》寄呈，其餘各種，以次繕裝呈進，亦足供長夏幾餘披覽也。近見有稱新、舊《五代史》者，未知何據。昔人曾有此稱否？或以薛《史》爲舊，歐《史》爲新乎？并希詳示。率佈，覆候邇禧，餘再悉。中頓首，六月十一日。曉嵐先生不另啓。

寄到應銷書三種，暫存交拂珊副憲。另，看此各種，俱應存館中，俟回鑾再進可耳。又行。十二日附此。

其 三 十 九

接來信，悉種種。存抄一事，視其人爲去取，極好！至刊刻一項，明人集雖少無妨。此時所重，在抄本足充《四庫》及書名列目足滿萬種方妥也。遺書事，另囑星實寄信，諸公妥議。生恐其中有稍存意見者，恐於公事貽悮，故著急耳。匆匆寄候，餘再悉。中頓首，六月望日。曉嵐先生不另札。

其 四 十

《舊五代史》進呈後，昨已蒙題詩，劄子亦俱發下，暇時尚欲請述旨意，以便刻入卷前也。今日召見，極獎辦書人認真，并詢係何人所辦。因奏二雲采輯之功，并詢及邵君原委，亦將其受恩之故奏及矣。其標題"梁書""唐書"等"書"字，愚今早亦順便奏請應改"某史"，亦蒙俞允矣。《井田譜》等曾經御題之書，必應抄存。《耕織圖》《棉花圖》，自應載入，《禮道圖》曾載否？其圖或就原板刷印，似稍省力耳。《授時通考》，其圖與《耕織圖》相倣，曾辦及否？

前此託丹叔轉，向足下查"李鎮東"係何人，未見示覆，豈丹叔忘耶？又"卻掃"二字，大率本之《南》《北史》及《文選》，俱作謝客解。今早，上論及，云或當從《漢書》"太公擁彗卻行"意爲權輿，不知有作此解者否？希查示。又，柳柳州《乞巧文》，是其何時所作？如有可考，亦希寄示。率佈，致候。不一一。中頓首，七夕雨窗。七夕洗車雨，有云六日及八日者，以何爲正？《歲時記》外，另有記載否？並希查示。又行。

其 四 十 一

昨閱程功册，散篇一項，除山東周編修外，認真者極少，然每日五頁，尚有一定之程。惟遺書卷帙甚多，每纂修所分俱有一千三百餘本。今此內有每月閱至一百六七十本者，告竣尚易；其一百本以外，亦可以歲月相期。乃有不及百本，甚至有不及五十本者，如此辦法，告成無期，與足下及曉嵐先生原定之期，太覺懸遠。原定上年可完，今已逾期矣，尚憶此言否？倘蒙詢及，將何以對！愚實惶悚之至。足下當與看遺書諸公細商，自定限期，總錄單寄示，庶得按册而稽，亦可稍救前言之妄，幸勿以泛語置之。

昨翁學士寄到"八庚韻"，"賡"下注云："按《說文》，'賡'本古文'續'字，徐鉉等曰：'今俗作古行切。'"此雖采自《說文》，但與"賡"入"庚"韻之意相反。愚意謂當查陸德明《經典釋文》作何讀，采而用之，則在徐注之前，自爲可據。如《釋文》無此字音，則於他書查一"賡"字與"庚"同音者寄來爲囑。今日報到已申正，不及細覆，餘再悉。中頓首，七月十一日。"牛渚磯"有作"牛渚圻"者，記曾於《一統志》見過，亦希查錄寄示。

頃接大農札，知有重出一事，尤爲未妥，此後務設法杜之。

其四十二

昨面奉發下《五代史·華溫琪傳》，諭云："華溫琪侍莊宗、明宗，於清泰間乞歸，始終係唐臣，並未仕晉，何以列於《唐史》！"承旨既退，反覆披尋，不得其解。華（溫）琪雖卒於晉天福初，但未曾食祿石晉，不應從貶。豈以其太子太保爲晉時所贈，遂屬之晉乎？

復檢閱凡例，並未將此等分代原委敘明。及考歐《史》，溫琪列爲雜傳，不屬何朝，似較妥協。希即詢之二雲太史，將因何列爲唐臣之故，詳晰寄知，以便覆奏。又奉詢，金章宗專用歐《史》，係何意？或因薛《史》措辭有礙大金否？并查明覆奏。此字接到後，希告之王大人、嵇大人，查覆語並祈公商，妥協寄來。

【校】"華"下疑脱"溫"字，當補。

其四十三

接信已悉。《提要》稿，吾固知其難，非經足下及曉嵐學士之手，不得爲定稿，諸公即有高自位置者，愚亦未敢深信也。《五代史·傳》既悉愚意，自不致相左，且俟寄到再商。二雲復感，甚念之，囑其加意調攝，不但不宜早出，并當囑其慎起居飲食，俟元氣全復，方可無虞。此時并不必急於看書，即《舊五代史》，雖有奉旨指詢之處，亦與彼無涉，不必慮也。率覆，不一一。中頓首，廿八日。

其四十四

頃御製有《讀夷齊傳》文，用"采薇而食"，引《古史考》

載野婦事，並論查係何人之書。茲已查得《古史考》係譙周所著，但從來未見過此書，并不知何處引此，有無此事。希即查覆，能隨報即覆尤妙。又行。

其 四 十 五

兩接手書，匆冗未及具覆。查檢明末諸書，寧嚴勿寬，最得要領。如查有應燬之書，不可因其文筆稍好，略爲姑容。如《容臺集》之述而不作，只須刪去有礙者數本，餘外仍存，然亦須奏聞辦理。此外或有與之相類者，即倣辦之。

至南宋、明初人著作，字面粗累者，止須爲之隨手刪改，不在應燬之列，此又不可不稍示區分。若無精義之書，亦不必列於抄、刊也。《元和郡縣志》既在應刊之列，《太平寰宇記》似當畫一辦理。此後諸有相類者，查檢宜清，勿致歧誤爲要。率候，不一。中頓首，中秋日。曉嵐學士均此致候。

其 四 十 六

郵來得書，悉種種。應燬三書既經辦出，自以奏請銷燬爲是，來薹已爲酌易數字，寄大農與中堂大人商行。明人文集，若止係章奏干礙，字面詞意不涉狂悖者，則查其餘各種，實無貽害人心之語，即刪去字面有礙數篇，餘尚可存目。若章疏妄肆猖吠，及逞弄筆墨，病囈狂嗥者，必當急行燬禁，以遏邪言，無論是詩是文，務須全部焚斥，此必應詳細留神妥辦者。

至《香光集》，若覓得舊板酌辦更妥，已札商大農矣。南宋、明初之書，如字跡有礙，分別另辦足矣。率此致覆，不一。曉嵐先生不另字。中頓首，十九日木蘭第一程寄。

其 四 十 七

阿圭圖哨門外，地名有所爲"石片子"者，每年進圍時，於此放給馬匹。其地國語稱"依爾格本哈達"。"依爾格本"，謂詩。"哈達"，峯也。詢之嚮導處，云其地有聖祖御製詩碑，現在令圍場總管查勘。若按國語譯漢，當爲"詩片子"，蓋詩、石音轉之訛。不知《熱河志》載此地作何字，可向習菴詢明寄知，餘再悉。中頓首，廿二日。

其 四 十 八

書來，悉一切。"依爾格本哈達"，前詢嚮導處，言其地因有聖祖詩碑得名。及有旨問及圍場總管，則又云"詩峯"之名，因皇上御製詩碑得名。其實，"石片子"在哨外，詩碑在哨內，相隔四五里，似不應以此得名。且詩碑云係辛未年事，而"依爾格本"之名，記從前曾有之，似其説又未甚確。或有云因其山峯皺皺處有似題詩摩崖，故得"詩峯"之名，然亦無可據。或於天章內細查聖祖御製詩有無提及"石片子"或"詩峯"之語，並今上御製詩亦須檢明，即行寄覆。

至《永樂大典》內御題各書，如《井田譜》未經深斥，自應抄存。其餘如《重明節館伴錄》《都城紀勝錄》《中興聖政草》，亦在駁飭之列。其應否抄存，自應通行酌核，非匆猝所能遽定也。率此致覆，不一一。中頓首，廿八日。

其 四 十 九

章程稿所議極妥，即可照辦。《宋史新編》體例既乖，即非史法，若刪去附傳，尚可成書，則抄存亦似無礙，第恐每篇敘事，或多駁而未純，改之不可勝改，又不如存目爲妥。至《北盟會編》，歷來引用者極多，未便輕改，或將其偏駁處，於《提要》内聲明，仍行抄録，似亦無妨。但此二書難於遥定，或俟相晤時，取一二册面爲講定，何如？二雲曾全愈否？念甚。率佈致覆，並候，不宣。中頓首，八月廿九日。

其 五 十

林和靖"疏影暗香"一聯，係襲人"柳影横斜水清淺，桂香浮動月黄昏"之句，係何人詩句？何人書内曾論及之？

又，王摩詰"漠漠水田"一聯，止添"漠漠""陰陰"四字，係何人詩？並即查明，務於下報寄來，因奉詢及，須覆奏也。不一一。中頓首，九月初二日。

其 五 十 一

頃奉旨，交杜詩"漁人網集澄潭下"句，命於杜詩中，檢其言農事可與此作對者數句，夾簽呈覽。今行篋所攜，止有《詩醇》，並無《少陵全集》，且恐杜詩言耕種者少，未必恰與此句相對。或於唐人詩内，檢耕農語可對"漁人"工穩者數句呈覽，似亦無妨。但此間無《全唐詩》，特懇代爲檢查，若能於初十隨報寄來尤感。並候邇禧，不一一。中頓首。曉嵐先生均此。

其五十二

前報接寄覆查檢和靖詩句之信，因書尚未得，故未奏覆。但李嘉祐詩句云摩詰點化而成佳句，義殊未安，或當就舊書駁之。至《永樂大典》辦已年餘，當有就緒。若初次所分，至今未能辦得，亦覺太遲，俱係何人所遲，光景若何？即查明開單寄知。

又，摘出書名，自應辦入《存目》內。但其中有卷帙尚存者，亦有止一兩條而具一書名者，辦《提要》時，自應略有分別爲佳。再，行篋所攜書籍無多，偶欲查《明史紀事本末》徐鴻儒及流賊二事，竟不可得，希即查出，於十二日隨報付來，囑囑。餘再悉。中頓首，九月初十日。寫信後，得初九日字，并《居易錄》一條，只可暫存，或前人有論及者更好。漁洋所論，似亦未允也。

其五十三

曹老先生在此，言及纂辦黄簽一事，祇有錄出底檔，并無原書可查，難於核校，陸少詹所慮亦同。日前兩學士酌議章程，曾爲籌及否？希即核定示知，以便催其趕辦，因已屢蒙詢及此事也。率佈，不一一。紀、陸兩學士同覽。中頓首，五月廿二日。

其五十四

兩次寄到散篇一百十本，已隨報呈進。《提要》俱逐本檢閱，惟《景文集》略有可商，另單請酌。因尚非不可不改之病，仍照原本送上，俟寄回後酌定可耳。又，《子淵集》"迺賢"作"納新"，對音甚不妥，不知館上何人所定。南音"賢""延"音近，或作"納延"尚相合。若作"新",則與"賢"字母不同,斷難強就。祈即告之小岩、純齋,囑其即爲另酌,并將何時改譯之處寄覆。其各卷内錯字,隨手披翻,實見其誤者,即爲補改,凡六處,餘俱記出,另單酌商。

又,《景文集》内改正之字,多係改筆,濃濁甚不適觀,今略指數處相商。其實各本皆然,宜切囑原纂諸公,各宜留心細檢,若經指問,難於登答也。他書亦有相類者,《景文集》則尤甚耳。又,𢘟有黄斑者亦應换,今《産育集》内已録入另單。前日因查隱公事,所寄《經解》一本,其黄斑更甚,可細檢之。至簽内酌商二處,似不便直致總裁,又不可不以相聞,祈婉達之。外單附閲,餘再悉。耳山學士。期中頓首,六月廿四日。曉嵐先生均此。

其五十五

前次呈進散篇,發下已過半。奉旨,令將不刊青詞之意,添入《提要》。并面詢《灌園集》内"主人第一河南守"意,令查明覆奏,已囑春臺詳致矣。《二宋集》,頃蒙御製合題一詩,諭於兩集前并書之,自當將此意并入《提要》。或將後一段意,改作兄弟齊名,其遺集同時並出,且均邀題賞,似更親切耳。

《薈要》處,經史子三種俱已足數。惟集部所缺尚多,散片内辦出之集,以陸續付鈔爲妙,庶可如期蕆工也。率候,不一一。期中頓首,六月廿七日。曉嵐先生均此。

其五十六

守陵宫人,《香山樂府》既有《園陵妾》之詠,可見唐時猶仍漢制。即《日知録》所引少陵"宫女晚知曙"之句亦可爲證,但不必云《日知録》耳。

至後周太祖既有"毋設守陵宫人"之語，見於《通考》，宋以後自仍其制，可見不自明始，《日知録》之言更不足據。希將自漢至周，節敘一稿寄來爲感。宋以後，總括一二語亦可。又行。耳山學士。期中頓首。

附五　序跋提要雜評

寶奎堂集跋尾

陸慶循

先子以文章學業，受特達之知。自奉敕編輯各書外，《四庫全書提要》之外，有《通鑒綱目輯覽》《唐桂二王本末》《契丹國志》《勝朝殉節諸臣錄》《舊五代史》《河源紀略》《歷代職官表》《八旗通志》各種。餘如《日下舊聞考》等書，亦代定體例。凡遇國慶、武成、巡幸諸大典，所獻樂府歌頌，與夫表進奏劄、應奉文字，皆欲藉先子爲主裁。每有撰進，無不當上意，時拜文綺筆硯之賜，一時詞臣，皆以爲榮。而四方士大夫，亦屢以絹素來請，故自作及代人之作，頗極繁富。然脱稿即佚去，代者并不留稿。至少作，亦僅存《西郊笑端》中二十餘篇，幼侍曾大父於石埭學舍所作，時年十二三歲。餘皆不可復得。蓋古文較多於詩，而散佚亦較甚於詩。

茲僅輯成《寶奎堂集》十二卷。前九卷皆自作，及代公撰之文，以類分排，而石埭少作亦附焉。卷十《炳燭偶鈔》二十九條，皆考證史事之文，蓋取《説苑》"老年之學，如炳燭之明"意，在考據止此一卷，故附于後。卷十一、卷十二，則專代他人所作，非公撰者可比，故録於末。歲月如馳，自先子捐館，忽忽十有九年，久藏篋衍，未克傳布。念先子門下士多通人名德，以循僻處江鄉，末由相質。會同里諸君謀梓《篁村集》，并及是編，因遂相繼問世。諸君於先子，皆半未謀面，迺共賜表揚，以垂不朽，所謂"傳之其人"，有非流俗所可幾及者。敬書緣起，以示後人，餘當搜採，俟諸續編。嘉慶庚午短至日，男慶循謹識。

嘉慶十五年陸慶循刻《寶奎堂集》卷末

跋陸文裕秋興詩卷

翁方綱

耳山都諫以其先文裕《秋興》詩墨跡卷屬題。是卷作於嘉靖二年癸未，先生年四十七矣。先生書在李北海、趙吳興間，或有謂先生學吳興者，先生曰："不然。吾與吳興俱學北海矣。"蓋其自負如此。

今觀是卷，所謂趣鋒覆腕者也。昔南唐李後主，以"押擫鈎格抵"五字爲職志。近日徐壇長發揮此義，迺謂對面透過一步，是右軍之書所謂"似敧反正"，撥鐙妙用，盡洩於此。世人孰不學北海《雲麾》？而知此意者罕矣，先生此卷，可謂度盡金針者也。曩予題先生《玉舜》詩卷，嘗考論先生出處之概，與其心跡之所以然，而其用筆之妙，則未之及也，故於是卷附綴之。《復初齋文集》卷三十一

陸耳山夫子書元遺山論詩絕句墨蹟跋

馮敏昌

此吾師耳山陸夫子手書元遺山《論詩絕句》三章，蓋爲雁門李春驪門長屬也。

吾師躬殆庶之姿，稟無欲之性，□□□則天下無雙，郭林宗則人倫攸屬。道在夷、惠之間，孝同曾、閔之列，是其行也。紛綸《五經》，貫串諸史，插三萬軸於架上，羅廿八宿於胸中。經神易聖，不得專美於前；武庫智囊，復見替人於後。是其學也。綜覽朝章，通達國體。一揮九制之能，薇垣斂手；束矢鈞金之

讇，粉署觀成。是其才也。至於官移玉署，職纂瑤編。總四閣淵源津溯之書，勤思考訂；歷九年丹黃鉛槧之久，盡瘁搜羅。大雅扶輪，遂翊文章之運；儀鴻振羽，垂爲稽古之榮。是其遇也。以此宏通，章爲不朽，固已名滿天壤，望絶後塵。

然而別有玩心者焉，尤非他人所及者矣。蓋吾師詩才之妙，詩興之高，天然則清水芙蓉，超絶則虛空騕褭。貯雄心於使橐，則數有磨盾橫槊之風；極曠覽於文衡，更不無天風海濤之作。而其別裁僞體，轉益多師，上登老杜之堂，下歷遺山之奧，《論詩》諸絶，蓋尤所愜心者也。

春颿明經，久隨函丈，時坐春風。問道悅心之餘，洵能戰勝；載酒問奇之下，彌覺心閒。遂請問以求書，亦欣然而命筆。信已精窮漢魏，目短曹、劉。亦越典午之初，更想博物之彦。方擬纍纍珠貫，乙乙絲抽，盡書卅首之功，不但一隅之舉。何圖樓成白玉，偕長吉以同登；鶴化遼陽，與令威而俱去。烏虖！山頹木壞，難尋此後微言；鳳翥鸞翔，猶見當時妙蹟。心之云慕，愴矣其悲！在春颿義重師門，等收碎金於安石；惟昌也報慚知己，祇羨白練於羊欣云爾。時乾隆五十八年，歲在癸丑上元日，謹跋。《小羅浮草堂文集》卷六

陸耳山夫子遺册跋

馮敏昌

右吾師耳山先生壬子赴盛京紀程手蹟，凡十二頁，又詩一頁，共爲一册。先是，師奉命踵陵校書，束裝遄行，不辭勞瘁。册中所紀，自二月二十八日至三月十二日，凡半月之程，乃是中塗所歷。迨後數日，將至盛京，更值大雪，吾師冒雪單車前行，而行李重車，以大雪封塗，迷失故轍，遂與師車相失。師遂夜

宿，停車三臺子旅店中。既坐申旦，尚作七言絕句二首，究以深寒徹骨，致疾膏肓。迨至盛京後，尚能竭敬謁陵，歸寓隨部分校閱諸事。然疾益不支，閱二日，竟以是卒，真所謂鞠躬盡瘁，以死勤事者也。

此册所述，即是吾師絕筆。自靈輀歸後，余以悲情悵塞，未及索觀。後歲餘，而令子慶勳裝潢成册，屬余題跋，嗟乎，余尚忍題吾師遺墨後哉！尚忍題吾師此遺册墨後哉！然而不敢不識後者，以吾師此行，爲勤於王事。而此册所紀，十一日渡大陵河，大風寒甚，雨雪交作，即是致疾之端。迨其致疾以後，紀載遂缺，殆已不克命筆矣。嗟乎！此而不代吾師約紀其略，又何以見吾師之乃心忠勤，始終臣節者如是哉！以故含悲呪墨，勉識於後。

至其中隨地考古，觸事懷人，以及攬山海關之雄闊，望醫巫閭之神秀，襟懷高曠，乃是安石碎金，略無有鐘鳴漏盡，鼓竭氣衰之態。而竟下世長徂，此余所欲問天，而莫得其故者也。噫！吾師得毋化遼陽之鶴而仙去也耶！時乾隆癸丑冬至日，拜手謹跋。《小羅浮草堂文集》卷六

陵陽獻徵錄敘

張華年

陵陽山水奇特，峭險巖嶸，清流激駛，蜿蟺而淪漣，故其鍾於人也，往往多高介特操之士。若杜學士、丁丞相、畢尚書輩，偉詞麗句，峭行奇節，普著于天下，垂視後世，其氣概言言然，雖千百載不少衰。縣俗故樸，又藉諸君子遺風，類皆恂謹，無擴悍習。忠孝行誼，節婦烈女，亦所在多有，流風餘韻，輝映後人多矣遠矣。《詩》不云乎：“高山仰止，景行行止。”余未嘗不式

慕前徽，而深歎陵陽人士之得所依止也。

雖然，抑僅矣。近者數十年，遠者乃千百載，其間豈無偉人傑士，畸言瑰行之徒，足以信今而傳後者？文蕪獻佚，鏟采蓬荆，湮没于別風淮雨中者，蓋不可以勝數也。功德不朽，徒爲蘦言，然則立言之功，又烏可以已已！且夫語立言于今日，抑亦可謂難矣。逞蕪辭，抒臆見，不稽史傳，不考典故，不辨郭公夏五之闕，不訂魯魚亥豕之訛，即近今記載，茫然若邃古以上事，若是者，吾謂略甚。更有若承祚之求米，伯起之受金，爲祖、父託美名，爲姻婭立佳傳，魏收之史，所以稱穢者也。若是者，吾謂濫甚。然則曷爲而可？曰敘事簡而詳，書法直而雅，取與曲而當，鴻辭藻義，文質彬彬，則雖古之陳、房、何、沈，曷以加焉！

雲間陸生輯《陵陽獻徵錄》一編，正訛補逸，求幽搜微，余每一再讀過，未嘗不嘉其具良史才也。昔習鑿齒撰《襄陽人物志》，陽休之撰《幽州人物傳》，皆以土著敘述其先正遺烈，未必果當《春秋》大義，然君子亟稱之。誠以網羅舊聞，采輯懿行，褒以示勸，貶以示懲者，士君子職也。余無狀，不能彰善癉惡，以爲郡人士率，今幸得擢去，常用此意自勵。讀是編，而益以知陸生之用心，爲不可逮也。異日者，登承明庭，持如椽筆，纂輯一代信史，以爲班、范諸君子嗣音，陸子其持是而充之焉可矣，故因其請而序之。時乾隆十有四年己巳季冬月，誥授中憲大夫，知江南池州府事，今陞分巡河南汝南道，按察司副使，景州張華年撰。　南京圖書館藏鈔本《陵陽獻徵錄》卷首

陵陽獻徵録序

盧士珩

歲己巳冬，余署篆石邑，得交于雲間陸柳村先生暨令嗣葵霤

先生，晨夕聚首，相得甚驩。越兩月，見其文孫健男世兄，於余年甚少，恂恂爾雅，心焉器之。一日，手所著《陵陽獻徵錄》一編謁余，匄弁言。余謹受而藏之，以案牘旁午，故未暇讀也。嗣又赴郡，赴皖城，輕車四馳，不遑寧處。至今年春正，署齋無事，梅花數枝，掩映官閣東，小鳥時作兩三聲，心神逸豫，乃出而誦之輟業，則作而歎曰："嗟夫，陸子之有功于石邑也，可謂大矣！"

池據大江上游，石邑隸焉，距郡二百餘里。九華拱其西，爲諸山脈絡所由宗，簇擁起伏，蜿蜒而來埭石，鴻溪千流，夾注其南，蓋一奇也。語曰："人文產于天然，必得地氣之助。"是故自隋唐迄今兹，若戴國畢公之偉績豐功，文伯兆鰲之貞風亮節，焜耀志乘，彪炳史冊。其他德業文章，不可得而詳表，表數君子，大較與古人不多讓，是記載之不可缺也明矣！獨是《石埭縣志》簡略實多，一條不過數人，一人不過數語，懿行美蹟，大被刪落，更有與史傳相背繆者。且自康熙而下八十餘年，踵起者杳然無聞，致令仁賢貞烈，湮彩埋光，是有志與無志等。

今陸子慨然起而釐正之，本之于正史邑志，參之以名人文集，行狀誌銘，證之以故老遺聞。所以正其訛，補其闕，搜求其遺逸，遂使邑之先正事跡，昭然如揭于光天白日之中，此余所謂有大功于石邑者也。至于文詞之美，評贊之當，譬若伯牙琴，有耳者自能傾聽，無俟余之揚攉也。

抑余嘗聞之，鄒魯自孔、孟誕降，文學遂成爲俗，弦歌之聲，于今勿絶。是故邑有賢人君子，固閭里之光榮，後來之矜式也。今數百里埭封，登雁塔而歌《鹿鳴》者，應不乏人矣。試取是編而讀之，觀乎成都之忠，而知所以爲人臣；觀乎雷湖之悌，紹興之孝，而知所以爲人子弟；觀乎貞女烈婦之割耳截髮者，而知所以爲人夫與婦。諸君子相與式仰前徽，以身則範，油然發其興起之心，則所以襄教化，善風俗，不宏且遠耶？君子觀於古史之遺，知王道之易易也。史之變體爲志傳，則斯帙也裨道資治，覽者毋僅作文彩觀，斯不負陸子之苦心淵志矣。

夫天下亦一邑之積也。今天子加意文章，遐徵宏攬博通之士，陸子以其才藻，佇見六館螢聲。脩一邑史者，進而脩天下史，簪筆蘭臺，追蹤班、馬，以鳴國家之盛，以慰繩武過庭之望，余其拭目視之，傾耳聽之。庚午年春正月，元宵前三日，三韓世弟盧士珩，拜手書于縣署之帶星堂。　南京圖書館藏鈔本《陵陽獻徵錄》卷首

陵陽獻徵錄序

卞之澳

戊辰夏，余奉部檄，司訓陵陽，取道由蕪江泝灘而上。過龍門，抵舒溪，坐舟中四顧，水清泉洌，群峰糾紛，若拱若揖，恍然有山水親人之意。既蒞任視事，見其俗美而醇，士風謹厚，余亦相與安之，而以知鄉先哲之典型遠也。

夫陵陽自唐以還，若彥之詩，可之文章，文伯、青城之亮節，廷鳴、潤生之才能，固已載在簡編，焜耀史冊，茲不具論。即自余到官以來，相距纔二載耳，而其以節婦、孝子舉報者，已不下數十人。則知偉人傑士，隨時隨地，不絕於誕生。惟是遠者淪於蓬蓽之孤貧，近者湮於記載之尚缺，君子傷之。竊怪昔之綰銅章，稱邑宰者，多亦講求文獻，勒有成書。而纂輯非才，舛訛實甚；搜羅不廣，闕略滋多。將何以爲傳信之書，示勸懲之具，而入作者之林也耶？

雲間陸子健男，著《陵陽獻徵錄》一編，采厥新芳，參諸往牒，有遺必錄，無媸不收，允稱完善。書持以示余，并匄一言，

以弁其首，余將何以爲陸子諗哉！雖然，猶有説。夫志者，識也，其源出於史。而史則以《尚書》《春秋》二者爲宗，其道與經相爲表裏。太史公足跡遍天下，退而成《史記》，見聞既廣，加以文詞偉瑰，而後世猶有遺憾，以其不能折中於遺經，而抑揚有謬於聖人也。

今陸子方在志學之年，而其辭之豐縟璀璨若是，雖不敢譽之班、范，然亦可謂具良史才矣。其益咀嚼道味，涵泳聖涯，取精於經，合義於史。即登承明著作庭，當筆削之任，以評論天下古今之人物，而無不當，矧區區一郡邑間哉！

自余來埭上，叨在寅誼，與健男令祖柳村先生，相得甚驩。挹其人溫如也，讀其文詞，溫厚和平，藹然有道長者之言。健男世兄承其家學，益以美姿，鬌齓時即有神童之目，余前序《西郊笑端》，既已反復言之矣。今讀是編，益不禁狂喜。夫一代之隆，天必生聰明俊偉，出類拔萃之才，以鳴其盛。世兄其愈醞釀深厚，發爲文詞，將見廣陵陽於天下，進《獻徵錄》於國史。則誦前人之清芬，揚國家之美盛，余不惟世兄之是望而誰望哉！是爲序。乾隆庚午孟春月，廣陵世弟卞之澳拜題。　南京圖書館藏鈔本《陵陽獻徵錄》卷首

陵陽獻徵錄跋

劉之泗

此《陵陽獻徵錄》一册，上海陸先生錫熊著。據目，凡十二卷，卷各一類，曰忠義，曰孝友，曰政事，曰文學，曰卓行，曰隱逸，曰武功，曰節婦，曰閫儀，曰貞女，曰流寓，曰敘述。今存七卷，其弟七卷及九卷至十二卷，共五卷，原注"闕"字，或撰而未成者耳。首有乾隆十四年己巳季冬月知江南池州府事景如

張華年，庚午年春正月三韓盧士珩，乾隆庚午孟春月廣陵卞之澳三序，殆皆嘗宦陵陽，而陸氏丈人行也。目錄前，有"陸印錫熊"白文，"耳山"朱文二方印；後有"錫熊"白文，"耳山"朱文聯珠小方印。連史紙，綠格抄本，每半葉九行，行廿一字，中縫下，有"吳郡陸氏本"楷書五字。觀其字畫雅飭，頗有顏、董遺意，疑陸氏藏於家之寫定本也。

陸字健男，一字耳山，上海人。乾隆二十四年己卯舉於鄉，二十六年辛巳成進士。博聞強記，資稟絕人。獻賦行在，賜內閣中書，以文學受知高宗。初奉命編《通鑑輯覽》，繼爲《四庫全書》總纂官，又編《契丹國志》《勝朝殉節諸臣錄》《河源紀略》等書。每書成，奏進表文，多出其手。累遷都察院左副都御史，卒官。別著《篁村詩鈔》《寶奎堂文集》泗家藏有《寶奎堂餘集》稿本二冊。《補陳壽禮志》《炳燭偶鈔》及此書。

陵陽縣名，漢置，晉改爲廣陽，故城在今安徽石埭縣東。考王述庵撰《陸公墓誌銘》，云君曾祖考諱鳴球；祖考諱瀛齡，選拔貢生，官安徽石埭縣教諭；考諱秉笏，乾隆辛未科舉人。案，瀛齡即盧、卞序所稱之"柳村先生"，秉笏即盧序所稱之"葵霑先生"也，是此《錄》即陸氏隨其祖官石埭縣教諭時作。《誌》又云："君生於雍正十二年甲寅十二月初二日，卒於乾隆五十七年二月二十五日，年五十有九。"今以乾隆庚午卞序所云"陸子方志學之年"考之，是時陸氏年十七。又謂："戊辰夏，柳村先生司訓陵陽。"先生時正十五，與"志學之年"語合。夫陸氏當綺歲已文彩斐然，以纂述自任若是。宜其異日簪筆蘭臺，追蹤班、馬，而蜚聲六館，不負盧、卞諸公所期許焉矣。

辛未秋，偶暴舊笥，得見此冊，喜其爲吾池文獻，屢欲作跋，以事羈未果。適徐積餘姑夫方纂《安徽通志》，泗以此書有關鄉邦故實，因寓書述及，并敘其顛末，識諸簡端，以備采擇

云。壬申九月二十三日，貴池劉之泗，記於吳門大太平巷固廬之脩閑福齋。　南京圖書館藏鈔本《陵陽獻徵錄》卷首

婁縣志序

閔鶚元

　　縣各有志，所以正疆域，經土田，稽賦稅，豐物產，輯氓庶，興賢能，利由兹興，弊由兹除，非徒備掌故已也。顧前無承襲則創始難，遞經沿革則徵引難，廣爲蒐輯則考核難。非良史才博綜而嚴覈之，固未易成書；苟成矣，非廉能吏及時振興之，亦無由卒業。

　　考婁置縣自秦始，其名最古，歷漢、晉未改，中間省弗置者，凡千一百五十年。國朝順治十三年，析華亭縣地復置。雍正二年，又析縣之西南置金山。今縣地東南界華亭，西北界青浦，東北界上海，西南界金山及浙之嘉善，廣四十餘里，袤百里，與華亭同附松江府治，其大略。

　　洪惟聖祖仁皇帝省方覃慶，兩幸斯土，宸章閶澤，敷賁雲天。世宗憲皇帝蠲免官田浮糧，至優極渥。我皇上嗣服，更加裁減，時復疊沛恩膏，保泰綏豐。迄今百四十餘年，民物之阜安，川原之衍沃，邑居之殷軫，商賈之駢坒，與夫宗工傑士，頡頏後先，論都者稱鉅邑焉。余以循行，時經其地，眺崑機之秀越，溯泖澱之淪漣，輒穆然于歐陽公《豐樂亭記》所云"休養生息"者。若我聖朝重熙累洽，伊古以來，實罕倫比，豈不盛哉！

　　縣本無《志》，《華亭》僅傳前明舊本，《府志》不備，且百有餘年，記録闕如。謝令苞任三年，會大理卿陸公讀禮家居，亟以此事懇請。大理典校中秘，允推鉅筆，于焉嚴立體裁，慎辨區域，綜核廢興，博徵文獻，逾年成書三十卷，余受而讀之，洵善

志矣。竊嘗以爲敦俗莫若崇儉，盡職必先有守，有守而後職可盡，崇儉而後俗可敦。賢士大夫，處則以禮教節儉化其鄉，出則以廉直慎勤效于國，于以對揚聖治，寧有歉歟！謝令能加意于斯，可謂知所務矣。

抑知所務者，即可知所法。若李令復興之定均田均役法，史令彬之設丁產册與區里簿，其實心愛民何如也，亦惟隨分自盡而已。刻既竣，請序于余，因書以勗之。時乾隆五十有二年，歲次丁未孟冬中浣，撫吳使者吳興閔鶚元序。　乾隆《婁縣志》卷首

婁縣志序

謝墉

古之方志自《越絕書》始，而顧啟期之《婁地記》、顧夷之《吳郡記》次之。《越絕》志越及吳，二顧所記，皆吳地也，然則言地志者，宜莫先吳矣。漢之吳郡，北距江，南至嶺嶠，地方數千里，會稽割置以後，猶包今江蘇六府州之地。唐宋華亭一縣，元析爲二，置松江府，始別於蘇州。明又析爲三，數世以後，賦重民繁，有司不能遍理，又稍稍析之，其勢然也。

國朝底定江南，順治十三年，分華亭之西南境置縣，取漢婁縣名名之，同治郭下。於時海氛告靖，生聚日滋，聖祖時巡方岳，於焉肆覲海隅，蒼生仰受天澤，歡若家人。世宗蠲免浮糧，俾景定官田，五百餘年之害，一朝釋負。皇上撫重熙之運，久道化成，文治田功，漸被江海。是縣有屢豐之慶，無用威之煩，故以開國之建置，列朝之教養，百四十年以來，名臣節士，孝子順孫，異世間出，前後相望。至官師遷除，賦役更定，一方之經制繫焉，而志乘闕如，未有舉其事者。問之耆舊，稽之案牘，蓋日遠日難矣。

· 751 ·

吾宗大令彈琴多暇，仕優而學，以守土之官，徵文考獻，延致吾友大理卿陸公，創爲是《志》。大理典校秘書，延閣曲臺之藏，皆其刊定。茲以江東舊族，資於家世見聞，博采群書，旁蒐圖牒，成書若干卷。斟酌古今，詳而有體，良史別裁，於斯爲至。時則清江楊公，以詞林宿望，周列臺省，老於掌故。適來守是邦，德星所聚，仁風載揚，婁之士大夫趨事勸功，樂觀厥成，不期歲而汗青可寫。邦之政事，於是乎出；簿書期會，於是乎稽。可謂見其大者矣。

　　予嘗謂列史斷代爲書目，自班氏而下，相沿不革。獨近世州縣之志，更數十年而一修，則取舊志更張之，稍傅以新事，於是前人編錄之意，遂不可復尋。凡所記載，不知著自誰何，後世亦難引據，且篇帙日繁，勢將胡底！是志出於創始，前無所襲，以大理鴻才雅體，又得賢守、令之助，勒爲成書。後有作者，循《會稽續志》之例，勿紊施宿成規，其亦可矣。

　　余家嘉善之清風涇，舍北一水，即婁之南境，舊德先疇，諳其風土。又以再奉使節，典學江南，是書之成，得與商榷。自惟疏淺，不能有所裨益，蓋撫卷有餘愧焉。乾隆五十年十二月，經筵講官，吏部左侍郎，上書房行走，提督江蘇學政，嘉善謝墉序。　乾隆《婁縣志》卷首

婁縣志敘

沈初

　　郡邑之有志，史之流別也，資紀述以踵成者易，憑覩聞以創始者難。婁之爲縣，肇於秦，或以松江東北入海爲婁江，縣以受名。吳張昭、陸遜，皆侯於婁，是縣也而國之矣。其後或隸於州郡，或隸於軍府，或統於華亭一縣。以二千年來之故實，泊我熙

朝釐定之章程，雖郡乘記載，具有成書，而婁爲分邑，版籍混淆，文獻難考。即如崑基婉孌，轉指馬鞍；泖息風雲，妄談瞽井。其他山川人物，疆域沿革，傳信傳疑，未能枚舉。固生是邦者，所當講明而切究之，抑守斯土者，布治之餘，博求掌故，亦賢士大夫之責也。

楊培山館丈出守雲間，適謝明府來莅是邑，能興廢舉墜，以爲邑志不可無作，延余同年陸耳山副憲，纂輯成書。丁未春，余視學來是邦，明府鋟版甫成來質。凡三十卷，書法謹嚴，良史裁也；發凡十例，而特書曰"新志"，明創始也。方今聖天子紹膺寶籙，教養休息，釀化醇粹，漸訖海隅。特敕石渠、東觀諸臣，搜采海內數十年來所有事蹟，及新定經制，以增脩《一統志》，則取郡縣各志而紬繹之，緯緯經經，義該意晰。豈以瑤珉所產，靈淑所鍾，實爲東南名邑，而獨可闕如者！乃曩昔婁之所無，今於是乎在。

況以江東舊族鴻才，久典秘書，世推著作。猶復博訪故老，旁稽野乘，而斟酌之，而編錄之，其足以信今傳後，厥功匪淺。是不獨守是邦與宰是邑者，樂觀厥成，即余之奉使節而至者，亦樂藉此以爲采風問俗之資也。是爲序。乾隆五十二年三月下澣，賜進士及第，南書房供奉，兵部左侍郎，提督江蘇學政，平湖沈初書於松江試院之叢桂堂。　乾隆《婁縣志》卷首

婁縣志序

張銘

沈休文作《宋書》，兼載晉魏。而肥如一縣，分屬廣陵、沛郡，論者以爲失於限斷。志固史之流別也。婁舊無志，自國初析縣以來，與華亭同附郡郭，版籍殽混，文獻難稽。謝令莅任三

載，有志修舉。適值前大理卿陸公，讀禮家居之暇，相與延請討論，百四十餘年之故實，創爲新志。悉本班、馬之例，辨異於同，不煩不濫，誠良史裁也。而人物不分門目，疆域不列星野，尤爲特識，真不沿世俗之陋者。顧以大理承明著作之才，資於家世見聞，網羅蒐輯，勒爲成書，誠非所難。而余獨喜其核實綜要，文約事該，尤得史家謹嚴之體。此則視其人之品之守，又不盡關學矣。

嘗怪近代所作圖經，牽合影附，率多矜誇不實，甚或藉爲游揚之具。以班、馬《人物表》，猶有受金鸞筆之譏，餘可知已。謝令之爲是書也，虛衷商訂，敦本務實，其學與守，一一可見。行將使一邑之人，知所信從，共相砥礪廉隅，學修行舉，以期勉爲盛世良民。是則余不獨爲載筆者幸，并爲一方之風俗幸也，故於其志之告成也，樂得而爲之序。乾隆五十三年夏月，分巡江蘇松太守等處觀察使者張銘序。　乾隆《婁縣志》卷首

婁縣志敘

謝庭薰

鹿城東北三里許，秦漢會稽郡之婁縣治也，其域在《禹貢》揚州東南，邊裔包今松、太以外。世言婁縣得名於婁江，而婁江一水出太倉，過崑山，即姑蘇亦波及，而有婁門之名焉。

三國時，吳改縣而爲婁侯國，晉、宋、南齊又爲婁縣。梁省入信義縣，尋分置崑山縣，延及陳、隋。以後唐分崑山，置縣華亭，五季、宋、元、明因之。我朝定鼎，乃割華亭西南爲婁，同附雲間郡郭，其建邑則依然古婁舊名也。其割邑，則北去古婁治百三十里，境内所復古婁故土，尚未及十之一耳。又況始復於順治丙申，迨雍正丙午，而金山增縣，幾去其半耶！然自昔平原一

村，陸氏多英，首争傑出。嗣是賢哲代興，近歲如文恭、文敏，更輝映於峰泖之間，則人不爲地所限，地以人而大光也。

壬寅仲冬，薰之來此，漱谷陽之芳潤，咀秀野之清華。當夫情往興來，上下千載，每欲叩其掌故，以求曩哲典型，追布均田、均役諸善政。而我二三父老，不過稍述其所傳聞者，念考據之無書，竊歎邑志之待修久矣。論文獻，婁非不足也；論蒐羅，婁非獨難也。興修宜無所待，而何以百餘年來，遲之又久，若有待焉者？蓋志中各門，皆先以治法垂鏡，而顯闡幽微，忠孝節義，尤爲閭邑德化關鍵。秉筆者務得其人，無徇私，無阿好，乃能信今傳後，聞風而莫不興起。甲辰夏，薰詳准修輯，得上洋陸大理公總纂，徐孝廉莪泚諸君子，兢兢從事。大要凜遵聖謨，而鎔鑄經義史體，舉綱張目，循名責實，凡研磨五十月而後竣。

昔先父眷公，嘗丁寧教薰曰："趙季仁身到處，眼到處，均不放過。朱紫陽莅官所至，輒搜其志乘。"薰敢希蹤紫陽乎哉！薰身到婁，眼到婁，惟恐放過，而頻年耐心。是役也，謹以托重名流，折衷賢達，詳呈各大憲鑑定，自安愚魯，亦何曾稍贊一辭！然而陳諸左右，即我圖史；醒乎心目，即我箴銘。一切興廢舉墜，濟溺起衰，凡問途於已經，總自檢我教養之所不及。至於身臨地方，豈曰整頓，顧既切己體認，亦竊願衆觀摩，而人心日趨於正，風俗日歸於厚，仰見斯文之化，成我國家淑氣磅礴而鬱積，用覃洽於億萬年歟？乾隆五十三年，歲次戊申仲夏，江蘇松江府婁縣知縣，貴陽謝庭薰撰。　乾隆《婁縣志》卷首

婁縣志跋

陳鳳苞

右《婁縣志》，計志十一，表二，傳六，凡三十卷。竊謂志與

史近。史自扶風班氏，本龍門《史記》，斷自高祖，卓然成一代之書。辨異於同，史既有之，志亦宜然。婁自國朝分縣以後，衣冠甲第，多萃於郡之西隅，較他邑爲盛。百餘年間，官斯土者，未嘗徵文考獻，勒成一編。無他，仍舊者易爲力，經始者難爲功也。

邑侯謝自南明府蒞婁之三年，政理人和，與紳士聚而謀曰："婁置自秦，廢而爲崑山，析而爲華亭。及順治十三年，始定新治，一切疆索人物，大率從同。曷若因地起例，覈其繫於吾婁者，書之以明限，同中有異，不相混淆，令耳目一新乎？"僉曰："唯唯。"爰於鳴琴之暇，徵諸見聞，敦請光祿卿陸耳山先生，總其大綱，畫然截然，體例悉當。以視《前漢書·古今人物表》自亂其例、多所牴牾者，大相徑庭。典核似孟堅，而識又過之。

憶余童時，承陸景房夫子格外垂青，得與耳山先生同筆硯者，二載有餘。學植荒落，顧瞻玉堂，如在天上。而耳山先生校書天祿，出其緒餘，與謝明府商榷今古，分肌擘理，亦博亦精，不朽盛業，於斯可見。余以秉鐸婁庠，掛名簡末，是其果有遭乎！因不揣固陋，而跋其尾。婁縣教諭，陵陽陳鳳苞謹譔。　乾隆《婁縣志》卷首

書于文襄論四庫全書手札後

陳垣

右于文襄敏中致陸耳山錫熊論《四庫全書》事手札五十六通。計附函五，無月日及有日無月者各七，月日具者三十七，然皆無年，不易得其次序。函中最早者五月十八，最晚者九月初十，蓋扈從木蘭時所發，而年則不止一年。其中用箋二種，六月十一，七月初七，七月十三，均有二函，而用箋不同，殆非一年之書。又六月望日三函，其二函箋式相同，且有"另札""另寄"

語，知爲一日二書；其一函用箋不同，亦非一年之書也。原編徒以月日爲次，故事實多倒置，今細爲考證，知其間實有四年。

六月初三日函云："聞初一夜雨甚大，較廿一之雨如何？"據《實錄》，乾隆卅八年五月廿三日諭："廿一日，懷柔、密雲一帶大雨。"則此六月係卅八年。七月朔日函，述璞函從軍死事。璞函趙文哲，死於卅八年六月金川之役，則此七月亦卅八年。七月十三日，九月八日函，均述及諸城。諸城爲劉統勳，卒於卅八年十一月，則此七月、九月，亦卅八年。

五月廿三日函，述黃副憲謝賞《佩文韻府》。黃登賢等賞《佩文韻府》，見卅九年五月十四日諭，則此五月爲卅九年。七月初六日函云："接李少司空札，《水經注》尚有可商，希與東園言之。"李友棠卅八年八月始擢工部侍郎，《水經注》卅九年十月校上，則此七月爲卅九年。七夕函稱："《舊五代史》進呈後，已蒙題詩。"《舊五代史》進呈於四十年七月三日，則此七夕爲四十年。

五月廿二日函，稱"紀、陸兩學士"，六月廿四日函，稱"耳山學士"。陸錫熊四十年七月後，始授翰林院侍讀學士。此稱學士於五月、六月，當爲四十一年。據《起居注》，乾隆卅八年五月八日，啓鑾秋獮木蘭，九月十二日回京；卅九年五月十六日啓鑾，九月十二日回京；四十年五月廿六日啓鑾，九月十六日回京；四十一年五月十三日啓鑾，九月十六日回京。故此諸函前後亘四年，而不出五月八日以前，九月十六日以後也。

編纂《四庫全書》掌故，私家記載極稀。諸函備述當時辦理情形，多爲官文書所不及，事關中秘，殊可寶貴。于敏中以大學士總裁其事，據尋常觀察，必以爲徒擁虛名，機軸實出紀、陸二人之手。今觀諸札，所有體例之訂定，部居之分別，去取之標準，立言之法則，敏中均能發縱指示，密授機宜，不徒畫諾而已。雖其説與今《四庫》內容不盡相符，如六月廿三日函云：

"《文選》照汲古閣本抄録最妥，若別用六臣注本，並寫既多費工夫，又與御覽之本不合。"今總集類六臣注《文選》，仍與汲古閣本並録。

六月廿四日函云："《子淵集》，'迺賢'作'納新'，對音甚不妥，祈即告小岩（宋銑）、純齋（劉錫煖），囑其另酌。"今別集類《金臺集》《子淵集》，"迺賢"仍作"納新"，蓋因《四庫全書》之成，在敏中既卒之後，館臣不盡從其説也。然敏中學術之名，久爲高官所掩，此册刊出，可一改從前觀察。其他遺聞軼事，足資考鏡者尚夥。

今日《四庫全書》精華，允推《大典》本，集部卷帙尤富，而當時士論並不重視。據七月十三日函，劉統勳曾有不樂裒輯之意，于敏中亦以雞肋比之，更有主張集部概行不辦者。另一七月十三日函，云"竹君火氣太盛"，諒亦因此。又曹習菴仁虎承辦《熱河志》，欲查各處行宮間架方向，此言營造學者所樂聞也。而敏中六月十七日函，則曰："何必爲此費力不討好之事！"又曰："節外生枝，徒自苦而無益。"蓋欲急於成書，不暇求備。全《四庫書》率如此，不獨一《熱河志》爲然。

統觀諸札，辦書要旨，第一求速，故不能不草率；第二求無違礙，故不能不有所刪改；第三求進呈本字畫無訛誤，故進呈本以外，訛誤遂不可問。敏中亦深知其弊，故其奉辦《日下舊聞考》，附函有曰："此書私辦更勝於官辦。"六月十一日函亦曰："欲將《玉海》校正，另行刊板，不由官辦更妥。"然則世之震驚《四庫全書》者，可以不必矣。

此册舊爲上海徐氏所藏，後歸星沙黃氏。今歸武進陶氏，由北平圖書館重爲編次，付諸影印。黃氏跋謂敏中之撤賢良祠，係總裁《四庫全書》之罰，絶非史實，附正於此。民國二十二年立秋後四日，新會陳垣書於静宜園之見心齋。本篇載於《北平圖書館

館刊》第七卷第五號（一九三三年九十月合刊），及北平圖書館《于文襄手札》影印本（一九三三年十一月）。《陳垣史學論著選》

雲間予謚諸臣傳贊一卷　竹素堂刊本

周中孚

國朝陸秉笏撰。秉笏字長卿，號葵霑，上海人，乾隆辛酉舉人。乾隆乙未，奉旨明季殉節諸臣及流寇逼殉者，俱得分別予謚，并敕撰《勝朝殉節諸臣錄》以記之。葵霑因鈔錄松江府屬予謚諸臣，凡專謚二人，通謚十九人，祠祀七人，案之《明史》，參以《江南通志》及郡邑諸志，各系以傳，并爲之贊，以備修志乘之采擇。然于通謚節愍篇，獨遺劉河游擊李中孚一人，見《勝朝殉節諸臣錄》。其搜討一何疏歟！卷端恭錄御題《勝朝殉節諸臣錄》詩，末有曹錫寶跋。《鄭堂讀書記》卷二十三

炳燭偶鈔一卷　藝海珠塵本

周中孚

國朝陸錫熊撰。錫熊字健男，號耳山，上海人。乾隆辛巳進士，官至左副都御史。是編乃其辨證史事而作，凡三十則，考《史》《漢》者居多，間及《後漢》以下，其于輿地考證頗詳。本刊入其所著《寶奎堂集》中，吳稷堂摘出而重刊之。《鄭堂讀書記》卷三十五

篁邨集十二卷　無求安居刊本

周中孚

國朝陸錫熊撰。錫熊字健男，號耳山，上海人。乾隆辛巳進士，官

至都察院左副都御史。是集爲其所作古今體詩，乃其子秀農慶循所重編，目錄後有秀農識語。

耳山少學爲詩，篇什甚富，自服官京師，多大著作，而吟詠稍稀。至乾隆辛亥，手自編次，曰"陵陽前稿"，曰"東歸稿"，曰"陵陽後稿"，曰"浴鳧池館稿"，曰"席帽稿"，曰"橐中稿"，曰"雪颿稿"，各撰小序，列之首簡。後秀農因即所存，重編是集，統以年次編排，而盡去其諸稿名目，仍錄諸稿小序于目錄中，以志手澤。合存詩八百餘首，而附以詩餘二十一闋。其曰《篁邨集》者，猶是耳山所題之總名也。冠以王述庵所撰《墓志銘》，稱其詩"工而不穢，婉而能切"云。《鄭堂讀書記》卷七十一

寶奎堂集十二卷　無求安居刊本

周中孚

國朝陸錫熊撰。是集爲其子慶循所編。前九卷，皆自作及代□撰之文，以類分排。卷十《炳燭偶鈔二十九條》，皆考證史事之文，蓋取《說苑》"老年之學，如炳燭之明"意。本別成書，以甫得一卷，不能單行，特附于後。卷十一、卷十二，則專代一人之作，非公撰者可比，故錄于末。吳榖人錫麒《序》，稱其"撰文不假思索，大率蘊蓄于中而騰躍于外，故其氣弘深而博大，其辭藻耀而高翔"云。

嘗考王述庵昶志耳山墓，稱乾隆四十二年春，孝聖憲皇后賓天，凡大祭、殷奠、上尊謚，典禮嚴重，應奉文字，大學士于文襄公屬公撰進，皆被俞允，是當時所撰之文必夥矣。今集中止存《謚册文》一篇冠于首，豈典禮攸關之作，竟聽其散佚，而無從搜求耶？抑豈述庵惟據其家《行述》而爲之，而不足憑信耶？李心庵林松新修邑《志》，于耳山列傳，絕不載及此事，有意哉？

秀農曉曉致辨，見新修志例。其誰信之！然觀其目錄後識語，反不及此，從可知矣。《鄭堂讀書記》卷七十一

炳燭偶鈔　清陸錫熊撰

李慈銘

閱上海陸健男錫熊《炳燭雜鈔》，不盈二十紙，皆考核史書誤文，多論《史記》兩《漢》。其外僅《晉書》二條，《宋書》一條，《南史》一條，《隋書》一條，《金史》一條，蓋未成之作。然所考甚核，於地理之學尤精。健男號耳山，乾隆中，與河間相國紀文達公，同充《四庫全書》館總纂，《書目提要》多出其手也。咸豐辛酉三月初四日。《越縵堂讀書記》史部史評類

寶奎堂文集十二卷　道光二十九年重刻本

張舜徽

上海陸錫熊撰。錫熊字健男，一字耳山，乾隆二十六年進士，累官都察院左副都御史。乾隆五十七年卒，年五十九。乾隆中設館修《四庫全書》，書成，復分命館臣仿劉向、曾鞏之例，作《提要》載於卷首，而錫熊與紀昀實總其成。錫熊學問淹博，自不在紀昀之下，而名不逮之。故後之論修《四庫提要》之功者，鮮齒及焉。

王昶與錫熊居同郡，先後同官內閣，同直軍機處，相交最厚，相知亦最深。稱錫熊晚年益覃心經濟之學，常取杜氏《通典》、馬氏《通考》，合以當代《會典》，如食貨、農田、鹽漕、兵刑諸大政，溯其因革，審其利弊，口講手畫，侃侃然可以見諸施行。見王氏所撰《墓誌銘》，載《春融堂集》卷五十五。吳錫麒亦言

在京師日，與錫熊言，恒訥然不出於口。及其縱論古今水利、兵刑、食貨諸大事，數其利弊，又如掌上螺紋，始知其經濟之大。見吳氏所撰是集《序》。兩家所以稱錫熊者如此。惜其論學論政之文，不見於是集，莫由測其所至耳。

吳錫麒爲是集《序》，又稱錫熊撰文，不假思索，隨作隨棄，不自惜重，然則其散佚之文，爲已多矣。是集所錄，大抵皆經進文、謝恩摺，以及策問、擬制之作，旁涉書序、壽序、傳誌諸酬應文字。末二卷，則全屬代作。惟卷十《炳燭偶鈔二十九條》，乃校史隨筆，於《史》《漢》以下諸史，訂譌補闕，正讀發疑，雖著墨不多，而確有心得。計當日所條記者，當亦不止此也。

是集爲錫熊身後，其子慶循所輯存，有嘉慶十五年刊本。後版燬於火，其孫成沅復於道光末重刊之，與《篁村詩集》合刻行世，鐫印精好，自是清人文集中之善本。惜所載有用之文不多，未足饜學者之心耳。《清人文集別錄》卷八

篁村詩集十二卷　道光二十九年重刻本

袁行雲

陸錫熊撰。錫熊字健男，一字篁村，號耳山，江蘇上海人。乾隆二十六年進士，改庶吉士。博學宏通，嘗奉命編《通鑑輯覽》《契丹國志》《河源紀略》《歷代職官表》等書。《四庫全書》館開，與紀昀同爲總纂官，《總目》多成其手。累遷副都御史。歿於乾隆五十七年，年五十九。

詩集與《寶奎堂文集》十二卷合刊，初刻於嘉慶十五年，吳錫麒序。道光二十九年，其孫成沅重刻之。王昶《湖海詩傳》稱："錫熊歿後，搜篋中得數百首，皆應酬之作，非稱意者"，當指此本。然全書分《陵陽》《東歸》《浴鳧池》《席帽》《橐中》

《雪飄》諸稿，篇次雖亂，首尾似尚完具。七古《焙茶詞》《放歌行》《廬山謠》《飛鴻堂印譜歌》《題趙甌北同年菘耘圖》《開壩謠》《後開壩謠》，五古《題韋約軒秋林講易圖》《鉛山道中追悼蔣心餘作》《陪瑤華道人游盤山千相寺》《登黃鶴樓放歌》，俱見胸次。近體《讀史雜感八首》《小孤山》《吉州雜題》《珠江竹枝詞四首》《題雲間詞十二首》《題薛素素自寫小像四首》，各極其致，亦不盡應酬語也。蓋諸稿皆所自定，唯末卷《三台賸稿》，乃其子慶循所輯耳。至《木蘭扈從》《平定兩金川大功告成》《文淵閣四庫全書第一部告成庋閣內用》諸詩，均存史料。《懷人絕句二十六首》，可考其生平交游。

乾隆五十七年，錫熊以奉天所儲《四庫》本多脫落舛誤，奏請自往覆校，比至而病歿。馮敏昌《小羅浮草堂詩集》卷二十九，有《輓陸耳山師六首》，記此事最詳。詩自注："師以今春正月，奉命往盛京覆校文溯閣圖書，出關後陡遇大雪，路逕盡迷，與行李相失。獨坐旅店，中旦感中傷寒，猶悉心督率諸人校勘，遂致疾不起。"此集末卷《三台子旅店遇雪口號二首》，蓋絕筆也。《清人詩集敘錄》卷三十八

陸　錫　熊

張維屏

字健男，號耳山，江南上海人。乾隆二十六年進士，官副都御史。有《篁邨詩集》。

耳山博聞彊記，資稟絕人。二十七年召試，賜內閣中書，入直軍機。初與予奉敕編《通鑑輯覽》，頃之命輯《永樂大典》，復求天下遺書，開《四庫》館以薈萃之。校對數百人，謄錄至千餘人，歷十年始成，而君與今大宗伯紀君曉嵐司其總。每進一書，

仿劉向、曾鞏例，作《提要》冠諸簡首。上閱而輒善之，特旨由刑部郎中，授翰林侍講，文字受知，駸駸嚮用。典試者三，督學政者一。後因奉天所儲《四庫》館書，中多脫落舛誤，奏請自往覆校，比至而病歿，時論無不痛惜。平日進御之作，工而不穠，婉而能切，同人推爲莫及。至詩文隨手散佚，歿後搜篋中，得數百首，皆應酬之作，非其得意者。《湖海詩傳》。

標題：《戲鴻堂石刻歌》。七古。《鉛山追悼蔣心餘》。五古。

摘句：山青削兩崖，天白露一綫。衆壑競奔流，斜曳萬丈練。《橫塞灘》。

田俯僧衣碧，峰交佛髻青。

小牀怯雨留燈坐，薄絮欺寒壓夢眠。

手摘明星望鄉國，黃河如綫走中原。《國朝詩人徵略》卷三十八

閱微草堂筆記

紀昀

事有先兆，莫知其然，如日將出而霞明，雨將至而礎潤，動乎彼則應乎此也。余自四歲至今，無一日離筆硯。壬子三月初二日，偶在直廬，戲語諸公曰："昔陶靖節自作挽歌，余亦自題一聯曰：'浮沉宦海如鷗鳥，生死書叢似蠹魚。'百年之後，諸公書以見輓，足矣。"劉石庵參知曰："上句殊不類公，若以輓陸耳山，乃確當耳。"越三日，而耳山訃音至，豈非機之先見歟？《閱微草堂筆記》卷十一

翰林院堂，不啓中門，云啓則掌院不利。癸巳開《四庫全書》館，質郡王臨視，司事者啓之，俄而掌院劉文正公、覺羅奉公相繼逝。又門前沙隄中，有土凝結成丸，儻或誤碎，必損翰

林。癸未雨水衝激，露其一，爲兒童擲裂，吳雲巖前輩旋歿。又原心亭之西南隅，翰林有父母者不可設坐，坐則有刑剋。陸耳山時爲學士，毅然不信，竟丁外艱。至左角門久閉不啓，啓則司事者有譴謫，無人敢試，不知果驗否也。其餘部院，亦各有禁忌。如禮部甬道屏門，舊不加搭渡。搭渡，以巨木二方，夾於門限，坡陀如橋狀，使堂官乘車者可從中入，以免於旁繞。錢籜石前輩不聽，旋有天壇燈杆之事者，亦往往有應。此必有理存焉，但莫詳其理安在耳。《閱微草堂筆記》卷二十

潮　來

錢泳

上海縣城內化龍橋，爲喬氏世居。廳事前有小池，一夕潮忽至，直通堂上，高一二尺許。潮退，荇藻浮萍，淋漓滿壁，莫不驚異。未幾，喬公光烈。爲湖南巡撫，其弟照。爲浙江提督。後三十年，陸氏竹素堂上小池亦通潮。陸耳山先生錫熊。爲工部侍郎，著《四庫全書提要》，海內聞名。《履園叢話》卷十四《祥異》

制義叢話

梁章鉅

副憲陸耳山先生錫熊督閩學，時余年方舞勺。一日，天甫黎明，伯兄虛白公敲門來促余起，曰："可速料理往考，書院昨已爲汝買卷矣。"余尚不知考試爲何事，稟於先資政公，匆匆囊筆出門，至學署，適點余名。是日生童合有千人，先生見余年幼，飭令在堂上公案旁侍坐。公案高與余肩平，先生換高椅，襯以椅墊三重，手授題紙，爲"堯舜帥天下以仁"。余中比起處云："且

· 765 ·

夫帥天下以仁，與帥天下爲仁不同。"對比云："且夫帥天下以仁，與以仁帥天下又不同。"先生閱之頗喜，且加獎勵。

逾日招覆，凡童生與覆者十人，余亦與焉。是日均在後堂列坐，題爲"樂以忌憂"，余文末二比云："夫綜平生之閱歷，憂豈盡出於無端！乃有樂以爲之主，第覺樂中之旨趣，方且相引於無窮，相尋之不暇。則非無憂，而實可以忘憂也。且與斯世相周旋，憂豈即因以斷絕。乃無憂所不敢言，第覺樂能握其機權，使之爽然而若遺，淡然而自遠。則非樂而忘憂，而實樂以忘憂也。"先生閱而笑曰："似此筆路，可保前藝非出倩代矣。"翼日，遂以第五名送入鼇峰書院，余之受知於耳山先生，實自此始。掌教孟瓶菴師語余曰："我入書院，年亦十三，考題亦係'堯舜帥天下以仁'一句，可謂小衣鉢矣。"

時先資政公索閱前後兩稿，略爲首肯。既乃復誡之曰："此等筆路，固於小考爲宜，然實我所不喜。我謂文字須博大昌明，而進境要渾涵蘊籍。若但學一挑半剔，以爽利爲工，吾恐其走入項水心一派耳。"余謹服膺斯訓，至今不敢忘。《制義叢話》卷二十一

郎潛三筆

陳康祺

晉寧李鶴峰中丞因培，有人倫鑑。典學三吳，幕中賓僚如趙光少文哲、張舍人熙純、陸副憲錫熊、孫撫部永清，皆東南選也。中丞嘗語諸公曰："少華熙純字。才豐遇嗇，清而不華；損之文哲字。耳山，錫熊字。當爲名侍從，耳山官尤貴，但非封疆才。文淵永清字。大器恐晚成，他日必以幹濟爲朝廷倚重，惜余不及見耳。"後果應其言。《郎潛三筆》卷四

· 766 ·

陸耳山副憲卒於奉天校書之役，嫡子四，扶其柩歸。如夫人陳，以病留京，抑鬱而沒。屬其遺子及女於馮星石鴻臚，而以第五女爲吳侍郎玉綸之義女。後二公爲之撫教婚嫁，等於所生，想見前輩友道之篤。而副憲嫡子四人者，殆不知具何心肝也！清門子弟，尚其鑑諸。《郎潛三筆》卷十二

填榜笑柄

張培仁

《杭郡詩續緝》云，乾隆戊子，上海陸公錫熊來典浙試。將揭曉，絳燭兩行，名榜在地，吏填至五魁，書至解首，乃錢唐陸古愚夢熊也。時監臨乃滿洲某公，視之駭然，謂陸公曰："得非君之族弟乎，何姓名之相次也！"公曰："吾家世滬瀆，自前明文裕公以後，數百年來，未聞有遷杭者。雖然，今日之事，公既疑而問，我不可以不引嫌。"古愚遂報罷，實可笑也。《靜娛亭筆記》卷十

蘅華館日記

王韜

余觀滬中人物，盛於乾隆時，如陸耳山、趙璞函、褚文淵、張策時、曹錫寶、王元翰，皆名鑠當時。後稍凌替，然未嘗無人，但不能與先輩抗衡耳。江翼雲師嘗語余曰："滬雖偏隅，耆碩素來不少。文章如陸公之校理秘書，節操如曹公之疏劾權豪，死事如趙公之臨難不避，載在邑志，歷歷可稽。以一邑人才，與海內並驅，可云盛矣。然自嘉慶間已云中弱，道光至今，益不自振，可稱絕無僅有矣。盛極而衰，其勢然也。"《蘅華館日記》卷二

靳言冥責

許仲元

　　陸耳山副憲性頗渾穆，譏之者謂有陳師召之風。人有諛誰，未嘗不諾，客去已全忘之矣。猶子明經梅岩，竊議其非。因言遠祖文裕公深未達時，曾夢入冥，見判案者爲故人某，取其册籍一窺，見己名下注云：“官至一品，壽登八旬。”醒而誌之。後列顯要，爲嚴嵩所忌，不得大用。

　　至七十歲作翰林學士時，復夢入冥，仍見某，謂曰：“君祿已盡，生平幸無大過，可替吾職，不久來矣。”文裕大訝，詰曰：“前所示册，何竟兩歧？”某復取册出示，見下又注曰：“爲惜一緘，誤斃二命，降爵二品，奪算十年。”蓋有兩富民爲盜誣引，乞公一言，立可省釋。而公方爲高山所軋，避嫌矜節，再三不可，二人均斃獄中。伯仁由我，無可貸也。未幾竟卒。《三異筆談》卷四